Sherlock
Holmes 7

셜록 홈즈의 마지막 인사

셜록 홈즈 전집7
셜록 홈즈의 마지막 인사

아서 코난 도일 지음
정태원 옮김

발 행 일 초판 1쇄 2013년 9월 28일
　　　　　초판 2쇄 2014년 1월 13일
발 행 처 시간과공간사
발 행 인 최석두

등록번호 제1-765호 / 등록일 1988년 7월 6일
주　　소 서울시 마포구 서교동 480-9 에이스빌딩 3층
전화번호 (02)325-8144(代) FAX (02)325-8143
이 메 일 pyongdan@hanmail.net
I S B N 978-89-7142-253-3 14840
I S B N 978-89-7142-246-5 (세트)

ⓒ 시간과공간사, 2013

SHERLOCK HOLMES

최신 완역본

아서 코난 도일 지음 | 정태원 옮김

셜록 홈즈의
마지막 인사

His Last Bow

시간과공간사

Contents

셜록 홈즈의 마지막 인사

Sherlock Holmes

위스테리아 로지

Wisteria Lodge

1890년 3월 24일(월)~3월 29일(토)

1
존 스콧 에클스의 기괴한 체험

1890년 3월 말, 바람이 강하게 부는 날이었다는 것은 내 수첩을 보면 알 수 있다. 점심을 먹고 있는데 홈즈에게 전보가 한 장 왔고, 그는 그 자리에서 답장을 써서 보냈다. 아무 말도 하지 않았지만 사건 의뢰 전보가 분명했다. 전보를 받은 후 홈즈가 벽난로 앞에 서서 생각에 잠긴 얼굴로 파이프 담배를 피우면서 이따금 그 전보를 들여다봤기 때문이다.

갑자기 홈즈가 나를 향해 얼굴을 돌렸다. 장난기 어린 두 눈이 빛났다.

"왓슨, 자네는 훌륭한 문학자라고 생각하는데……. 그로테스크란 단어를 어떻게 정의하겠나?" 그가 말했다.

"괴이하고 이상하다?" 내가 대답했다.

그러자 홈즈는 고개를 저었다.

"아니, 분명 그 이상의 뜻이 있어. 기이하다는 말에는 비극적이고 무시무시한 뜻이 내포되어 있어. 자네가 지금까지 기록해 온 사건 수첩의 내용을 한번 떠올려 보게. 기이한 일이 결국 범죄로 이어진 경우가 얼마나 많았는지 알아? '붉은 머리 연맹' 사건을 생각해 봐. 겉으로는 그저 기이한 일처럼 보이지만 결국은 은행 금화 도난 사건으로 막을 내렸어. '다섯 개의 오렌지 씨' 사건도 한번 생각해 보게. 그 배후에는 살인 음모가 도사리고 있었지? 기이하다는 말은 절대 방심할 수 없게 만들지." 홈즈가 설명했다.

"전보에 그렇게 쓰여 있나?" 내가 물었다.

홈즈는 전보를 소리 내어 읽었다.

도저히 믿기 어려운 그로테스크한 경험. 상담하고 싶음. 스콧 에클스, 채링크로스 우체국(24시간 업무를 보는 채링크로스 우체국은 런던에서도 가장 오래된 우체국 중 하나다. 홈즈와 왓슨 시대에는 몰리 호텔 1층에 있었고, 출입구는 스트랜드 가 남쪽에 있다.).

"남자인가 여자인가?" 내가 물었다.

"아, 당연히 남자지. 여자가 이렇게 반신료까지 첨부해 전보를 보낼 리 없어. 직접 찾아오면 모를까."

"그 남자를 만날 건가?"

"왓슨, 캐러더스 대령을 잡아넣은 후로 그동안 내가 얼마나 지루했는지 잘 알지? 내 정신은 그동안 조각조각 부서졌네. 생활은 진부하고, 신문에도 사건다운 사건 기사가 실리지 않는 데다가 가끔 일어나는 범죄는 시시하기 짝이 없었지. 그러니 왓슨, 내가 얼마나 새로운 사건에 착수하고 싶겠나? 비록 결론이 시시하더라도 말이야. 내가 착각한 게 아니라면 이 전보는 분명히 사건 의뢰 전보일세."

그때 느릿느릿 계단을 올라오는 발소리가 들렸다. 그리고 얼마 후 몸이 다부지고 키가 큰 남자가 방 안으로 들어왔다. 회색 구레나룻을 기른 점잖아 보이는 신사였다. 그동안 밟아 온 인생 역정이 큰 체구와 당당한 태도에서 여실히 드러났다. 다리에 맨 각반부터 금테 안경에 이르기까지 보수적이고 착실한 영국 국교 신자이자 성실한 시민이며, 단 한 번도 바른길에서 벗어난 적이 없어 보이는 영국 신사라는 점을 한눈에 알 수 있었다. 그러나 이런 차분한 신사다움이 어떤 이유로 흐트러진 듯, 머리가 마구 헝클어져 있었고 두 뺨이 붉게 상기되어 있었다. 이러한 상황으로 미루어 보아 매우 혼란스러워하고 있는 것이 분명했다. 그는 단도직입적으로 본론을 말했다.

"아주 불쾌하고 이상한 일을 당했습니다, 홈즈 씨. 이런 일을 당한 건 처음입니다. 너무나 어이가 없고 기가 막힙니다. 도대체 어찌 된 일인지 영문을 좀 알아야겠습니다." 그는 화가 나서 씩씩거렸다.

"우선 여기 앉으세요, 스콧 에클스 씨."

의뢰인을 진정시키려는 듯 홈즈가 자리를 권했다.

"우선 저를 만나러 온 이유를 말씀해 주시겠습니까?"

"아, 예, 그러니까 말이죠, 경찰이 개입할 문제는 아닌 듯합니다. 하지만 홈즈 씨도 제 이야기를 들으시면 분명 뭔가 이상한 점이 있다고 생각하실 겁니다. 전 사설탐정 따위는 전혀 신뢰하지 않지만 선생의 높은 명성을 듣고서 이렇게……."

"그랬군요. 한 가지 더 묻겠습니다. 왜 당장 오지 않고 이제야 온 겁니까?"

"무슨 말이지요?"

홈즈가 그의 시계를 보았다.

"지금이 2시 15분인데 에클스 씨 전보는 1시쯤 보낸 것이더군요.

에클스 씨의 옷차림이나 머리를 보면 잠에서 깬 순간부터 지금까지 내내 서두른 기색이 엿보이니 이상하다는 말입니다."

에클스는 당황하며 헝클어진 머리를 쓸어 넘기고 수염이 까칠하게 자란 턱을 쓰다듬었다.

"맞습니다, 홈즈 씨. 옷에 신경 쓸 겨를이 전혀 없었어요. 그 집에서 빠져나올 수 있는 것만 해도 너무 다행스러웠거든요. 하지만 홈즈 씨를 만나러 여기 오기 전에 여기저기 물어보고 다녔습니다. 부동산 중개인을 찾아갔더니, 가르시아란 사람은 집세를 모두 낸 상태이고 위스테리아 로지에는 아무 문제가 없다고 하더군요."

"에클스 씨, 잠깐." 홈즈가 소리 내 웃으며 말했다. "꼭 제 친구 왓슨 같군요. 이 친구는 이야기를 끝에서 시작하는 나쁜 습관이 있죠. 천천히 정리한 다음에 순서대로 말하세요. 무슨 일로 머리도 빗지 못하고 허둥지둥 나왔는지 말입니다. 구두끈도 제대로 못 매고 앞단추는 엇갈려 잠근 것을 보니 급히 도움이 필요했던 듯싶네요."

에클스는 당황한 얼굴로 옷매무새를 다시 한 번 살펴보았다.

"제 꼴이 엉망이라는 건 잘 알고 있습니다, 홈즈 씨. 하지만 이런 일이 생기리라곤 정말 생각도 하지 못했습니다. 홈즈 씨도 저처럼 그렇게 이상한 일을 경험했다면 제가 왜 이런 꼴로 여기까지 찾아왔는지 충분히 이해가 갈 겁니다."

그러나 에클스의 이야기는 시작도 되기 전에 끝났다. 바깥에서 소란스러운 소리가 난 뒤, 허드슨 부인이 방문을 열었고, 이어서 건장한 경관 두 명이 들어왔기 때문이다. 두 명 중 한 사람은 스코틀랜드 야드의 그렉슨 경감('위스테리아 로지'가 후기의 사건이 아니고, 상당히 초기의 사건이라는 것을 나타내고 있다. 후기 사건에는 그렉슨이 등장하지 않는다.)이었다. 그는 기운차고 용맹스러운 사람으로, 나름대로 능력 있는 경찰이었다. 그는 홈즈와 악수하고 옆에 있는 사람을 서리 경찰서의 베인즈 경감이라고 소개했다.

"홈즈 씨, 이번 사건은 우리가 담당하고 있습니다. 여기까지 오게된 것은 바로 저 사람 때문입니다."

경감의 불도그 같은 눈이 우리의 손님 에클스를 향했다.

"리의 포팸 저택에 사는 존 스콧 에클스 씨 맞지요?"

"네."

"오전 내내 당신을 추적했습니다."

"틀림없이 전보를 보고 여기까지 쫓아왔겠군요." 홈즈가 말했다.

"맞습니다. 홈즈 씨. 채링크로스 우체국에서 단서를 발견하고 여기까지 온 겁니다."

"하지만 왜 나를 뒤쫓은 겁니까? 왜 그랬죠?"

"스콧 에클스 씨, 당신의 진술이 필요합니다. 에셔 근방에 있는 위스테리아 로지에서 어젯밤 알로이시오 가르시아 씨가 죽었습니다."

에클스는 경감을 뚫어져라 쳐다보며 계속 앉아 있었다. 얼굴에는 상당히 놀란 기색이 뚜렷이 떠올랐다. 당황한 듯 얼굴빛이 붉으락푸르락했다.

"죽었다고요? 그 사람이 죽었다고 했습니까?"

"예, 죽었습니다."

"아니 어떻게요? 사고입니까?"

"살인입니다."

"하느님 맙소사! 이렇게 끔찍할 수가! 설마, 설마 저를 의심하고 계신 건 아니겠지요?"

"죽은 사람의 주머니에서 당신이 보낸 편지가 발견되었습니다. 어젯밤에 가르시아의 집을 방문할 계획이라고 쓰여 있더군요."

"네, 그랬지요."

"아, 그렇다면 그 집을 방문한 게 맞네요. 그렇지요?"

경감은 사건 조사용 수첩을 꺼냈다.

"잠깐, 그렉슨 경감." 홈즈가 말했다. "단순히 어떤 일이 있었는지 들으려는 것 아닌가요?"

"하지만 스콧 에클스 씨에게 지금 하는 말이 본인에게 불리하게 작용할 수도 있음을 알려 주는 것이 제 의무이기도 합니다."

"두 분이 들어왔을 때 에클스 씨가 그 얘기를 하려던 참이었습니다. 왓슨, 에클스 씨에게 소다수를 탄 브랜디를 드리게. 에클스 씨, 방금 오신 이 두 분은 개의치 말고 처음 제게 말하려던 상황을 그대로 설명하세요."

브랜디를 한 모금 삼키자 에클스의 얼굴에 화색이 돌아왔다. 그는 경감의 수첩에 의심의 눈길을 슬쩍 보낸 뒤 자신이 겪은 이상한 일을 털어놓았다.

"전 독신입니다. 사람을 잘 사귀는 성격이라 친구들도 많은 편이지요. 그중에는 켄싱턴의 앨브말 맨션에 사는 멜빌이란 친구도 있는데 옛날에 양조장을 경영했지요. 이 친구 소개로 몇 주 전에 가르시아라는 젊은이를 만났습니다. 가르시아는 스페인 혈통의 젊은이로 스페인 대사관과 관계가 있다고 하더군요. 영어도 완벽하고 성격도 쾌활한

데다가 이목구비도 뚜렷해 꽤 호감이 가는 젊은이였습니다.

　저는 가르시아와 아주 빨리 친해졌습니다. 이유는 모르지만 저한테 호감을 느꼈던 것 같습니다. 가르시아는 만난 지 이틀 만에 리에 있는 저희 집에 놀러 왔습니다. 그리고 얼마 후에는 에셔와 옥숏 사이에 있는 자기 집 위스테리아 로지에 와서 며칠 묵다 가라고 초대하더군요. 그래서 약속한 날인 어제저녁에 에셔로 갔지요.

　그 전에 가르시아는 자기 식구들에 대해서 자세히 얘기한 적이 있습니다. 스페인 사람을 하인으로 두었는데, 아주 충직하다고 하더군요. 그 하인도 영어를 할 줄 알아서 집안 살림을 맡고 있다고 했습니다. 그리고 요리 솜씨가 좋은 스페인계 요리사도 한 명 있는데, 여행을 하다가 우연히 만났다고 했습니다. 가르시아가 자기 집처럼 가족 구성원이 독특한 경우는 서리 지방에서 찾아보기 힘들 거라고 했던 말이 생각나는군요. 저도 그럴 거라고 맞장구를 쳤으니까요. 하지만 생각했던 것보다 훨씬 더 특이하더군요.

　에셔 남부로 2마일쯤 마차를 타고 갔습니다. 위스테리아 로지는 꽤 큰 저택이었는데, 도로에서 상당히 떨어져 있었고, 높은 상록수 관목들로 둘러싸인 진입로가 별장까지 구불구불 이어져 있었습니다. 오래되고 낡은 데다가 수리하지 않아 금방이라도 무너져 내릴 것 같았죠. 잡초가 무성하게 자란 길 앞에서 마차가 섰습니다. 대문도 비바람에 얼룩이 져서 매우 지저분했습니다. 저는 그때 잘 알지도 못하고 성급하게 방문을 결정한 걸 약간 후회했습니다. 하지만 가르시아는 직접 문을 열어 주면서 너무나 따뜻하게 맞이해 주었지요. 무뚝뚝한 표정에 가무잡잡한 남자 하인이 가방을 들어 주면서 저를 침실로 안내하더군요. 분위기는 매우 침울했어요. 저녁 식탁에 앉은 사람은 저와 가르시아 두 명뿐이었지요. 그는 분위기를 돋우려고 노력했지만 생각은 다른 곳에 가 있는 듯했어요. 말이 두서가 없고 어찌나 장황하던지 도 대체 무슨 얘기를 하는 건지 모르겠더군요. 게다가 손가락으로 끊임 없이 테이블을 두드리고, 계속 손톱을 물어뜯는 등 굉장히 초조해 보 였어요. 저녁 식사도 훌륭한 편이 아니었고 무뚝뚝하고 침울한 하인 까지 있어 분위기 전환에 전혀 도움이 되지 않았지요. 정말이지 핑계 를 대서라도 그 자리를 뜨고 싶었습니다.

아, 한 가지 생각나는 게 있습니다. 경감이 조사하고 있는 살인 사건 과 관련이 있을지도 모르겠습니다. 물론 당시에는 전혀 생각도 못했지 요. 저녁 식사가 끝날 무렵 하인이 편지를 들고 왔어요. 그런데 그 편 지를 읽은 가르시아는 몹시 당황한 듯 태도가 이상해지더군요. 아예 대화를 이끌어 나가려는 마음이 없는 듯 줄담배를 피우더니 자기만의 생각에 빠져들었지요. 편지 내용에 대해서는 한마디도 언급하지 않았 어요. 저는 11시쯤 되어서야 잠자리에 들었습니다. 불안한 마음이 조 금 가라앉았지요. 그런데 얼마 후에 가르시아가 방문을 열고 저보고 혹시 벨을 울렸느냐고 물었습니다. 전 아니라고 대답했지요. 그러자 밤늦은 시간에 방해해서 미안하다면서 사과하더군요. 새벽 1시라면서 요. 그리고 나는 다시 깊이 잠들었고, 다음 날 아침에 일어났습니다.

그런데 정말 놀라운 일은 그때부터 일어났습니다. 잠이 깬 것은 날 이 밝은 후였습니다. 시계를 보니 거의 9시가 다 되었더군요. 8시에 깨워 달라고 특별히 부탁을 해 놓았는데도 하인은 나를 깨우지 않았 습니다. 나는 그 성의 없는 태도에 매우 불쾌했습니다. 그래서 재빨리 일어나 하인을 부르려고 벨을 울렸지요. 그런데 아무 응답이 없었습 니다. 몇 번 벨을 울렸는데 여전히 아무 소식이 없는 겁니다. 그래서

벨이 고장 났다는 결론을 내리고 옷을 대충 입은 후 뜨거운 물을 준비해 달라고 말하려고 아래층으로 내려갔습니다. 그런데 정말 기가 막히게도 집에는 아무도 없었습니다. 복도에서 소리쳐 불러 보았지만 대답하는 사람은 아무도 없었습니다. 나는 이 방 저 방 급히 둘러보았지만 아무도 없었습니다. 어젯밤 가르시아가 자기 침실이라고 보여 준 방으로 가서 노크를 했지만, 역시 응답이 없었습니다. 나는 손잡이를 돌려 방문을 열고 안으로 들어갔습니다. 방 안은 텅 비어 있었고 침대는 깨끗이 정돈되어 있었습니다. 가르시아도 사라지고 없었던 겁니다. 스페인 주인, 스페인 하인, 스페인계 요리사까지 하룻밤 사이에 감쪽같이 자취를 감춘 겁니다! 여기까지가 위스테리아 로지에서 내가 당한 일입니다."

황당하기 그지없는 에클스의 이야기를 듣는 도중 홈즈는 손바닥을 비비면서 가끔 만족스럽다는 듯 쿡쿡 웃었다.

"그것 참 특이한 경험을 했군요. 정말 특이한데요. 그래서 다음에는 어떻게 했나요?"

"전 너무나 화가 났습니다. 처음에는 어이없는 장난에 걸려들었다고 생각했지요. 짐을 챙겨 문을 쾅 닫고는 위스테리아 로지를 떠났습니다. 그리고 그 마을에서 제일 큰 앨런 형제 부동산을 찾아갔습니다. 나는 어쩌면 그들이 몰래 야반도주를 했을지도 모른다고 생각했습니다. 지금이 3월 말이니 3개월 치 집세를 내야 할 때가 되었거든요. 하지만 부동산 중개인은 내 추측이 틀렸다면서 가르시아 씨가 집세를 이미 선불로 지불했다고 말하더군요. 그래서 나는 집으로 돌아와 스페인 대사관에 문의했습니다. 그러자 그런 사람은 모른다고 대답하더군요. 그래서 이번에는 가르시아를 처음 소개한 내 친구 멜빌을 찾아 갔습니다. 하지만 그 친구도 가르시아를 잘 모르기는 마찬가지였어요. 마침내 홈즈 씨가 까다로운 사건을 해결해 주신다는 말을 듣고 전보를 쳤고, 그에 대한 답장을 받아 이렇게 찾아온 겁니다. 그런데 아까 경감이 한 말로 미루어 보아 비극적인 일이 발생한 듯싶군요. 지금까지 내가 한 말은 모두 틀림없는 진실이고, 설명한 것 외에는 아무것도 모릅니다. 그 사람에 대해 전 정말 아무것도 몰라요. 내가 할 수 있는 건, 가능한 한 최선을 다해 경찰을 돕겠다는 약속을 드리는 것뿐입니다."

"잘 알겠습니다, 스콧 에클스 씨. 우리가 지금까지 알아낸 사실과 에클스 씨가 설명한 내용이 거의 일치하는군요. 예를 들어 저녁 식사 때 편지가 전달되었다고 했는데, 그 편지가 어디 있는지 아십니까?" 그렉슨 경감이 온화하게 말했다.

"네, 압니다. 가르시아가 편지를 말아서 벽난로 속으로 던졌거든요."

"베인즈 경감, 그걸 보여 드리게."

서리 경찰서의 베인즈 경감은 건장한 체구에 얼굴이 붉고 혈색이 좋은 남자였다. 찡그린 짙은 눈썹 아래 총명하게 빛나는 두 눈동자가 아니었으면 자칫 무례하게 보일 인상이었다. 여유 있는 미소를 지으며 베인즈는 주머니에서 접힌 노란 종이를 꺼냈다.

"벽난로 받침쇠 위에서 발견한 것입니다. 너무 깊숙이 던지는 바람에 불길에 타지 않고 남아 있던 겁니다. 제가 벽난로 구석에서 찾아냈지요."

홈즈는 그의 자화자찬에 빙긋이 미소 지었다.

"종이 한 조각까지 찾아낼 정도이니 온 집 안을 구석구석 꼼꼼히 살펴보신 게 틀림없군요."

"네, 홈즈 씨. 치밀함은 제 수사 방침입니다. 한번 읽어 볼까요, 그렉슨 경감?"

스코틀랜드 야드의 그렉슨 경감이 고개를 끄덕였다.

"무늬 없는 크림색 보통 종이에 쓴 편지입니다. 날이 짧은 가위로 두 군데가 잘려 나갔습니다. 세 번 접은 다음 보라색 봉랍으로 떨어지지 않도록 마주 붙였는데 급하게 칠한 듯합니다. 뭔가 납작하고 둥근 물건으로 봉인을 눌렀고요. 주소는 위스테리아 로지의 가르시아 앞으로 되어 있습니다. 내용은 다음과 같습니다.

우리의 색은 초록색과 흰색. 초록은 열렸고 흰색은 닫혔다. 중앙 계단, 첫째 복도, 오른쪽 일곱 번째, 초록색 모직 천. 성공을 바람. D.

여자 글씨입니다. 끝이 뾰족한 펜으로 쓴 것인데 겉봉 주소는 다른 펜을 사용했거나 다른 사람이 썼을 수도 있습니다. 보시다시피 두껍고 글씨도 큽니다."

"신기한 편지군요." 홈즈가 편지를 살펴보며 말했다. "그처럼 치밀하게 검토하신 점에 경의를 표합니다, 베인즈 경감. 몇 가지 사소한 점만 덧붙이면 될 것 같습니다. 우선 봉인에 자국을 남긴 둥근 모양의 물체는 평범한 셔츠 소매 단추입니다. 보면 알겠지만 다른 모양일 리 없습니다. 그리고 가위는 끝이 구부러진 손톱 손질용 가위입니다. 잘

려 나간 부분이 짧은 데다가 각각 똑같이 약간 휜 것을 보면 알 수 있
지요."

베인즈 경감은 웃음을 터뜨렸다.

"알아낼 것은 다 알아냈다고 생각했는데 아직도 더 쥐어짤 게 남아
있었네요." 형사가 말을 이었다. "어떤 음모가 진행 중이며 그 배후에
는 항상 그렇듯이 여자가 있다는 점 외에는 아무것도 모르겠습니다."

이야기가 오가는 동안 에클스는 불안해하며 가만히 있지 못했다.

"그 편지를 발견했다니 다행입니다. 이로써 내 말이 사실이란 점을 확인하셨겠지요. 다시 한 번 말씀드리지만 가르시아와 하인들에게 무슨 일이 일어났는지 나는 전혀 모른다는 점을 알아주셨으면 합니다."

"내용은 간단합니다. 가르시아 씨는 오늘 아침 옥숏의 공유지에서 시체로 발견되었어요. 집에서 1마일쯤 떨어진 곳이지요. 모래주머니나 그와 비슷한 둔기로 뒤통수가 부서질 정도로 아주 심하게 맞은 것으로 보입니다. 인적이 드문 외진 장소로 1마일 이내에는 집 한 채 없습니다. 뒤통수를 한 차례 맞고 쓰러진 것으로 보이는데, 분노에 차서 공격을 멈추지 않은 듯 살인자는 피해자의 숨이 끊어진 뒤에도 계속 때린 것 같습니다. 그러나 단서가 될 만한 발자국이나 다른 흔적은 없었습니다." 그렉슨 경감이 말했다.

"없어진 물건은요?"

"없어요. 강도를 당한 것이 아닙니다. 몸을 뒤진 흔적도 없었습니다."

"너무나 끔찍한 일이군요. 정말 끔찍한 일입니다." 에클스가 정말 낭패라는 듯이 말했다. "게다가 나한테도 아주 불리하군요. 한밤중에 집을 나갔다가 그런 봉변을 당했다니 정말 슬프지만 나는 그 일과 아무 상관이 없습니다. 그런데 도대체 내가 어쩌다가 이 일에 휘말리게 되었는지 모르겠네요."

"아주 간단합니다. 에클스 씨. 피해자 주머니에서 당신이 보낸 편지가 발견되었거든요. 사건 당일 에클스 씨가 피해자를 방문하겠다는 내용이었고요. 그 편지 겉봉에 피해자의 신원을 알려 주는 이름과 주소가 있었지요. 우리는 오늘 아침 9시가 지나 위스테리아 로지에 도착했고, 집에는 아무도 없었습니다. 그래서 런던의 그렉슨 경감에게 전보를 쳐서 당신을 찾아 달라고 했고, 그동안 나는 위스테리아 로지를 조사한 겁니다. 그리고 런던으로 와서 그렉슨 경감을 만나 합류한 거지요." 베인즈 경감이 대답했다.

이 말에 그렉슨 경감이 일어나며 대답했다. "자, 이제는 이 사건을 좀 더 공식적으로 살펴봐야 할 듯하군요. 에클스 씨, 경찰서까지 같이 가야겠습니다. 진술서를 작성해야 하거든요."

"알겠습니다. 곧 일어서지요. 하지만 홈즈 씨, 이번 일을 조사해 주셨으면 합니다. 비용이나 수고를 아끼지 마십시오. 꼭 진실을 밝혀 주시기 바랍니다."

홈즈는 베인즈 경감을 보며 말했다. "이번 사건에 참여해도 괜찮습니까, 베인즈 경감?"

"그럼요, 함께 수사를 하게 되어 오히려 영광입니다."

"신속하고 정확하게 수사를 한 것 같습니다. 그런데 피해자가 사망한 시각을 정확히 알 수 있을까요?"

"새벽 1시 이후에 비가 내렸는데, 시체의 상태로 봐서 피해자가 죽은 시각은 새벽 1시 이전으로 추정됩니다."

"하지만 그건 말이 안 됩니다, 베인즈 경감. 가르시아가 한 말이 똑똑히 기억나는걸요. 가르시아가 제 침실에 온 것이 새벽 1시입니다. 맹세해도 좋습니다." 에클스가 반박했다.

"아뇨. 베인즈 경감의 말이 맞을 겁니다. 말이 됩니다." 홈즈가 웃으며 말했다.

"무슨 근거라도 있습니까?" 그렉슨 경감이 물었다.

"특이하고 흥미 있는 면이 있긴 하지만 이 사건은 겉으로는 별로 복잡해 보이지 않습니다. 하지만 확실하게 결론짓기 전에 더 알아야 할 사실이 있습니다. 제 의견은 나중에 말하지요. 베인즈 경감, 위스테리아 로지 조사 과정에서 편지 말고 다른 특별한 물건은 없었나요?"

경감은 범상치 않은 눈길로 홈즈를 바라보았다.

"있었습니다. 한두 가지 주목할 점이 있었습니다. 경찰서에서 제가 마무리 지은 뒤, 그것들에 대해 홈즈 씨의 견해를 들려주시겠습니까?" 경감이 대답했다.

"그러고말고요." 벨을 울리면서 홈즈가 대답했다. "여기 계신 신사 분들을 밖으로 모셔다 드리세요, 허드슨 부인. 그리고 보이에게 시켜 이 전보를 보내 주세요. 반신료 5실링도 가지고 가세요."

우리는 세 사람이 나간 뒤에도 한동안 아무 말 없이 앉아 있었다. 홈즈는 눈썹을 찡그리고 담배를 피우며 머리를 앞으로 숙인 채 생각에 열중하고 있었다.

"왓슨, 어떻게 생각하나?" 홈즈가 갑자기 나를 돌아보면서 물었다.

"스콧 에클스가 경험한 수수께끼 같은 일에 대해서는 아무것도 모르겠어."

"그렇다면 살인 사건은?"

"글쎄, 하인들도 모두 사라진 점을 감안한다면 하인들이 그 살인 사건에 어느 정도 연루되어 있는 것이 분명해. 뭔가 들통 날까 봐 도망간 거겠지."

"그 말도 어느 정도 일리는 있군. 하지만 생각해 보게. 뭔가 이상하지 않나? 만약 하인들이 주인을 죽이려는 음모를 꾸몄다면 굳이 손님을 부른 날 죽일 필요가 있을까? 손님이 없어 혼자 있는 날도 얼마든지 있었을 텐데."

"그렇다면 왜 도망갔을까?"

"바로 그 점이야. 왜 도망갔을까? 아주 중요한 사실이 여기 숨어 있네. 또 하나 중요한 사실은 우리의 의뢰인 스콧 에클스가 경험한 일이지. 왓슨, 에클스의 경험과 하인들의 잠적까지 모두 한 번에 설명할 수 있는 논리를 세울 수 있을까? 만약 이상한 내용이 적혀 있는 편지까지 설명할 수 있는 가설을 세운다면 일단은 수수께끼의 해답 역할을 톡톡히 해내리라 기대해도 좋을 거야. 그리고 앞으로 발견되는 새로운 사실들이 그 가설에 모두 들어맞는다면 그건 더 이상 가설이 아니라 사건 해결의 열쇠가 되겠지."

"자네가 세운 가설은 뭔가?"

홈즈는 눈을 반쯤 내리깔면서 의자에 등을 기댔다.

"왓슨, 분명 못된 장난일 리가 없다는 사실은 자네도 인정하겠지. 베인즈 경감이 밝혔듯이 이후에 심각한 살인 사건이 발생했으니까. 에클스를 위스테리아 로지로 초대한 것도 배후에 있는 어떤 음모와 분명 관련이 있을 거야."

"무슨 관련이 있지?"

"하나씩 연결해 볼까. 우선 가르시아는 스페인 청년이고 스콧 에클스는 자네도 봤다시피 점잖은 영국 신사야. 그런데 두 사람이 갑자기 친해진다는 게 이상하지 않나? 게다가 두 사람이 친해진 것은 가르시아가 먼저 접근했기 때문이지. 처음 만난 바로 다음 날 런던에 있는 에클스의 집을 방문할 정도로 적극적이었어. 또 계속 친분을 쌓으려고 노력한 끝에 결국 위스테리아 로지로 에클스를 초대했지. 가르시아가 에클스에게서 원한 것은 무엇이었을까? 에클스에게서 얻어낼 수 있는 것이 과연 무엇이었을까? 에클스가 특별한 매력을 지닌 사람도 아니지 않나? 그렇다고 똑똑한 사람도 아니야. 슬기롭고 민첩한 라틴계 스페인 젊은이와 친하게 어울릴 만한 인물이 아니야. 그렇다면 가르시아가 많은 사람 중 자기 목적에 가장 부합하는 사람으로 에클스를 선택한 이유는 무엇일까? 에클스에게 어떤 월등한 능력이 있었을까? 에클스는 분명 그런 능력이 있어. 근엄하고 보수적인 영국 신사로, 누구나 충분히 믿을 만한 사람이지. 증인으로 세웠을 때 영국인들이 보기에 신뢰할 수 있는 인물이야. 에클스가 한 이야기가 결코 평범하지 않은 특이한 내용이었는데도 베인즈 경감이나 그렉슨 경감이 에클스에게 의문을 품거나 거짓말이라고 의심하는 기색이 보였나?”

“에클스가 어떤 일의 증인이란 뜻인가?”

“내 생각으로는 아무 일도 없었다는 사실을 증언해 줄 사람으로 에클스를 끌어들인 듯싶어. 하지만 일이 완전히 다른 방향으로 진행되었지.”

“그랬군. 에클스가 어떤 알리바이를 증명해 주는 역할을 했을 거란 말이지?”

“정확해, 왓슨. 그가 어떤 알리바이를 증명했겠지. 위스테리아 로지의 스페인 사람들은 어떤 음모를 꾸미고 있었을 거야. 아마 1시 이전에 그 음모를 실행할 계획이었겠지. 에클스를 잠자리에 일찍 들게 만드는 일이야 시곗바늘만 앞으로 돌려 놓으면 간단히 해결되는 일 아니겠나? 사실은 밤 12시도 안 된 시각이었지만 간단한 핑계를 대서 에클스의 방으로 간 다음 12시가 넘었다고 말하면 되니까. 가르시아 가 어떤 일을 했는지 모르지만, 자신이 계획했던 시간까지만 실행하 고 집으로 돌아왔다면 혹시 나중에 누가 시간을 따져 물어도 에클스 라는 확실한 증인이 있으니 가르시아의 알리바이가 성립되었을 거야. 에클스는 법정에서 가르시아가 밤 내내 집에 있었다고 증언했겠지. 에클스가 최악의 상황에 대비한 보증수표 역할을 톡톡히 했을 거야."

"아, 그래. 이제 이해가 가는군. 그런데 하인들이 사라진 건 어떻게 설명하지?"

"글쎄, 그 점에 대해서는 아직 모든 상황이 밝혀진 게 아니라서 정 확히 설명할 수 없어. 하지만 해결하지 못할 정도로 어려운 문제는 없 네. 게다가 왓슨, 이러쿵저러쿵 설명해 봐야 자네 생각만 더 혼란스럽 게 만들 게 뻔하네."

"그 편지는?"

"내용을 생각해 봐. '우리의 색은 초록과 흰색.' 경마와 비슷한 말투 군. '초록은 열렸고 흰색은 닫혔다.' 이건 분명 어떤 암호야. '중앙 계 단, 첫째 복도, 오른쪽 일곱 번째, 초록색 모직 천.' 이건 어떤 장소를 지정한 것이지. 어쩌면 밑에 질투에 불타는 남편이 있었는지도 몰라. 아주 위험한 모험이었나 봐. 그렇지 않고서야 여자가 굳이 '성공을 바 람'이라고 쓰지는 않았겠지. 분명히 'D'는 이번 일의 안내자 역할을 맡은 사람일 거야."

"그 안내인은 스페인 사람이겠지. 'D'는 돌로레스를 의미하는 것 아닌가? 돌로레스라는 여자 이름은 스페인에서는 흔하지 않나?"

"훌륭한 추리야. 왓슨, 아주 좋은 지적이네. 하지만 그것만으로는 설명되지 않아. 만약 스페인 사람이 쓴 편지라면 스페인어를 썼겠지. 가르시아는 스페인 사람이 아닌가. 영어를 사용한 걸 보면 이 편지를 쓴 사람은 분명 영국인이야. 유능한 베인즈 경감이 새로운 소식을 갖고 올 때까지 일단은 궁금증을 참고 기다릴 수밖에 없어. 그동안 우리는 이번 사건이 견딜 수 없는 지루함과 따분함에서 우리를 구출해 준 것에 대해 감사나 하고 있을까."

그러나 서리 경찰서의 베인즈 경감이 돌아오기 전에 홈즈가 보낸 전보에 대한 답신이 배달되었다. 전보를 읽고 수첩에 넣으려던 홈즈는 궁금해하는 내 모습을 보고 웃으면서 전보를 건네주었다.

"일이 아주 재미있어지는군." 홈즈가 말했다.

홈즈가 준 전보에는 이름과 주소가 있었다.

해링바이 경-딩글 저택

조지 폴리옷 경-옥숏 저택

치안판사 하인스-퍼디 저택

제임스 베이커 윌리엄스-포턴 올드 홀 저택

핸더슨-하이 게이블 저택

조슈어 스톤 교수-니더 월슬링 저택

"수사할 범위가 이렇게 좁혀졌어. 베인즈 경감처럼 꼼꼼한 사람이라면 벌써 이와 비슷한 방법을 썼을 거야." 홈즈가 설명했다.

"난 전혀 이해가 가지 않는데."

"생각해 보게, 왓슨. 이미 결론 내렸듯이 저녁 식사 때 가르시아가 받은 것은 은밀한 밀회를 위해 약속 장소를 정하는 편지였어. 편지 내용을 떠올려 보겠나? 중앙 계단을 올라가서 복도에서 일곱 번째 문이라고 적혀 있었지? 이를 통해 아주 큰 집이라는 것을 알 수 있어. 옥슷에서 몇 마일밖에 안 된다는 사실도 알 수 있지. 내 생각대로라면, 가르시아가 그 집 쪽으로 걸어가고 있었고, 자신의 알리바이 성립을 위해 일을 끝낸 뒤 1시까지는 위스테리아 로지로 돌아올 예정이었을

거야. 그래서 난 옥숏 근처에는 대저택이 많지 않다는 것을 파악하고, 스콧 에클스가 말한 부동산 중개인에게 대저택이 얼마나 되는지 알아봐 달라는 전보를 보냈어. 그리고 그에 대한 대답으로 방금 이 전보를 받은 거야. 우리가 찾는 저택은 분명 이 전보에 있는 것 중 하나겠지. 이 전보에 엉킨 실타래를 푸는 길이 있어."

우리가 베인즈 경감과 함께 서리의 아름다운 에셔 마을에 도착한 것은 6시가 다 되어서였다.

홈즈와 나는 하룻밤을 보내기 위해 여관에 짐을 풀었다. 그리고 베인즈 경감과 함께 위스테리아 로지로 향했다. 3월의 저녁은 쌀쌀했다. 날은 이미 어두워졌으며, 바람이 강하게 불었고 가랑비까지 내렸다. 아무렇게나 자란 잡초가 우거진 길과 잘 어울리는 음산한 날씨는 우리가 쫓고 있는 비극적인 사건을 암시하는 듯했다.

2
산 페드로의 호랑이

추위에 떨면서 우울한 기분으로 2마일을 걸어가자 우뚝 선 나무 대문이 나타났다. 문은 열려 있었고 밤나무가 우거진 어두운 길이 이어져 있었다. 구불거리고 그늘진 진입로를 걸어가자 낮은 집 한 채가 눈에 들어왔다. 집은 칠흑처럼 검었고 뒤로는 회색 하늘이 펼쳐져 있었다. 현관 왼쪽에 있는 창문으로 희미한 불빛이 새어 나왔다.

"경관 한 명을 배치해 두었습니다." 베인즈 경감이 설명했다. "창문을 노크해 보지요."

그는 잔디밭을 지나 창 밑으로 가 창문을 똑똑 두드렸다. 유리창은 뿌옇게 더러워져 있었다. 똑똑 하는 소리를 듣고 벽난로 옆 의자에 앉아 있던 남자가 벌떡 일어났다. 그 순간 갑자기 방 안에서 날카로운 비명 소리가 들려왔다. 몇 초 후, 하얗게 질린 얼굴의 경관 한 명이 숨을 가쁘게 몰아쉬면서 문을 열고 뛰쳐나왔다. 양초를 든 손은 부들부들 떨리고 있었다.

"무슨 일인가, 월터스?" 베인즈 경감이 물었다.

월터스 경관은 손수건으로 이마를 닦으면서 안도의 한숨을 길게 내쉬었다.

"이렇게 오셔서 얼마나 기쁜지 모르겠습니다. 경감님, 정말 너무나 긴 저녁이었습니다. 저는 지금 제정신이 아닙니다."

"제정신이 아니라니? 그렇게 잔뜩 겁에 질려 자신이 지금 무슨 말을 하고 있는지 아나?"

"하지만 경감님, 아무도 없는 조용한 집 안에 혼자 있는 데다가 주방에 뭔가 이상한 게 있었습니다. 경감님이 창문을 두드리는 바람에 전 그게 또 온 줄 알았지 뭡니까."

"또 왔다니? 뭐가?"

"악마 말입니다. 경감님, 그건 악마가 틀림없어요. 그게 창문에 나타났어요."

"창문에 뭐가, 언제 나타났지?"

"불과 두 시간 전입니다. 해가 기울 때쯤이었어요. 의자에 앉아 책을 읽다가 문득 창문을 보았습니다. 그랬더니 창문 밖에서 웬 얼굴 하나가 날 쳐다보고 있지 뭡니까. 얼마나 놀랐는지 꿈에 다시 볼까 두렵습니다. 세상에 어떻게 그런 얼굴이 다 있는지!"

"쯧쯧, 월터스 경관. 지금 하는 말이 경찰로서 할 말인가?"

"저도 압니다. 알고말고요. 하지만 정말 깜짝 놀랐습니다. 거짓말이 아닙니다. 검은색도 흰색도 아닌, 생전 처음 보는 색이었습니다. 꼭 진흙 더미에 우유를 엎지른 것 같은 이상한 무늬였지요. 그리고 크기도 경감님 얼굴의 두 배쯤 되었습니다. 게다가 등잔처럼 큰 눈이 저를 노려보았고, 굶주린 야수 같은 하얀 송곳니가 번뜩였습니다. 손가락 하나 까딱할  수 없었고 숨도 못 쉴 지경이었지요. 정말 오금이 저릴 만큼 무서웠습니다. 그게 재빨리 사라지고 나서야 겨우 몸을 움직일 수 있었으니까요. 밖으로 달려 나가 숲 사이를 살펴봤지만 다행히 아무도 없었습니다."

"월터스, 자네가 성실한 경찰이란 걸 알고 있기에 망정이지, 안 그랬으면 어처구니없는 말 때문에 자네는 점수가 깎였을 거야. 그리고 설사 악마였더라도 경찰답게 손을 써서 잡을 일이지 자취를 감췄다고 다행스럽게 생각해서야 되겠나? 피곤해서 꿈결에 뭘 잘못 본 거야."

"그러면 일이 간단하게 풀리겠지만, 베인즈 경감. 제 생각은 글쎄올시다……." 소형 포켓 랜턴을 켜면서 홈즈가 말했다. "역시 구두 자국이 꽤 많이 나 있군요. 발자국처럼 몸집이 크다면 대단한 거인이 분명

합니다." 창문 밑 잔디 화단을 잠시 조사한 뒤 홈즈가 설명했다.

"어떻게 된 건가?" 내가 말했다.

"숲을 빠져나가 도로 쪽으로 도망간 것 같아."

"음." 무언가를 생각하는 심각한 표정으로 베인즈 경감이 말했다. "그게 누구든, 뭘 찾고 있었든, 지금은 사라지고 없고, 지금 우리는 당장 해야 할 일이 있습니다. 홈즈 씨, 괜찮다면 집을 보여 드리지요."

방은 아주 많았지만 특별히 조사할 만한 물건은 없었다. 가르시아는 짐을 거의 가지고 오지 않은 게 분명했다. 가구며 자잘한 가재도구역시 집을 빌리면서 함께 빌린 것이었다. 하이 홀본의 마르크스 회사상표가 붙은 옷이 꽤 많아서 마르크스 회사에 전보로 가르시아에 대해 물어보았지만 옷값을 모두 지불한 고객이라는 것 외에는 어떤 정보도 알아낼 수 없었다. 잡동사니, 파이프 몇 개, 그리고 소설이 몇 권있었는데, 그중 두 권은 스페인 책이었고 구식 핀파이어(내부 화약이터지면 그 힘으로 총알이 발사되는 방식) 리볼버와 기타 하나가 가르시아개인 소지품의 전부였다.

"아무것도 없습니다." 손에 촛불을 들고 이 방 저 방을 쉬지 않고 돌아다니던 베인즈 경감이 한마디 했다. "홈즈 씨, 이제 주방으로 가 볼까요?"

집 뒤편에 있는 주방은 어둡고 천장이 높았다. 한쪽 구석에는 짚으로 만든 깔개가 있었는데, 요리사가 침대로 사용한 것이 분명했다. 식탁 위에는 반쯤 먹다 남긴 음식 접시가 지저분하게 널려 있었다. 어젯밤에 한 저녁 식사의 흔적인 듯했다.

"보시지요. 이것에 대해 어떻게 생각하십니까?" 베인즈 경감이 말

했다.

베인즈 경감이 촛불을 높이 들면서 찬장 뒤편에 놓인 이상한 물체를 비추었다. 그 물체는 원래 무엇이었는지 알아보기 어려울 정도로 심하게 말라 비틀어져 있었다. 검은 가죽으로 만든 난쟁이 형상 같기도 했고, 언뜻 보기에는 흑인 갓난애의 미라 같았다. 하지만 자세히 보니, 쪼글쪼글한 늙은 원숭이 같기도 했다. 그 물체가 사람인지 동물인지 전혀 짐작이 되지 않았다. 가운데에는 흰 조개껍질로 만든 끈 두 줄이 둘러져 있었다.

"그것 참 흥미롭군요. 정말 흥미롭군요!" 홈즈가 그 기분 나쁜 물건을 자세히 관찰하며 내뱉은 말이었다. "다른 것은 없습니까?"

베인즈 경감은 말없이 싱크대로 다가가더니 촛불을 비추었다. 그런데 그곳에 큰 새 한 마리가 조각조각 뜯어진 채 죽어 있었다. 흰 깃털이 여기저기 흩어져 있었다. 홈즈가 잘려 나간 새의 목 밑으로 축 늘어진 목살을 가리켰다.

"흰 수탉이군요. 아주 흥미로워요. 정말 신기한 사건이에요." 홈즈가 말했다.

바로 그다음에 베인즈 경감이 보여 준 물건이 가장 섬뜩했다. 경감은 싱크대 밑에서 양동이를 꺼냈는데, 거기에는 붉은 피가 가득 담겨 있었다. 그리고 베인즈 경감은 식탁에 있던 접시를 보여 주었다. 불에 타 숯으로 변한 작은 뼛조각이 접시에 수북이 쌓여 있었다.

"뭔가를 죽인 후 불에 태웠습니다. 오늘 아침에 의사를 불러 확인해 본 결과 태운 것은 사람이 아니라는 결과가 나왔습니다."

홈즈가 웃으면서 손바닥을 비볐다.

"축하드립니다, 경감. 사건을 아주 치밀하고 조직적으로 잘 처리하시는군요. 이런 말이 실례가 될지 모르지만 경감이라는 직책에 머물

기에는 능력이 아깝습니다."

베인즈 경감의 작은 눈이 기쁨으로 빛났다.

"맞습니다, 홈즈 씨. 우리야 시골구석에 처박혀 있는 셈이지요. 그러나 이런 사건을 맡게 되면 기회를 잡은 것이라 할 수 있습니다. 저는 이번에 온 좋은 기회를 붙잡았으면 합니다. 홈즈 씨는 이것이 어떤 동물의 뼈라고 생각합니까?"

"양이 아닐까요? 새끼 양 같습니다."

"그리고 흰 수탉도 있고요."

"아주 재미있는 사건이에요, 베인즈 경감. 아주 재미있어요. 정말 보기 드문 독특한 사건입니다."

"예, 그렇습니다. 정말 이상한 사람들이 살던 집입니다. 이상한 방식으로 살기도 했고요. 아시다시피 그중 한 명인 가르시아는 죽었지요. 하인들이 뒤를 밟아서 죽인 걸까요? 만약 그랬다면 경찰에 체포될 겁니다. 항구마다 검문하고 있으니까요. 하지만 홈즈 씨, 제 생각은 다릅니다."

"생각 중인 가설이라도 있나요?"

"예. 하지만 스스로 해결할 생각입니다. 홈즈 씨, 제 능력을 발휘하기 위해서 그래야 할 필요가 있습니다. 홈즈 씨야 이미 유명한 분이지만 전 그렇지 않으니까요. 나중에 홈즈 씨의 도움 없이 제 힘으로 이번 사건을 해결했다고 자랑스럽게 말할 수 있다면 더할 나위 없이 기쁠 듯싶습니다."

홈즈는 기분이 좋은 듯이 소리 내 웃으면서 말했다. "좋습니다, 좋아요. 베인즈 경감. 경감은 경감대로 저는 저대로, 각자의 방식대로 일하지요. 혹시 도움이 필요하면 언제든지 말하세요. 이 집에서 더 이상 살펴볼 만한 것은 없는 것 같으니, 전 다른 곳으로 가는 게 좋겠군요. 그럼 안녕히 계십시오. 행운을 빌겠습니다."

다른 사람은 눈치채지 못했겠지만, 홈즈의 표정에 아주 미묘한 변화가 있었다. 홈즈가 어떤 낌새를 알아차린 것이 분명했다. 주의 깊게 살피지 않으면 평소처럼 무표정하다고 생각했겠지만, 홈즈의 활달한 태도와 반짝이는 눈에서 왠지 모를 흥분과 기대감을 감지할 수 있었다. 앞으로 홈즈만의 흥미진진한 게임이 진행될 것임이 분명했다.

그러나 아무 말도 하지 않는 홈즈처럼 나 역시 아무 질문도 하지 않았다. 사건을 해결하는 순간에 조금이나마 도움을 줄 수 있다면 그것으로 충분했기 때문이다. 나의 불필요한 참견으로 홈즈의 집중력을 방해하면 안 된다. 그리고 때가 되면 다 알게 될 테니 서두를 필요도 없었다.

그런 이유 때문에 조용히 기다렸지만 실망스럽게도 참을성 있게 기다린 보람이 없었다. 하루하루 시간은 흘러가는데, 홈즈는 어떤 행동도 하지 않았다. 어느 날 아침, 홈즈는 마을로 나가는가 싶더니 다시 돌아와서는 대영박물관에 갔다 왔다고 말했다. 홈즈는 그 일 외에는 그동안 사귄 마을 사람들과 동네에 도는 소문에 대해 잡담을 나누거나 오랜 시간 산책을 나가는 것으로 시간을 보냈다.

"왓슨, 시골에서 보내는 일주일은 매우 귀중해. 산울타리에 솟아나는 초록색 새싹을 보는 일도 즐겁고 개암나무의 꽃차례를 보는 것도 기분 좋지. 작은 삽 하나와 채집함, 식물학 입문서를 들고 나가 보게. 아주 유익할 거야."

홈즈는 이런 식으로 여기저기 하루 종일 쏘다니는 듯했지만 저녁때 들고 돌아오는 것이라고는 빈약한 화초 몇 뿌리가 전부였다.

산책 나갔다가 베인즈 경감과 마주치는 일도 가끔 있었다. 그의 통

퉁하고 붉은 얼굴에는 웃음이 가득했고 홈즈를 보며 인사할 때면 작은 두 눈이 반짝거렸다. 베인즈 경감은 사건에 대해 거의 말하지 않았지만, 경감의 사건 수사가 만족스럽게 진행되고 있다는 것을 알 수 있었다. 그러나 사건이 발생한 지 닷새 후 조간신문을 펼쳤을 때 큰 활자로 다음과 같은 기사가 실린 것을 보고 약간 놀란 것이 사실이다.

옥솟 살인 사건 해결
용의자 체포

내가 기사 제목을 읽자 홈즈가 벌에 쏘인 듯 의자에서 벌떡 일어났다.

"설마! 베인즈 경감이 범인을 체포했다는 말은 아니겠지?" 홈즈가 큰 소리로 외쳤다.

"체포한 것 같아." 나는 기사를 소리 내어 읽었다.

어젯밤 옥솟 살인 사건의 용의자가 체포되었다는 소식이 전해지자 에셔 지역 주민은 흥분을 감추지 못했다. 이미 보도된 것처럼 옥솟 공유지에서 발견된 위스테리아 로지의 가르시아 씨 시체에는 심한 폭행을 당한 흔적이 있었다. 또 사건 당일 밤 가르시아의 하인과 요리사가 도주한 것으로 보아 이들 역시 범죄와 관계있는 것으로 추측된다. 위스테리아 로지에 숨겨진 귀중품이 범행 동기일 것으로 추정되나 관련 증거는 밝혀지지 않은 상태다. 이번 사건을 담당한 베인즈 경감은 두 하인이 멀리 도망가지는 못했을 것으로 보고 미리 준비한 은신처에 숨어 있으리라 확신해 도주한 범인들의 은신처를 찾는 데 수사의 초점을 맞추었다. 용의자 중 한 명인 요리사의 얼굴을 본 목격자들의 증언에 의하면 황갈색 피부에 흉측하게 생긴 거인이라고 한다. 그는 범행이 일어난 다음 날 밤, 대담하게도 위스테리아 로지에 나타났으며 이 모습을 월터스 경관이 목격했다. 베인즈 경감은 요리사가 다시 로지를 찾은 데는 이유가 있을 것으로 추측하고, 다시 나타나리라 예상해 위스테리아 로지를 비상경계하고 경관들을 잠복시켰다. 결국 범인은 어젯밤 이 덫에 걸려 격투 끝에 붙잡혔는데, 그 과정에서 다우닝 순경이 범인에게 물려 중상을 입었다. 용의자 체포로 사건 수사에 큰 진전이 있을 것으로 예상된다.

"지금 당장 베인즈 경감을 만나야겠어. 출발하기 전에 만나야 해." 홈즈가 모자를 집어 들면서 급히 말했다.

우리는 서둘러 달려갔고, 예상한 대로 막 떠나려던 경감을 만날 수 있었다.

"혹시 신문을 봤습니까, 홈즈 씨?" 경감이 신문을 내밀면서 물었다.

"네, 베인즈 경감, 신문을 봤습니다. 이런 말을 한다고 기분 나쁘게 생각하시지 말기 바랍니다. 약간 주의를 하셨으면 합니다."

"주의라고요, 홈즈 씨?"

"저도 이번 사건을 주의 깊게 조사하고 있습니다만, 현재 경감의 수사 방향이 옳은지 약간 의심스럽습니다. 100퍼센트 확신하지 않는다면 그만두는 것이 좋을 듯합니다."

"친절한 말이군요. 홈즈 씨."

"경감을 생각해서 하는 말입니다."

베인즈 경감이 조그만 눈을 약간 찌푸렸다.

"각자의 방법대로 수사하기로 하지 않았습니까, 홈즈 씨? 전 제 방법대로 하고 있습니다."

"아, 좋습니다. 나쁘게 생각하지 마세요." 홈즈가 대답했다.

"아뇨, 그럴 리가요. 절 생각해서 하신 말인 줄 잘 알고 있습니다. 하지만 각자의 방법이 있으니까요. 홈즈 씨에게는 홈즈 씨의 방법이 있고 저에게도 제 방법이 있는 거죠."

"그럼 이쯤에서 그만두시지요."

"이쪽의 정보는 언제든지 제공하지요. 이번에 잡은 놈은 완전히 야만인입니다. 황소처럼 힘이 세고 사납기가 말로 할 수 없을 정도입니다. 다우닝 순경의 엄지를 물어뜯는 바람에 하마터면 큰일 날 뻔했습니다. 그저 으르렁대기만 할 뿐 영어는 한마디도 못해서 알아낸 사실은 아무것도 없습니다."

"그 요리사가 주인 가르시아를 죽였다는 증거는 있나요?"

"그렇게 말하진 않았습니다. 홈즈 씨, 그런 말을 한 적은 없습니다. 그저 사건을 수사 중일 뿐입니다. 홈즈 씨는 홈즈 씨대로, 전 저대로 조사하지요. 그러기로 합의하시지 않았습니까?"

자리를 털고 일어나면서 홈즈가 어깨를 으쓱하며 중얼거렸다. "무슨 생각을 하는지 모르겠군. 어째 위태로워 보이는걸. 흠, 하지만 경감 말대로 각각 자기 방법대로 해야겠지. 앞으로 어찌 될지는 두고 보면 되고. 하지만 베인즈 경감의 태도는 전혀 이해할 수 없네."

여관으로 돌아 온 뒤 홈즈가 말했다.

"의자에 앉게, 왓슨. 상황이 어떻게 돌아가는지 자네에게도 알려 줘야겠군. 어쩌면 오늘 밤 자네 도움이 필요할 것 같아. 지금까지 내가 조사한 내용을 말하지. 내용은 간단하지만 체포 과정은 상당히 복잡할 듯하네. 내가 수사한 방향에는 아직 채워 넣어야 할 빈 공간이 남아 있거든.

그 편지로 돌아가 볼까? 살해당한 날 밤 가르시아가 받은 편지 말일세. 가르시아의 하인들이 이번 사건의 범인이라는 베인즈 경감의 생각은 일단 젖혀 둬야 할 것 같아. 이번 사건에 알리바이를 제공할 증인으로 삼기 위해 스콧 에클스를 끌어들인 것은 하인들이 아닌 가르시아의 생각이었으니까. 따라서 이번 범죄 계획을 꾸민 사람은 가르시아가 틀림없어. 그날 밤 살해당했지만 가르시아는 그날 어떤 계획을 꾸미고 있었던 것이 분명해. 알리바이가 필요한 사람은 어떤 범죄를 계획하고 있는 사람이라고 봐도 틀린 말이 아니야. 그렇다면 누가 가르시아를 죽였을까? 분명 그 범죄의 대상자였겠지. 지금까지의 추리는 무리 없이 맞아떨어진다고 볼 수 있어.

그럼 이제 가르시아의 하인들이 사라진 이유가 무엇인지 알아봐야겠지? 이들 역시 우리가 아직 모르는 그 범죄 계획의 공범자였을 거야. 가르시아가 제시간에 돌아왔다면 믿음직한 영국인의 증인도 있겠다, 경찰의 의심을 받을 만한 증거를 없앨 수 있었겠지. 하지만 위험한 계획이었기 때문에 만약 가르시아가 정해진 시간까지 돌아오지 않는다면 그건 가르시아가 이미 이 세상에 없다는 증거로 봐도 무방했겠지. 따라서 가르시아가 돌아오지 않을 때는 하인 두 사람이 경찰의 추적을 피할 수 있도록 미리 준비해 놓은 은신처로 도망가기로 약속했을 거야. 그리고 다음 기회를 노리려고 했겠지. 이 정도면 충분히 설명이 되지 않나? 안 그런가?”

홈즈의 설명으로 마구 엉켜 있던 실타래가 풀리는 듯했다. 항상 그렇지만 홈즈가 설명하기 전까지는 왜 사건이 그림 맞추기 퍼즐 조각처럼 보이는지 의아했다.

"하지만 요리사는 왜 돌아왔지?"

"정신없이 도망가느라 귀중한 물건을 미처 챙기지 못한 것이겠지. 그 때문에 일부러 돌아 온 듯싶어."

"음, 다음에 생각해야 하는 사실은 뭐지?"

"다음 단계는 저녁 식사 때 가르시아가 받은 편지야. 누군가에게 편지를 받았다는 것은 반대쪽에 공범이 있다는 뜻이지. 그렇다면 그 반대쪽은 과연 어디일까? 난 이미 자네에게 대저택일 수밖에 없다는 이야기를 했어. 그리고 이 마을에 있는 대저택의 숫자는 한정되어 있네. 이 마을에 와서 처음 며칠간은 식물 채집을 하면서 돌아다니다가 만난 마을 주민과 친해졌지. 마을 사람들에게서 대저택에 사는 사람들에 대한 이야기를 자세히 들었네. 그중 내 주목을 끈 집은 단 하나였어. 15세기 형식으로 지은 하이 게이블 저택인데, 옥숫에서 1마일쯤 떨어져 있고 살인 사건 현장에서는 반 마일도 안 되는 거리에 있어. 다른 대저택에 사는 사람들은 평범하고 존경할 만했고, 위험천만한 모험과는 동떨어진 삶을 사는 사람들인 듯했지. 하지만 하이 게이블 저택의 주인 핸더슨은 특이한 모험의 주인공이 될 만큼 특별한 사람이더군. 끈질기게 노력한 결과 핸더슨과 그 식구들에 대해서 알아낼 수 있었네.

그런데 왓슨, 하이 게이블 저택에는 정말 특이한 사람들이 살고 있더군. 그중에서도 주인 핸더슨이 가장 유별나지. 그럴듯한 핑계를 대서 그 사람 얼굴을 볼 기회를 만들었는데, 골똘히 생각에 잠긴 듯한 어둡고 깊은 두 눈이 마치 내가 왜 찾아왔는지 다 안다고 말하는 듯했어. 50대의 건강하고 활동적인 남자로, 희끗희끗한 머리에 짙고 검은 눈썹이 특징이야. 걸음걸이는 사슴처럼 민첩했고, 전체적인 분위기는 황제 같은 느낌이 들었어. 강력하고 강인한 인물이었지. 핸더슨의 누런 얼굴 뒤에는 불처럼 뜨거운 성정이 숨어 있었네. 외국인이거나 오랫동안 열대 지방에서 살다 온 것이 틀림없어. 얼굴빛이 누렇고 생기가 없었거든. 하지만 분명 가죽 채찍처럼 아주 독하고 거친 사람이야. 친구이자 비서 루카스도 틀림없는 외국인이야. 볕에 잘 그을린 것처럼 피부가 초콜릿 브라운색이더군. 말투는 상냥했지만 어쩐지 가시가 돋아 있었고, 마치 교활한 고양이 같았어. 왓슨, 설명했다시피 하나는 위스테리아 로지, 또 하나는 하이 게이블 저택에 각각 외국인이 살고 있다는 사실에 주목할 필요가 있어. 내가 세운 추리 사이의 빈틈이 좁혀지고 있는 게 보이나?

핸더슨과 비서 루카스가 하이 게이블 저택의 중심인물이지. 둘은 아주 각별한 사이로 한시도 떨어지지 않는 듯 보였네. 하지만 더 중요한 인물이 한 명 있어. 핸더슨은 열한 살짜리와 열세 살짜리 딸 두 명이 있는데, 마흔 살쯤 되는 버넷이라는 영국 여자 가정교사가 아이들을 돌보고 있어. 그리고 남자 하인 한 명이 더 있지. 이들이 하이 게이블 저택에 살고 있는 사람들이고 같이 여행을 다니는 진짜 가족들이야. 나머지는 모두 하인들이지. 핸더슨은 여행을 많이 다니는 사람으로 항상 집을 비우는 편이라더군. 영국에 돌아온 것은 몇 주 전으로, 일 년쯤 집을 떠났다가 하이 게이블로 돌아온 참이었네. 한마디 덧붙이면 그는 엄청난 부자가 틀림없어. 설사 어떤 변덕을 부려도 얼마든지 자기 기분 내키는 대로 뭐든 할 수 있으니까. 나머지는 영국 시골 지주들 집이 보통 그렇듯이 할 일 없이 남아도는 집사, 하인, 하녀들이 전부였네.

　대부분은 마을 사람들 입을 통해 들은 말이고, 내가 직접 관찰해서 알아낸 사실도 있지. 불만을 품은 하인만큼 쉽게 정보를 얻을 수 있는 상대는 없지. 다행히 그런 사람을 찾아냈어. 운이 좋기도 했지만 찾지 않는 사람에게 그런 행운이 올 리는 없지 않겠나. 베인즈 경감이 말했듯이 각자의 방법이 있어. 내 방법은 그런 가까운 주변 인물을 찾는 거야. 존 워너는 하이 게이블 저택의 정원사였는데, 주인 핸더슨이 홧김에 쫓아낸 사람이야. 변덕스러운 주인 때문에 쫓겨났으니 당연히 좋은 감정을 품고 있을 리 없지. 그리고 아직 일하고 있는 하인들도 여전히 핸더슨을 무서워하고 싫어하기는 마찬가지라 그들을 통해서 이런 정보를 얻기란 그다지 어렵지 않았어.

　정말 이상한 사람들이야, 왓슨! 그들이 어떤 사람들인지 구태여 이해하는 척하고 싶지도 않지만, 어쨌든 정말 이상한 사람들이지 않나? 하이 게이블 저택은 양쪽으로 나뉘어 있는데, 한쪽에 하인들이 살고 가족들은 다른 쪽에 살고 있어. 식사를 준비하는 핸더슨의 남자 하인 외에는 하인들과 가족들 간의 교류는 전혀 없어. 건물 사이에 있는 문 하나를 통해서만 왔다 갔다 할 수 있지. 가정교사 버넷 양과 아이들은 정원에 나가는 시간을 빼면 거의 외출하지 않네. 핸더슨은 절대로 혼자서는 밖에 나가는 법이 없어. 비서인 루카스가 그림자처럼 항상 붙어 다니지. 하인들 사이에서는 핸더슨이 뭔가를 상당히 두려워하고 있다는 소문이 돌고 있다네. 정원사 워너 말로는 그가 돈을 받고 악마에게 영혼을 팔았다면서 '악마가 찾아와서 영혼을 달라고 할까 봐 그러는 겁니다.'라고 하더군. 어쨌든 핸더슨과 그 식구들이 어디서 왔는지, 뭘 하는 사람인지 정체를 아는 하인은 아무도 없었어. 핸더슨은 폭력을 마구 휘두른다더군. 두 번이나 개 채찍을 휘둘러 사람을 다치게 했지만 돈으로 보상해서 간신히 재판을 피한 적도 있다네.

자, 이제 새로운 정보를 가지고 상황을 다시 종합해 보세, 왓슨. 가르시아가 받은 편지는 하이 게이블 저택에서 보낸 것이 분명해. 그리고 그 편지의 내용은 이미 계획 중이던 어떤 일을 실행하라는 것이었지. 그 편지는 누가 썼을까? 하이 게이블에 살고 있는 누군가이며 여자겠지. 편지의 필체가 여자 것이었던 걸 기억하나? 그렇다면 단 한 명, 바로 가정교사 버넷 양이라고 추측할 수 있지. 추리의 방향이 한 곳으로 집중되고 있지? 어쨌든 이렇게 가정을 하고 앞으로 어떤 결과가 나올지 지켜보는 게 좋을 거야. 버넷 양의 나이와 성격을 감안해 볼 때, 맨 처음 생각했던 것처럼 애정 문제를 둘러싼 사건은 절대로 아닌 것이 분명하네.

만약 편지를 쓴 사람이 버넷 양이라면 분명 가르시아와 친구이거나 공범일 거야. 그렇다면 가르시아가 죽었다는 사실을 알았을 때 그녀는 어떻게 했을까? 가르시아가 나쁜 음모를 꾸미다가 죽었다면 버넷 양은 입을 꼭 다물고 절대 열지 않았을 거야. 하지만 마음속으로는 가르시아를 죽인 사람들에 대해 원한과 증오를 품고 그들에게 복수할 기회를 노리고 있겠지. 이 점을 통해 버넷 양을 이용할 수 있지 않을까? 처음에는 그렇게 생각했어. 그런데 불길한 소식이 들려왔지. 버넷 양이 그 살인이 일어난 날 이후로 자취를 완전히 감추고 만 거야. 살아 있을까? 어쩌면 자기가 불러낸 가르시아와 마찬가지로 버넷 양도 역시 그날 밤 최후를 맞은 것은 아닐까? 아니면 어딘가에 붙잡혀 있을까? 바로 이 점이 우리가 확인해 봐야 할 사항이지.

상황이 무척 어렵다는 것을 파악했을 거야, 왓슨. 이제까지 추리한 사건의 실상을 남들에게 이해시킬 만한 근거가 전혀 없어. 판사는 허무맹랑한 소리라고 여길 거야. 여자가 사라진 이유를 뭐라 설명할 건가? 하이 게이블 저택의 주인도 몇 달이고 집을 비우기 일쑤인걸. 지금 버넷 양은 목숨이 위험할지도 몰라. 내가 지금 할 수 있는 일은 사람을 시켜 그 집을 감시하게 하는 것뿐이야. 정원사 워너를 시켜 저택 대문 근처에서 망을 보게 했어. 상황이 이대로 흘러가게 둘 수는 없지. 법이 할 수 없는 일이라면 우리가 위험을 무릅쓰고서라도 해야 하지 않겠나."

"어떻게 하자는 건가?"

"버넷 양의 방이 어디인지 알아. 건물 지붕으로 가면 그녀의 방에 들어갈 수 있어. 왓슨, 내가 하고 싶은 말은, 자네와 내가 오늘 밤 그 저택에 잠입해 수수께끼를 풀어 보자는 걸세."

그다지 흔쾌히 수락할 만한 제안은 아니었다는 점을 고백한다. 살인 사건과 관계된 오래된 저택에, 그것도 이상한 사람들이 살고 있고, 위험이 닥칠지 모르는 상태에서 가택침입죄에 해당하는 짓을 서슴없이 승낙하기는 쉽지 않은 일이었다. 그러나 홈즈의 냉철한 추리에는 몸을 사릴 수 없게 만드는 무언가가 있다. 결국 할 수 있는 일은 하나였다. 나는 말없이 홈즈의 손을 잡았다. 주사위는 던져진 것이다.

그러나 우리의 모험은 내가 짐작한 만큼 스릴 넘치지는 않았다. 오후 5시쯤, 3월의 저녁 어스름이 깔릴 즈음 누군가가 헐레벌떡 방으로 뛰어들어왔다.

"갔어요, 홈즈 씨. 그들이 떠났어요. 방금 기차를 타고 갔습니다. 가정교사도 데리고 가려고 했지만 제가 마차에 태워 데리고 왔습니다. 지금 밖에 있어요."

"잘했어요, 워너 씨!" 홈즈가 벌떡 일어나며 소리쳤다. "왓슨, 사건이 신속하게 마무리될 것 같아."

마차 안에는 정신을 잃은 버넷 양이 있었다. 수척하고 창백한 얼굴로 보아 그동안 얼마나 심한 꼴을 당했는지 알 수 있었다. 힘없이 고개를 숙이고 있었는데 얼굴을 들어 올리자 회색 눈동자의 동공이 검게 풀려 있었다. 아편에 마취된 것이 분명했다.

"시키신 대로 문가에서 집을 감시하고 있었지요." 우리의 비밀 요원인 해고된 정원사가 말했다. "마차 한 대가 나오기에 그걸 따라 역까지 따라갔습니다. 버넷 양은 마치 잠든 사람처럼 힘없이 걷고 있었는데, 기차에 태우려고 하자 정신이 들었는지 저항하기 시작했어요. 그들이 억지로 기차 칸에 태우기는 했지만 버넷 양은 실랑이를 벌인 끝에 기차에서 내렸지요. 그래서 제가 재빨리 버넷 양을 도와 마차에 태우고 이리로 달려온 겁니다. 버넷 양을 데리고 도망갈 때 기차에서 저를 노려보던 얼굴을 잊을 수 없습니다. 절대 잊지 못할 겁니다. 만약 그가 절 쫓아왔다면 제 목숨은 이미 달아나고 없었을 겁니다. 험상궂고 누런 얼굴을 한 시커먼 눈의 악마입니다. 그놈은 악마예요."

우리는 버넷 양을 2층으로 데리고 갔다. 소파에 눕히고 진한 커피를 두 잔 마시게 하자 약 기운에 몽롱했던 정신이 돌아오는 듯했다. 홈즈는 베인즈 경감을 불렀다. 여관에 도착한 경감은 정황을 설명하기 시작했다.

　"아하 이런, 홈즈 씨, 제가 찾던 증거를 먼저 찾았군요." 경감이 홈 즈에게 악수를 청하면서 즐겁다는 듯 한마디 건넸다. "저도 처음부터 홈즈 씨와 같은 방향으로 수사를 했습니다."

　"뭐라고요! 경감도 핸더슨을 쫓고 있었단 말입니까?"

　"예, 홈즈 씨. 하이 게이블 저택의 숲에 엎드려 계신 걸 봤습니다.

전 나무 가지 위에 숨어 있었거든요. 하하, 아래에 계신 모습이 잘 보이더군요. 결국 누가 먼저 증거를 잡느냐 하는 건 시간문제였죠."

"그럼 흑인 요리사는 왜 체포한 거요?"

베인즈 경감이 껄껄 웃었다.

"핸더슨은 자신이 범인이라고 의심받고 있기 때문에 섣불리 행동했다간 위험해진다는 사실을 알고 꼼짝하지 않으리라고 확신했습니다. 참, 원래 이름은 핸더슨이 아니지요. 어쨌든 그래서 일부러 엉뚱한 사람을 체포해 경찰이 다른 사람을 용의자로 지목하고 있다고 생각하도록 만든 겁니다. 그래서 그들이 도주한다면 버넷 양을 증인으로 확보할 수 있으리라고 생각했지요."

홈즈는 감탄하면서 경감의 어깨를 두드렸다.

"분명 뛰어난 형사가 될 겁니다. 능력도 있고 직감도 뛰어나군요." 홈즈가 칭찬했다.

베인즈 경감은 기뻐하면서 얼굴을 붉혔다.

"이번 주 내내 역 근처에 사복형사를 배치해 두고 있었습니다. 하이게이블 사람들이 어디를 가더라도 항상 감시하기 위해서였죠. 하지만 아까 버넷 양이 도망가는 것을 보고는 어찌해야 할지 곤란해졌죠. 하지만 홈즈 씨가 보낸 정원사 워너가 버넷 양을 데리고 가서 결국 잘 마무리할 수 있었습니다. 버넷 양의 증언이 없이는 그들을 체포할 수 없으니 잘된 일이지요. 일단 지금으로서는 버넷 양의 진술을 빨리 받을수록 그들을 빨리 체포할 수 있습니다."

"지금 한시가 다르게 회복하고 있는 중입니다." 홈즈가 버넷 양을 흘끗 쳐다보며 말했다. "그런데 핸더슨이 누구인지 말해 주겠습니까,

베인즈 경감?"

"핸더슨은……." 경감이 설명하기 시작했다. "돈 무릴로입니다. 한때 산 페드로의 호랑이라는 별명으로도 불렸지요."

산 페드로의 호랑이! 그 이름을 듣는 순간 모든 사실이 단번에 드러났다. 잔인하고 가차 없는 난폭한 독재 정치로 악명을 떨친 남자였다. 10년인가 12년 동안 국민을 탄압하면서 무자비한 공포정치를 펼쳐 중남미에서 모르는 사람이 없을 정도였다. 집권 말기에 국민이 전국적으로 들고일어나려는 계획을 짰으나 잔인할 뿐만 아니라 교활하기까지 한 이 남자는 측근의 도움으로 해외로 모든 재산을 빼돌린 다음 분노한 국민이 몰려오기 직전 국외로 도망갔다. 다음 날 성난 폭도들이 궁전으로 들이닥쳤지만, 그곳에는 아무도 없었다. 그는 두 딸과 심복, 그리고 엄청난 재산과 함께 이미 국내를 안전히 빠져나간 뒤였다. 그리고 그 후 그는 세상에서 자취를 감추었다. 유럽 지역의 신문에서 간간이 산 페드로의 호랑이를 언급할 뿐이었다.

"네, 맞습니다. 산 페드로의 호랑이, 바로 돈 무릴로가 핸더슨의 진짜 정체입니다." 베인즈 경감이 말을 이었다. "조사해 보면 산 페드로의 국기가 초록과 흰색이란 사실도 알게 될 겁니다. 편지에 있는 대로이지요. 핸더슨의 행적을 거슬러 올라가 보니 1886년 한 해에만 파리, 로마, 마드리드, 바르셀로나를 거쳐 갔더군요. 국민은 복수를 하기 위해 계속 핸더슨의 뒤를 쫓았지만, 최근에서야 겨우 그를 따라잡을 수 있었던 것 같습니다."

"일 년 전에 무릴로를 찾았어요." 어느새 정신을 차리고 일어나 앉아 우리의 대화를 듣던 버넷 양이 말했다. "사실 이미 한 차례 그를 죽이려고 한 적이 있었지만, 사악한 힘이 그를 보호하는지 실패했어요. 그리고 가르시아가 한 번 더 시도했지만 역시 실패했지요. 그 극악무도한 놈은 이번에도 도망갔어요. 하지만 우리는 끝없이 도전할 거예요. 정의가 실현될 날이 올 때까지요. 해가 서쪽에서 뜨는 한이 있더라도 정의는 반드시 실현될 겁니다. 우리의 손으로 그렇게 만들 거예요." 버넷 양은 가냘픈 주먹을 꼭 쥐면서 말했다.

깊은 증오로 그녀의 창백한 얼굴이 한층 더 하얗게 변했다.

"하지만 버넷 양, 당신은 어떻게 이 문제에 관여하게 되었지요? 당신 같은 영국 귀부인이 이런 살인 사건에 개입한 이유가 뭡니까?" 홈즈가 물었다.

"제가 여기에 참여한 것은 정의를 구현할 방법이 이것밖에 없기 때문이에요. 몇 년 전에 산 페드로에서 흘린 피에 대해, 이 남자가 빼돌린 배에 가득 찬 보물에 대해 영국 법률은 무엇을 했습니까? 당신에게는 다른 별에서 일어난 범죄와 마찬가지겠죠. 하지만 우리는 알고 있어요. 고통과 슬픔을 겪으면서 진실을 몸으로 직접 체험했으니까요. 지옥에도 후안 무릴로 같은 악마는 없을 거고, 그에게 희생당한 사람들이 복수를 외치는 동안은 우리에게 마음의 평화는 없습니다."

"잘 알겠습니다." 홈즈가 대답했다. "말한 대로 무릴로가 극악무도하고 잔인하기 이를 데 없는 악당이란 점은 알고 있습니다만, 버넷 양은 어떤 경위로 이 일에 참여하게 된 겁니까?"

"모두 말씀 드리지요. 무릴로의 유일한 통치 정책은 살인이었어요. 무슨 구실이든 붙여 장차 그에게 불리한 경쟁 상대가 될 만한 조짐이 보이는 인물은 누구라도 암살했습니다. 제 남편은 빅터 듀란도로 런던 주재 산 페드로 영사였어요. 전 런던에서 그를 만나 결혼했지요. 남편처럼 훌륭한 인격의 소유자는 찾아볼 수 없을 거예요. 하지만 남편의 뛰어난 능력을 알게 된 무릴로는 핑계를 대서 남편을 소환한 다음 총살시켰어요. 자신의 운명을 알았는지 남편은 따라가겠다는 저를 말렸어요. 재산은 모두 몰수당했고 제게 남은 것이라곤 비통한 슬픔으로 찢어지는 가슴뿐이었어요.

그 후, 폭군은 실각했습니다. 당신이 아까 말한 대로 그는 도망갔어요. 하지만 무릴로에게 고통을 겪고 살해당한 이들의 가족이나 친지들이 무릴로가 무사히 생명을 건져 편안히 살도록 그대로 두고 볼 수는 없는 일이었어요. 사람들은 힘을 모아 목적을 이룰 때까지는 절대 해산할 수 없는 비밀 조직을 결성했어요. 우리는 모습을 바꾼 핸더슨이 실각한 폭군이라는 증거를 찾았는데, 그의 집에 들어가 다른 사람에게 그의 동정을 알려 주는 것이 저의 임무였어요. 가정교사라는 직업이 아니었으면 불가능했을 거예요. 설마 매일 식사 시간마다 얼굴을 마주 대하는 가정교사의 남편을 죽인 사람이 바로 자신이라는 사실을 무릴로는 꿈에도 몰랐을 겁니다. 전 항상 웃는 얼굴로 대했고, 가정교사 일에도 충실했어요. 파리에서 암살을 시도했지만 실패했습니다. 우리는 암살자들을 따돌리기 위해 유럽 여기저기에 잠깐씩 머무르며 돌아다니다가 마침내 무릴로가 처음 영국에 왔을 때 사 둔 집에 왔습니다.

하지만 이곳에서도 정의의 사자가 기다리고 있었어요. 그가 틀림없이 여기에 돌아온다는 것을 알고, 산 페드로의 고관의 아들 가르시아가 신분은 낮지만 신뢰할 수 있는 두 친구와 함께 기다리고 있었지요.

세 사람은 모두 무릴로에 대한 원한이 깊었어요. 그런데 낮에 무릴로를 공격하는 것은 불가능했어요. 비서 루카스 없이는 결코 외출하는 법이 없었으니까요. 루카스의 본명은 로페즈예요. 밤이 되면 무릴로는 혼자 잠자리에 들었기 때문에 그 시간이 복수할 수 있는 좋은 기회였어요. 어느 날 밤 저는 미리 계획한 대로 가르시아에게 최종 정보를 전달하기로 했어요. 무릴로는 항상 조심했기 때문에 밤마다 침실을 바꿔 가며 잤거든요. 저는 문이 열렸는지 확인하고 도로가 보이는 창가에서 초록과 흰색 불빛으로 오늘 밤 공격해도 될지, 아니면 계획을 다음으로 미루는 것이 좋을지 신호를 보내기로 했지요.

하지만 상황은 우리에게 불리하게 돌아갔어요. 어찌 된 일인지 모르지만 루카스, 그러니까 로페즈가 절 의심하기 시작한 거죠. 내가 가르시아에게 보낼 편지를 쓰고 있을 때, 로페즈가 뒤에서 살금살금 다가와 저를 붙잡았어요. 로페즈와 무릴로는 절 방으로 끌고 가서는 제가 스파이라는 사실을 알아냈어요. 그리고 그 자리에서 제 목에 칼을 들이대고는 죽이려고 했지만, 그렇게 되면 일이 복잡해져 도망치기가 어렵다는 사실을 알고 고심한 끝에 일단 가르시아부터 제거하기로 결정했던 겁니다.

그들은 제 팔을 비틀고 협박한 끝에 제가 입을 열게 만들었어요. 결국 그들의 고문을 못 이겨 그만 가르시아의 집 주소를 말했어요. 제 팔이 부러지는 한이 있어도 가르시아의 죽음을 막을 수만 있었다면! 로페즈는 제가 쓴 편지를 보고는 소매 단추로 봉인한 다음 하인 호세를 시켜 가르시아에게 편지를 보냈어요. 가르시아를 어떻게 죽였는지 저는 모릅니다만, 한 가지 확실한 건 무릴로가 가르시아를 죽였다는

사실이에요. 로페즈는 집에서 저를 감시하고 있었으니까요. 덤불 사이에 숨어 있다가 가르시아가 오솔길을 지나갈 때 뒤에서 습격했겠지요. 처음에는 가르시아가 집 안으로 들어올 때까지 기다렸다가 도둑으로 몰아 죽이려고 계획했지만, 그렇게 되면 나중에 경찰 조사 과정에서 자신들의 정체가 드러나 알려지면 또 다른 암살자를 불러들일지도 모른다고 생각했어요. 가르시아가 죽으면 그의 처참한 최후에 다른 암살자들이 겁을 먹고 포기하리라고 예상했던 거지요.

그들이 한 짓을 내가 모르고 있었다면 모든 일은 그놈들이 계획한 대로 순조롭게 진행되었을 거예요. 전 방에 갇혔고, 말로 표현할 수 없을 만큼 심한 협박과 고문을 당했어요. 어깨에 난 칼자국과 팔다리의 멍이 그 증거입니다. 창문을 통해 도움을 요청하려고 한 다음부터는 제 입까지 틀어막았어요. 그렇게 끔찍한 고통의 날이 닷새나 이어졌지요. 음식과 물은 겨우 목숨을 유지할 수 있을 만큼만 주었고요. 오늘 오후에는 식사다운 식사가 나왔는데, 음식을 먹고 나자 정신이 몽롱해졌어요. 그 순간 약에 취했다는 것을 깨달았지요. 정신을 거의 잃은 상태에서 마차에 태워졌고, 역시 비몽사몽간에 기차 칸에 실리려는 순간 기차가 출발했고, 그 순간 그들이 잠시 절 놓아두었다는 사실을 깨달았어요. 기차 밖으로 뛰쳐나가려는 저를 그들이 저지했지만, 여기 계신 이분의 도움으로 간신히 도망칠 수 있었지요. 이분이 아니었다면 절대 도망칠 수 없었을 거예요. 이제야 겨우 그들의 마수에서 벗어나게 된 것이지요."

버넷 양의 놀라운 이야기를 들은 우리는 아무 말도 하지 못한 채 묵묵히 앉아 있었다. 침묵을 깬 것은 홈즈였다.

"아직 해결할 문제가 남아 있군요. 경찰의 역할은 끝났지만 법정에서 풀어야 할 일은 이제 시작입니다." 홈즈가 고개를 저으며 말했다.

"그래. 요령 좋은 변호사라면 정당방위라고 주장할 수도 있겠는걸.

배후에 드러나지 않은 범죄 사건이 수백 개는 될 테지만 경찰이 내세울 수 있는 사건은 이번 가르시아 살인 사건뿐이니까 말이야." 내가 말했다.

"글쎄요. 법을 만만하게 보면 안 됩니다. 자기 목숨이 위험에 처했다고 해서 다른 사람을 몰래 꾀어내 살해하는 것과 정당방위는 엄연히 다른 문제입니다. 하이 게이블 저택의 외국인들이 이번 길포드의 순회 재판에 선다면 그런 얼토당토않은 주장은 절대 성립되지 않을 겁니다." 베인즈 경감이 쾌활하게 말했다.

그러나 산 페드로의 호랑이가 그에 걸맞은 최후를 맞기까지는 시간이 약간 걸렸다. 교활하고 대담한 두 사람은 에드몬튼 가의 한 집에 숨어 있다가 커즌 광장 뒷문을 통해 빠져나가 추적자들을 따돌렸다. 그 이후 영국에서 그들의 모습을 본 사람은 아무도 없었다. 그리고 6개월 후 마드리드의 에스쿠리알 호텔에서 몬탈바 후작과 비서 룰리가 살해당한 사건이 발생했다. 혁명당원의 소행으로 추측되었으나, 범인은 끝내 잡히지 않았다. 베이커 가의 홈즈를 찾아온 베인즈 경감이 신문에 실린 피해자들의 사진을 보여 주었다. 한 사람은 피부가 갈색인 루카스, 즉 로페즈였고, 다른 한 사람은 눈이 깊고 검은 데다 눈썹이 짙은 핸더슨, 바로 무릴로가 분명했다. 마침내 그들에게 정의의 심판이 내려진 것이다.

"복잡한 사건이었어, 왓슨." 홈즈가 파이프를 물며 말을 이었다. "단순하게 요약하기가 어렵겠지, 왓슨? 일단 두 대륙이 얽혀 있고 정체 모를 외국인 두 패에, 스콧 에클스라는 믿음직스러운 영국 신사까지 관련되어 있었으니 말이야. 에클스를 끌어들인 것으로 보아 가르시아는 치밀하고 조직적인 두뇌와 발달된 자기 보호 본능을 갖춘 사람이었어. 아, 그리고 또 하나, 베인스 경감이 협력해 준 덕분에 모든 가능성이 마치 정글처럼 얽혀 있던 사건의 핵심을 놓치지 않고 복잡한 미로를 헤쳐 나갈 수 있었네. 이해되지 않는 부분이 있나?"

"그 요리사가 돌아온 까닭은 뭐지?"

"주방에서 발견된 괴상한 물체 때문이지. 그 거인 요리사는 산 페드로의 원주민으로, 일종의 미신적인 수호신을 믿고 있었을 거야. 동료 하인과 함께 미리 정해 둔 은신처로 도망갈 때, 서두르느라 그대로 두고 떠났던 거야. 하지만 머릿속에서 도저히 떨칠 수 없었던 게지. 그래서 그 물건을 찾으러 밤에 다시 숨어 들어갔다가 월터스 경관에게 들켰고, 사흘 뒤 베인스 경감이 쳐 놓은 덫에 걸려들었던 거지. 빈틈없는 베인즈 경감이 내 앞에서는 별일 아닌 것처럼 월터스 경관에게 핀잔을 주었지만, 사실은 심각성을 깨닫고 그물을 쳐 놓고 있었던 거야. 다른 궁금한 점 있나, 왓슨?"

"토막 난 닭과 피가 담겨 있던 양동이 그리고 불에 탄 뼛조각들은 도대체 뭔가? 그 주방에 있던 괴상한 수수께끼의 정체는 도대체 뭐였단 말인가?"

홈즈는 웃으면서 수첩을 펴더니 그중 한 페이지를 읽어 내려갔다.

"대영박물관에 갔다고 말했던 것 기억나나? 거기서 오전 내내 이것저것 조사했지. 에커스만의 《부두교와 흑인 종교》(어느 연구가가 대영박물관에서 이 책을 찾았지만 이런 책은 없었다고 한다. 홈즈가 왓슨에게 거짓말을 한 것일까?)에 대한 자료 중 일부를 적어 왔네.

부두교의 열렬한 추종자는 중요한 일을 앞두었을 때 반드시 어떤 의식을 행한다. 극단적인 경우에는 식인 행위로 이어져 인간을 제물로 삼기도 한다. 그러나 일반적으로 흰 수탉이나 흑염소를 제물로 사용하는데, 수탉은 산 채로 찢어 죽이고 염소는 목을 자른 후 불에 태운다.

"원주민 요리사는 자기 민족의 전통 의식을 철저히 믿고 따랐던 것이지. 기이하지않나?" 홈즈가 천천히 수첩을 덮으면서 덧붙였다. "하지만 내가 전에 말했듯이, 기이한 것과 끔찍한 범죄 사건은 종이 한 장 차이일 뿐이야."

역주 —

'위스테리아 로지'는 단행본으로 나왔을 때 옴니버스 판의 타이틀이다. 1908년 8월 15일 〈콜리어즈 매거진〉에 발표되었을 때는 'J. 스콧 에클스의 기괴한 체험'이었다. 영국에서 〈스트랜드〉 1908년 9월 호에 발표된 전편이 '존 스콧 에클스의 기괴한 체험'이고 10월 호에 발표된 후편이 '산 페드로의 호랑이'였다.

Sherlock
Holmes

종이 상자
The Cardboard Box

1889년 8월 31일 (토) ~9월 2일 (월)

내 친구 셜록 홈즈의 뛰어난 추리력을 보여 주는 전형적인 사건을 몇 개 선택하면서 나는 되도록 너무 자극적이지 않은 사건들을 고르려고 애썼다. 그러나 불행히도 범죄에서 자극적인 부분을 완전히 제거하기란 불가능한 일이다. 기록하는 입장에서는 사건의 자극적인 요소들을 생략함으로써 이야기를 변형시켜야 할지 아니면 있는 그대로 써야 할지 어려운 처지에 놓이게 된다. 이런 이야기는 이쯤에서 접고 아주 끔찍하고 기이한 사건에 관한 이야기로 들어가야겠다.

　8월의 햇살이 작열하는 무더운 날이었다. 베이커 가는 찜통처럼 후텁지근했고, 햇빛마저 길가에 늘어선 노란 벽돌집에 반사되어 눈을 따갑게 했다. 이 거리가 겨울 안개 속에서 그렇게 우울하고 희미하게 보이던 바로 그곳이라고는 믿기지 않을 정도였다. 블라인드는 반쯤 내려져 있었고, 홈즈는 소파에 앉아서 그날 아침에 받은 편지를 되풀이해서 읽고 있었다. 인도에서 군 복무를 한 탓에 더위에 단련된 나는 추위보다 더위를 잘 견뎠고, 섭씨 32도 정도의 더위는 내게 그리 대단한 것은 아니었다. 아침 신문에는 별다른 내용이 없었다. 의회도 폐회 중이고, 사람들은 모두 휴가를 떠났다. 나도 뉴포레스트 숲이나 사우스시 해변으로 당장 달려가고 싶었지만, 은행 잔고가 모자라서 휴가를 미루고 있었다. 하지만 내 친구 홈즈는 산이나 바다에 관심이 조금도 없었다. 다만 500만 명이 사는 이 도시 한복판에 남아서 갖가지 해결되지 않은 범죄들을 직접 알아보고 조사하기를 즐겼다. 그의 많은 재능 가운데 자연을 감상하는 취미 따위는 전혀 없었다. 홈즈는 이 도시의 범죄자들과 연관된 다른 지역의 범죄자들을 추적할 때만 여행을 했다.

홈즈가 편지에 정신이 팔려 있는 것을 보고는 이야기할 상황이 아님을 알고 신문을 저만치 던져 놓고 의자에 기대어 깊은 생각에 빠져들었다. 그런데 갑자기 홈즈의 목소리가 들렸다.

"왓슨, 자네 생각이 옳아. 분쟁을 해결하는 방법으로는 정말 어리석은 짓이야."

"그럼, 어리석은 짓이지!"

나는 대답하고 나서야 내가 마음속으로 생각한 것을 홈즈가 그대로 말했다는 사실을 깨닫고는 몸을 일으켜 앉아 놀라서 그를 쳐다보았다.

"홈즈, 어떻게 된 건가? 내 머리로는 도저히 상상할 수 없군."

홈즈는 내가 당황해 놀라는 모양을 보고 낄낄거렸다.

"자네도 기억할 걸세. 얼마 전에 내가 에드거 앨런 포의 단편에서 뒤팽이 치밀한 추리로 친구의 생각을 알아맞히는 대목을 읽었을 때, 자넨 그저 작가의 놀라운 상상력 정도로 치부했지. 나에게도 그런 면이 있는데 말이야."

"그건 아니야."

"자네가 입 밖에 내지 않았어도 눈을 동그랗게 떴거든. 그래서 나는 조금 전에 자네가 신문을 내던지고 생각에 잠기는 것을 보고는 자네의 생각을 읽을 수 있는 기회를 포착한 거지."

하지만 나는 그때까지도 이해할 수 없었다.

"자네의 말대로라면 뒤팽은 상대의 행동을 보고 결론을 내렸어. 하지만 나는 조용히 의자에 앉아 있었을 뿐이네. 어떤 원인 제공도 하지 않았는데."

"인간의 얼굴에는 갖가지 감정이 담겨 있지. 특히 자네 얼굴은 그 감정을 드러내는 데 아주 충실하고 말이지."

"내 얼굴에서 생각을 읽었다는 말인가?"

"자네 얼굴, 특히 자네의 눈에서 어떻게 몽상이 시작되었는지 모르는 모양이군."

"전혀."

"그럼 말해 주지. 자네는 신문을 내던졌네. 그다음엔 30초쯤 멍하니 앉아 있더니 새로 액자에 넣은 고든 장군의 초상화를 응시하더군. 그때 자네의 표정이 바뀌는 것을 보고는 어떤 생각에 잠겼다는 사실을 알 수 있었지. 하지만 자네의 그 표정은 오래가지 않았어. 자네의 시선은 곧 책 더미 속에 있는 헨리 워드 비처의 초상화로 옮겨 갔어. 그다음에 벽을 흘끗 보았는데, 그 행동의 의미는 아주 명확하지. 비처

의 초상화를 액자에 넣어 벽에 걸
어 둔다면 고든 장군의 초상화와
잘 어울리고 장식도 될 거라고 생
각한 거야."

"아주 정확해!" 나는 큰 소리로
말했다.

"여기까지는 틀림없을 걸세. 하
지만 자네의 생각은 다시 비처에
게로 갔어. 자네는 눈을 가늘게 뜨
고서 그의 사진을 유심히 쳐다보

〈고든 장군 초상화〉

았네. 나는 비처가 남북 전쟁 때 북부를 대표해서 맡은 임무에 대해
자네가 생각한다는 것을 알 수 있었지. 왜냐하면 일부 영국의 과격분
자들의 비처를 향한 언행에 대해 자네가 격분했던 일을 기억하기 때
문이지. 잠시 후 자네는 초상화에서 눈을 떼더니 두 주먹을 불끈 쥐더
군. 나는 자네가 분명 남북 전쟁에 대해 생각하고 있을 거라고 결론을
내렸지. 하지만 자네는 점점 슬픈 얼굴이 되더니 고개를 설레설레 흔
들었어. 전쟁의 비극에 대해 생각한 거겠지. 그러다가 쓴웃음을 지으
면서 옛날에 부상당한 부위로 슬그머니 손이 가더군. 그것은 국제적
인 분쟁을 해결하는 전쟁이라는 방식의 어리석음에 생각이 미쳤다는
것을 보여 주는 행동이지. 바로 그때 나는 자네의 생각에 대한 동의의
표시로 내 뜻을 말한 거야."

"정말 아주 정확해! 놀라울 뿐이야. 자네가 설명하는 걸 듣고 보니
정말 놀라워."

〈헨리 워드 비처 초상화〉

"왓슨, 이 정도는 별것 아니야. 자네가 내 말을 못 믿길래 잠깐 자네가 무슨 생각을 했는지 말해 준 것뿐이네. 하지만 지금 내 손에 있는 이 문제는 좀처럼 풀기 어려울 듯싶네. 크로이던의 크로스 가에 사는 커싱 양에게 이상한 물건이 담긴 소포가 배달되었다는 기사를 신문에서 읽었나?"

"아니, 못 봤어."

"이런! 신문을 대충 보았군. 신문 좀 이리 줘 봐. 자, 여기 경제란 밑에 있어. 큰 소리로 한번 읽어 보게."

나는 홈즈가 다시 건네준 신문을 받아 그가 말한 기사를 읽었다. 제목은 '무서운 소포'였다.

크로이던의 크로스 가에 사는 수잔 커싱 양에게 아주 불쾌하고 이상한 일이 발생했다. 지금으로서는 짓궂은 장난이라고 판단되며 아직 범죄와 관계가 있는지는 밝혀지지 않았다. 어제 오후 2시에 커싱 양은 집배원으로부터 갈색 종이로 포장된 작은 소포를 받았다. 종이 상자 안에는 굵은 소금이 가득 채워져 있었다. 그 속에 사람의 귀가 두 개 들어 있는 것을 보고 커싱 양은 소스라치게 놀랐다. 자른 지 얼마 되지 않은 것이 분명했다. 상자는 그 전날 아침 벨파스트 우체국에서 발송된 것이었다. 발신인은 적혀 있지 않았다. 더욱 이상한 점은 커싱 양은 쉰 살의 독신녀로 조용히 혼자 살고 있으며, 아는 사람도 별로 없고 서신을 주고받는 사람도 많지 않다는 것이다. 그래서 우체국을 통해 무언가를 받는 일은 아주 드물었다. 커싱 양은 몇 년 전 펜지에 거주할 때 의대생 세 명에게 방을 빌려준 적이 있었는데, 너무 시끄럽고 생활이 불규칙해서 내쫓았다고 했다. 이에 경찰은 그 의대생들이 사건을 저질렀을 수도 있다고 보고 있다. 커싱 양에게 원한을 품고 그녀를 놀라게 하려고 해부실에서 귀를 잘라 보냈으리라는 추측이다. 이 의대생들이 북아일랜드 출신이라는 사실이 이 이론의 신빙성을 더했다. 커싱 양의 기억으로는 그들이 벨파스트 출신이었다고 한다. 사건은 현재 가장 뛰어난 레스트레이드 경감의 지휘 아래 조사 중에 있다.

"〈데일리 크로니클〉은 그 정도면 됐어." 내가 다 읽자 홈즈가 말했다. "다음은 우리의 레스트레이드 경감 차례네. 오늘 아침 그가 편지를 보냈어. 내가 읽겠네.

홈즈 씨가 아주 흥미롭게 여길 사건이 발생했습니다. 어렵지 않은 사건이지만 단서를 찾는 데 어려움이 있습니다. 벨파스트 우체국에는 이미 연락했습니다. 그러나 그날 접수된 소포가 워낙 많아서 그 소포를 확인할 방법도 없고 발신인이 누구인지도 기억할 수 없다고 합니다. 상자는 허니듀 반 파운드 담배 상자로 단서가 될 만한 별다른 것은 없습니다. 저는 의대생들이 가장 유력하다고 생각합니다. 잠시 시간을 내셔서 오신다면 정말 감사하겠습니다. 저는 오늘 커싱 양의 집이나 경찰서에 있을 겁니다.

"어떤가, 왓슨? 이 더위에도 나와 함께 크로이던으로 가겠나? 아마 자네 사건 기록에 도움이 될 수도 있을 거야."

"할 일이 없어 심심하던 참이야."

"그럼 할 일을 하나 주지. 벨을 울려 신발을 준비하고 마차를 부르라고 이르게. 잠시 후 나는 옷을 갈아입고 담배 상자를 채운 뒤에 내려가지."

기차를 타고 가는 동안 소나기가 내려서인지 크로이던에 도착하자 더위가 좀 누그러져 있었다. 홈즈가 미리 전보를 보내서 레스트레이드 경감이 역에서 기다리고 있었다. 그는 마른 체구에 말쑥했으며 누가 봐도 형사다웠다. 5분 정도 걸어가자 커싱 양이 산다는 크로스 가에 도착했다.

꽤 긴 거리의 양쪽에는 흰 돌계단이 있는 깨끗하고 단정한 이층 벽돌집들이 늘어서 있었고, 앞치마를 한 여자들이 문에 모여 잡담을 하고 있었다. 거리의 중간쯤에 이르러 걸음을 멈추더니 레스트레이드 경감은 문을 두드렸다. 그러자 자그마한 하녀가 문을 열어 주었다. 안내를 받아 거실로 들어가니 커싱 양이 앉아 있었다. 그녀의 얼굴은 온화했고, 큰 눈에 부드러운 인상이었으며, 희끗희끗한 곱슬머리는 양쪽 관자놀이까지 내려와 있었다. 다리 위에는 뜨개질하던 의자 덮개가 놓여 있었고, 여러 가지 색상의 천이 담긴 바구니가 옆 의자에 놓여 있었다.

"그 끔찍한 물건은 창고에 있어요." 레스트레이드 경감이 들어가자 커싱 양이 말했다. "모두 가져가 주셨으면 좋겠어요."

"그렇게 하지요, 커싱 양. 당신이 있을 때 그 물건을 홈즈 씨에게 보여 드리기 위해 여기에 그대로 둔 것뿐입니다."

"왜 제가 있어야 하지요?"

"홈즈 씨가 질문을 할지도 모르니까요."

"제가 그 물건에 대해 전혀 아는 것이 없다고 말씀 드렸는데도 저에게 질문하시는 이유는 뭐죠?"

"물론 그렇게 생각하시겠지요, 커싱 양." 홈즈가 달래듯이 말했다. "이 일 때문에 많이 귀찮으셨겠습니다."

"정말 성가십니다. 저는 조용하게 살고 있는 사람이에요. 제 이름이 신문에 나고 집에 경찰이 찾아오기는 난생 처음입니다. 다시 그 물건을 여기에 들여놓고 싶지 않아요. 레스트레이드 경감님, 보고 싶으면 창고에 가서 보세요."

좁은 뒤뜰에 작은 창고가 있었다. 레스트레이드 경감이 안으로 들어가 노란색 종이 상자와 갈색 종이, 끈을 들고나왔다. 우리는 정원 끝에 있는 긴 의자에 앉았다. 홈즈는 경감이 건네준 물건을 하나씩 검토했다.

"끈이 아주 흥미롭군." 홈즈가 끈을 빛에 비추어 보고 냄새를 맡으면서 말했다. "이 끈을 어떻게 생각합니까, 레스트레이드 경감?"

"타르가 칠해져 있습니다."

"그래요. 이건 타르 칠을 한 끈입니다. 커싱 양이 가위로 끈을 잘랐다고 했지요? 양 끝에 올이 풀려 있는 걸 보니 사실이군요. 아주 중요한 겁니다."

"뭐가 중요하다는 건지 저는 잘 모르겠군요." 레스트레이드 경감이 말했다.

"매듭이 그대로 남아 있고 그 매듭이 아주 독특합니다. 이 점이 중요하지요."

"아주 깔끔하게 묶여 있지요. 저도 이미 그 점을 메모해 놓았습니다." 레스트레이드가 흐뭇해하며 말했다.

"끈은 이 정도면 됐습니다." 홈즈는 웃으면서 말했다. "다음은 포장지. 커피 냄새가 나는 갈색 종이군. 뭐라고요, 그걸 몰랐다고요? 분명히 커피 냄새가 납니다. 아주 꾸불꾸불한 글씨로 주소를 썼군. 'S. 커싱, 크로스 가, 크로이던.' 굵은 펜으로 썼는데 아마 J펜일 겁니다. 잉크는 질이 나쁜 것입니다. 그리고 '크로이던'의 'y'를 처음에 'i'로 썼다가 고쳤고. 글씨를 보니 남자가 분명해. 교육을 많이 받지 못했고, 크로이던을 잘 모르는 사람입니다. 지금까지는 아주 좋군! 상자는 노란 반 파운드짜리 담배 상자고, 왼쪽 바닥 구석에 엄지손가락 자국이 두 개 있는 것 외에는 별다른 특징이 없군. 가죽을 보관하거나 상업용으로 사용되는 싼 굵은 소금을 채웠고, 그 안에 이 이상한 물건을 넣었군요."

홈즈는 귀를 두 개 꺼내서 무릎에 펼쳐 놓고 세밀히 검토했다. 홈즈를 사이에 두고 양 옆에 앉은 나와 레스트레이드 경감은 고개를 숙여 끔찍한 귀와 생각에 잠겨 열중해 있는 홈즈의 얼굴을 번갈아 쳐다보았다. 마침내 홈즈는 귀를 상자에 다시 넣더니 그 자세로 깊은 생각에 잠겼다.

"물론 경감도 아시겠지만 이 두 귀는 같은 사람의 것이 아닙니다." 홈즈가 마침내 입을 열었다.

"물론, 알고 있습니다. 하지만 해부실에 있는 의대생들의 짓궂은 장난이라면 두 사람의 귀를 보내는 것은 어려운 일은 아닐 겁니다."

"그렇긴 하지만 이건 짓궂은 장난이 아닙니다."

"정말입니까?"

"짓궂은 장난이라는 견해에는 문제점이 많아요. 해부실에 있는 시체에는 방부제를 주입하지요. 하지만 이 귀는 방부제 처리한 게 아닙니다. 자른 지도 얼마 되지 않았고, 칼로 잘랐습니다. 의대생들이라면 그렇게 하지 않아요. 또 굵은 소금이 아니라 석탄산이나 정제 알코올 보존제를 사용했을 겁니다. 다시 말하지만 이것은 단순한 장난이 아닙니다. 우리는 심각한 범죄를 조사하는 중입니다."

홈즈의 말을 들으며 심각하게 굳은 레스트레이드 경감의 얼굴을 보고 있자니 나는 알 수 없는 전율을 느꼈다. 이 끔찍한 일 뒤에는 불가사의한 사건이 숨겨져 있는 듯했다. 그러나 레스트레이드 경감은 완전히 믿지 못하겠다는 것처럼 고개를 가로저었다.

"물론 장난이라는 견해에 대한 반대도 있습니다. 하지만 범죄가 아니라는 견해가 더 설득력이 있지요. 커싱 양은 펜지와 여기 크로이던에서 최근 20년 동안 아주 조용하고 점잖게 살아왔습니다. 거의 하루도 집을 비운 적이 없지요. 그런 그녀에게 어떤 범죄자가 범행의 증거를 보내겠습니까? 커싱 양이 완전히 연기를 하고 있는 거라면 몰라도 그녀는 우리와 마찬가지로 그 일에 대해 전혀 모르지 않습니까?"

"그게 우리가 해결해야 할 문제입니다. 내 추리가 정확하다면 두 사람이 살해되었다는 가정 아래 조사를 해야겠습니다. 하나는 여자의 귀입니다. 섬세하게 생겼고, 귀고리를 하기 위한 구멍이 뚫려 있는 걸 보면 알 수 있습니다. 또 하나는 남자의 귀로 햇볕에 그을렸고, 역시 귀고리 구멍이 있지요. 이 두 사람은 아마 죽었을 겁니다. 살아 있다면 귀가 잘린 그들에 대한 이야기를 벌써 우리가 들었을 겁니다. 오늘이 금요일이니까 소포는 목요일 아침에 부쳤겠지요. 그렇다면 사건은 수요일이나 그 이전에 발생했지요. 두 사람이 살해되었다면 살인자 말고 누가 범죄의 증거를 커싱 양에게 보냈겠습니까? 소포 발송인을 찾아야 합니다. 하지만 이 소포를 커싱 양에게 보낸 데는 분명 무슨 이유가 있겠지요. 그럼 무슨 이유일까요? 아마 살인을 했다는 사실을 알리거나 괴롭히기 위해서일 겁니다. 흔히 이런 경우라면 커싱 양은 누구의 짓인 줄 알고 있을 겁니다. 커싱 양은 범인이 누군지 알고 있을까요? 아닌 것 같습니다. 알았다면 왜 경찰을 불렀을까요? 귀를 없애 버리는 게 가장 현명한 처사였겠지요. 범인을 숨기려고 했다면 그렇게 했을 겁니다. 하지만 범인을 숨겨 줄 생각이 아니기 때문에 신고했을 겁니다. 이 점이 바로 우리가 해결해야 할 문제입니다." 홈즈는 정원 울타리 위를 무표정하게 바라보며 높은 목소리로 빠르게 말하더니 갑자기 벌떡 일어나 집으로 걸어갔다.

"커싱 양에게 몇 가지 물어볼 게 있습니다." 홈즈가 말했다.

"그렇다면 저는 먼저 가겠습니다. 지금 처리해야 할 일이 있어서 말입니다. 저는 더 이상 커싱 양에게 들을 이야기도 없을 것 같습니다. 그럼 경찰서에서 뵙겠습니다." 레스트레이드 경감이 말했다.

"역으로 가는 길에 경찰서에 들르겠습니다." 홈즈가 대답했다.

잠시 후에 나와 홈즈는 거실로 다시 돌아왔다. 커싱 양은 덤덤한 표정으로 여전히 의자 덮개를 짜고 있었다. 우리가 들어가자 뜨개질감을 무릎에 놓고 순진하고 파란 눈으로 우리를 쳐다보았다.

"이 사건은 확실히 잘못된 거예요. 소포는 저에게 보낸 게 아니에요. 스코틀랜드 야드에서 나온 경감님에게 여러 차례 말했지만 그저 웃기만 하더군요. 제가 아는 한 저는 세상에 적이 없어요. 그런데 무엇 때문에 누가 제게 이런 장난을 치겠어요?"

"저도 같은 생각입니다." 커싱 양 옆에 앉으면서 홈즈가 말했다. "확실합니다……."

홈즈가 갑자기 말을 멈췄다. 내가 놀라서 돌아보니 그는 커싱 양의 옆얼굴을 아주 주의 깊게 보고 있었다. 한순간 무언가에 열중한 홈즈의 얼굴에 놀라움과 안도감이 나타났다. 하지만 커싱 양이 무슨 일인지 의아해하며 돌아보자 홈즈는 다시 원래의 침착한 표정을 지었다. 나도 그녀의 납작하고 희끗희끗한 머리, 깨끗한 모자, 작은 금 귀걸이, 얌전한 얼굴 등을 열심히 보았으나 홈즈가 무엇 때문에 그렇게 놀랐는지 전혀 알 수 없었다.

"몇 가지 질문이 있습니다."

"질문이라면 아주 지긋지긋해요." 커싱 양이 짜증스럽게 소리쳤다.

"여동생이 두 분 있죠?"

"그걸 어떻게 아셨어요?"

"이 방에 들어올 때 벽난로 선반에 여자 세 분이 함께 찍은 사진이 있는 걸 보았습니다. 그중 한 분은 틀림없이 당신이었고, 다른 두 분은 당신과 아주 닮았더군요. 그래서 자매일 거라고 생각했습니다."

"맞아요. 정말 정확하시군요. 제 동생 사라와 메리예요."

"제 옆에 있는 사진은 부인의 여동생과 한 남자가 리버풀에서 찍은 거군요. 제복을 보니 남자는 선원 같습니다. 당시는 아직 결혼 전이고요."

"정말 관찰력이 좋으시군요."

"그게 제 직업이니까요."

"그렇군요. 홈즈 씨 말이 맞아요. 그 후 며칠 뒤 동생은 짐 브라우너와 결혼했어요. 결혼할 당시 그는 남미 노선의 배에서 일했는데, 동생을 너무 사랑한 나머지 오래 떨어져 있기 싫어서 리버풀과 런던을 왕복하는 배로 일자리를 옮겼지요."

"그럼 컨커러 호 말입니까?"

"아니요. 지난번에 들으니 메이데이 호더군요. 짐이 여기로 찾아온

적이 한 번 있어요. 그때는 다시 술을 마시기 전이었지요. 하지만 그 후 육지에 있을 때는 항상 술을 마셨고, 술만 마시면 완전히 제정신이 아니었어요. 다시 술을 마신 후로는 안 좋은 일만 있었지요. 처음에는 저와 인연을 끊었고, 그 후 사라와도 싸웠는데, 이제는 메리의 편지도 끊겨 그들이 어떻게 사는지도 몰라요."

커싱 양은 마음이 매우 아픈 듯했다. 외로운 삶을 사는 사람들이 대개 그렇듯이 커싱 양도 처음에는 수줍어하더니 점점 말이 많아졌다. 여동생의 남편인 선원에 대해서 여러 가지 이야기를 하더니 전에 하

숙했던 의대생들에게로 화제를 바꾸어 그들의 무질서한 생활에 대해 길게 이야기했다. 그리고 이름과 병원도 알려 주었다. 홈즈는 처음부터 끝까지 주의 깊게 들으면서 가끔 질문을 던졌다.

"둘째 동생 사라 씨도 독신인데 왜 당신과 함께 살지 않는지 궁금하군요."

"오! 사라의 성질을 아신다면 전혀 이상하게 생각하지 않으실 겁니다. 제가 크로이던에 왔을 때부터 같이 살다가 두 달 전에 헤어졌어요. 내 동생에 대해 험담을 하고 싶지는 않아요. 하지만 사라는 항상 남의 일에 간섭하기 좋아하는 데다 비위를 맞추기도 힘들어요."

"사라 씨가 리버풀에 있는 동생 부부와도 싸웠다는 말인가요?"

"그래요. 한때 그들은 가장 좋은 친구였어요. 그래서 사라가 그들 가까이 있으려고 그곳으로 이사를 갔었지요. 그런데 지금은 브라우너에 대해 아주 심한 말만 해요. 여기 있었던 지난 여섯 달 동안 사라는 브라우너의 술버릇에 대한 험담만 늘어놓곤 했어요. 사라가 참견을 하니까 브라우너가 잔소리를 해서 그렇게 된 게 아닌가 생각해요."

"감사합니다. 커싱 양." 홈즈는 일어나 인사를 하며 말했다. "동생 사라 씨는 뉴 가 월링턴에 산다고 말씀하셨죠? 안녕히 계세요. 당신의 말대로 당신과는 관계없는 일로 불편을 끼쳐 드려서 정말 죄송합니다."

마침 우리가 나갔을 때 마차가 한 대 지나가고 있었다. 홈즈는 마차를 불러 세웠다.

"월링턴까지 거리가 얼마나 되오?"

"1마일쯤 됩니다, 나리."

　"잘됐군. 왓슨, 마차에 타게. 쇠도 달았을 때 두들기라고 했어. 간단한 사건이긴 하지만 이 사건과 관련된 아주 흥미로운 사실을 몇 가지 알아봐야겠네. 마부, 전신국에 잠깐 들러 주게나."

　홈즈는 짧은 전보를 보낸 후 마차를 타고 가는 동안 몸을 뒤로 기대고 있었다. 햇빛을 가리기 위해 모자를 코 위까지 앞으로 내린 채였다. 우리가 방금 떠난 집과는 전혀 다른 어느 집에 마차가 섰다. 홈즈는 마부에게 기다리라고 말한 뒤 문고리에 손을 가져갔다. 그때 동시에 문이 열리고 검은 옷에 반짝이는 모자를 쓴 점잖은 젊은 신사가 밖으로 나왔다.

"커싱 부인은 집에 계십니까?" 홈즈가 물었다.

"사라 씨는 많이 아픕니다. 어제부터 심한 두통으로 고생하고 있습니다. 그녀의 주치의로서 말씀 드리는데 아무도 사라를 만날 수 없습니다. 열흘 후에 다시 방문하시기 바랍니다."

그는 장갑을 끼고 문을 닫더니 거리로 걸어갔다.

"음, 안 된다니 할 수 없지." 홈즈는 명랑하게 말했다.

"아마 사라는 크게 도움이 안됐을 거야." 내가 말했다.

"그녀에게 무슨 말을 들으려는 건 아니었어. 단지 그녀를 보려는 것뿐일세. 어쨌든 내가 원하는 건 다 얻은 것 같군. 마부, 괜찮은 호텔로 우리를 안내하게. 점심을 먹은 뒤 경찰서에 들러 레스트레이드 경감을 만나야겠네."

우리는 점심을 간단하게 먹었다. 그동안 홈즈는 아주 즐거워하며 바이올린에 대한 이야기와 스트라디바리우스를 어떻게 샀는지에 대해 이야기 해 주었다. 적어도 500기니는 됨 직한 바이올린을 토트넘 코트 로드에 있는 유태인 전당포에서 55실링에 샀다는 것이었다. 그러고는 파가니니 이야기를 시작했다. 한 시간 동안 우리는 포도주 한 병을 마셨고, 홈즈는 나에게 파가니니의 일화를 끊임없이 들려주었다. 오후가 거의 다 가고 뜨거운 햇빛이 부드러워질 때쯤 우리는 경찰서로 갔다. 레스트레이드 경감은 문에서 우리를 기다리고 있었다.

"홈즈 씨, 당신 앞으로 전보가 왔습니다."

"오! 답장이 왔군!"

홈즈는 봉투를 뜯어 휙 훑어보더니 주머니에 구겨 넣었다.

"다 됐군."

"뭔가 알아냈습니까?"

"모든 걸 다 알았습니다."

"뭐라고요!" 레스트레이드 경감은 놀라서 홈즈를 쳐다보았다.

"농담이죠?"

"난 아주 진지합니다. 충격적인 범죄가 발생했고, 내가 지금 모든 사실을 밝혀냈습니다."

"그럼 범인은?"

홈즈는 명함을 꺼내 뒤에 몇 자 휘갈겨 쓰더니 레스트레이드 경감에게 건네주었다.

"범인의 이름입니다. 빨라야 내일 저녁에 체포할 수 있을 겁니다. 이 사건에 대해서 내 이름은 밝히지 않길 바랍니다. 나는 해결이 어려운 범죄에만 관여하고 싶으니까요. 가세, 왓슨."

홈즈가 건네준 명함을 기쁜 얼굴로 들여다보는 레스트레이드 경감을 뒤로하고 우리는 역으로 성큼성큼 걸어갔다.

그날 저녁 베이커 가에 있는 우리 방에서 홈즈와 나는 담배를 피우며 이야기를 나누었다.

"이 사건은 말일세…… 자네가 '주홍색 연구'나 '네 사람의 서명'이란 제목으로 썼던 사건들처럼 결과에서 원인을 찾아가면서 추리해야 하는 사건이지. 지금은 상세히 밝혀지지 않았지만 레스트레이드 경감이 범인을 체포하면 모든 게 밝혀질 걸세. 우리에게도 알려 달라고 부탁했네. 레스트레이드 경감이 머리가 둔하긴 하지만 불도그처럼 끈질기기 때문에 일단 자기가 할 일을 알면 문제없이 범인을 체포할 거야.

사실 그 끈질김 때문에 스코틀랜드 야드에서 최고로 인정받고 있지."

"그럼 이 사건이 아직 완전히 해결되지 않은 건가?"

"중요한 부분은 완전히 해결됐네. 이 끔찍한 일을 벌인 사람이 누구인지 알아냈거든. 하지만 피해자 중 한 명의 신원은 아직 밝혀지지 않았어. 자네도 나름대로 결론을 내렸겠지."

"자네는 리버풀 선박의 선원 짐 브라우너를 범인으로 의심하는 것 아닌가?"

"이런! 의심 정도가 아니야. 그가 확실한 범인이지."

"하지만 아직 뚜렷한 증거가 없지 않은가?"

"그 반대야. 내 생각으로는 아주 명확하네. 처음부터 하나씩 살펴볼까. 자네도 알다시피 우리는 아무런 정보 없이 이 사건을 조사하게 되었네. 정보가 없는 편이 언제나 더 유리하지. 우리는 가설을 세우지 않았어. 수잔 커싱 양의 집에 가서 조사를 하고, 그 조사를 바탕으로 추리를 했지. 우리가 처음 무엇을 보았나? 전혀 감추는 게 없는 듯한 아주 온화하고 얌전한 커싱 양과 그녀에게 두 여동생이 있다는 사실을 알려 주는 사진을 한 장 보았네. 그 순간 문제의 상자는 커싱 양의 여동생에게 보낸 것이 아닌가 하는 생각이 문득 들었지. 하지만 조사하기 전에 편견을 가질 수 있는 생각은 우선 접어 두기로 했네. 그리고 정원으로 가서 노란 종이 상자에 담긴 흉측한 내용물을 보았네.

그 내용물을 담은 상자의 끈은 배에서 선원들이 돛을 꿰매는 데 사용하는 것이네. 곧 이 사건이 선원과 관련되었다는 걸 알 수 있지. 매듭은 선원들이 사용하는 방식으로 묶여 있었고, 소포는 항구에서 보낸 것이지. 남자의 귀에는 귀고리 구멍이 있었는데, 이는 선원들에게

흔한 일이지. 따라서 범인은 뱃사람이라는 확신이 들었네.

소포에는 'S. 커싱 양'이라고 쓰여 있더군. 미스 커싱 양도 수잔이니 'S'자로 시작되지만, 그녀의 동생 사라도 'S'로 시작되지. 그렇다면 우리는 새롭게 조사를 시작해야 하네. 그래서 이 사실을 확실히 알아보려고 집으로 들어간 거야. 착오가 있었던 게 분명하다고 커싱 양에게 말하려던 참이었네. 그런데 내가 갑자기 말을 멈췄던 걸 기억하나? 내가 아주 놀랄 만한 것을 보았기 때문이지. 그 즉시 조사의 폭은 상당히 좁혀졌네.

자네는 의사니까 잘 알 걸세. 귀처럼 사람마다 다른 신체기관은 없어. 귀마다 다른 특징이 있고 사람마다 다르게 생겼지. 작년 인류학 잡지에 있던 짧은 기사 두 편에 내가 밑줄을 쳐 놓은 걸 자네도 봤을 걸세. 나는 상자 안에 들어 있던 귀를 전문가의 눈으로 검토했고, 해부학적인 특징들을 주의 깊게 기억해 두었네. 그런데 커싱 양의 귀를 보니 내가 방금 관찰했던 여성의 귀와 정확히 일치하더군. 그러니 내가 놀랄 수밖에 없지 않겠나? 단지 우연이 아니었어. 귓바퀴가 짧고, 위 귓불은 넓게 구부러졌으며, 안의 연골조직은 동일한 나선형을 그리고 있었다네. 중요한 점으로 보면 똑같은 귀였어.

그게 무엇을 의미하는지 바로 알 수 있었네. 피해자가 혈연관계이며, 그것도 아주 가까운 혈연이라는 게 분명했어. 커싱 양의 가족에 대해 내가 묻자, 그녀는 곧 중요한 이야기들을 우리에게 들려주었지.

첫째, 여동생의 이름이 사라이며 최근까지 같이 살았다고 말해 주었네. 따라서 누구에게 소포가 발송된 것인지 아주 분명해졌지. 둘째, 막내 동생과 결혼한 선원에 대해서도 얘기를 들었지. 한때는 사라와 아주 친해서 사라가 리버풀에 가서 동생 부부와 함께 살았다는 걸 알았네. 하지만 나중에는 싸워서 헤어졌다고 했지. 그 싸움이 있고 몇 달 동안 서로 소식이 끊겼고, 브라우너가 사라에게 소포를 보내려 했다면 분명히 크로이던의 옛 주소로 보냈겠지.

그러니 저절로 사건의 실마리가 풀린 게 아니겠나. 우리는 충동적이고 열정적인 그 선원의 생활방식에 대해 들었네. 사랑하는 여인과 가까이 있기 위해 훨씬 더 좋은 직업을 버렸다는 걸 기억하지? 또 때때로 술을 퍼마셨다고 했어. 그의 부인은 살해되었을 거고 뱃사람이라고 추측되는 한 남자도 동시에 살해되었을 거라고 생각되네. 물론 질투심이 바로 범죄의 동기겠지. 그런데 왜 범죄의 증거를 사라에게 보냈을까? 아마 그녀가 리버풀에 있을 때 이 살인 사건의 원인을 제공했기 때문일 거야. 선박은 벨파스트, 더블린, 워터퍼드를 경유해야 하네. 따라서 브라우너가 범죄를 저지르고 즉시 메이데이 호를 탔다면 그가 문제의 소포를 부칠 수 있는 첫 번째 장소는 벨파스트이지 않겠나.

이 과정에서 다른 설명도 물론 가능하네. 나는 거의 가능성이 없다고 생각하지만 더 조사를 하기 전에 그 문제를 확인해 보기로 했어. 버림받은 애인이 브라우너 부부를 죽였고, 남자의 귀는 남편의 것일 수도 있을 거라는 생각이었지. 이 가설에는 여러 가지 커다란 문제가 있네. 하지만 고려해 볼 가치는 있지. 그래서 리버풀 경찰서에 있는 내 친구 앨가에게 전보를 보내서 브라우너 부인이 집에 있는지, 브라우너가 메이데이 호를 타고 떠났는지를 알아봐 달라고 부탁했네. 그리고 우리는 사라를 만나러 월링턴으로 갔던 거라네.

처음에 나는 사라의 귀가 다른 가족들과 얼마나 닮았는지 궁금했네. 물론 우리에게 아주 중요한 정보를 줄지도 모를 일이었지. 하지만 별로 기대하지는 않았어. 크로이던이 온통 그 사건으로 떠들썩했으니 사라도 전날 그 사건에 대해 들었을 거야. 그리고 그녀만이 누구에게 소포가 보내진 건지 알 수 있었을 걸세. 경찰에 도움을 요청할 생각이 었다면 벌써 연락을 했겠지. 그녀를 만나는 게 우리가 해야 할 일이었기 때문에 그곳에 갔던 거라네. 그때부터 아팠던 걸 보니 소포에 대한 소식이 그녀에게 큰 충격을 주었던 모양이네. 이 점으로 미루어 그녀가 소포의 의미를 아주 잘 알고 있다는 게 명확해졌고, 그녀의 도움을 기다리려면 시간이 꽤 걸려야 한다는 것도 확실해졌어.

하지만 우리는 그녀의 도움이 필요 없었네. 왜냐하면 경찰서에 이미 그에 대한 대답이 도착해 있었기 때문이지. 내가 앨가에게 그리로 연락을 하라고 했다네. 그 일이 아주 결정적이었어. 하지만 브라우너의 집은 사흘 이상 닫혀 있었고, 이웃의 말로는 브라우너 부인이 친척을 만나서 남쪽으로 갔을 거라는 답변이 왔네. 그리고 선박 사무실에서 확인한 바에 따르면, 브라우너는 메이데이 호를 타고 떠났다고 하더군. 내 계산으로는 내일 밤이면 배가 템스 강에 도착할 거야. 그가 도착하면 둔하지만 결단력 있는 레스트레이드 경감을 만날 테고, 그러면 모든 사실이 자세히 밝혀지겠지."

홈즈가 예상한 대로였다. 이틀 후 홈즈는 레스트레이드 경감이 쓴 짧은 쪽지와 타이프로 친 여러 장의 서류가 든 두꺼운 봉투를 받았다.

"레스트레이드 경감이 범인을 제대로 잡았군." 홈즈가 나를 흘끔 보면서 말했다. "자네도 그가 뭐라고 썼는지 궁금할 거야.

홈즈 씨에게

우리의 가설을 시험하기 위해 짠 계획에 따라— '우리'라니 정말 웃기는
군, 왓슨, 안 그런가—어제저녁 6시에 앨버트 선착장에 가서 리버풀, 더
블린, 런던 기선 회사 소유의 메이데이 호에 올랐습니다. 알아보니 제임
스 브라우너라는 이름의 선원이 승선해 있었지만, 이번 항해 중에 아주
이상한 행동을 해서 선장이 일을 하지 못하게 했다는군요. 그의 방에 들
어가 보니 브라우너는 소지품 상자에 앉아 머리를 손에 푹 파묻고 앞뒤
로 몸을 흔들고 있었습니다. 크고 건장한 체구에 말끔히 면도를 했고, 거
짓 세탁 사건에서 우리를 도왔던 앨드리지처럼 피부가 아주 검게 그을려
있었습니다. 제가 체포하겠다고 하자 그는 벌떡 일어났고, 저는 근처에
있는 해양경찰 두 명을 부르려고 호루라기를 입으로 가져갔습니다. 하지
만 그는 저항할 생각이 없는 듯 조용히 손을 내밀어 수갑을 찼습니다.
브라우너를 감옥에 가두고 안에 증거가 될 만한 것이 있을까 하는 생각
에 그의 소지품 상자도 갖고 왔습니다. 하지만 보통 선원이 소지하는 커
다랗고 날카로운 칼 외에는 특별한 것이 없었습니다. 우리에게는 더 이
상 증거가 필요하지 않았습니다. 브라우너가 경감 앞에서 조사를 받으면
서 진술서 작성을 원했고, 그가 진술한 대로 속기사가 받아 적었습니다.
타이프로 친 세 장의 복사본 가운데 하나를 동봉합니다. 제가 예상했던
것처럼 사건은 아주 간단한 것이었습니다. 그래도 수사에 협조해 주셔서
감사합니다. 안녕히 계십시오.

— G. 레스트레이드

뭐! 이 사건이 아주 간단하다고? 처음에 나에게 도움을 요청했을

때는 그렇게 생각하지 않았을 텐데. 그건 그렇고 브라우너가 뭐라고
변명했는지 궁금하군. 이게 쉐드웰 경찰서의 몽고메리 경감 앞에서
작성한 진술서군. 원문 그대로이니 한결 낫군."

할 말이 있냐고요? 네, 아주 많습니다. 모두 털어놓겠습니다. 교수형을
내리든지 독방에 처넣든지 마음대로 하십시오. 어떤 처벌이든 전 관심이
없습니다. 그 일 이후 전 한 숨도 제대로 못 잤습니다. 과거를 되돌리기

전에는 다시는 편히 잠을 잘 수 없을 겁니다. 때로는 그의 얼굴도 보이지만 대부분은 아내의 얼굴이 보입니다. 그 둘의 얼굴이 저를 떠나지 않습니다. 그는 얼굴을 일그러뜨리고 화난 표정을 지었습니다. 하지만 아내는 놀란 얼굴을 하고 있었습니다. 아, 가엾은 사람, 전에는 사랑만이 가득하던 내 얼굴에서 살기를 느꼈을 테니 당연히 놀랐을 겁니다.

하지만 모든 건 사라의 잘못입니다. 파멸한 남자의 저주를 그녀에게 내리게 하소서! 그녀의 피가 썩어 가도록 하소서! 저를 변명하려고 하는 말이 아닙니다. 제가 짐승처럼 다시 술을 마시기 시작했다는 걸 잘 압니다. 그래도 아내는 절 용서했을 겁니다. 그 여자가 우리의 앞길을 방해하지 않았더라면 아내는 바위에 묶인 줄처럼 내 곁에 꼭 붙어 있었을 겁니다. 사라 커싱은 저를 사랑했습니다. 그게 사건의 발단입니다. 내가 사라의 몸과 마음보다 진흙에 찍힌 아내의 발자국을 더 생각한다는 걸 알고는 사라의 사랑은 악의에 찬 증오로 바뀌었습니다.

그들은 세 자매입니다. 첫째 수잔은 마음씨 좋은 사람이고, 둘째 사라는 악마이며, 셋째인 저의 아내 메리는 천사였습니다. 제가 결혼할 때 사라는 서른셋, 메리는 스물아홉이었습니다. 살림을 차렸을 때 나는 무한한 행복을 느꼈습니다. 리버풀에서 아내보다 아름다운 여성은 없었습니다. 그때 우리는 사라에게 일주일 동안 놀러 오라고 권했습니다. 그러나 일주일이 한 달이 되고 다시 여러 달이 되더니 마침내 사라는 우리와 함께 살게 되었습니다.

그 당시 저는 블루리본(금주 중이라는 의미. 1878년 창립된 금주자 동맹 블루 리본군이 달고 다닌 것에서 유래.)으로 돈도 약간 모았고, 모든 게 아주 낙관적이었습니다. 맙소사, 이런 일이 생길 줄 누가 생각했겠습니까? 그 누가 상상이나 했겠습니까?

저는 주말에 주로 집에 있었습니다. 때때로 선적하기 위해 배가 정박하면 일주일 내내 있기도 했습니다. 이렇게 해서 사라를 자주 보게 되었습니다. 그녀는 검은 머리에 날씬하고 키가 컸으며, 눈치가 빠르고 공격적이었습니다. 거만하게 머리를 들고 다니며 부싯돌의 불꽃처럼 눈이 반짝였습니다. 하지만 메리가 있을 때 한 번도 사라에 대해 생각한 적은 없습니다. 신에게 맹세합니다.

때로는 사라가 저와 단둘이 있고 싶어 하거나 자신과 산책을 하자고 유혹하는 것 같기도 했습니다. 하지만 저는 그럴 생각이 전혀 없었습니다. 그러던 어느 날 밤 저는 사실을 알게 되었습니다. 배에서 돌아왔더니 아내는 없고 집에 사라만 있었습니다. '메리는 어디 갔습니까?' 하고 제가 묻자 '계산할 일이 있어 나갔어요.'라고 대답했습니다. 저는 조바심이 나서 방을 서성댔습니다. '짐, 메리가 없으면 단 5분도 마음이 편치 않나요? 잠시라도 나와 있는 건 불편하다는 뜻이군요.' '그런 게 아닙니다, 사라.' 저는 말하면서 손을 그녀 쪽으로 부드럽게 내밀었습니다. 그 순간 사라가 두 손으로 제 팔을 잡았습니다. 열이 있는 듯 그녀의 손은 불덩이 같았죠. 사라의 눈을 보고 그녀가 무얼 원하는지 알았습니다. 말이 필요 없었습니다. 저는 얼굴을 찌푸리며 손을 뺐습니다. 그러자 그녀는 잠시 아무 말 없이 제 옆에 서 있더니 손을 들어 내 어깨를 두드렸습니다. 그녀는 '정말 착실해요, 짐!' 하고 비웃더니 밖으로 뛰어나갔습니다.

그때부터 사라는 저를 미친 듯이 증오했습니다. 사라가 계속 우리 집에 머무르게 놔두다니 저는 정말 바보였습니다. 하지만 메리에게 한마디도 하지 않았습니다. 사실을 알면 메리가 몹시 마음 아파할 테니까요. 모든 게 전과 다름없었습니다. 그러나 시간이 흐르면서 메리에게 변화가 생겼다는 사실을 느꼈습니다. 메리는 사람을 의심할 줄 모르는 순진한 사람이었습니다. 그런데 의심이 많아지면서 내가 어디에 있었는지, 무얼 했는지, 누구에게 온 편지인지, 내 주머니에 뭐가 들어 있는지 등 쓸데없는 여러 가지 것들을 알고 싶어 했습니다. 날이 갈수록 메리는 점점 저를 의심하고 신경질적이 되어서 우리는 사소한 일로 끊임없이 말다툼을 했습니다. 저는 도대체 무슨 영문인지 알 수 없었습니다. 사라는 저를 피하고 메리와 단짝이 되었습니다. 나중에서야 사라가 계획적으로 아내의 마음이 저에게서 멀어지게 종용했다는 사실을 알게 되었습니다. 하지만 그 당시 저는 눈뜬장님처럼 무슨 일이 일어나고 있는지 이해할 수 없었습니다. 그 후 인정받던 제 일도 엉망이 되기 시작했고, 저는 다시 술을 입에 대기 시작했습니다. 하지만 메리가 변하지 않았다면 그런 일은 없었을 겁니다. 그 일로 메리는 저를 더 혐오하게 되었고, 우리 사이는 점점 더 멀어져 갔습니다. 그때 알렉 페어베언이 끼어들어 일이 몇 천 배는 더 악화되었습니다.

처음에 페어베언이 우리 집에 온 것은 사라를 만나기 위해서였습니다. 하지만 그는 매력적이어서 어딜 가나 사람들과 쉽게 친해지는 사람이었고, 우리와도 곧 친해졌습니다. 페어베언은 씩씩하고 재치 있으며 으스대길 좋아하는 사람이었습니다. 세계 여러 곳을 여행한 사람인지라 우리에게 그가 경험한 것을 재미있게 얘기하곤 했습니다. 그는 괜찮은 친구였습니다. 그것은 저도 인정합니다. 선원치고는 예의가 바른 편이었습니다. 한 달 동안 그는 제 집을 들락거렸고, 저는 그의 부드럽고 교활한 태도가 해를 끼치리라고는 한 번도 생각해 보지 않았습니다. 그러던 중 마침내 뭔가 미심쩍은 일이 일어났고, 그날 이후로 제 마음의 평화는 영영 사라졌습니다.

그리 대단한 일은 아니었습니다. 뜻밖의 휴가를 얻어 집에 들어가자 아내가 아주 반기는 표정이었습니다. 그러나 저라는 사실을 알자 반기는 기색은 사라지고 실망한 표정이더군요. 그걸로 충분했습니다. 저의 발소리를 페어베언의 것으로 착각했던 게 분명했습니다. 그를 만났다면 그 자리에서 죽여 버렸

을 겁니다. 저는

흥분하면

미친 사람처럼 되니까요. 내 눈에 비친 살기를 보자 메리는 달려와 저의 팔을 잡았습니다.

'안돼요, 짐.' 메리가 말했습니다.

'사라는 어디 있소?' 제가 물었습니다.

'주방이요.' 메리가 말했습니다.

'사라!' 주방으로 들어가면서 저는 소리쳤습니다. '페어베언 그 자식이 다시는 내 집에 발을 들여놓지 못하게 해요.'

'왜 안 되죠?'

'그렇게 하라면 해요.'

'맙소사! 내 친구가 이 집에 들어올 수 없다면 나도 마찬가지겠군요.'

'당신 마음대로 해요. 하지만 페어베언이 다시 여기 나타난다면 한쪽 귀를 잘라 당신에게 보내겠소.'

제 얼굴을 보고 사라는 놀란 듯했습니다. 그녀는 아무 말도 못하더니 그날 밤 제 집을 떠났습니다. 지금 생각하면 사라가 단지 우리를 괴롭히려 했던 건지 아니면 아내가 부정한 행동을 하게 해서 제가 사라에게 관심을 갖게 하려 했던 건지 알 수 없습니다. 어쨌든 사라는 우리 집 근처에 집을 얻어 선원들에게 방을 빌려 주었습니다. 페어베언은 그곳에 묵고 있었습니다. 메리는 사라와 함께 페어베언에게 차를 마시러 가곤 했습니다. 얼마나 자주 메리가 그곳에 갔는지 저는 모릅니다. 그러던 어느 날 제가 메리를 뒤따라가 갑자기 문을 열고 들어서자 페어베언은 뒤뜰 담을 넘어 겁쟁이처럼 도망갔습니다. 다시 그와 함께 있는 걸 본다면 그녀를 죽이겠다고 아내에게 경고했습니다. 그리고 백지장처럼 하얗게 질려 울면서 떨고 있는 아내를 끌고 왔습니다. 더 이상 우리 사이에 사랑은 남아 있지 않았습니다. 아내는 저를 증오했고 두려워했습니다. 그 생각만 하면 저는 술을 마시게 되었고, 그럴 때면 아내는 저를 더 경멸했습니다. 사라는 리버풀에서 장사가 잘 되지 않자 그곳을 떠나 크로이던으로 가서 언니와 함께 살았습니다. 아내와 제 사이는 별 변화가 없었습니다. 그러던 중 지난주에 모든 비극이 일어났습니다. 저는 일주일간의 예정으로 메이데이 호에 승선했는데 기관에 고장이 생겼습니다. 배를 수리하려고 다시 항구로 돌아와 24시간 정박하게 되었습니다. 저는 배에서 내려 아내가 저를 보면 놀랄 거라고 생각하면서 집으로 돌아갔습니다. 솔직히 저를 보면 반가워하기를 기대했습니다. 그 생각을 하며 집 근처를 가는데 마차 한 대가 지나갔습니다. 마차 안에는 아내가 페어베언과 함께 앉아 얘기를 나누며 웃고 있었습니다. 제가 길에서 그들을 보며 서 있는 줄은 꿈에도 생각지 못했을 겁니다. 그때부터 저는 정말 제정신이 아니었습니다. 돌이켜 생각해 보면 모든 게 희미한 꿈같습니다. 최근에는 술을 더 많이 마셨습니다. 두 사람 때문에 저는 완전히 미쳤습니다. 지금도 머리를 망치 같은 것으로 계속 두드리고 있는 것만 같습니다. 하지만 그날 아침에는 귀가 온통 윙윙거렸습니다.

저는 얼른 달려가 마차를 쫓아갔습니다. 손에는 무거운 참나무 막대기를 들고 있었고, 처음에는 무척 흥분했습니다. 그러나 그들이 눈치채지 못하게 그들을 따라가려고 약간 거리를 두었습니다. 그 마차는 곧 기차역에서 멈추었습니다. 매표소에는 사람이 아주 많아서 가까이 따라갈 수 있었습니다. 그들은 뉴브라이튼행 표를 샀고, 저도 세 칸 뒷좌석으로 같은 표를 샀습니다. 기차에서 내리자 그들은 광장을 따라 걸었고, 저는 100 야드 정도 뒤에서 그들을 미행했습니다. 마침내 그들이 보트를 빌려서 배를 저어 나갔습니다. 날씨가 매우 더워서 배를 타는 게 더 시원할 거라고 생각했을 겁니다.

그들은 제 손에 들어온 거나 마찬가지였지요. 그날따라 안개가 끼어 있어서 2000야드 앞도 잘 보이지 않았습니다. 저도 배를 하나 빌려 그들 뒤를 쫓았습니다. 희미하게 그들의 배를 볼 수 있었지만, 그들도 저와 비슷한 속도로 가고 있어서 해변에서 한참 떨어져서야 그들을 따라잡을 수 있었습니다. 안개가 우리 둘레를 커튼처럼 둘러쌌고, 그 안에는 우리 세 사람만이 있었습니다. 아, 가까이 다가오는 배에 제가 탄 것을 알았을 때 놀라던 그들의 얼굴을 제가 어떻게 잊을 수 있겠습니까? 메리는 비명을 질렀습니다. 내 눈에 비친 살의를 읽었는지 페어베언은 미친놈처럼 욕을 퍼붓더니 노를 들어 저를 향해 내리쳤습니다. 저는 그걸 피하면서 제 막

대기를 내리쳐 그의 머리를 부숴 버렸지요. 메리가 울면서 페어베언을 안고는 '알렉'이라고 부르더군요. 제가 아무리 미쳤어도, 메리가 그렇게만 하지 않았으면 그녀를 살려 주었을 겁니다. 저는 다시 방망이를 내리쳤고, 그녀는 페어베언 옆에 쓰러졌습니다. 저는 피 맛을 본 맹수 같았지요. 사라가 거기 있었다면 같이 때려눕혔을 겁니다. 그리고 저는 나이프를 꺼냈습니다.

이 정도면 충분하겠죠. 사라가 자신 때문에 벌어진 결과의 증거를 보면 어떤 기분일까 생각하니 희열이 느껴지더군요. 그다음 시체를 배에 묶고 배에 구멍을 낸 뒤 가라앉는 것을 지켜보았습니다. 배 주인은 바다로 떠내려갔다고 생각할 게 분명했습니다. 저는 몸을 씻은 후 돌아와 아무 일도 없었다는 듯이 제 배에 승선했습니다. 그리고 그날 저녁 사라 커싱에게 보낼 소포를 만들어 다음날 벨파스트에서 보냈습니다.

이게 전부입니다. 교수형에 처하든 마음대로 하십시오. 이미 저는 벌을 받고 있습니다. 눈만 감으면 저를 쳐다보는 두 얼굴이 보입니다. 제 배가 안개 속에서 나타났을 때 그들이 바라보던 그 모습 그대로요. 저는 단번에 그들을 죽였지만 그들은 저를 서서히 죽이고 있습니다. 또다시 그런 밤을 보낸다면 아침이 오기 전에 미치거나 죽을 겁니다. 저를 독방에 가두는 건 아니지요? 제발 그러지 마십시오. 그렇게 하면 당신도 언젠가는 나와 같은 고통을 당할 겁니다.

"이걸 보고 무얼 느꼈나, 왓슨?" 서류를 내려놓으면서 홈즈가 진지하게 말했다. "불행과 살인 그리고 공포의 반복을 통해 도대체 무얼 얻는단 말인가? 뭔가 시사하는 바가 있는 것 같군. 그렇지 않다면 우주는 우연의 지배를 받고 있다는 건데…… 그건 아닐 거야. 어떤 의미냐고? 인간의 이성으로는 해결할 수 없는 영원불변의 커다란 문제가 있다는 걸 이 사건은 말하고 있지."

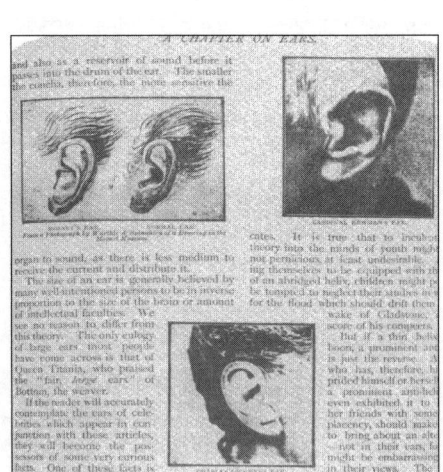

역주 —

〈스트랜드 매서진〉 1893년 10월 호에 실린 기사. 홈즈에게 귀에 대한 논문을 쓰게 만든 문장─어쩌면 홈즈가 직접 쓴 것일지도 모른다.

레드 서클

The Red Circle

1902년 9월 24일 (수) ~9월 25일 (목)

"워렌 부인, 저는 부인이 왜 그토록 불안해하시는지 알 수 없습니다. 그리고 저처럼 시간을 금같이 여기는 사람이 왜 부인 일에 끼어들어야 하는지도 모르겠고요. 제게 정말 흥미 있는 일은 따로 있습니다."

홈즈는 냉정하게 말하고 등을 돌렸다. 그러고는 최근에 수집한 자료들을 배열하고 그 목록을 뽑는 등 스크랩북 작업을 계속했다. 그러나 하숙집 여주인은 완고했다. 그녀는 꿈적도 안 하면서 여성의 나약함을 무기로 홈즈에게 매달렸다.

"작년에 저희 하숙인 중 한 명의 사건을 홈즈 씨가 해결해 주셨지요. 페어데일 홉스 씨말입니다." 그녀가 말했다.

"아, 예, 간단한 사건이었죠."

"하지만 그는 홈즈 씨의 친절과 자신의 암담한 생활에 광명을 비춘 당신의 놀라운 사건 해결 방법에 대해 아직도 말하고 있답니다. 저는 홈즈 씨가 마음만 먹으면 해결하지 못할 사건이 없다는 것을 압니다."

홈즈는 그녀의 아부 섞인 칭찬에 마음이 누그러졌는지 친절한 태도를 보이기 시작했다. 결국 홈즈는 그녀에게 두 손을 들었다는 듯 한숨을 쉬고는 작업 중이던 고무 브러시를 내려놓고 다시 의자를 밀었다.

"알겠습니다. 워렌 부인. 그럼 한번 들어보죠. 담배 피우는 것을 양해해 주시겠습니까? 고맙습니다. 왓슨, 성냥 좀 주게. 부인, 너무 불안해하시는군요. 새 하숙인이 방에서 나오지 않는다고 하셨죠? 그게 어떻다는 겁니까, 워렌 부인. 제가 부인의 하숙인이라면 몇 주 동안 나오지 않을 수도 있을 텐데요?"

"물론이에요, 선생님. 하지만 이 경우는 틀립니다. 저는 너무 두려워요. 두려움에 잠을 이룰 수 없어요. 이른 아침부터 밤늦게까지 그가 방 안을 빠르게 왔다 갔다 하는 소리가 들립니다. 그런데도 도무지 그를 볼 수 없으니 미칠 지경이랍니다. 제 남편도 이 문제로 신경이 예민해져 있어요. 그래도 남편은 하루 종일 밖으로 일하러 나가지만, 저는 벗어날 수가 없어요. 도대체 그가 무슨 짓을 했기에 누굴 피해 숨은 걸까요? 일하는 여자아이를 빼면 그 남자와 저는 한집에서 매일 같이 있답니다. 그리고 이젠 제 신경이 더 이상 견딜 수 없는 지경에 이르렀어요."

홈즈는 몸을 앞으로 숙이고 그의 길고 가는 손가락을 부인의 어깨에 내려놓았다. 사실 그는 거의 최면술 같이 상대의 마음을 진정시키는 힘을 갖고 있었다. 홈즈의 손이 닿자 여주인의 공포에 질렸던 표정은 사라지고 부들부들 떨리던 몸은 평정을 찾았다. 그녀는 홈즈가 가리킨 의자에 앉았다.

"제가 이 일을 맡으려면 세세한 부분까지 모두 알아야 합니다." 홈즈가 말했다. "천천히 생각해 보세요. 제일 하찮아 보이는 것이 가장 중요할 수도 있습니다. 부인은 그 남자가 열흘 전에 왔다고 했지요? 그리고 2주일분의 하숙비를 선불로 냈다고요?"

"그는 제게 하숙비가 얼마냐고 물었어요. 그래서 1주일에 50실링이라고 했지요. 꼭대기 층에 조그만 거실과 침실, 가구가 있는 방이 하나 있었어요."

"그래서요?"

"그는 '만약 내 조건을 들어준다면 1주일에 5파운드씩 지불하겠소.'라고 했어요. 저는 가난한 여자예요, 홈즈 씨. 그리고 제 남편의 수입은 형편없지요. 제게 돈은 의미가 크답니다. 그는 그 자리에서 10파운드를 꺼내더니 내밀더군요. 그러고는 '계속 조건을 지키면 앞으로 2주마다 10파운드씩 받을 수 있을 거요. 하지만 조건을 어기면 더 이상 당신 집에 머물 수 없소.'라고 했죠."

"그가 말한 조건이 무엇입니까?"

"글쎄, 바깥 현관 열쇠를 하나 달라는 거예요. 사실 그건 상관없어요. 가끔 하숙인들이 열쇠를 가져가는 경우가 있으니까요. 그리고 어떤 경우라도 자기를 혼자 놔두라는 것이었습니다. 절대로 자기를 방해하지 말라고 했지요."

"그렇게 놀라운 얘기는 아니군요."

"사실 그렇지요. 그러나 그다음이 문제였어요. 그는 벌써 열흘이나 하숙하고 있는데 저와 남편 그리고 심지어 심부름하는 여자아이까지 그의 코빼기조차 볼 수 없어요. 그런데도 우리는 밤낮을 가리지 않고 그가 빠르게 서성이는 소리를 듣습니다. 그리고 첫날 밤 외출한 이후로 바깥출입도 하는 것을 본 적이 없고요."

"오, 첫날 밤에는 나갔었군요?"

"예, 그리고 우리 모두가 잠든 뒤에 늦게 돌아왔죠. 그는 방을 정한 후 외출했다가 늦게 올 테니 문을 잠그지 말라고 했어요. 그러고는 자정이 지나서 그가 계단을 올라가는 소릴 들었지요."

"그럼 식사는 어떻게 합니까?"

"그것도 그의 특별한 지시로 벨을 울리면 방문 밖에 있는 의자 위에 식사를 놓아두죠. 그리고 그가 식사를 마친 후 다시 벨을 울리면 저희는 의자에 놓인 빈 그릇을 치우지요. 만약 다른 필요한 것이 있으면 종이에 활자체로 써서 그릇 옆에 놓았어요."

"활자체로요?"

"예, 선생님. 그는 단어 하나로만 메모를 남겨요. 그것도 연필로 또박또박 써서 말이죠. 보여 드리려고 갖고 온 것이 있어요. 'SOAP(비누).' 여기 또 있어요. 'MATCH(성냥).' 여기 첫날 아침에 남긴 것도 있고요. 'DAILY GAZETTE(데일리 가제트).' 그래서 저는 매일 아침마다 식사 옆에 이 신문을 놓아두지요."

"왓슨, 이것 좀 보게."

홈즈는 하숙집 여주인이 건네준 종이에 대단한 호기심을 보이며 관찰했다.

"이건 정말 특이하군. 은둔생활은 이해할 수 있어. 하지만 왜 활자체로 써야만 할까? 성가신 일인데 말이야. 그냥 필기체로 쓰면 왜 안

되지? 자네 생각은 어떤가, 왓슨?"

"아마 자신의 필체를 숨기고 싶어서겠지."

"그렇지만 왜? 하숙집 여주인이 필체를 아는 게 뭐 그리 중요하지? 하지만 자네 말이 맞을 수도 있어. 그리고 왜 이렇게 간단하게 메모를 남길까?"

"나는 도저히 상상이 가지 않아."

"이 사건은 내 호기심을 자극하는군. 이 단어들은 넓은 자주색 펜으로 평범하게 쓰여 있어. 자네도 여기를 보면 글씨를 쓴 후 종이 귀퉁이를 찢은 것을 알거야. 그래서 SOAP의 'S'가 부분적으로 찢겨 나가지 않았나? 암시하는 바가 있을 거야. 왓슨, 그렇지 않나?"

"정체를 들킬까 봐 조심하느라고?"

"맞아. 아마도 찢겨진 자리에 엄지손가락 지문이나 어떤 자국이 분명히 있었을 거야. 그래서 자기의 정체가 알려질지도 모른다는 생각 때문에 없앴겠지.(지문 분류법인 골턴 헨리 시스템의 기초를 만든 것은 영국의 유명한 인류학자 프랜시스 골턴 경(1822~1911년)이다. 이 시스템을 완성한 것은 스코틀랜드 야드의 에드워드 리처드 헨리 경이고, 스코틀랜드 야드가 이 방식을 채용한 것은 1901년이다. 그 전에 증거로서 지문의 유효성을 안 범죄자는 거의 없었을 것이다. 때문에 이 이야기에 나오는 이상한 하숙인이 종이 귀퉁이를 찢은 것은 1901년, 또는 그 이후에 새로 도입된 스코틀랜드 야드의 지문 시스템 기사를 잡지나 신문에서 읽은 후였을 것이다.) 워렌 부인, 그 남자가 보통 키에 검은 얼굴 그리고 수염을 길렀다고 하셨죠? 나이가 얼마나 돼 보이던가요?"

"젊어요. 서른도 안 되어 보였어요."

"더 알려 줄 정보는 없나요?"

"그 사람은 유창한 영어로 말했지만, 억양으로 외국인일지도 모른다고 생각했어요."

"옷차림은 어땠나요? 잘 차려입었나요?"

"매우 세련되게 입었어요. 훌륭한 신사 같았죠. 어두운 옷을 입었고요. 그 점에 대해서는 특별히 더 말씀드릴 것이 없네요."

"이름을 말하던가요?"

"아뇨."

"그 사람 앞으로 온 편지나 손님은 없었습니까?"

"전혀 없었어요."

"하지만 아침에 당신이나 하녀가 방 청소를 하지 않습니까?"

"아니요. 그 남자는 모든 것을 알아서 처리해요."

"오, 정말 이상한 일이군요. 짐은 많았나요?"

"커다란 갈색 가방 하나만 갖고 있었죠."

"이런, 지금으로선 추리에 도움이 될 만한 단서는 별로 없군요. 방에서 아무것도 나오지 않았다고 하셨죠? 정말 아무것도 없었습니까?"

하숙집 여주인은 가방에서 봉투 하나를 꺼냈다. 그녀가 봉투를 뒤집자 타다 만 성냥개비 두 개와 담배꽁초 두 개비가 탁자 위에 떨어졌다.

"이것이 오늘 아침 식사 쟁반에 놓여 있었죠. 홈즈 씨는 사소한 것에서도 많은 것을 발견하신다고 해서 혹시나 하는 생각에 가져왔어요."

홈즈는 어깨를 으쓱했다.

"이걸로는 별로 알아낼 것이 없군요. 이 성냥개비는 담뱃불을 붙이는데 쓰였군요. 끝 부분이 짧은 것으로 보아 분명합니다. 성냥의 반은 파이프나 시가에 불을 붙이는 데 사용되었군요. 그런데 아니 이럴 수가? 이 담배꽁초는 정말 이상하군. 그 신사가 수염을 길렀다고 하지 않으셨나요?"

"예."

"이해가 안 가는군요. 깨끗이 면도한 사람만 이렇게 담배를 피울 수 있는데요. 왓슨, 자네처럼 짧은 수염도 담배를 피울 때 약간 타들어 가지 않나?"

"파이프 홀더로 피운 것은 아닐까?" 내가 말했다.

"아니, 그렇다면 담배 끝이 반들거려야지. 워렌 부인, 설마 그 방에 두 명이 있는 것은 아니겠지요?"

"아니에요, 홈즈 씨. 그 남자가 너무 적게 먹어 가끔은 저러고도 살 수 있나 의심이 가는 걸요."

"글쎄, 그렇다면 다른 단서가 나타나기를 기다려야 할 것 같군요. 어쨌든 부인은 불평하실 것이 없습니다. 부인은 하숙비도 다 받으셨고, 그 남자도 말썽을 부리는 하숙인은 아니지 않습니까? 확실히 평범하지는 않습니다만, 하숙비도 후하게 지불했고 설령 그가 숨기로 작정하고 거짓말을 했더라도 부인이 상관할 일은 아니지요. 사실 우리가 그 하숙인의 사생활을 침범할 이유는 없습니다. 뭔가 범죄의 냄새가 난다면 모를까요. 어쨌든 제가 조사에 착수했으니 그에게 수상한 점이 있으면 그냥 지나치는 일은 없을 겁니다. 앞으로 새로운 사실이 있으면 제게 알려 주십시오. 그리고 필요하다면 언제라도 제게 도움을 청하십시오."

부인이 나가자 홈즈가 눈을 반짝이며 말했다.

"왓슨, 확실히 이번 사건은 내 구미를 당기는군. 물론 괴짜라든지 뭐 별것 아닐 수도 있지. 아니면 표면적으로 보이는 것보다 더 깊고 심각한 것일 수도 있네. 아무튼 한 가지 확실한 것은 지금 그 하숙방에 있는 사람은 처음에 방을 계약한 사람과는 완전히 다른 사람이라는 것이네."

"왜 그렇게 생각하나?"

"글쎄, 담배꽁초가 아니더라도 그 남자가 방을 잡은 후 바로 외출했다고 했지? 그러고 나서 한 번도 밖에 나간 적이 없다고 했어. 그렇다면 그 자신이 돌아왔거나 또는 다른 사람이 온 것이겠지. 모든 목격자들이 잠든 틈을 타서 말이야. 그리고 방을 계약한 사람은 영어가 유창하다고 했네. 그런데 메모를 남긴 사람은 복수로 써야 할 성냥(matches)을 단수(match)로 썼더군. 그가 단어를 사전에서 찾아 썼다는 것을 짐작할 수 있지. 사전에는 명사가 단수로 나와 있으니까. 단어로만 간결하게 메모를 남긴 것은 영어를 못한다는 걸 숨기기 위해서야. 그래, 왓슨. 지금 그 방에는 다른 하숙인이 산다고 의심할 만한 증거가 충분히 있어."

"그렇다면 무엇 때문에 그렇게 했을까?"

"아, 우리의 문제가 바로 그거야. 조사해 볼 방법이 한 가지 확실히 있긴 한데……."

홈즈는 날마다 런던의 각 신문의 개인광고란을 스크랩한 커다란 장부를 내려놓았다.

"이런!" 페이지를 넘기면서 홈즈가 말했다. "불평, 신음과 통곡의 합창이 아닌가! 이상야릇한 사건들의 총집합이군! 하지만 기이한 사건을 연구하는 학생에게는 더할 나위 없이 귀중한 사냥터지! 우선 그 하숙인은 혼자 지내고 있네. 그리고 비밀스럽게 은둔생활을 하길 바라지. 그러니 편지를 주고받을 수도 없어. 그러면 그에게 연락하려면 어떻게 해야 하겠나? 분명히 신문 광고를 통해서 하겠지. 다른 방법은 없어. 그리고 운 좋게도 우리는 한 신문만 살펴보면 되지.

여기 지난 2주간 〈데일리 가제트〉에서 발췌한 자료가 있네. 어디 볼까. '프린스 스케이트 클럽에서 검은 모피 목도리를 한 미녀.' 이건 넘어가지. '지미, 엄마가 기다린다. 돌아와라.' 이것은 가당치도 않군. '브릭스턴 버스에서 기절한 여성'은 별로 흥미롭지 않아. '매일 내 마음은 소망합니다.' 이런 왓슨, 모두 다 우는 소리군. 오, 이건 좀 가능한 얘기야. 들어 보게. '조금만 참으시오. 더 확실한 연락 수단을 찾겠소. 그때까지는 이 칼럼으로. G.' 워렌 부인의 하숙인이 도착한 날로부터 이틀 뒤로군. 그럴듯하게 들리는 걸. 그렇지 않은가? 미지의 하숙인은 영어를 쓰지는 못해도 읽을 줄은 아나 보군. 어디 한번 그 흔적을 따라가 볼까.

그래 여기 있네. 사흘 뒤로군. '현재 준비는 잘 되고 있음. 신중하게 행동하고 조금만 참으시오. 구름은 지나갈 것이오. G.' 그 주에는 이게 끝이군. 그다음엔 좀 더 명확하네. '길이 열렸소. 기회가 오면 신호를 보내겠소. 약속한 암호를 기억하시오. A는 한 번, B는 두 번, 그런 식이오. 곧 소식을 듣게 될 것이오. G.' 이건 어제 신문에 낸 것이군. 그리고 오늘은 없어. 모두 워렌 부인의 하숙인에게 보냄 직한 광고들이야. 조금만 더 기다린다면 이 사건의 실체가 좀 더 확실해지겠군그래."

그리고 홈즈의 말대로 되었다. 다음 날 아침 홈즈는 벽난로에 등을 대고 깔개 위에 서서 만족스러운 듯 미소를 짓고 있었다.

"이건 어떤가, 왓슨?" 그는 테이블 위의 신문을 들며 외쳤다. "'흰 돌로 바깥을 장식한 붉은색의 높은 건물. 3층. 왼쪽에서 두 번째 창문. 해 진 후. G.' 더 이상 분명할 순 없어. 아침 식사 후 워렌 부인 하숙집의 이웃 건물들을 정찰해 봐야겠군. 오, 워렌 부인! 오늘은 어떤 소식을 갖고 오셨습니까?"

우리의 의뢰인은 갑자기 문을 박차고 들어왔다. 사건에 새롭고도 중요한 진전이 있는 듯했다.

"이건 경찰에 신고할 만한 일이에요. 홈즈 씨!" 부인이 소리쳤다. "더 이상은 못 참겠어요. 당장 그 남자를 내보낼 거예요. 바로 계단을 올라가 말하고 싶었지만 홈즈 씨의 의견을 먼저 듣는 것이 좋을 것 같아 그러지 못했지요. 내 인내심도 한계에 도달했어요. 더군다나 내 남편까지 건드릴 지경이니 말입니다."

"워렌 씨를 건드리다니요?"

"어쨌든 남편을 거칠게 다뤘죠."

"도대체 누가 워렌 씨를 거칠게 다뤘다는 겁니까?"

"제가 알고 싶은 것이 바로 그거예요. 오늘 아침이었죠. 남편은 토트넘 코트 로드에 있는 모튼 앤 웨이라이트의 계시원이에요. 그 사람은 7시 전에 집을 나서야 한답니다. 그런데 오늘 아침 집을 나서고 열 걸음도 못 가서였죠. 갑자기 두 남자가 뒤에서 남편을 따라잡더니 머리에 코트를 뒤집어씌웠어요. 그리고 보도 옆에 세워 둔 마차에 억지로 태웠죠. 그들은 남편을 한 시간쯤 끌고 다니더니 문을 열고는 남편을 길바닥에 내동댕이쳤다지 뭡니까? 남편은 넋이 나가서 무슨 일이 일어났는지 깨닫지도 못하고 길바닥에 누워 있었다는군요. 정신을 차리고 보니 햄스테드 히스에 와 있었다는 거예요. 그래서 버스를 타고 집에 되돌아 왔지요. 남편은 아직도 소파에 누워 있어요. 그리고 저는 홈즈 씨에게 이 일을 말하려고 달려왔지요."

"정말 흥미롭군요." 홈즈가 말했다. "워렌 씨는 납치범들을 보았습니까? 그들이 말하는 것을 들었나요?"

"아뇨, 남편은 아주 정신이 없었답니다. 그이는 마술처럼 붕하고 몸이 들리더니 쿵하고 떨어진 것만 알더라고요. 아마 적어도 둘 이상일 겁니다. 아니면 셋이거나."

"이 납치 사건이 새 하숙인과 관계가 있다고 생각하십니까?"

"우리는 그곳에서 15년을 살았어요. 하지만 전에는 절대 이런 일이 없었어요. 저는 그 하숙인에게 아주 질렸어요. 돈이 전부는 아닙니다. 오늘 안으로 그를 내보낼 거예요."

"잠깐, 워렌 부인. 성급한 행동은 삼가십시오. 저는 이 사건이 처음보다 훨씬 더 중요하다고 생각됩니다. 부인의 하숙인이 위험한 처지인 것은 분명합니다. 그리고 부인의 하숙집 앞에서 적들이 그가 나오기만을 기다리는 것도 확실하고요. 안개 낀 어두운 아침이라 부인의 남편을 그로 오인해 납치했지만, 아닌 것을 알고는 곧 풀어 줬겠지요. 만약 실수가 아니라 정말 하숙인을 납치했다면 그에게 어떤 일이 생겼을까요? 우리는 단지 정황으로만 추측할 뿐입니다."

"그럼 저는 이제부터 어떻게 해야 하지요, 홈즈 씨?"

"부인의 하숙인을 보고 싶군요. 워렌 부인."

"홈즈 씨가 문을 부수지 않는 이상 어떻게 볼 수 있을지 모르겠군요. 제가 식사 쟁반을 놓고 계단을 내려갈 때면 방 자물쇠를 여는 소리가 들리기는 해요."

"어쨌든 그가 쟁반을 방으로 가져가는 것을 숨어서라도 볼 수 있을 겁니다."

여주인은 잠시 생각하더니 말했다.

"그렇다면 홈즈 씨, 그 방 맞은편에 골방이 있어요. 아마 그 앞에 거울을 놓을 수 있을 겁니다. 그리고 선생님께서 문 뒤에 계시면—"

"훌륭하군요!" 홈즈가 말했다 "그는 언제 점심 식사를 하지요?"

"1시경입니다."

"그럼 왓슨과 제가 시간에 맞춰 들르지요. 그럼 워렌 부인, 안녕히 가세요."

12시 30분에 우리는 워렌 부인의 하숙집 계단을 올라가고 있었다. 워렌 부인의 하숙집은 대영박물관 북동쪽에 있는 그레이트 올므 가에 있었다. 그곳에서는 길모퉁이 가까이에 길쭉한 노란 벽돌집이 늘어선

하우이 가가 내려다보였다. 홈즈는 쿡쿡 웃으면서 앞으로 돌출되어 도저히 지나칠 수 없는 아파트들 중 한 건물을 가리켰다.

"보게, 왓슨!" 홈즈가 말했다. "'흰 돌로 바깥을 장식한 붉은색 높은 건물.' 저기가 신호를 보내려는 장소로군. 이제 우리는 위치와 암호를 모두 알고 있어. 우리가 할 일은 간단하네. 신문에서 말한 창문으로 가면 어떤 방식으로 신호를 보내는지 알 수 있을 거야. 분명 접선자가 다가가기 쉬운 빈 아파트일 걸세. 아, 워렌 부인. 준비는 끝났습니까?"

"다 준비했어요. 두 분 신발은 계단 밑에 두고 올라가시면 제가 안내하겠어요."

부인이 마련한 장소는 숨기에 안성맞춤이었다. 거울은 정확한 장소에 놓여 있었다. 우리는 어둠 속에 앉아서 맞은편 문을 잘 지켜볼 수 있었다. 워렌 부인이 떠나고 우리가 자리를 잡자마자 하숙인이 벨을 울린 듯 딸랑딸랑 소리가 들렸다. 그리고 곧 여주인이 쟁반을 들고 나타났으며 굳게 잠긴 방문 앞 의자 위에 식사를 올려놓았다. 그리고 발소리를 내며 멀어졌다. 문 뒤에서 웅크린 채 우리는 거울에 눈을 고정시켰다. 여주인의 발소리가 완전히 사라진 후 갑자기 열쇠를 돌리는 소리가 들렸다. 문고리가 돌아가고 두 개의 야윈 손이 튀어나와 의자 위의 쟁반을 들었다. 그러고는 얼마 지나지 않아 급하게 비운 쟁반을 다시 의자 위에 올려놓았다. 순간 나는 골방 문이 약간 열린 것을 노려보는 공포에 질린 검고 아름다운 얼굴을 볼 수 있었다. 그리고 나서 다시 방문이 세차게 닫히고 열쇠를 채우는 소리가 들린 뒤 적막이 흘렀다. 홈즈는 내 팔꿈치를 꼬집었고, 우리는 계단을 내려왔다.

"밤에 다시 오겠습니다." 홈즈가 기대에 찬 여주인에게 말했다. "왓슨, 이 문제는 돌아가서 의논하는 것이 좋겠네."

"보다시피 내 추측대로야." 홈즈가 안락의자에 몸을 깊숙이 파묻은 채 말했다. "하숙인을 바꿔치기 했지. 하지만 그렇게 평범하지 않은 아름다운 여자일 줄은 생각하지 못했네, 왓슨."

"여자는 우리가 있다는 걸 눈채챘어."

"음, 그녀는 조심하라고 경고하는 무엇인가를 본 것뿐이지. 이건 확실해. 사건의 흐름은 뻔하네, 그렇지 않은가? 한 쌍의 남녀가 당장 닥칠 끔찍한 위험으로부터 도피할 안식처를 런던에서 찾고 있어. 얼마나 위험한지는 그들의 신중함을 생각하면 충분히 짐작할 수 있지. 그 남자가 신사라면 마땅히 해야 할 일을 하면서 그동안 사랑하는 여자를 안전한 곳에 숨겨 두고 싶었겠지. 쉬운 문제는 아니지만 전형적인 방식으로 해결했네. 매일 식사를 갖다 주는 여주인도 그녀의 존재를 눈치채지 못할 만큼 효과적이었지. 활자체로 쓴 메모도 이제 확실해 졌네. 새 하숙인이 여자라는 사실을 숨기기 위해서였군. 그 남자는 그녀 곁에 얼씬거릴 수도 없어. 그랬다간 당장에 적들이 그녀를 발견할 테니. 그 남자가 연인에게 직접 연락을 할 수 없으니 신문광고에 의지할 수밖에. 지금까지는 모든 것이 명백하군."

"도대체 무엇 때문일까?"

"왓슨, 평상시처럼 혹독한 현실이지. 이 모든 일들의 원인이 무엇이냐고? 워렌 부인에게 일어난 이상한 사건이 의외로 커지고, 우리가 조사한 바에 의하면 사악한 기운마저 느껴지는군. 이건 철없는 젊은 이들의 도피 행각이 아니야. 자네도 그 여자가 위험을 감지했을 때의 표정을 보았을 걸세. 또한 워렌 씨를 납치했던 일도 들었고. 분명 그 하숙인을 납치하려 했을 거야. 이처럼 경고와 비밀을 지키기 위해 필사적으로 노력한 것을 볼 때 이 사건은 생사가 걸린 문제일세. 워렌 씨를 덮친 것으로 보아 적들이 누구든 간에 아직 하숙인이 여자로 바꿔치기 된 것은 모르는 모양이야. 정말 복잡한 사건이군, 왓슨."

"그런데 홈즈, 왜 이 사건에 깊숙이 관여하려 하지? 자네가 얻는 것은 무엇인가?"

"내게 무슨 소득이 있냐고? 예술을 위한 예술이지. 자네가 진료할 때 치료비를 받지 못하더라도 질병에 대해 연구는 할 수 있지 않은가?"

"즉, 범죄 연구를 위해서란 말이지?"

"연구로 끝나지 않아, 왓슨. 연구 또 연구. 이 사건은 연구가 되지.

돈도 명예도 돌아올 것이 없지만 꼭 해결해 보고 싶네. 어두워지면 우리의 수사도 진전이 있을 걸세."

우리는 다시 워렌 부인의 하숙으로 돌아갔다. 런던의 겨울밤은 우울했고, 칠흑 같은 어둠은 단조로운 회색 톤으로 깊어만 갔다. 노란빛으로 날카롭게 빛나는 네모난 창문과 희미한 가로등의 가물가물한 윤곽선만이 고요한 어둠을 깨뜨리고 있었다. 우리는 캄캄한 하숙의 거실에서 옆 건물을 지켜보았다. 그리고 잠시 후, 희미한 불빛이 어둠 속 높은 곳에서 깜박거리기 시작했다.

"누군가 저 방에서 움직이는군." 홈즈가 속삭였다.

그는 마르고 열띤 얼굴을 갑자기 창문 밖으로 내밀었다.

"그래, 그의 그림자를 볼 수 있어. 그가 있군! 촛불을 손에 들고 있네. 그가 주위를 살펴보는군. 여자가 자기를 보는지 확인하고 싶겠지. 이제 초에 불을 붙이는군. 자네도 받아 적어, 왓슨. 각자 따로 적어서 비교해 보세. 한 번이야. 저건 확실히 'A'지. 자, 자네는 다음을 몇 번으로 세었나? 이십 번?(초고에는 열아홉이다.) 나도 마찬가지네. 그럼 'T'가 되겠군. 'AT', 정말 이해하기 쉽군. 다시 'T'야. 분명 두 번째 단어의 시작이겠지. 그리고 'TENTA', 갑자기 멈췄군. 이게 전부란 말인가? 왓슨. 'ATTENTA'는 아무 뜻도 아니잖아. 세 단어라고 생각해도 'AT, TEN, TA' 역시 무슨 말인지 모르겠군. 아니면 'T. A.'가 사람 이름 앞 글자를 딴 것인가? 아! 다시 시작하는군. 저건 또 뭐야? 'ATTE' 왜 같은 내용을 반복하는 거지? 정말 이상해. 왓슨, 묘한 일일세! 다시 멈췄어. 'AT', 도대체 왜 세 번씩이나 같은 신호를 보내는 걸까? 'ATTENTA'를 세 번에 걸쳐 보내다니? 얼마나 더 반복하려나? 그래. 이제 끝난 것 같군. 그 남자가 창문에서 물러나는군. 왓슨, 무슨 뜻인지 알겠나?"

"암호가 아닐까? 홈즈."

내 동료는 갑자기 이해가 되는지 쿡쿡 웃었다.

"그렇게 애매한 암호는 아니야, 왓슨." 그가 말했다. "물론 이건 이탈리아어야! 'A'는 여성 명사일 때 쓰이지. '조심하시오! 조심하시오!' 어떤가? 왓슨."

"자네 말이 맞는 것 같군."

"의심의 여지가 없지. 이건 매우 급하게 보내는 메시지야. 세 번이나 반복하지 않았나? 그런데 뭘 조심하라는 거지? 기다려 보세. 그가 다시 한 번 창문에 다가서는군."

우리는 다시 웅크리고 있는 남자의 희미한 윤곽선을 주시했다. 그가 신호를 새로 보내기 시작했다. 창문을 타고 조그만 불빛이 계속 점멸했다. 신호는 전보다 더 빨랐다. 너무 빨라 받아 적기 힘들 지경이었다.

" 'PERICOLO-PERICOLO-' 이건 뭐지, 왓슨? 위험이라는 뜻이지? 그렇지 않나? 그래, 신에게 맹세코 이건 위험을 경고하는 신호일세. 저런, 또 반복하는군. 'PERI-' 도대체 무슨—"

갑자기 촛불이 꺼졌다. 깜박이던 네모난 창문도 사라졌다. 그리고 3층은 반짝이는 일련의 창문들과 함께 건물에 검은 띠를 두르면서 다시 어둠 속으로 사라졌다. 결국 마지막 경고의 울부짖음은 도중에 중단되었다. 왜, 그리고 누가 막았을까? 같은 생각이 우리 둘의 마음에 떠올랐다. 홈즈는 숨어 있던 창가에서 갑자기 용수철처럼 튀어 올랐다.

"이건 정말 심각한 일이네, 왓슨." 그가 소리쳤다. "뭔가 악마같이 끔찍한 일이 일어났어! 왜 저런 메시지가 갑자기 멈춘단 말인가? 빨리 스코틀랜드 야드에 연락해야겠어. 그리고 현장에도 가 봐야 할 듯 싶군."

"그럼 내가 스코틀랜드 야드에 신고할까?"

"상황을 좀 더 확실하게 알 필요가 있네. 어쩌면 우리가 너무 곧이 곧대로 메시지를 해석한 것일 수도 있으니. 가세, 왓슨. 우리가 직접 올라가서 알아볼 것이 있는지 찾아보세."

우리가 하우이 가를 급히 지나갈 때 나는 조금 전까지 머물렀던 하숙집을 힐끔 보았다. 그 건물의 꼭대기 층 창문에 희미하게 사람의 윤곽이 보였다. 나는 바짝 긴장했고, 앞을 주시하는 여자의 그림자를 볼 수 있었다. 여자는 숨죽이며 팽팽한 긴장감 속에서 중단된 메시지를 기다리고 있었다. 그런데 갑자기 하우이 가 아파트의 현관에서 큼직한 두꺼운 코트를 입고 넥타이를 맨 남자가 조용히 다가와서 담에 몸을 기댔다. 현관의 불빛이 우리의 얼굴을 비추었을 때 그 남자는 움찔하며 놀라는 모습이었다.

"홈즈 씨!" 그가 소리쳤다.

"아니, 그렉슨 경감!" 내 친구는 스코틀랜드 야드의 그렉슨 경감과 악수하며 말했다. "여기는 웬일입니까?"

"홈즈 씨와 같은 이유라고 생각되는데요." 그렉슨이 말했다. "물론 홈즈 씨가 어떻게 이 일에 발을 들여놓았는지 상상도 할 수 없지만."

"서로 다른 실마리로 조사를 시작했지만, 결국 같은 곳에서 막히고 마는군요. 나는 신호를 감시하고 있었지요."

"신호요?"

"그렇습니다. 저 창문에서 어떤 남자가 보냈는데 도중에 갑자기 끊어졌지요. 우리는 그 이유를 밝히려고 온 겁니다. 하지만 일단 경감이 조사 중인 사건이라고 하니 안심이군요. 더 이상 내가 관여할 이유가 없을 것 같습니다."

"잠깐!" 그렉슨이 흥분해서 소리쳤다. "나는 이 사건만큼 홈즈 씨가 내편인 것이 기쁜 적이 없습니다. 이 아파트의 출구가 하나뿐이라 우리는 그를 안전하게 체포할 수 있습니다."

"그 사람은 누구입니까?"

"이런, 이런. 우리가 한발 앞섰군요. 홈즈 씨. 이번에는 당신이 우리 수사에 전력을 다해 도와주시길 바랍니다."

그러고는 그렉슨은 곤봉으로 땅바닥을 날카롭게 쳤다. 그러자 멀리 세워 둔 사륜마차에서 말채찍을 든 마부가 어슬렁거리며 걸어왔다.

"셜록 홈즈 씨를 소개하지요." 그렉슨이 마부에게 말했다. "이분은 미국 핀커튼 탐정사의 레버튼 씨입니다."

"롱아일랜드 동굴 사건의 영웅이군요." 홈즈가 말했다. "만나 뵙게 되어 영광입니다."

미국인은 말끔히 면도한 얼굴에 과묵하고 사무적인 태도였다. 그는 홈즈의 찬사에 인정사정없을 것 같은 마른 얼굴을 붉혔다.

"나는 내 평생 쫓아다니던 용의자를 추적 중이오. 홈즈 씨." 그가 말했다. "만약 내가 고르지아노를 붙잡게 된다면……."

"뭐라고요! 레드 서클의 고르지아노 말입니까?"

"오, 그는 유럽에서도 유명한가요? 그가 미국에서 한 짓은 샅샅이 알고 있소. 그리고 그가 적어도 50여 건의 살인 사건의 배후에 있다는 것도 알고 있소. 하지만 그를 체포하기에는 증거가 부족해서 나는 그를 쫓아 뉴욕에서 바다를 건너 왔소. 그리고 런던에서 일주일가량 그를 따라붙으려 했소. 그의 목덜미를 낚아챌 기회를 엿보면서 말이오. 마침내 그렉슨 씨와 나는 이 커다란 아파트에서 그를 찾아냈소. 이 아파트는 출구가 하나뿐이라 그가 우리를 따돌릴 길은 없소. 그가 들어간 후 세 사람이 출구를 나왔소. 그러나 맹세코 그중에 고르지아노는 없었소."

"홈즈 씨가 신호에 대해서 말하던데요." 그렉슨이 말했다. "홈즈 씨는 우리가 모르는 많은 것을 알고 있을 거라 생각되는군요."

홈즈는 그동안 우리에게 있었던 상황을 간단명료하게 설명했다. 미국인은 분통을 터트리며 손바닥을 세게 부딪쳤다.

"그가 우리 머리 꼭대기에 있었군!" 그가 소리쳤다.

"왜 그렇게 생각하죠?"

"그런 식으로밖에 이해가 안 되는데요, 그렇지 않소? 여기서 그가 공범에게 메시지를 보냈소. 물론 런던에도 그와 한패인 조직이 있소. 그런데 당신이 설명한 대로라면 고르지아노가 공범에게 위험하다고 경고했다가 도중에 갑자기 그만두었다는 것 아니오? 그건 그가 길에서 감시하고 있는 우리를 보았거나 또는 어떤 식이든 위험하다는 것을 깨달았단 말이 아니겠소? 그리고 그 위험을 피하기 위해 즉시 행동으로 옮겼다는 뜻 아니오? 당신의 의견은 어떻소, 홈즈 씨?"

"제 생각으론 즉시 위로 올라가서 직접 확인해 보는 편이 좋겠습니다."

"그러나 체포하고 싶어도 영장이 없소."

"고르지아노는 지금 버려진 건물에 침입해 있습니다." 그렉슨이 말했다. "지금으로서는 충분히 체포할 근거가 있어요. 일단 체포해 놓고, 구류하는 것은 뉴욕의 도움을 기다리지요. 지금 체포하는 책임은 내가 지겠소."

우리의 수사관은 지적인 부분에서는 실수를 범하곤 했지만, 용기로 말하면 누구도 따라올 수 없을 것 같았다. 그렉슨은 스코틀랜드 야드 계단을 오를 때와 마찬가지로 거침없이 조용하고 사무적으로 살인마를 체포하기 위해 계단을 올라갔다. 핀커튼사의 탐정은 그렉슨을 밀치고 앞서려 했으나 그렉슨이 팔꿈치로 그를 밀어냈다. 런던에서 체포하는 것은 런던 경찰의 관할이라는 식으로 말이다.

3층 왼편 아파트의 문이 조금 열려 있었다. 그렉슨이 문을 열자 방 안에는 적막과 어둠만이 감돌았다. 나는 성냥을 그어 수사관의 랜턴에 불을 붙였다. 심지에 불꽃이 커지는 순간 우리는 눈에 들어온 광경을 보고 경악을 금치 못했다.

카펫 없이 드러난 전나무 바닥 위에는 생긴 지 얼마 되지 않은 핏빛 발자국이 사방에 있었다. 그 발자국들은 우리 쪽에서 문이 굳게 닫힌 안쪽 방으로 향했다. 그렉슨은 안쪽 방문을 활짝 열고 랜턴의 불꽃을 최대로 키우며 그의 앞을 비추었다. 우리 모두는 그렉슨의 어깨 너머로 무슨 일이 벌어졌는지 지켜보았다.

빈방의 바닥 중앙에는 넓고 둥근 피 웅덩이가 있었으며, 그 가운데 거대한 몸집의 남자가 누워 있었다. 그는 보기 좋게 면도한 검은 얼굴을 마구 찡그려 우스꽝스럽고도 기이하게 보였다. 그의 머리 주위는 끔찍한 진홍빛 핏물이 원을 그리고 있었고, 그는 무릎을 가슴께로 끌어안고 고통스러운 듯 손을 뻗고 있었다. 그리고 뒤로 젖혀진 두꺼운 갈색 목에는 깊숙이 박힌 칼이 반쯤 튀어나와 있었다. 거인처럼 거대한 그 남자의 몸집으로 보아 이 끔찍한 공격을 받기 전에 습격당한 황소처럼 날뛰었던 것 같았다. 그의 오른손 옆에는 무시무시해 보이는 뿔 손잡이의 양날 단도가 놓여 있었다. 그리고 그 옆에는 검은 새끼 염소 가죽장갑이 있었다.

"아니, 이럴 수가! 블랙 고르지아노입니다!" 미국의 탐정이 소리쳤다. "누군가 우리를 앞질렀군요."

"여기 창가에 촛불이 있군요. 홈즈 씨." 그렉슨이 말했다. "그런데 도대체 뭘 하는 겁니까?"

홈즈는 방을 가로질러 초에 불을 붙이고 촛불을 창문의 앞뒤로 왔다 갔다 했다. 잠시 후 어둠을 주시하면서 촛불을 껐다. 그리고 초를 바닥에 던졌다.

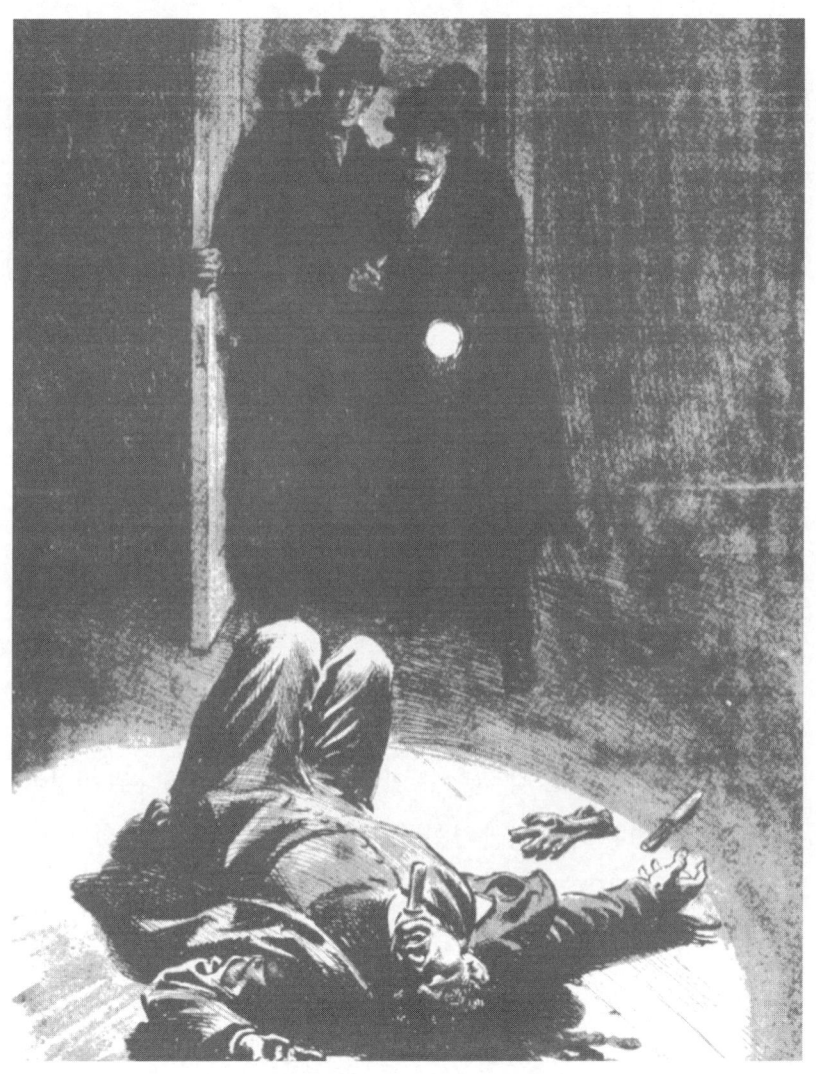

"내 생각으로는 이러는 것이 도움이 될 것 같습니다." 홈즈가 말했다.
그러고는 두 명의 수사관이 시체를 조사하는 동안 깊은 생각에 잠

겨 있었다.

"밑에서 기다리는 동안 세 사람이 아파트를 나갔다고 했지요?" 마침내 그가 말했다. "그 세 사람을 자세히 관찰했습니까?"

"그렇습니다."

"그 가운데 보통 키에 수염이 있고 얼굴이 검은 30대 남자는 없었나요?"

"있었소. 그가 가장 마지막에 나를 지나친 사람이었소."

"제 생각으로는 그 사람이 살인자입니다. 그의 인상은 나도 알고 있고, 그의 선명한 발자국이 있습니다. 이 정도면 그를 발견하기에 충분할 겁니다."

"런던의 수많은 시민 중 살인범을 찾기에는 그 정도 단서론 불충분합니다. 홈즈 씨."

"그렇지 않을 겁니다. 당신에게 도움을 줄 이 여자분을 제가 부른이유가 그것이지요."

홈즈의 말에 우리 모두는 돌아보았다. 키가 크고 아름다운 여성이 문가에 서 있었다. 바로 워렌 부인 하숙집의 신비한 하숙인이었다. 여자는 천천히 다가왔는데, 얼굴은 불안감에 창백하고 수척해 보였다. 그녀는 눈을 떼지 못한 채 공포에 질린 시선으로 바닥에 누운 검은 그림자를 보았다.

"당신이 이 남자를 죽였군요!" 여자가 중얼거렸다. "오 이럴 수가, 당신이 그를 끝장냈군요!"

그러고는 갑자기 날카롭게 숨을 들이마시더니 기쁨의 환성을 지르며 뛰어 올랐다. 방을 돌면서 그녀는 춤을 추고 손뼉을 쳤다. 그녀의

검은 눈동자는 환희로 빛났으며, 입에서는 이탈리아 어로 환호성이
수없이 터져 나왔다. 이런 괴이한 상황에서 그녀 같은 미인이 기쁨을
주체하지 못하는 것은 놀라우면서도 오싹하게 무서운 광경이었다.
그런데 갑자기 여자가 춤을 멈추더니 미심쩍은 눈초리로 우리를 쳐다보았다.

"그런데 당신! 당신은 경찰이죠, 그렇지 않나요? 당신이 쥬세페 고르지아노를 죽였지요. 그런가요?"

"우리는 경찰입니다, 마담."

여자는 어두운 방 안을 둘러보았다.

"그런데 나의 제나로는 어디에 있나요?" 그녀가 물었다. "제나로 루카는 제 남편입니다. 저는 에밀리 루카고요. 우리 둘은 뉴욕에서 왔어요. 그이는 어디 있지요? 그가 여기 창가에서 제게 즉시 이리로 오라고 했는데요. 그래서 저는 급히 달려왔어요."

"당신을 부른 사람은 접니다." 홈즈가 말했다.

"당신이! 어떻게 당신이 부를 수 있지요?"

"당신들의 암호는 그렇게 어렵지 않더군요, 부인. 제가 기대했던 대로 당신이 여기 오셨군요. 저는 촛불로 'VIENI'라고 신호를 보내면 당신이 오실 줄 알았습니다."

아름다운 여자는 내 친구를 존경하는 눈길로 쳐다보았다.

"당신이 그것을 어떻게 알았는지 저로서는 알 길이 없군요." 여자가 말했다. "쥬세페 고르지아노, 그럼 그가 어떻게……."

여자는 잠시 멈칫하더니 갑자기 기쁘고 자랑스러운 듯 얼굴이 밝아졌다.

"이제야 알겠군요! 나의 제나로! 나의 눈부시고 아름다운 제나로, 그가 모든 위험에서 저를 안전하게 보호해 주었군요. 자신의 힘으로 이 괴물을 죽였군요! 오, 제나로, 당신이 얼마나 훌륭한지! 도대체 당신같이 훌륭한 남자와 어울릴 만한 여자가 세상에 어디 있겠어요?"

"저, 루카 부인." 그렉슨은 여자의 환호성에 질렸다는 듯 말했다.

그러고는 마치 노팅힐을 배회하는 부랑아처럼 무뚝뚝하게 여자의 팔을 잡았다.

"저는 부인이 누군지 아직 확실히 모르지만 당신을 연행해야 한다는 것은 알고 있습니다."

"잠깐, 그렉슨 경감." 홈즈가 말했다. "우리가 알고 싶어 하는 것과 마찬가지로 이분은 우리에게 충분한 정보를 주고 싶어 하는 것 같습니다. 마담, 아시다시피 당신의 남편은 우리 앞에 누워 있는 이 남자를 살해한 혐의로 체포되어 재판을 받게 됩니다. 부인의 말이 증거로 사용될 수도 있습니다. 그러나 남편이 범죄가 아닌 동기로 살인을 했다고 판단하고 이를 알리길 원한다면, 남김 없이 다 말하는 게 남편에게 가장 이롭습니다."

"이제 고르지아노가 죽었으니 우리가 두려워할 것은 없어요." 여자가 말했다. "그는 악마였고 괴물이었어요. 그런데 고르지아노를 죽였다고 내 남편에게 벌을 주신다면 세상에서 정의는 사라진 것이지요."

"이 같은 경우엔—" 홈즈가 말했다. "사건 현장을 그대로 보존하고 우리는 이분의 방으로 갑시다. 우선 부인이 무슨 말을 하는지 들어 본 후 우리의 행동 방향을 정합시다."

30분쯤 후에 우리 네 명은 루카 부인의 작은 거실에 앉았다. 그리고 우연히 결말을 목격한 이 불길한 사건에 대해 부인이 깜짝 놀랄 만한 이야기를 들려주었다. 그녀는 빠르고 유창하게 말했지만 자유분방한 영어로 말했다. 그래서 내가 좀 더 뜻을 정확히 전달하기 위해 다시 문법에 맞게 고쳐 썼다.

"저는 나폴리 근처의 포실리포에서 태어났어요." 부인이 말했다. "그리고 아버지 아우구스토 배렐리는 변호사이셨는데, 한때 그 지역 변호사 대표이기도 했습니다. 아버지는 제나로를 고용했지요. 그리고 저는 그와 사랑에 빠지게 되었어요. 그는 돈도 명예도 없었답니다. 그의 아름다운 외모와 힘, 그리고 열정을 빼면 아무것도 없었지요. 그래서 제 아버지는 우리가 만나는 것을 허락하지 않으셨어요. 결국 저희는 배리로 도망가서 그곳에서 결혼했지요. 그리고 제 보석을 팔아 돈을 마련해 미국으로 갔어요. 그게 4년 전인데, 그 후 저희는 뉴욕에서 살았지요.

치음부터 우리는 운이 좋았어요. 제나로는 이탈리아 신사 밑에서 일을 하게 되었지요. 남편은 바우어리라는 곳에서 그 신사분을 깡패들로부터 구해 냈답니다. 그래서 그분 같이 힘이 있는 사람과 친분을 맺게 되었어요. 그분의 이름은 티토 카스탈롯입니다. 그는 뉴욕의 과일 수입상 카스탈롯 앤 잼보 회사의 사장이었어요. 사실 잼보는 일선에서 물러났고, 우리의 새 친구인 카스탈롯이 실제 권력을 잡고 있었지요. 회사는 직원이 300명도 넘었는데, 그분은 남편을 그곳에 취직시켜 주었을 뿐 아니라 한 부서의 장으로 앉혔답니다. 그리고 여러 면에서 남편에게 선심을 썼지요. 카스탈롯은 독신이었는데 그래서인지 제나로를 마치 아들처럼 생각하는 것 같았어요. 저와 남편은 그를 친아버지처럼 사랑했습니다. 우리는 브루클린에 있는 작은 집을 얻고 가구를 샀지요. 그때까지만 해도 미래는 보장된 것처럼 보였어요. 하지만 우리의 하늘을 온통 뒤덮을 먹구름이 다가오고 있다는 것을 곧 깨닫게 되었지요.

어느 날 밤 제나로는 퇴근하면서 고향 친구를 한 명 데리고 왔어요. 그의 이름은 고르지아노였는데 그 역시 포실리포 출신이라고 하더군요. 시신을 보면 아시겠지만 고르지아노는 몸집이 대단히 컸어요. 하지만 몸만 거인이 아니라 그의 모든 것이 괴기스럽게 거대해서 소름이 끼쳤어요. 그의 목소리는 쩌렁쩌렁해서 마치 천둥이 치는 듯했죠. 그가 말하면서 팔을 휘두를 때면 두려워서 피할 정도였지요. 그리고 그의 사상, 감정, 열정 이 모두가 과장되고 극악무도했어요. 그는 말을 하는 게 아니라 으르렁거렸지요. 사람들은 공포에 떨면서 그가 강력하게 쏟아 내는 말들을 앉아서 듣고 있어야만 했답니다. 그의 불타는 눈은 사람들을 노려보았고, 사람들을 자기 손바닥 위에서 갖고 놀았지요. 그는 잔혹하면서도 한편으론 놀라운 남자였어요. 그가 죽어서 신에게 감사드려요!

고르지아노는 저희 집에 자주 찾아왔어요. 그리고 그와 함께하면서 우리 부부는 더 이상 행복하지 않았어요. 남편은 가엾게도 목석같이 앉아 창백한 표정으로 고르지아노의 끝없는 헛소리를 들었습니다. 고르지아노의 말들은 대부분 정치와 사회적인 문제들에 대한 것이었어요. 제나로는 아무 말도 안 했지만 남편을 속속들이 알고 있는 저는 그의 얼굴에서 전에 보지 못한 감정들을 읽을 수 있었지요. 처음에는 그것이 혐오라고 생각했어요. 하지만 저는 서서히 그것은 혐오가 아니라 두려움, 가슴 깊은 곳에 비밀스럽게 자리 잡은 무서운 공포임을 알게 되었답니다. 제가 그걸 깨닫던 날 밤이었어요. 저는 남편의 어깨를 안고 사랑과 애정을 무기로 남편에게 애원했지요. 왜 이 거대한 남자가 남편에게 그늘을 드리우는지 말해 달라고 했습니다.

그는 제게 모든 것을 털어놓았고, 남편의 말을 들으면서 제 가슴은 싸늘하게 얼어붙기 시작했어요. 나의 불쌍한 제나로가 불같이 거칠던 시절, 세상이 그에게 등을 돌린 것 같았던 그때, 그는 불공평한 세상 때문에 반쯤 미쳐 있었지요. 그래서 그는 옛날의 카르보나리당(이탈리아 급진 공화주의자의 비밀 결사)과 연결된 나폴리의 레드 서클에 가입했지요. 하지만 그 조직원들이 한 맹세와 비밀은 두려운 것이었어요. 일단 조직에 가입하면 탈퇴란 불가능했죠. 우리가 미국으로 도피했을 때 제나로는 이 모든 것들을 떨쳐 버렸다고 생각했어요. 그런데 어느 날 밤거리에서 남편이 고르지아노를 우연히 만났으니 그 공포가 어땠겠어요? 나폴리에서 남편을 레드 서클에 가입시키고 가르쳤던, 그리고 남이탈리아에서는 살인으로 팔꿈치가 항상 붉게 물들어 '죽음'이라는 별명을 얻은 거인 고르지아노 말이에요. 고르지아노는 이탈리아 경찰을 피해서 뉴욕으로 도망을 왔지요. 그는 이미 새 고향인 뉴욕에서 이 무시무시한 레드 서클 지부를 심기 시작했습니다.

　남편은 제게 이러한 사실을 모두 털어놓은 후 자신이 받은 명령을 보여 주었지요. 그것은 미국 지부는 지정된 날짜에 열어야 하며, 바로 그날 제나로가 참석해야만 한다고 명령한 것이었어요. 그것은 정말 끔찍했지만 더한 것이 기다리고 있었어요. 고르지아노는 매일 밤마다 저희 집에 오는데, 언제부터인가 그가 제게도 말을 자주 건다는 걸 깨달았지요. 심지어 그가 남편과 얘기할 때에도 소름끼치게 노려보는 야생 동물 같은 그의 눈은 항상 저를 향하고 있었어요. 그리고 어느 날 밤 그의 비밀이 밝혀졌지요. 그의 사랑한다는 말에 저는 정신이 번쩍 났어요. 그건 야만적인 짐승이 갖는 욕망이었어요. 마침 남편이 퇴근하기 전이었지요. 고르지아노는 문을 박차고 들어와 엄청난 힘으로 저를 붙들었어요. 그러고는 곰같이 거친 가슴으로 저를 포옹하고는 키스를 퍼부었지요. 자기와 같이 가자며 저를 유혹했답니다. 저는 몸 부림치며 소리를 질렀어요. 그때 남편이 돌아와 고르지아노를 덮쳤답니다. 고르지아노는 남편이 정신을 잃을 정도로 두들겨 팬 후 그 길로 도망쳤어요. 그러고 나서 두 번 다시 오지 않았어요. 하지만 우리는 그날 밤 증오에 찬 적을 만들고 말았지요.

며칠 후 조직의 모임이 있었어요. 제나로가 집에 돌아왔을 때 저는 그의 얼굴을 보고 무시무시한 일이 생겼다는 걸 알았어요. 그것은 저희가 상상도 못할 만큼 흉측한 일이었지요. 그 조직은 부유한 이탈리아 인들을 협박해서 돈을 끌어모으고 있었습니다. 만약 기부를 거절하면 폭력을 행사해 그들을 위협하곤 했었죠. 그런데 조직이 우리의 친구이자 은인인 카스탈롯에게 접근한 거예요. 하지만 그는 협박에 굴하지 않고 경찰에 신고했지요. 그러자 조직은 다른 희생자들이 배신하는 것을 막기 위해 카스탈롯에게 본때를 보여 주기로 했어요. 그들은 모임에서 카스탈롯과 그의 집을 다이너마이트로 폭파시키기로 했지요. 그리고 누가 그 일을 실행할 건지 제비뽑기를 했어요. 제나로는 고르지아노가 가방에 손을 넣는 순간 그가 잔인하게 웃는 것을 보았지요. 그 제비뽑기는 사전에 조작을 한 것이 틀림없습니다. 그래서 레드 서클이 그려진 운명의 원반, 즉 살인 명령은 남편의 손에 있었습니다. 제나로는 절친한 친구를 죽여야 할 운명이었지요. 아니면 조직원들이 남편과 제게 복수하는 것을 속수무책으로 기다리던가요. 레드 서클에서는 명령에 불복종하거나 기피하는 조직원에겐 자신뿐만 아니라 그가 사랑하는 사람에게도 해를 입혔지요. 그리고 나의 제나로 는 불쌍하게도 이 사실을 잘 알고 있었어요. 그렇기에 공포가 엄습해 왔고, 남편은 불안감으로 거의 미칠 지경에 이르렀지요.

우리는 밤새 꼭 껴안고 앉아 우리 앞에 놓인 문제를 풀기 위해 마음 을 단단히 먹었어요. 바로 내일 밤이 예정된 날이었어요. 결국 우리는 은인에게 그가 처한 위험을 경고했습니다. 미래에도 카스탈롯을 안전 하게 지켜 줄 수 있도록 경찰에 정보를 넘겼지요. 그러고는 낮에 우리 는 런던으로 출발했어요.

그 후는 여러분도 잘 아실 겁니다. 우리는 적들이 마치 그림자처럼 저희를 따라붙는다는 걸 확신했지요. 고르지아노는 개인적인 이유로 복수하려 했어요. 하지만 어떤 경우라도 우리는 그가 얼마나 잔혹하 고 교활하며 끈질긴지 알고 있었답니다. 이탈리아와 미국에서도 그의 무서운 힘들에 대한 소문이 자자했어요. 그리고 그 힘들이 발휘된다 면 바로 지금일 것이라 생각했지요. 남편은 어떤 위험도 닥치지 않는 안전한 곳으로 저를 대피시키려 며칠간을 노력했어요. 그리고 이탈리 아, 미국 경찰과 선이 닿기 위해 본인은 자유롭기를 바랐어요. 저는 그가 어디에서 어떻게 사는지 모릅니다. 제가 아는 것이라고는 신문 을 통해 접한 것들이 전부지요. 그런데 제가 하숙집 창문 밖을 내다보 니 이탈리아 인 두 명이 집을 감시하고 있었어요. 그래서 고르지아노 가 저희의 도주 경로를 알아냈다고 생각했어요.

마침내 제나로가 미리 정한 창문에서 신호를 보내겠다고 신문을 통 해 알려 왔지요. 그러나 그는 조심하라는 신호만 보냈고, 그것마저 갑 자기 멈추었어요. 고르지아노가 가까이 왔다는 것을 남편이 알아차린 것이 분명했어요. 그리고 신께 감사하게도 제나로는 고르지아노에게 대항할 만반의 준비를 끝냈던 겁니다. 이제 저는 신사분들께 묻고 싶습니다. 우리가 법을 두려워해야만 합니까? 그리고 그가 행한 일로 나의 남편을 비난할 판사가 세상에 계신가요?"

"글쎄, 그렉슨." 미국 탐정이 말했다. "영국인들의 생각은 어떤지 모르지만 뉴욕에서라면 이 숙녀분의 남편은 도리어 많은 시민에게 감사의 인사를 받을 것이오."

"부인은 저와 동행하셔서 제 상관을 만나야 될 것 같습니다." 그렉슨이 말했다. "만약 부인이 말한 것이 모두 사실로 밝혀진다면 부인이나 남편은 겁낼 것이 없습니다. 그건 그렇고 홈즈 씨, 당신이 어떻게 이번 일에 말려들었는지 짐작도 가지 않는군요."

"교육적인 차원입니다, 그렉슨. 나는 여전히 대학에서 필요한 지식을 연구하는 중이고요. 어쨌든 왓슨, 자네의 사건 노트에 비극적이고도 괴이한 예를 하나 추가할 수 있겠군. 참, 코벤트 가든에서 바그너를 연주한다네! 아직 8시 전이니 서두르면 2회 공연 전에는 도착할 수 있겠군."

**Sherlock
Holmes**

브루스 파팅턴 설계도

The Bruce-Partington Plans

1895년 511월 21일(목)~11월 23일(토)

1895년 11월 세 째 주, 짙은 안개가 런던 거리마다 자욱하게 드리워져 있었다. 월요일부터 목요일까지는 안개가 너무 심해서 베이커가에 있는 우리 집 창문에서 맞은편에 있는 집들조차 분간할 수 없을 정도였다. 홈즈는 두꺼운 논문에 참조 표시를 하며 월요일 하루를 보냈고, 화요일과 수요일에는 최근에 관심을 가지기 시작한 중세 음악을 들으며 참을성 있게 안개가 걷히기를 기다렸다. 하지만 목요일에 아침 식사를 마치고 창밖을 내다봤을 때도 거리는 여전히 짙은 안개로 가득했고, 유리창에는 물방울들이 맺혀 있었다. 홈즈는 성격이 급하고 활동적이어서 이 지루한 시간들을 견디기가 더 힘든 모양이었다. 그는 몹시 좀이 쑤시는지 무료해서 못 견디겠다는 표정으로 손톱을 물어뜯고 가구를 툭툭 치면서 초조하게 거실 안을 서성거렸다.

　"왓슨, 신문에 재미있는 기사라도 났나?"

홈즈가 말하는 재미있는 기사란 범죄기사를 뜻한다. 신문에는 혁명, 전쟁 가능성, 임박한 정부 변화에 관한 기사들이 실려 있었지만, 홈즈가 관심을 가질 만한 내용들은 아니었다. 특이하거나 중대한 범죄 기사는 보이지 않았다. 홈즈는 한숨을 내쉬더니 다시 방 안에서 서성댔다.

"런던의 범인들은 분명 멍청한 녀석들일 거야." 홈즈는 시합에서 패한 선수처럼 볼멘소리로 말했다. "왓슨, 창밖을 보게. 사람들의 모습이 희미하게 보이다가 다시 안개 속으로 사라지지 않나. 도둑이나 살인자들이 정글 속의 호랑이처럼 마음 놓고 어슬렁거리다가 먹이를 덮치기에 좋은 날이지. 희생자 외에는 아무에게도 들키지 않고 일을 해치울 수 있으니까."

"사소한 절도 사건들은 많았어."

홈즈는 가소롭다는 표정으로 코웃음을 쳤다.

"이 어두침침한 런던에서 시시한 도난 사건들만 일어나다니. 정말 어울리지 않는군. 내가 범죄자가 되지 않은 게 다행이야."

"정말 그래." 나는 그 말에 진심으로 동의했다.

"내가 브룩스나 우드하우스라고 가정해 보게. 아니면 누군가 나름대로의 이유를 갖고 내 목숨을 노린다고 해 보세. 내가 얼마나 오랫동안 그들의 추적을 피해 살아남을 수 있겠나? 나에게 만나자는 전갈을 보내고 거짓으로 약속을 하면 감쪽같이 속아 넘어갈 테고, 그러면 모든 게 끝나는 거야. 암살이 많은 남미 국가들이 런던처럼 안개가 심하지 않아서 다행이지. 아! 뭐가 왔나 보군. 지루했는데 마침 잘 됐군."

하녀가 전보를 한 통 건네주었다. 홈즈는 그것을 읽더니 웃음을 터뜨렸다.

"아니, 이게 웬일이지? 마이크로프트 형이 온다잖아!"

"그게 왜?"

"왓슨, 형이 여기 온다는 건 시내 전차(tram-car : 말이 끄는 것이 있었고 기관차가 끄는 것이 있었다.)가 레일에서 탈선하는 것과 마찬가지야. 마이크로프트 형은 언제나 자기 노선을 따라 규칙적으로 움직이는 사람이야. 팰맬에 있는 하숙집과 디오게네스 클럽, 화이트홀만 왔다 갔다 하지. 여기에 온 건 단 한 번뿐이었어. 그런데 대체 무슨 일 때문에 오는 걸까?"

"전보에 아무 얘기가 없나?"

홈즈가 전보를 건네주었다.

캐도건 웨스트 일로 만나고 싶다. 곧 간다.

― 마이크로프트

"캐도건 웨스트? 들어 본 적이 있는 이름인데."

"나는 아무것도 생각나지 않는데. 하지만 마이크로프트 형이 이렇게 갑자기 찾아오다니! 정말 해가 서쪽에서 뜰 일이야. 참, 형이 무슨 일을 하는지 자네도 알지?"

'그리스어 통역사' 사건 때에 있었던 일을 나는 어렴풋이 기억해 냈다.

"영국 정부에서 일한다고 말하지 않았나?"

홈즈는 미소를 지었다.

"사실, 그때는 자네에 대해 잘 알지 못해서 자세히 얘기하지 않았어. 누구나 국가에 관한 중대한 일을 얘기할 땐 신중해지기 마련이지. 자네 말대로 형은 영국 정부에서 일하고 있네. 하지만 어떤 의미에서 볼 때 가끔은 형이 정부 그 자체라고 할 수 있지."

"뭐?"

"놀랄 줄 알았지. 형은 연봉 450파운드를 받는 하급 공무원에다 명예욕이나 출세욕도 없지만 나라에서 가장 중요한 사람이라고 할 수 있어."

"무슨 일을 하는데?"

"정부에서도 유례를 찾아볼 수 없는 자리에 있지. 형이 직접 만든 자리야. 그런 자리는 전에도 없었고 앞으로도 없을 걸세. 형은 논리적이고 명석한 사람이야. 형만큼 기억력이 뛰어난 사람은 아마 없을 거야. 내가 기억력을 이용해 범죄를 수사하는 것처럼, 형은 기억력으로 이 특별한 일을 수행하네. 각 부서에서 결정된 사항들을 알려주면 형은 그 정보들을 분석해서 종합적인 결론을 내린다네. 말하자면 정보 처리센터라고 할 수 있어. 다른 부서에도 그 분야의 전문가들이 있긴 하지만, 형은 여러 방면에 걸쳐 폭넓은 전문지식을 갖추고 있지.

어떤 장관이 해군, 인도, 캐나다와 금은화폐의 비율 문제(법화로서의 금과 은의 비율. 당시 이 문제는 특히 미국에서 정치상의 중요한 논의거리였다.)에 관한 정보를 알고 싶어한다고 가정해 보세. 일반적인 경우라면, 여러 부서에서 필요한 정보들을 따로따로 수집하겠지. 하지만 마이크로프트 형은 한 번에 모든 정보들을 종합해서 결론을 제시할 수 있어. 정부는 처음에는 형을 신속하고 편리한 수단 정도로 여겼지만, 지금은 매우 중요한 사람으로 인정하고 있지. 그 뛰어난 두뇌에 모든 것이

차곡차곡 저장되어 있기 때문에 필요할 때마다 즉시 꺼내 쓸 수 있어. 형이 한 말에 따라 국가 정책이 결정 된 적도 여러 번 있었네. 형은 일 이외에 다른 것은 생각하지 않는 사람이야. 내가 찾아가서 조언을 구할 때 잠깐 일을 놓고 나를 도와주긴 하지만 그것 또한 형에게는 일종의 두뇌훈련과 같은 거야. 그런 형이 여기에 온다니 도대체 무슨 일이지? 캐도건 웨스트는 누구고, 형과 어떤 관계가 있는 걸까?"

"아, 생각났어!" 나는 소파 위에 흩어져 있는 신문들을 뒤적이며 소리쳤다. "그래, 여기 그 사람에 대한 기사가 있어! 화요일 아침에 지하철에서 캐도건 웨스트라는 젊은이가 죽은 채로 발견 됐다는 기사야."

홈즈는 담배 파이프를 물려다가 멈추고는 자세를 고쳐 앉았다.

"왓슨, 이건 중대한 사건이야. 형이 일을 제쳐 두고 달려올 정도라면 일반적인 죽음이 아닌 거야. 형이 어떤 이유로 이 사건을 맡은 걸까? 내 기억으로는 별다른 특징이 없는 사건이었어. 그 젊은이는 기차에서 뛰어내려 자살한 게 분명해. 소지품도 그대로였고, 외부에서 폭력을 가한 흔적도 없었으니까. 그렇지 않나?"

"검시 결과 새로운 사실들이 많이 나타났다는군. 좀 더 자세히 살펴보게. 이건 확실히 특이한 사건이야."

"그래, 형이 저렇게 관심을 가지는 걸 보니 아주 특별한 사건인 듯 싶어."

홈즈는 안락의자에 등을 바싹 붙여 앉았다.

"왓슨, 그 사건에 대해 자세히 말해 봐."

"그 남자의 이름은 아서 캐도건 웨스트. 27세의 독신으로 울위치 군수공장 직원이었어."

"공무원이었군. 그 점에선 마이크로프트 형과 관련이 있군."

"그는 월요일 밤 울위치에서 갑자기 사라졌지. 그를 마지막으로 만난 사람은 약혼녀 바이올렛 웨스트버리인데, 그날 7시 30분쯤에 안개 속에서 갑자기 헤어졌다고 해. 싸운 것도 아닌데 왜 그런 식으로 갔는지 모르겠다고 하더군. 그리고 다음 날 메이슨이라는 철로정비공이 런던 지하철 노선에 있는 앨드게이트 역 근처에서 웨스트의 시체를 발견했어."

"그게 언제지?"

"화요일 아침 6시. 시체는 동쪽으로 향하는 왼쪽 선로 위에서 누운 상태로 발견되었어. 역이 있는 터널에서 가까운 지점이었다는군. 머리는 심하게 뭉개졌는데, 기차에서 떨어질 때 그렇게 된 거래. 누운 자세로 보아 기차에서 뛰어내린 게 분명하다고 그러더군. 누군가 근처에 있는 마을에서 시체를 옮겨 온 거라면 개찰구를 통과해야만 하는데, 거기에는 항상 역무원이 서 있기 때문에 그가 열차에서 뛰어내린 게 확실하다고 봐야겠지."

"맞아. 그건 분명해. 그 사람이 죽어 있었든 살아 있었든 간에, 기차에서 뛰어 내렸거나 아니면 누가 밀었거나 둘 중 하나겠지. 계속하게."

"시체가 발견된 곳 옆에 있는 선로는 서쪽에서 동쪽으로 가로지르고 있어. 그 선로에는 도심에서만 운행되는 기차들과 윌레스덴 역과 도심에서 먼 환승역에서 출발하는 기차들이 다니지. 웨스트는 월요일 밤늦게 이 선로를 지나는 기차에 타고 있었던 게 분명해. 그런데 어느 역에서 탔는지는 알아내지 못했다는군."

"차표를 보면 알 수 있지 않나?"

"주머니를 뒤져 봤지만 차표는 없었어."

"표가 없었다고! 저런! 왓슨, 정말 이상하군. 표가 없으면 플랫폼에 들어갈 수 없잖아. 그렇다면 그가 어느 역에서 탔는지 숨기기 위해 범인이 표를 빼낸 걸까? 충분히 그럴 수 있어. 아니면 기차 안에서 표를 잃어버렸을지도 모르고. 이것도 가능한 얘기지. 그런데 도난을 당한 흔적이 없다고 했지?"

"전혀 없었네. 여기 소지품 목록이 있어. 지갑에는 2파운드 15실링이 들어 있었어. 캐피탈 앤 카운티 은행의 울위치 지점 수표책도 한 권 있었고. 그걸로 신원을 알 수 있었다는군. 그리고 그날 밤에 입장할 수 있는 울위치 극장 특석표 두 장과 기술 관련 서류 한 뭉치도 발견되었어."

홈즈는 만족스럽다는 듯이 말했다.

"이제야 알겠어! 왓슨! 영국정부, 울위치 군수공장, 기술 관련 서류들, 마이크로프트 형, 이 모두가 연관이 있을 거야. 형이 도착한 것 같으니 직접 확인해 보자고."

잠시 후에 키가 크고 풍채가 당당한 마이크로프트 홈즈가 방으로 들어왔다. 그의 체구는 크고 묵직해서 투박하고 둔한 느낌을 주었지만, 커다란 몸 위에 있는 얼굴은 위엄 있는 이마와 날카로운 회색 눈, 굳게 다문 입술 때문에 치밀한 인상을 풍기고 있었다. 그의 인상은 커다란 몸집보다도 더 강한 느낌을 주었다.

그리고 우리의 오랜 친구인 스코틀랜드 야드의 레스트레이드 경감이 뒤를 따라 들어왔다. 경감은 마른 몸집에 엄숙한 분위기를 풍기고

있었다. 두 사람의 표정이 심상치 않은 걸로 보아 중대한 일이 있는 게 분명했다. 경감은 아무 말 없이 악수를 청했다. 마이크로프트 홈즈는 외투를 벗느라 애를 쓰고 나서 안락의자에 털썩 주저앉았다.

"셜록, 정말 까다로운 사건이야. 난 습관을 깨는 걸 몹시 싫어하지만 이번만큼은 모른 척하고 지나칠 수 없어. 지금 태국의 상황 때문에 자리를 뜨는 게 어려웠지만, 이번 사건이 너무 위급해서 어쩔 수 없었지. 총리가 그렇게 걱정하는 건 처음 봤어. 해군본부는 마치 벌집을 뒤집어 놓은 것처럼 소란스러워. 그 사건에 관한 기사는 읽어 봤니?"

"지금 막 읽었어. 그 기술 관련 서류들이라는 게 뭐야?"

"아, 그게 중요해. 다행히 아직 외부에 알려지지 않았어. 만일 알려지면 언론이 들끓겠지. 그 불쌍한 젊은이의 주머니 속에 있던 서류들은 브루스 파팅턴 잠수함 설계도야."

마이크로프트 홈즈의 심각한 표정은 그것이 매우 중대한 문제라는 사실을 알려 주었다.

홈즈와 나는 그가 계속 이야기하기를 기다렸다.

"잠수함에 대한 이야기를 들어 봤겠지? 모두들 소문으로 들어 보기는 했을 거야."

"이름은 알고 있어."

"아무리 강조해도 지나치지 않을 만큼 중요한 문제야. 정부에서 일급기밀로 정하고 지금까지 철저하게 보안을 유지해 왔어.(이 말은 바로 위의 '모두들 소문으로 들어 보기는 했을 거야'라는 대사와 모순된다.) 브루스 파팅턴 잠수함의 행동반경 안에서 적함의 군사행동은 불가능하다고 해도 좋을 정도야. 2년 전 극비로 국가예산에서 거액을 지출해 그 잠수함의 발명 특허권을 사들였어. 그래서 정부에서는 그 사실이 새어 나가지 않도록 모든 노력을 기울였지. 설계도는 30개의 독립된 특허권들로 이루어져 있는데, 모두 전체 작업에 필수적인 것들이야. 정부는 그 설계도를 군수품 창고 근처의 비밀사무소에 있는 정교한 금고에 보관해 두었지. 사무실 문과 창문에 도난방지 장치가 설치되어 있어서 설계도를 빼내는 건 불가능한 일이야. 해군의 건함 본부장이라도 그 설계도를 보려면 울위치에 있는 비밀사무소까지 가야 해. 그런데 런던 한복판에서 죽은 젊은이의 주머니에서 그 설계도가 나왔단 말이야. 이건 정말 있을 수 없는 일이지."

"그렇지만 서류를 다시 찾았잖아."

"아냐, 셜록. 모두 다 찾지는 못했어. 울위치에서 없어진 서류는 모두 열 장인데 캐도건 웨스트의 주머니에서 발견된 건 일곱 장뿐이었어. 가장 중요한 서류 석 장이 없어진 거야. 셜록, 자질구레한 범죄들은 신경 쓰지 말고 우리 일을 도와주도록 해. 자네는 이제부터 매우 중요한 국제적인 문제를 해결해야 하는 거야. 캐도건 웨스트가 왜 그 서류들을 갖고 있었는지, 나머지 서류들은 어디에 있는지, 그가 어떻게 죽었는지, 시체가 왜 선로 위에 있었는지, 어떻게 하면 범인을 잡을 수 있는지, 이 문제들을 풀어야 해. 나라를 위해 이 일을 맡아 줘."

"왜 직접 해결하지 않지? 형도 나만큼 알아낼 수 있잖아."

"그럴지도 모르지. 하지만 세부적인 자료를 수집하는 게 문제야. 네가 자료를 수집해 줘. 그러면 전문가로서 내 의견을 말하지. 난 여기저기 뛰어다니면서 차장들을 조사하거나 돋보기를 들여다보는 일에는 서투르니 말이야. 사건을 해결할 수 있는 사람은 너밖에 없어. 다음 서훈자 명단(국가에 공헌한 사람들의 명단으로 국왕 탄생일이나 신년 등에 발표한다.)에 너의 이름을 올리고 싶다면……."

그의 말에 홈즈는 웃으며 고개를 가로저었다.

"난 일이 좋아서 하는 것뿐이야. 하지만 이 일은 확실히 흥미로운 점이 있으니 기꺼이 도와 드리지. 좀 더 자세한 얘기를 해 줘."

"자세한 내용은 이 종이에 써 왔어. 도움을 얻을 수 있는 주소도 몇 개 적어 두었지. 서류 보관인은 정부에서 일하는 유명한 제임스 월터 경이야. 그는 경험이 많을 뿐 아니라 신사적인 분이라 유명 인사들의 초청을 많이 받아. 그리고 애국심이 남다르기 때문에 서류를 빼돌릴 만한 사람은 아니야. 금고 열쇠는 모두 두 개인데, 그중 하나를 제임스 경이 갖고 있어. 월요일 업무시간 중에는 서류가 분명히 금고 안에 있었고, 제임스 경은 열쇠를 갖고 3시쯤 사무실에서 나와 런던으로 갔다고 했어. 그리고 사건이 일어난 날 밤에는 바클레이 광장에 있는 싱클레어 제독의 집에 있었다는군."

"그게 확실해?"

"그래. 동생인 밸런타인 월터 대령이 그가 울위치에서 출발했다는 걸 입증했고, 런던에 도착한 사실은 싱클레어 제독이 확인해 주었어. 그러니 제임스 경은 이 사건과 직접적인 관련이 없어 보여."

"또 누가 열쇠를 갖고 있지?"

"상급 사무관이자 설계사 시드니 존슨. 40대의 기혼으로 다섯 명의 자녀를 두고 있어. 말수가 적고 침울한 인상을 주는 사람이야. 근무 성적은 아주 뛰어나더군. 동료들에게 인기는 없지만 일은 열심히 하는 모양이야. 그와 부인의 진술에 의하면, 그날 퇴근 후에 계속 집에 있었대. 열쇠는 항상 시곗줄에 걸어서 갖고 다닌다고 했어."

"캐도건 웨스트에 대해서도 말해 줘."

"그는 군수공장에서 10년 동안 근무했고 근무 성적도 좋았어. 성격이 급하고 충동적인 면이 많은 걸로 유명하지만 정직하고 심성이 착했다는군. 그에 관해서 나쁜 얘기는 듣지 못했어. 사무실에서 시드니 존슨보다 지위가 한 단계 낮아. 캐도건은 업무상 매일 개인적으로 설계도를 볼 기회가 있었어. 사무실에서 서류를 취급하는 사람은 캐도건뿐이었지."

"그날 밤에는 누가 금고 문을 잠갔지?"

"상급 사무관 시드니 존슨 씨였지."

"그렇다면 하급 사무관 캐도건 웨스트가 서류를 빼낸 게 분명하군. 그에게서 서류가 발견됐으니까. 그렇지 않나?"

"그래, 셜록. 하지만 설명하기 어려운 점이 많아. 제일 궁금한 건 그가 왜 서류를 가져갔느냐 하는 점이야."

"그만한 가치가 있기 때문이겠지."

"그걸 넘기면 수천 파운드는 쉽게 벌겠지."

"서류를 갖고 런던에 갈 만한 다른 이유가 있을까?"

"그건 모르겠어."

"그러면 팔아넘길 목적으로 서류를 빼돌렸다고 가정해 볼게. 웨스트는 복사한 열쇠로 금고문을 열고 서류를 꺼냈을 거야."

"복사한 열쇠를 여러 개 갖고 있었겠지. 건물 출입문과 사무실 문도 열어야 했을 테니 말이야."

"그렇군. 그럼 열쇠를 여러 개 갖고 있었다고 가정해 보자고. 그는 서류를 런던으로 가져가서 그 내용을 팔아넘기고 다음 날 아침 사람들이 출근하기 전에 금고에 다시 넣어 두려고 했을 거야. 하지만 계획과는 달리 런던에서 그런 반역죄를 저지르다가 살해당한 거겠지."

"어떻게 살해당했다는 거지?"

"울위치로 돌아오는 길에 누군가 그를 살해한 다음 기차 밖으로 던진 게 아닐까?"

"시체는 앨드게이트에서 발견됐어. 그곳은 울위치로 가는 노선에 있는 런던 브리지 역에서 상당히 떨어진 지점이야."

"그가 런던 브리지를 지나친 것에 대해서는 여러 가지 정황을 생각해 볼 수 있어. 예를 들어 기차 안에서 누군가와 얘기하느라 정신이 없었다고 해. 그러다가 싸움이 벌어지고 격렬한 싸움 끝에 목숨을 잃을 수도 있지. 아니면 기차에서 내리다가 선로로 떨어져서 죽었을지도 몰라. 다른 사람이 기차 문을 닫았고, 짙은 안개 때문에 아무것도 보이지 않았을 거야."

"지금 우리가 갖고 있는 정보로는 더 적절한 설명을 하기 어려워. 하지만 네가 더 생각해야 할 부분들이 있어. 캐도건 웨스트가 서류를 런던으로 가져가기로 작정했다고 가정해 보자. 그는 외국 스파이와 만날 약속을 했을 거고, 그 때문에 저녁 시간을 비워 두었을 거야. 그런데 실제로는 극장표를 두 장 사서 약혼녀와 함께 극장으로 가다가 갑자기 사라졌어."

"눈가림을 하려고 그랬을 겁니다." 초조한 표정으로 앉아서 두 사람의 대화를 듣고 있던 레스트레이드가 말했다.

"정말 이상해. 그리고 또 다른 의문점이 있어. 그가 런던에 가서 외국 스파이를 만났다면 아침이 밝기 전에 서류를 다시 가져와야 했겠지. 그렇지 않으면 서류가 없어진 게 탄로가 날 테니까. 그가 처음에 가져간 서류는 열 장인데 나중에 주머니에서 나온 건 일곱 장뿐이었어. 그렇다면 나머지 세 장은 어떻게 된 걸까? 아무 조건 없이 순순히 내줄 리는 없었을 텐데. 그럼 받은 돈은 대체 어디에 있지? 주머니에 거액이 있을 거라고 생각했지만 그렇지 않았어."

"무슨 일이 있었는지 알겠어요. 그는 서류를 팔 목적으로 가져갔다가 흥정이 제대로 이루어지지 않자 그냥 집으로 돌아가려고 했던 겁니다. 그런데 스파이가 기차 안까지 따라와서 그를 살해하고 가장 중요한 서류만 훔쳐 간 거죠. 모든 게 맞아떨어지지 않습니까?" 레스트레이드가 말했다.

"그랬다면 왜 기차표를 갖고 있지 않았을까요?"

"표가 있으면 스파이의 집에서 가장 가까운 역이 어딘지 알려질 테니까 주머니에서 표를 꺼내 가져간 겁니다."

"레스트레이드, 훌륭합니다." 홈즈가 말했다. "앞뒤가 맞는 말이군요. 그 말이 맞는다면 이 사건은 끝난 거나 다름없습니다. 서류를 빼돌린 사람은 이미 죽었고, 브루스 파팅턴 잠수함 설계도는 다른 나라로 넘어갔을 테니까요. 우리가 할 일은 더 이상 아무것도 없지요."

"셜록, 이렇게 손 놓고 있으면 안 돼! 어서 움직여!" 마이크로프트가 자리에서 벌떡 일어나며 소리쳤다. "내 생각은 경감과 달라. 셜록, 네 능력을 발휘해 봐! 범죄 현장에 가서 관련자들을 만나 하나도 남김없이 조사해! 국가를 위해 이보다 더 훌륭한 일을 할 수 있는 기회는 다시없을 거야."

"알았어." 홈즈가 어깨를 으쓱하며 대답했다. "왓슨, 같이 가세! 레스트레이드, 한두 시간만 내 주실 수 있겠습니까? 앨드게이트 역에 가서 조사를 해야겠습니다. 형, 조심해서 가. 저녁 전에 결과를 알려줄게. 하지만 너무 기대하지는 마."

한 시간 후, 홈즈와 레스트레이드, 그리고 나는 앨드게이트 역 바로 앞에 있는 터널에서 기차가 빠져나오는 지점에 있는 철로 위에 서 있었다. 붉은 얼굴의 예의 바른 신사가 철도회사를 대표해서 조사 현장에 참석했다.

"이 지점에 시체가 있었습니다."

그는 선로에서 3피트 떨어진 곳을 가리켰다.

"위에서 떨어지진 않았을 겁니다. 보시다시피 방어벽이 있으니까요. 결국 기차에서 떨어졌다는 얘기가 됩니다. 지금까지 저희가 조사한 바로는 그 기차가 월요일 자정쯤에 이곳을 지나간 것으로 추측됩니다."

"기차를 조사했을 때 폭력을 휘두른 흔적은 없었습니까?"

"그런 건 없었습니다. 차표도 발견되지 않았어요."

"문이 열려 있던 흔적은 없었습니까?"

"없었습니다."

"오늘 아침에 새로운 증거를 찾았어요. 한 승객이 월요일 밤 11시 40분쯤 메트로폴리탄 선 일반기차를 타고 앨드게이트 역을 지나다가 기차가 역에 도착하기 바로 전에 무거운 물체가 쿵 하고 떨어지는 소리를 들었답니다. 아마 시체가 선로에 떨어지는 소리였을 겁니다. 하지만 안개가 너무 자욱해서 아무것도 보이지 않았다고 합니다. 그래서 바로 신고하지 않았다는군요. 아니, 홈즈 씨, 무슨 문제라도 있습니까?"

홈즈는 몹시 긴장된 표정으로 서서 터널 밖으로 선로가 구부러져 나오는 지점을 뚫어지게 쳐다보고 있었다. 앨드게이트는 환승역이기 때문에 선로가 그물처럼 얽혀 있었다. 그는 열의와 호기심에 찬 눈빛으로 그 지점을 응시한 채 눈을 떼지 않았다. 그는 날카롭고 경계하는 듯한 표정을 하고 입술을 굳게 다물고 콧구멍을 가늘게 떨며, 집중하

느라 눈썹을 잔뜩 찌푸리고 있었다. 홈즈의 그런 표정은 내게 전혀 낯선 것이 아니었다.

　"포인트(차량을 다른 선로로 이동시키기 위해 선로가 갈라지는 곳에 설치한 장치), 포인트야." 그가 중얼거렸다.

"포인트라뇨? 그게 뭡니까?"

"이 같은 시스템에는 일반적으로 포인트가 그다지 많지 않죠?"

"네, 별로 없습니다."

"그리고 커브도 있군요. 포인트와 커브. 맞아, 바로 그거야!"

"홈즈 씨, 뭐라고 하시는 겁니까? 무슨 단서라도 알아낸 겁니까?"

"떠오르는 게 있어서요. 아직 확실한 건 아닙니다. 이 사건은 아주 흥미롭고 특별하군요. 그런데 왜 선로에 핏자국이 없습니까?"

"핏자국은 처음부터 거의 없었습니다."

"부상이 심했을 텐데요."

"뼈가 으스러졌지만 겉에는 큰 상처가 없었습니다."

"그래도 어느 정도는 피를 흘렸을 겁니다. 그날 밤안개 속으로 뭔가 떨어지는 소리를 들은 승객이 있다는데, 그 승객이 탔던 기차를 조사해 볼 수 있을까요?"

"홈즈 씨, 그건 어렵겠군요. 그 기차는 모두 분리되어 여러 기차에 연결됐으니까요."

"홈즈 씨, 모든 차량들을 꼼꼼히 조사했다고 장담할 수 있습니다. 제가 직접 살펴봤어요." 레스트레이드가 말했다.

내 친구의 단점 중 하나는 자기보다 머리가 둔한 사람을 참지 못한다는 것이다.

"그랬겠지요." 홈즈가 돌아서며 말했다. "하지만 제가 조사하고 싶었던 건 차량이 아닙니다. 왓슨, 이제 여기서 할 일은 끝났어. 레스트레이드, 더 이상 폐를 끼칠 일은 없을 겁니다. 울위치로 가서 수사를 해야 하니까요."

홈즈는 런던 브리지에서 마이크로프트에게 보낼 전보를 썼는데, 나에게 읽어 보라며 건네주었다. 전보는 다음과 같은 내용이었다.

단서를 몇 가지 찾았지만 아직 확실하지 않음. 지금까지 영국에 알려진 외국 스파이들이나 국제 스파이들의 이름과 주소를 베이커 가로 보내 줘.

— 셜록

"이걸 알아내면 도움이 될 거야, 왓슨." 울위치로 가는 기차 안에서 홈즈가 말했다. "마이크로프트 형 덕분에 정말 놀랄 만한 사건을 맡게 됐군."

홈즈의 열성적인 얼굴에는 여전히 팽팽한 긴장감이 감돌았다. 그의 표정을 보니 추리에 한층 활기를 불어넣을 새롭고 의미심장한 상황이 펼쳐지고 있다는 사실을 알 수 있었다. 개집에서 귀와 꼬리를 축 늘어뜨리고 빈둥거리는 폭스하운드가 먹잇감의 냄새를 맡고는 눈을 번뜩이며 근육에 잔뜩 힘을 주고 가슴 높이까지 뛰어오르는 개로 탈바꿈한 것처럼 홈즈 역시 아침과는 전혀 다른 모습이었다. 몇 시간 전만 해도 짙은 안개에 둘러싸인 집의 방 안에서 회색가운을 입고 맥 빠진 얼굴로 어슬렁거리더니 지금은 아주 다른 사람이 된 듯했다.

"단서는 여기 있어. 금방 알아차릴 수도 있었는데 어리석게 그 가능성들에 대해서는 생각하지 못했던 거야."

"나는 아직도 모르겠네."

"끝이 어떻게 될지는 나도 몰라. 하지만 사건을 해결할 수 있을 것 같군. 남자는 다른 곳에서 죽었고, 시체는 기차 지붕 위에 있었지."

"지붕이라니?"

"정말 놀라운 일 아닌가? 하지만 좀 더 생각해 보게. 포인트 위를 지나갈 때 기차는 덜컹거리며 흔들리게 되지. 그런데 시체가 바로 그 지점에서 발견되었다는 게 단순히 우연일까? 그 지점이라면 지붕에 있던 시체가 떨어질 수 있었겠지. 기차 안에 있는 사람은 포인트의 영향을 받지 않아. 어쨌든 시체는 지붕에서 떨어졌거나 아니면 아주 이상한 우연으로 그 자리에서 발견된 거겠지. 그리고 핏자국에 대해서도 생각해 봐. 다른 곳에서 살해된 후 옮겨졌다면 선로 위에 핏자국이 없는 게 당연하지. 이런 사실들은 모두 그 의미하는 바가 크네. 한데 묶어서 생각하면 상당히 설득력이 있어."

"아, 차표도 그래!" 내가 소리쳤다.

"맞았어. 차표가 없는 이유에 대해서는 아무도 설명하지 못했어. 하지만 내 추리를 적용해 보면 간단하게 해결되지. 모든 게 들어맞아."

"그렇다 해도 웨스트가 왜 죽었는가 하는 수수께끼는 풀리지 않는군. 간단해지는 게 아니라 오히려 점점 더 희미해지는 것 같아."

"그럴지도 몰라." 그는 뭔가 생각하는 듯한 목소리로 말했다.

그러고는 기차가 울위치 역에 천천히 들어설 때까지 아무 말 없이 깊은 생각에 잠겨 있었다. 마차로 갈아타자 홈즈는 마이크로프트가 건네준 종이를 꺼냈다.

"오후에 잠시 들러야 할 곳이 있어. 제임스 월터 경부터 만나야 하네."

그 유명한 공무원은 템스 강을 따라 쭉 뻗은 정원이 있는 커다란 저택에 살고 있었다. 우리가 도착했을 때 안개가 조금씩 걷히면서 안개 속으로 가느다랗고 엷은 햇살이 비치고 있었다. 벨을 울리자 집사가 문을 열었다.

"제임스 경을 만나러 오셨습니까?" 집사는 엄숙한 표정으로 말했다. "제임스 경은 오늘 아침에 돌아가셨습니다."

"이럴 수가!" 홈즈가 놀라서 소리쳤다. "어떻게 돌아가신 겁니까?"

"들어오셔서 제임스 경의 동생 밸런타인 대령을 만나 보십시오."

"그러는 게 좋겠군요."

우리는 집사의 안내를 받아 어두침침한 거실로 들어갔다. 잠시 후에 밝은 색 턱수염을 기른 키가 크고 잘생긴 50대 남자가 들어왔다. 제임스 경의 동생 밸런타인 대령이었다. 제정신이 아닌 듯 흐릿한 눈빛과 눈물로 얼룩진 볼, 헝클어진 머리카락이 이 집안에 들이닥친 갑작스런 불행을 말해 주는 듯했다. 그는 몹시 충격을 받았는지 분명하지 않은 발음으로 이야기를 꺼냈다.

"그 무서운 소문 때문이었습니다. 형은 명예를 굉장히 중요하게 생각하는 사람이었으니 그런 소문을 견디기 어려웠을 겁니다. 그 일로 마음이 몹시 상했던 것 같습니다. 언제나 자신이 담당한 부서가 능률이 뛰어나다는 것을 자랑스럽게 여겼으니까요. 하지만 형이 죽다니 믿을 수 없습니다."   ·

"저희는 제임스 경에게서 사건에 도움이 될 만한 단서를 얻을 수 있을까 해서 찾아왔습니다만."

"그 사건은 다른 사람들과 마찬가지로 형에게도 수수께끼 같은 일이었어요. 형은 경찰 조사에서 알고 있던 사실을 모두 말했습니다. 캐도건 웨스트가 범인이라고 믿었지요. 하지만 그 밖에 다른 건 전혀 모른다고 했습니다."

"그 사건에 대해 짐작 가는 것이라도 있습니까?"

"저도 신문에서 읽고 소문으로 들은 내용을 빼면 아는 게 없습니다. 무례하게 들릴지도 모르지만 이해해 주시기 바랍니다. 지금은 너무 경황이 없어서 길게 얘기할 수 없군요."

"정말 생각지도 않은 일이 일어났군." 홈즈가 다시 마차에 오르면서 말했다. "노환으로 죽은 건지 자살한 건지 궁금해. 만일 자살했다면 의무를 소홀히 했다는 자책감 때문에 그런 거겠지? 그 문제는 다음에 생각하도록 하지. 지금은 캐도건 웨스트의 집으로 가야 하니까."

교외에 있는 웨스트의 집은 작지만 손질이 잘 되어 있었고, 아들을 잃은 어머니가 혼자 살고 있었다. 나이든 부인은 너무나 깊은 슬픔에 잠겨 있어서 우리에게 도움이 될 만한 이야기를 들려줄 수 있는 상황이 아니었다. 부인 옆에는 얼굴이 하얀 아가씨가 서 있었다. 바이올렛 웨스트버리라고 이름을 밝힌 그녀는 웨스트의 약혼녀로, 사건이 일어나던 날 밤 마지막으로 그를 본 사람이 자신이라고 말했다.

"홈즈 씨, 정말 이해할 수 없어요. 그 사건이 있던 날부터 지금까지 밤낮으로 생각하고 또 생각했어요. 진실이 뭔지 정말 알고 싶어요. 아서는 누구보다도 성실하고 용감하며 애국심이 강했어요. 그는 자신에게 맡겨진 나라의 기밀을 파느니 차라리 오른손을 자르는 편이 낫다고 생각했을 거예요. 서류를 팔았다는 건 말도 안 됩니다. 절대 그런 짓을 할 사람이 아니에요. 그를 아는 사람이라면 누구나 저처럼 생각할 거예요."

"하지만 웨스트버리 양, 그가 범인이라는 증거가 있지 않습니까?"

"네, 그 부분에 대해서는 저도 아는 바가 없어요."

"돈이 궁하지 않았나요?"

"아니에요. 그는 검소했기 때문에 월급만으로도 충분히 생활할 수 있었어요. 저금한 돈도 몇백 파운드가 있어서 내년에 결혼식을 올리려고 했어요."

"약혼자의 마음이 흔들린다는 느낌은 없었습니까? 웨스트버리 양, 솔직하게 말씀해 주셔야 합니다."

홈즈는 그녀의 태도가 약간 달라지는 것을 눈치챈 모양이었다. 그녀는 얼굴을 붉힌 채 한동안 망설이더니 마침내 털어놓았다.

"네. 무슨 고민이 있는 것 같았어요."

"그게 언제부터였습니까?"

"아마 지난주부터 그랬을 거예요. 생각에 잠겨서 뭔가를 걱정하는 것 같았어요. 한번은 제가 다그치면서 물었더니 직장일 때문에 걱정이 있다고 했어요. '너무 중요한 문제라 당신한테도 말할 수 없어.'라는 말뿐이었어요. 그리고 더 이상은 말하지 않더군요."

홈즈는 심각한 표정으로 그녀의 말을 경청했다.

"웨스트버리 양, 계속하세요. 설사 그에게 불리한 말일지라도 숨기지 말고 말해야 합니다. 아무도 결과를 예측할 수 없으니까요."

"정말 더 이상은 할 말이 없어요. 제게 뭔가 말하려고 한 적이 한두 번 있었어요. 어느 날 저녁, 아주 중요한 비밀이라고 하면서 외국 스파이라면 거액을 주고서 그 비밀을 살 거라고 말했던 게 기억나요."

홈즈의 얼굴이 한층 더 심각해졌다.

"그 밖에 다른 말은 없었나요?"

"나라에서 그 문제를 너무 소홀하게 여긴다고 했어요. 나라를 팔아먹으려는 사람이 그 설계도를 쉽게 손에 넣을 수 있다고 하더군요."

"그런 말을 한 게 최근이었습니까?"

"네, 바로 얼마 전이었어요."

"마지막 날 밤에 무슨 일이 있었는지 말씀해 주세요."

"극장에 가는 길이었는데, 안개가 너무 심해서 마차를 타도 소용이 없었어요. 그래서 극장까지 걸어가기로 했는데 도중에 사무실 앞에 이르자 그 사람이 안개 속으로 뛰어들더니 그대로 사라졌어요."

"아무 말도 없었습니까?"

"저는 소리를 질렀지만, 그 뒤로 아무 소리도 들리지 않았어요. 거기서 한참을 기다렸지만 돌아오지 않았어요. 그래서 혼자 집까지 걸어갔지요. 다음 날 아침에 사람들이 조사하러 저를 찾아왔고, 12시쯤에 그 끔찍한 소식을 듣게 되었죠. 홈즈 씨! 제발 그이의 명예를 찾아 주세요. 그는 명예를 소중히 여기는 사람이었어요."

홈즈는 슬픈 얼굴로 고개를 가로저었다.

"왓슨, 가세. 다른 곳에서 단서를 찾아야 할 것 같군. 서류가 있던 사무실로 가 보세."

마차가 덜컹거리며 달리기 시작하자 홈즈가 말했다.

"이 젊은이에게는 혐의가 충분해. 조사를 할수록 혐의가 더 짙어지는 느낌이야. 결혼을 앞두고 있다는 사실도 범죄의 동기가 될 수 있어. 돈이 필요한 것도 당연하지. 약혼녀에게 그 비밀에 대해 말할 때부터 그의 머릿속은 돈에 대한 생각으로 가득했겠지. 약혼녀에게 계획을 알려 주고 반역죄의 공범으로 끌어들일 생각이었을 거야. 아주 나쁜 일을 꾸미고 있었던 거지."

"하지만 웨스트버리 양의 말로는 그럴 사람이 아니라고 하지 않았나? 그리고 약혼녀를 길거리에 남겨 둔 채 그런 짓을 하러 뛰어갔다는 것도 이상해."

"맞아, 분명 이상한 점이 있어. 이건 한두 가지 의문점으로 판단할 수 있을 만큼 간단한 사건이 아니야."

사무실에 도착해서 홈즈가 명함을 내밀자 상급 사무관 시드니 존슨이 우리를 정중하게 맞이했다. 그는 마르고 퉁명스런 얼굴에 안경을 낀 중년 남자로 뺨이 푹 꺼진 데다 신경질적으로 손을 떨고 있었다.

"정말 안된 일이에요. 부장이 돌아가셨다는 얘기 들으셨어요?"

"지금 그 집에서 오는 길입니다."

"사무실이 엉망입니다. 부장과 캐도건 웨스트가 죽었고 서류는 사라졌습니다. 월요일 저녁에 퇴근할 때까지만 해도 아무 이상이 없었어요. 정말 생각하고 싶지도 않습니다. 웨스트가 그런 짓을 저지르다니!"

"그렇다면 웨스트가 범인이라는 말씀이시군요?"

"그렇게밖에 생각할 수 없군요. 하지만 제 자신처럼 그를 신뢰했던 건 사실입니다."

"월요일에는 사무실 문을 몇 시에 닫았습니까?"

"5시에 닫았습니다."

"직접 잠그셨나요?"

"항상 제가 마지막으로 퇴근합니다."

"설계도는 어디 있었죠?"

"금고에 있었습니다. 제가 서류를 그 안에 넣고 문을 잠갔어요."

"이 건물에 경비원이 있습니까?"

"네, 하지만 경비원은 여기뿐만 아니라 다른 부서들도 관리하고 있어요. 퇴역군인인데 아주 믿을 만한 분입니다. 그날 밤 아무것도 못 봤다고 하더군요. 하긴 안개가 잔뜩 끼어 있었으니까요."

"캐도건 웨스트가 퇴근 후에 사무실에 침입할 생각이 있었다면 열쇠가 세 개가 필요했겠군요. 그래야 금고에서 서류를 꺼낼 수 있었겠죠."

"네, 출입문과 사무실, 금고 열쇠가 필요하지요."

"열쇠를 가진 사람은 제임스 월터 경과 당신뿐이지요?"

"저는 금고 열쇠만 갖고 있습니다."

"제임스 경은 규칙적으로 생활하시는 분이었나요?"

"네, 그랬던 것 같아요. 항상 같은 고리에 열쇠 세 개를 끼워서 갖고 다니셨으니까요. 사무실에서 열쇠고리를 들고 있는 걸 자주 보았습니다."

"런던에 갈 때도 열쇠고리를 가져갔겠지요?"

"그랬다고 했어요."

"당신도 열쇠를 항상 갖고 다닙니까?"

"네, 언제나 몸에 지니고 있어요."

"웨스트가 범인이라면 복사한 열쇠를 갖고 있었겠군요. 하지만 시체에서는 열쇠가 발견되지 않았습니다. 그리고 또 하나, 만일 그 서류를 팔 생각이었다면 원본을 훔치는 것보다 손으로 베끼는 편이 더 수월하지 않았을까요?"

"원본을 베끼려면 상당한 전문지식이 필요합니다."

"제임스 경과 당신, 웨스트 씨 모두 전문지식을 갖고 있지 않습니까?"

"그렇긴 하지만 홈즈 씨, 제발 이 일에 저를 끌어들이지 마세요. 웨스트의 시체에서 원본이 발견되었는데 저희를 의심해 봐야 아무 소용이 없지 않습니까?"

"안전하게 원본을 베낄 수 있는데도 위험을 무릅쓰면서까지 서류를 훔쳤다니 정말 이상하군요. 베낄 기회도 충분했을 텐데 말입니다."

"이상한 일이긴 하지만 훔친 건 사실이잖아요."

"조사하면 할수록 설명하기 어려운 일들뿐이군요. 현재 서류가 세

장 사라졌는데, 제가 듣기론 아주 중요한 서류들이라고 하더군요."

"네, 그래요."

"그 세 장만 있으면 나머지 일곱 장이 없어도 브루스 파팅턴 잠수함을 만들 수 있다는 뜻입니까?"

"해군본부에 그런 보고를 올린 적이 있습니다만, 오늘 설계도를 다시 살펴보니 꼭 그렇다고 할 수는 없더군요. 되찾은 서류들 가운데 자동조절 홈이 있는 이중 밸브에 관한 서류가 있어요. 외국인들이 그 밸브를 발명하지 못한다면 잠수함을 만들 수 없습니다. 물론 그런 문제는 얼마 안 가서 결국에는 해결하겠지요."

"어쨌든 제일 중요한 서류들이 사라진 거지요?"

"그렇습니다."

"괜찮다면 건물 안을 보고 싶군요. 질문은 이걸로 충분합니다."

홈즈는 금고자물쇠와 사무실 문, 그리고 창문에 달린 덧문을 살펴보았다. 잔디밭으로 나오자 홈즈는 상당히 주의를 기울여 주변을 둘러보았다. 창밖에는 월계수 덤불이 있었는데 가지가 구부러지고 잘려나간 곳이 여러 군데 있었다. 그는 돋보기를 꺼내 나뭇가지와 그 아래 땅바닥에 희미하게 남아 있는 발자국을 자세히 들여다보았다. 마지막으로 그는 상급 서기관에게 쇠 덧문을 닫아 달라고 부탁하고는 덧문을 가리키며 내게 말했다.

"덧문이 창틀에 꼭 맞지 않아서 밖에 있는 사람이 사무실 안에서 무슨 일이 일어나는지 엿볼 수 있군. 사흘 동안 엿보는 바람에 발자국이 모두 뭉개져서 중요한 단서가 될 수 있을지 모르겠어. 왓슨, 울위치에서는 알아낼 게 없어. 별로 수확이 없다는 말이지. 런던에 가서 조사하는 게 더 나을 것 같아."

뜻밖에도 우리는 울위치 역을 떠나기 전에 단서를 하나 더 알아내게 되었다. 매표소 직원이 월요일 밤에 캐도건 웨스트를 보았다는 것이다.

"낯익은 얼굴이라 금방 알아보았지요. 8시 15분에 출발하는 런던브리지행 기차를 타고 런던으로 가더군요. 일행은 없었고 3등칸 표를 한 장 샀어요. 그는 흥분한 상태였고 몹시 불안해 보였어요. 몸을 심하게 떠는 바람에 거스름돈도 제대로 줍지 못했어요. 보다못해서 제가 돈을 집어 드렸다니까요."

기차표를 보면서 추측해 보니, 웨스트가 7시 30분에 약혼녀를 내팽개치고 역으로 달려왔다면, 8시 15분에 출발하는 첫차를 탔을 가능성이 높았다.

"왓슨, 처음부터 다시 생각해 보세." 30분 동안 말없이 생각에 잠겨 있던 홈즈가 마침내 입을 열었다.

"우리가 함께한 사건 중에서 이번만큼 까다로운 것도 없었을 거야. 새로운 사실을 알아내면 또 다른 문제가 버티고 있으니 말이야. 하지만 분명히 수사에 진전은 있네. 울위치에서의 수사는 대체로 캐도건 웨스트에게 불리했지만 창문에서 발견한 흔적들로 미루어 그에게 유리한 가정들을 세워 볼 수 있지. 예를 들어 외국 스파이가 그에게 접근했다고 가정해 볼까. 아무에게도 말하지 않겠다고 약속했지만, 약혼녀에게 한 말을 보면 서류를 넘길 생각을 갖고 있었던 것 같아. 다음으로 약혼녀와 극장으로 가던 웨스트가 안개 속에서 그 스파이가 사무실 쪽으로 가는 모습을 언뜻 보았다고 가정해 보자고. 그는 충동적인 성격이라 곧바로 스파이의 뒤를 쫓아갔겠지. 그때 비로소 자신의 의무가 생각난 거야. 웨스트는 창밖에 숨어서 스파이가 금고에 있는 서류를 훔치는 것을 보고는 그 뒤를 따라갔어. 이런 식으로 생각해 보면 '도면을 베낄 수 있으면서도 왜 원본을 훔쳤을까?'라는 의문은 해결할 수 있지. 외부사람이었기 때문에 원본을 훔칠 수밖에 없었던 거야. 여기까지는 앞뒤가 잘 들어맞아."

"그다음은 어떻게 된 건가?"

"그다음이 문제야. 그런 상황이라면 도둑을 붙잡고 나서 바로 사람들에게 알리는 게 당연하지. 그런데 캐도건 웨스트는 그렇게 하지 않았어. 혹시 서류를 훔친 사람이 부장이 아니었을까? 그렇다면 웨스트의 행동이 이해가 가는데 말이야. 부장이 안개 속에서 웨스트의 추적을 따돌리자 부장을 앞질러서 런던에 있는 집으로 출발했던 게 아니었을까? 물론 웨스트가 부장의 집이 어딘지 안다는 가정 하에서 말이지. 아무런 설명도 없이 약혼녀를 안개 낀 거리에 세워 두고 사라진 걸 보면 상황이 아주 급했던 모양이야. 그다음부터는 단서가 없어. 지금 세운 가정들과 주머니에 일곱 장의 서류가 들어 있던 웨스트의 시체가 메트로폴리탄선 기차 지붕 위에 있었다는 사실 사이에는 차이가 있어. 그래서 이제 반대 방향에서 조사할 생각이야. 마이크로프트 형이 주소록을 보내 주면 그중에 용의자를 골라서 양방향으로 추적할 수 있을 걸세."

베이커 가에 돌아와 보니 마이크로프트가 보낸 답장이 도착해 있었다. 정부의 문서 송달 담당이 속달로 배달한 것이다. 홈즈는 편지를 훑어보고 나서 내게 건네주었다.

잔챙이들은 많지만 그런 일을 다루는 거물들은 아주 적어. 의심이 가는 사람은 세 사람이야.

아돌프 메이어 : 웨스트민스터 구 그레이트 조지 가 13번지

루이 라 로티에르 : 노팅힐 캠든 맨션

휴고 오버슈타인 : 켄싱턴 구 콜필드 가든 13번지

휴고 오버슈타인은 월요일에 시내에 있었는데 지금은 없다는 보고가 들어왔어. 몇 가지 단서를 찾았다니 기쁘다. 내각은 네가 사건을 해결하기를 간절히 바라고 있어. 가장 높은 부서에서 긴급 대리인들을 파견했어. 필요한 것이 있으면 국가에서 모두 지원해 줄 거다.

                                      – 마이크로프트

"여왕이 모든 말과 병사들을 내준다고 해도 별로 쓸모가 없을 걸." 홈즈가 웃음 띤 얼굴로 말했다.

그는 커다란 런던 지도를 펼쳐 놓고 열심히 들여다보더니 이윽고 만족스러운 목소리로 탄성을 질렀다. "그래, 이제야 제대로 돌아가는 것 같군. 왓슨, 솔직히 말하면 우리가 결국 이 사건을 훌륭하게 해결할 거야."

그는 들뜬 표정으로 내 어깨를 툭 쳤다.

"나는 이제 나가 봐야겠어. 미리 살펴보러 가는 거야. 자네처럼 믿을 만한 동료이자 전기 작가가 곁에 없다면 이처럼 중요한 일들을 해내지 못할 거야. 한 시간 후에 돌아올 테니 자네는 여기 있어. 기다리기 지루하면 종이와 펜을 꺼내서 우리가 어떻게 나라를 구했는가에 대한 이야기를 써 보게."

홈즈는 아주 기쁘지 않는 한 엄격한 태도에서 크게 벗어나지 않는 사람이기 때문에, 그의 자신만만한 태도를 보고 나도 덩달아 기운이 났다. 나는 홈즈가 돌아오길 기다리며 긴 11월의 밤을 초조하게 보냈다. 9시가 조금 지나자 집배원이 찾아와 홈즈의 짤막한 편지를 전달했다.

켄싱턴 구 글로스터 가 골드니 식당에서 저녁 식사 중. 지금 즉시 오게.
쇠 지렛대, 손전등, 끌, 권총을 가져오게.

－S. H.

선량한 시민이 그런 도구를 갖고 어둡고 안개에 싸인 밤거리를 돌아다닌다는 것은 아무래도 난처한 일이었다. 나는 그 장비들을 외투 안에 조심스럽게 감추고는 마차를 타고 홈즈가 알려 준 식당으로 갔다. 홈즈는 화려한 이탈리아 식당 입구 가까이에 있는 둥근 탁자에 앉아 있었다.

"뭘 좀 먹었나? 그러면 커피와 큐라소(오렌지 향료가 든 술)를 마시지. 이 식당에서 파는 시가를 한 대 피워 보게. 생각보다 독하지 않군. 부탁한 물품들은 가져왔지?"

"외투 안에 있어."

"잘했네. 내가 여기서 조사한 것과 앞으로 우리가 해야 할 일에 대해 간단히 말하지. 왓슨, 젊은이의 시체는 기차 지붕에 있었던 게 틀림없어. 시체는 기차가 아니라 기차 지붕에서 떨어진 거야."

"혹시 육교에서 떨어진 건 아닐까?"

"그건 불가능해. 기차 지붕을 보면 약간 둥그스름하고 주변에는 난간이 없어. 그러니까 캐도건 웨스트의 시체는 틀림없이 그곳에 있었을 거야."

"어떻게 시체를 지붕 위에 올렸을까?"

"그게 문제야. 그런데 방법이 하나 있지. 지하철은 웨스트엔드의 어느 지점에 있는 터널에서 나와. 언젠가 지하철을 타고 그 옆을 지나친 적이 있는데 머리 위쪽으로 창문들이 보였던 게 어렴풋이 기억나네. 기차가 그런 창문 아래서 멈춘다면 지붕 위에 시체를 얹는 건 별로 어렵지 않을 거야."

"글쎄, 불가능해 보이는데."

"모든 가능성이 사라졌을 때는 옛날 격언을 따르는 게 좋아. 아무리 불가능해 보이는 것일지라도 마지막에 남은 것이 진실이라는 얘기 말일세. 지금까지 여러 가능성을 생각해 봤지만 딱 맞아떨어지는 건 없었어. 얼마 전에 런던을 떠났다는 그 국제스파이가 지하철 선로 옆에 있는 집에 살고 있더군. 자네가 갑작스런 내 행동에 놀라는 걸 보니 재미있네."

"그랬군."

"그래서 콜필드 가든 13번지에 사는 휴고 오버슈타인이 내 목표가 된 거지. 글로스터 가 역에서 역무원과 같이 선로를 따라가면서 살펴봤더니 콜필드 가든의 뒤 계단에 있는 창문들이 선로 방향으로 나 있었어. 그보다 더 중요한 사실은 다른 철도가 이곳에서 교차되기 때문에 기차가 그 지점을 지날 때 몇 분 동안 정차하는 일이 자주 있다는 걸세."

"홈즈, 정말 훌륭해! 드디어 알아냈군!"

"지금까지는 그래. 진전이 있는 건 사실이지만 결승점까지는 아직 멀었어. 콜필드 가든 뒤편을 살피고 나서 건물 앞쪽으로 가 봤는데 놈은 이미 사라진 듯하네. 상당히 큰 집이었는데 2층에는 가구가 없었어. 오버슈타인 집에는 하인이 한 명 있었는데, 그 하인도 비밀을 지키는 데 협조한 모양이야. 오버슈타인은 서류를 처분하기 위해서 대륙으로 건너간 거지. 달아나려는 게 아니었어. 체포당할 위험도 없고 나 같은 사람이 집 안을 수색하리라고는 전혀 생각지 못했을 테니까. 정확히 말해서 우리가 앞으로 할 일은 그의 집을 수색하는 거야."

"정식으로 수색 영장을 발급받을 수 없을까?"

"증거가 거의 없어서 힘들 것 같아."

"그 집에 들어가서 뭘 하려는 건가?"

"편지 같은 걸 찾아낼 수도 있어."

"홈즈, 그런 일은 정말 내키지가 않아."

"걱정 마, 왓슨. 자네는 길에서 망을 보면 되네. 집 안 수색은 내가 할 테니. 지금은 사소한 일을 따질 때가 아니야. 형의 편지를 생각해 봐. 해군본부와 내각 그리고 여왕 폐하까지도 결말을 애타게 기다리고 있다고 하잖아. 그러니 우리가 가야만 해."

나는 대답 대신 자리에서 일어났다.

"홈즈, 자네 말이 맞아. 우리가 가야 하네."

그는 튀어오르듯 자리에서 일어나더니 내 손을 잡고 흔들었다.

"왓슨, 자네라면 피하지 않을 거라고 믿었어."

그의 눈빛은 이제까지 보지 못한 다정함으로 가득했다. 그러나 다음 순간 그는 평소와 다름없이 엄숙하고 사무적인 모습으로 곧 되돌아갔다.

"그 집은 여기에서 반 마일 떨어진 곳에 있어. 하지만 서두를 필요는 없으니 그냥 걸어가세. 도구를 떨어뜨리지 않도록 조심하게. 수상한 사람으로 의심받아 붙잡히기라도 하면 일이 복잡해지니까."

런던의 웨스트엔드에 있는 콜필드 가든은 빅토리아 중기의 건축물로 앞부분이 평평하고 기둥 장식이 있으며 현관 위에는 기둥으로 받친 지붕이 얹혀 있었다. 옆집에서는 아이들을 위한 파티가 열렸는지 유쾌하게 떠드는 목소리와 피아노 소리가 밤거리에 울려 퍼지고 있었다. 자욱한 안개가 드리워진 덕분에 우리는 사람들 눈에 띄지 않게 움직일 수 있었다. 홈즈는 랜턴을 켜서 묵직한 현관문을 비췄다.

"이거 쉽지 않겠는걸. 빗장이 있는 데다가 자물쇠까지 채워 놓았어. 다른 쪽으로 들어가야겠군. 이러다가 경찰한테 들킬지도 모르니 저쪽 아치 밑에 있는 통로로 들어가세. 왓슨, 좀 도와주게."

잠시 후에 우리는 아래쪽에 있는 통로 안으로 들어갔다. 어두운 곳에 들어서자 위쪽 안개 속에서 경관의 발소리가 들려왔다. 발소리가 사라지자 홈즈는 아래쪽에 있는 문을 열기 시작했다. 몸을 구부리고 열심히 문을 따는가 싶더니 이윽고 날카로운 소리가 나면서 문이 열렸다. 우리는 문을 닫고 어두컴컴한 복도를 따라 안으로 들어갔다. 홈즈는 카펫이 깔려 있지 않은 곡선 모양의 계단 위를 앞장서서 올라갔다. 랜턴의 부채꼴처럼 보이는 노란 불빛이 낮은 창문을 비추고 있었다.

"왓슨, 다 온 것 같아. 여기가 틀림없어."

　홈즈가 창문을 열자 기차가 어둠을 뚫고 빠른 속력으로 달려오는 것이 보였다. 낮고 거칠게 웅얼거리던 기차 소리는 점점 더 커지더니 동물이 으르렁거리는 것처럼 시끄럽게 울렸다. 홈즈는 랜턴으로 창문 턱을 비추었다. 창문턱은 기차가 지나갈 때마다 생긴 그을음 때문에 까맣게 변해 있었는데 군데군데 그을음이 벗겨진 자국이 보였다.

"여기에 시체가 있었을 거야. 왓슨, 이게 뭐지? 핏자국이 틀림없지?"

홈즈는 창문 나무틀에 있는 얼룩들을 가리켰다.

"계단 돌 위에도 있어. 이제 증거를 확보했으니 기차가 멈출 때까지 기다리기만 하면 돼."

기다리는 시간은 오래 걸리지 않았다. 얼마 후에 다음 기차가 터널 밖으로 빠져나오는 모습이 보였다. 기차는 서서히 속력을 늦추더니 삐걱거리는 소리를 내며 바로 우리가 있는 창 아래쪽에서 멈췄다. 창틀에서 기차 지붕까지의 거리는 4피트밖에 되지 않았다. 홈즈가 조용히 창문을 닫으며 말했다.

"여기까지는 내 추리가 맞았군. 왓슨, 어떻게 생각하나?"

"아주 훌륭해! 이렇게 멋진 추리는 다시 보기 어려울 거야."

"그렇지 않아. 시체가 기차 지붕에 있었다는 것을 생각해 내는 것은 그리 어려운 게 아니야. 그런데 그 생각 때문에 나머지는 자연스럽게 알아낼 수 있었어. 이 사건은 국가적으로 큰 관심이 쏠려 있어서 그렇지, 사실 그렇게 대단한 건 아냐. 적어도 지금까지는 그래. 아직 어려운 일들이 남아 있지만 여기서 도움이 될 만한 단서들을 찾을 수 있을 걸세."

우리는 주방에 있는 계단으로 올라가서 2층에 여러 개의 방이 붙어 있는 곳으로 들어갔다. 간소하게 꾸민 거실에는 흥미를 끌 만한 것이 별로 없었다. 침실도 마찬가지였다. 마지막으로 들어 간 방에서 홈즈는 본격적인 수사를 시작했다. 책과 서류들이 널려 있는 걸로 보아 서재로 사용하는 듯했다. 홈즈는 재빠른 솜씨로 서랍과 식기장을 차례로 열어 내용물을 살펴보았다. 그러나 별다른 성과가 없었는지 엄숙한 표정이 좀처럼 사라지지 않았다. 한 시간이나 조사를 계속했지만 아무런 진전이 없었다.

"교활한 놈이라 흔적을 전혀 남기지 않았어. 범죄의 증거가 될 만한 건 모두 없앴군. 편지는 불태웠거나 갖고 갔겠지. 이게 우리의 마지막 희망이지."

그것은 책상에 세워 둔 작은 양철 금고였다. 홈즈가 끌로 금고문을 비틀어 열었다. 그 안에 돌돌 말린 종이 뭉치가 여러 개 들어 있었는데, 글자와 숫자 외에는 다른 설명이 없어서 어떤 문서인지 알 수 없었다. '수압'이라든가 '평방 인치당 압력'이라는 말이 되풀이되는 걸로 보아 잠수함과 관련된 서류인 듯했다. 홈즈는 초조한 얼굴로 문서를 던졌다. 이제 남은 것은 신문지 조각들을 넣어 둔 봉투뿐이었다. 홈즈는 봉투를 거꾸로 흔들어 책상 위에 내용물을 쏟아 놓았다. 그 순간 뭔가 알아낸 듯 홈즈의 얼굴이 밝아졌다.

"왓슨, 이게 뭔지 아나? 신문 광고를 이용한 연속 통신기록이야. 인쇄와 종이를 보니 〈데일리 텔레그래프〉의 개인광고란 같군. 이 광고는 지면 오른쪽 위의 끝부분에 실리지. 날짜가 없지만 여기 있는 신문지 조각들을 배열해 보면 내용을 알 수 있을 거야."

'연락을 기다리고 있다. 조건을 받아들이겠다. 명함의 주소로 자세한 내용을 알려 달라. 피에로'

다음 내용은 이렇다네.

'너무 복잡해서 설명하기 어렵다. 자세한 내용을 알아야 한다. 물건

이 도착하면 현금을 주겠다. 피에로'

그다음 내용.

'상황이 좋지 않다. 계약을 이행하지 않으면 제안한 내용을 취소해야 한다. 편지로 약속하자. 답변은 광고에서 확인하라. 피에로'

이게 마지막이야.

'월요일 밤 9시 이후. 노크 두 번. 우리 둘만 만난다. 의심하지 않아도 됨. 물건이 도착하면 현금으로 지불하겠다. 피에로'

왓슨, 기록은 이걸로 충분해. 이제 범인을 잡는 일만 남았군." 그는 손가락으로 책상을 톡톡 두드리며 생각에 잠겨 있다가 힘차게 일어나면서 말했다. "생각보다 쉬울 수도 있어. 여기서 더 할 일은 없을 것 같네. 왓슨, 마차를 타고 〈데일리 텔레그래프〉로 가서 오늘 일을 마무리하세."

다음 날 아침 식사 후에 약속대로 마이크로프트 홈즈와 레스트레이드가 찾아왔다. 홈즈는 그들에게 어제 있었던 일을 들려주었다. 스파이의 집에 몰래 침입한 얘기가 나오자 레스트레이드는 고개를 설레설레 저었다.

"우리 경찰들은 그런 일은 할 수 없어요. 당신이 우리보다 좋은 성과를 올리는 게 이해가 가는군요. 하지만 이번 일은 너무 심한 것 같습니다. 그러다가 두 분 모두 곤란해질 수 있어요."

"아름다운 조국, 영국을 위해(영국 해군이 건배할 때 하는 전통적인 말) 하는 일인 걸요. 그렇지 않나, 왓슨? 제단 위에 놓인 순교자처럼 말일세. 마이크로프트 형, 순교자라는 말을 어떻게 생각해?"

"셜록, 잘했어. 정말 훌륭해. 그런데 그 광고를 갖고 뭘 할 거지?"

홈즈는 책상 위에 있던 〈데일리 텔레그래프〉를 들었다.

"피에로가 오늘 낸 광고 봤어?"

"뭐? 또 광고를 냈어?"

"그래, 이걸 봐."

오늘 밤. 같은 시간. 같은 장소. 노크 두 번. 몹시 중요함. 당신의 안전이
걸려 있다.

                                                                        – 피에로

"굉장하군! 상대가 이 광고를 보고 나타난다면 범인을 잡는 건 시간
문제군요." 레스트레이드가 흥분된 목소리로 외쳤다.

"저도 그런 생각으로 광고를 낸 겁니다. 8시쯤 저희들과 같이 콜필
드 가든에 가면 사건의 결말을 볼 수 있을 겁니다."

홈즈의 두드러진 특징 가운데 하나는 더 이상 수사할 것이 없다는
확신이 들면 곧바로 무거운 생각을 털어 내고 일상적인 생활로 돌아
간다는 것이다. 그날도 홈즈는 하루 종일 라수스의 무반주 성가에 대
한 논문을 쓰느라 정신이 없었다. 하지만 나는 그처럼 태연할 수 없었
기 때문에 길고 지루한 하루를 보냈다. 국가적으로 중요한 사건이 아
직 해결되지 않은 채로 남아 있다는 걱정과 함께 그동안의 수사 과정
이 한꺼번에 떠올랐기 때문에 침착하게 앉아 있을 수 없었다. 간단하
게 저녁 식사를 마치고 글로스터 가 역에서 레스트레이드와 마이크로

프트를 만나서 탐험을 시작한 후에야 비로소 마음이 가라앉았다. 오버슈타인의 집에 있는 지하실 문은 우리가 어젯밤에 열어 놓았지만, 마이크로프트가 도둑 같은 짓은 절대 하지 않겠다고 펄펄 뛰는 바람에 내가 안으로 들어가서 현관문을 열어 줘야만 했다. 그리고 9시부터 서재에 앉아 집주인을 기다렸다.

한 시간이 지나고 또 한 시간이 흘렀다. 커다란 교회 시계가 정확하게 11시를 알리자 모든 희망이 사라지는 듯싶었다. 레스트레이드와 마이크로프트는 불안한 표정으로 앉아서 1분 동안 두 번이나 시계를 꺼내 보았다. 홈즈는 눈을 감은 채 마음을 가라앉히고 있었지만 한순간도 경계를 늦추지 않았다. 갑자기 덜커덩하는 소리가 들리자 홈즈가 고개를 들었다.

"온다!"

살금살금 걷는 발소리가 문 앞을 지나쳐 갔다가 되돌아왔다. 바깥에서 발을 질질 끄는 소리가 들리더니 누군가 문을 두 번 두드렸다. 홈즈는 우리에게 앉아 있으라는 신호를 보내고 자리에서 일어섰다. 현관에는 가스등이 희미하게 타고 있었다. 홈즈가 문을 열자 검은 그림자가 재빨리 안으로 들어왔다. 홈즈는 다시 문을 닫아걸었다.

"이쪽이오!"

홈즈의 목소리가 들렸다. 잠시 후에 한 남자가 서재로 들어왔고, 홈즈는 그의 등 뒤에 바싹 붙어서 따라 들어왔다. 그 남자가 우리를 보고 놀라서 도망치려 하자 홈즈가 그의 옷깃을 움켜쥐고 방 안으로 끌고 들어왔다. 범인이 몸을 가누기도 전에 홈즈는 재빨리 방문을 잠그고 문에 등을 기대고 섰다. 남자는 우리를 노려보고는 휘청거리다가

의식을 잃고 바닥에 쓰러졌다. 그 순간 챙이 넓은 모자가 벗겨지고 얼굴을 가렸던 삼각건이 흘러내리면서 밝은 색 턱수염에 부드럽고 섬세한 밸런타인 월터 대령의 얼굴이 드러났다.

홈즈는 꽤 놀란 모양이었다.

"왓슨, 이번 이야기에는 내가 멍청하다고 써도 괜찮아. 이 사람이 범인이라고는 생각하지 못했으니까."

"이 사람은 누구지?" 마이크로프트가 물었다.

"잠수함 부서의 부장이었던 제임스 월터 경의 동생. 그래. 이제 알 것 같아. 아, 정신이 돌아오는 모양이군. 심문은 내가 하지."

우리는 축 늘어져 있는 대령을 소파 위로 옮겼다. 대령은 정신이 드는지 일어나 앉아서 공포에 질린 얼굴로 우리를 둘러보고는 눈앞의 상황이 믿을 수 없다는 듯이 이마 위에 손을 얹었다.

"무슨 일입니까? 나는 오버슈타인 씨를 만나러 왔습니다."

"월터 대령, 모든 걸 알고 있으니 속일 생각은 하지 마십시오. 영국 신사가 그런 짓을 했다니 정말 이해할 수 없군요. 당신이 오버슈타인과 연락했고 두 사람이 어떤 관계인지, 그리고 캐도건 웨스트가 어떻게 죽었는지 모두 밝혀졌어요. 당신이 저지른 짓을 뉘우치고 자백할 기회를 줄 테니 말해 보시오. 당신 입을 통해 직접 들어야 할 부분도 있으니까 말입니다."

대령은 괴로운 듯 신음 소리를 내면서 두 손으로 얼굴을 감쌌다. 우리의 기대와 달리 그는 아무 말 없이 앉아 있었다. 조금 뒤 홈즈가 입을 열었다.

"중요한 내용은 우리도 이미 알고 있어요. 당신에게 돈이 필요했다는 것과 형의 열쇠를 복사했다는 것, 오버슈타인과 연락했고 〈데일리 텔레그래프〉의 개인광고란을 통해서 답장을 받았다는 사실도 알고 있습니다. 당신은 안개가 심했던 월요일 밤에 사무실로 갔어요. 하지만 전부터 당신을 의심하고 있던 캐도건 웨스트가 뒤따라왔습니다. 그는 당신이 서류를 꺼내는 걸 봤지만, 런던에 있는 형에게 갖다 주려는 걸지도 모른다는 생각에 섣불리 사람들에게 알릴 수 없었던 겁니다. 선량한 시민이었던 그는 약혼녀를 길에 세워 둔 채 안개 속에서 당신의 뒤를 쫓아 이 집까지 오게 되었지요. 그제야 상황을 파악한 웨스트는 당신에게 서류를 돌려 달라고 했겠지요. 월터 대령, 당신은 조국을 배반했을 뿐 아니라 끔찍한 살인까지 저질렀습니다."

"내가 그런 게 아니오! 내가 죽인 게 아닙니다! 하늘에 맹세할 수 있습니다!"

"그렇다면 당신이 캐도건 웨스트의 시체를 기차 지붕 위에 얹어 놓기 전에 그가 어떻게 죽었는지 말해 주세요."

"그래요, 나머지 일들은 전부 제가 했습니다. 당신이 말한 그대로입니다. 주식을 하다 빚을 많이 졌는데 갚을 길이 없었습니다. 정말 돈이 필요했어요. 오버슈타인은 거래 대가로 5,000파운드를 제시했지요. 그 돈이면 저는 파산을 면할 수 있었어요. 하지만 살인은 하지 않았습니다. 그 부분만큼은 정말 결백합니다."

"그럼 어떻게 된 겁니까?"

"웨스트는 전부터 저를 의심해 왔어요. 그래서 당신 말대로 제 뒤를 밟은 겁니다. 이 집에 도착할 때까지 그가 따라오고 있다는 걸 전혀 몰랐어요. 3야드 앞도 보이지 않을 정도로 안개가 짙었으니까요. 문을 두 번 두드리자 오버슈타인이 문을 열어 주었습니다. 그때 갑자기 웨스트가 튀어나와서는 서류를 어떻게 할 작정이냐고 따져 물었지요. 오버슈타인은 호신용으로 짧은 지팡이를 가지고 다니는데 잠시도 내려놓는 법이 없었어요. 웨스트가 우리를 따라 집 안으로 들어오려 하자 오버슈타인이 지팡이로 그의 머리를 내리쳤습니다. 한 번뿐이었지만 아주 강하게 쳤기 때문에 웨스트는 5분도 안 돼서 죽었습니다. 현관 앞에 쓰러져 있는 시체를 보고 우리는 어찌할 바를 모르고 잠시 서 있었지요. 그런데 오버슈타인이 뒤쪽 창문 아래에 기차가 멈춰 선다고 말했어요. 그러고는 먼저 제가 가져온 서류들을 검토해 보더군요. 오버슈타인은 그중에 세 장은 아주 중요하기 때문에 자기가 갖고 있겠다고 했어요.

'그럴 순 없소. 서류를 울위치에 갖다 놓지 않으면 큰 소동이 벌어질 거요.'

'내가 갖고 있어야겠소. 기술적인 문서들이라 베낄 시간이 없단 말이오.'

'그건 안 돼요. 오늘 밤 안으로 모두 돌려 놓아야만 해요.'

그는 잠깐 생각하더니 이렇게 말했습니다.

'이 세 장은 내가 갖겠소. 나머지 서류는 이 사람의 주머니에 넣어 둡시다. 시체가 발견되면 모두들 이 자가 서류를 훔쳤다고 생각할 거요.'

달리 방법이 없었기 때문에 그의 말을 따랐습니다. 우리는 30분 동안 창문 앞에 서서 기차가 멈추기를 기다렸어요. 안개가 자욱해서 아무것도 보이지 않았지만 별 어려움 없이 웨스트의 시체를 기차 지붕으로 옮길 수 있었습니다. 저와 관련된 일은 이게 전부입니다."

"당신 형님은 어떻게 된 거죠?"

"형은 아무 말도 하지 않았지만 제가 열쇠를 갖고 있는 걸 본 적이 있기 때문에 의심은 하고 있었을 겁니다. 형의 눈빛을 볼 때마다 그걸 느낄 수 있었지요. 이미 아시겠지만 형은 그렇게 죽었어요."

방 안에 침묵이 흘렀다. 마이크로프트가 침묵을 깨고 먼저 입을 열었다.

"속죄를 하겠소? 그렇게 하면 당신도 양심의 가책을 덜 수 있고 처벌도 가벼워질 거요."

"어떻게 속죄를 할 수 있단 말입니까?"

"오버슈타인과 그 서류들은 지금 어디에 있소?"

"모르겠습니다."

"아무런 말도 없었소?"

"파리에 있는 루브르 호텔로 편지를 하면 연락이 닿을 거라고 했습니다."

"속죄할 수 있는 기회는 당신에게 달려 있어요." 홈즈가 말했다.

"무슨 일이든 하겠습니다. 오버슈타인에게 좋은 감정이라곤 전혀 없으니까요. 이 사람 때문에 제 인생은 완전히 몰락하고 말았습니다."

"여기 펜과 종이가 있어요. 책상 앞에 앉아서 제가 부르는 대로 쓰세요. 봉투에 그가 가르쳐 준 주소를 쓰세요. 자, 됐습니다. 이제부터 그대로 받아 적는 겁니다.

지금쯤 당신도 알고 있겠지만 우리의 거래에 관해서 한 가지 중요한 것이 빠져 있습니다. 제가 복사본을 한 장 갖고 있는데 이것만 있으면 모든 서류가 완전하게 갖춰질 겁니다. 이걸 손에 넣기는 쉽지 않았습니다. 그러니 500파운드는 받아야겠습니다. 우편은 믿을 수 없습니다. 그리고 금이나 현금이 아니면 받지 않겠습니다. 당신에게 직접 가고 싶지만 지금 출국하면 사람들이 저를 의심할 겁니다. 그러니 토요일 12시에 채링크로스 호텔 휴게실에서 만났으면 합니다. 영국 화폐나 금으로 지불해야 한다는 걸 잊지 마십시오.

"이제 됐습니다. 이 정도 내용이라면 틀림없이 약속 장소에 나타날 겁니다."

토요일이 되자 홈즈의 말대로 오버슈타인이 모습을 드러냈다. 때로는 한 나라의 알려지지 않은 비밀스런 역사가 역사책에 기록된 사건들보다 훨씬 흥미로운 법이다. 오버슈타인은 그의 생애에서 가장 큰 타격이 기다리고 있다는 것도 모른 채 우리가 던져 놓은 미끼를 물었고, 그 결과 영국 교도소에 15년 동안 수감되는 신세가 되었다. 그가 유럽에 있는 모든 해군 기지에 경매로 내놓으려고 했던 브루스 파팅턴 설계도는 여행 가방 안에서 발견되었다. 월터 대령은 선고를 받은 지 2년 만에 교도소에서 사망했다.

홈즈는 새로운 기분으로 라수스의 무반주 성가에 대한 논문을 마무리했다. 논문은 주제 면에서 전문가들에게 좋은 평가를 받았다. 사건이 해결되고 나서 몇 주 후에 홈즈가 윈저 성에 다녀왔다는 사실을 우연히 알게 되었다.

"새로 구입한 건가?" 홈즈가 화려한 에메랄드 넥타이핀을 꽂고 있어서 내가 물었다.

"아니. 어떤 인자한 부인이 선물로 준 거야. 전에 작은 사건을 해결해 드린 적이 있었거든."

그는 더 이상 아무 말도 하지 않았지만, 그 부인의 존엄한 이름이 무엇인지 알 것 같았다. 홈즈는 그 넥타이핀을 보면서 브루스 파팅턴 설계도 사건에서 우리가 함께했던 모험을 언제까지나 기억할 것이다.

죽어 가는 탐정

The Dying Detective

1887년 11월 19일 (토)

셜록 홈즈의 하숙집 주인 허드슨 부인은 참을성이 많은 게 분명하다. 그의 2층 방에는 시도 때도 없이 이상하다 못해 기분 나쁜 사람들이 드나들었고, 홈즈의 생활방식도 남달라서 보통 사람 같으면 화를 냈을 법도 한데 부인은 아주 잘 참았다. 홈즈는 정리 정돈과는 아예 담을 쌓고 살았고, 심지어 한밤중에 바이올린을 켜는 버릇도 있었다. 때로는 사격 연습을 한다고 방 안에서 총을 쏘기도 했으며, 실험을 하느라 고약한 냄새를 집 안에 풍기는 일도 흔히 있었다. 더욱이 탐정 생활을 하는 홈즈 주위에는 항상 폭력과 위험이 따라다녔다. 이렇게 어느 모로 보나 홈즈만큼 고약한 하숙인은 런던 시내에서 찾아보기 힘들 것이다. 하지만 하숙비는 후한 편이었다. 내가 함께 지낸 몇 년 동안 홈즈가 지불한 하숙비를 모으면 아마도 그 집을 사고도 남을 것이다.

허드슨 부인은 홈즈가 어떤 말도 안 되는 짓을 해도 전혀 참견하지 않았고, 오히려 경외의 눈빛으로 홈즈를 바라볼 뿐이었다. 더욱이 홈즈가 항상 여자들에게 친절하고 예의 바르게 대했기 때문에 부인은 홈즈를 마음에 들어 했다. 홈즈는 마음속으로 여자를 좋아하지도 믿지도 않았지만, 겉으로는 언제나 정중하고 예의 바른 태도를 보였다. 내가 결혼한 지 2년쯤 되었을 무렵의 어느 날, 허드슨 부인이 날 찾아와 홈즈가 굉장히 심각한 상태라고 말했다. 나는 부인이 홈즈를 얼마나 진심으로 생각하는지 잘 알고 있었기에 부인이 하는 말을 진지하게 들었다.

"왓슨 선생님, 홈즈 씨가 대단히 위독해요. 사흘 전에 자리에 누운 이후 상태가 계속 나빠졌는데 지금은 눈 뜨고 못 볼 지경이랍니다. 어쩌면 오늘을 넘기기 어려울 것 같아요. 그런데도 홈즈 씨는 제가 의사를 부르려고 하면 안 된다고 고집을 부리니⋯⋯. 하지만 오늘 아침에 뼈만 남은 앙상한 얼굴을 본 뒤로는 정말이지 더 이상 두고 볼 수 없었어요. 그래서 '홈즈 씨, 당신이 허락하든 말든 저는 지금 당장 의사를 부르러 가겠어요.'라고 했죠. 그랬더니 '그렇다면 왓슨을 불러 주세요.'라고 하더군요. 지금 한시가 급해요. 서두르지 않으면 왓슨 선생님이 도착했을 땐 홈즈 씨는 이미 죽은 사람이 되어 있을지도 몰라요."

나는 홈즈가 아프다는 소리를 전혀 듣지 못했기 때문에 그의 상태가 위독하다는 말에 적지 않은 충격을 받았다. 서둘러 외투와 모자를 집어 들고 마차에 올라탔다. 마차가 홈즈의 집으로 가는 동안 나는 허드슨 부인에게 자세한 내용을 물어보았다.

"저도 별로 아는 것이 없지만 홈즈 씨가 로저하이스 남쪽에 있는 강 기슭 뒷골목에서 어떤 사건을 조사할 때 거기서 병을 얻은 듯싶어요. 수요일 오후에 몸져누운 뒤로는 전혀 움직일 기운이 없는 것 같아요. 그리고 사흘 동안 음식은 물론이고 물 한 모금 넘기지 못했어요."

"이거 보통 일이 아니군! 왜 진작 의사를 부르지 않았습니까?"

"절대로 의사는 싫다고 하니……. 홈즈 씨가 얼마나 고집이 센지 아시잖아요? 홈즈 씨의 말을 거역할 수 없었어요. 선생님이 직접 보시면 알겠지만 오래 살 수 있을 것 같지가 않아요."

과연 홈즈의 상태는 눈 뜨고 볼 수 없을 지경이었다. 안개가 짙게 낀 11월의 희미한 빛만 겨우 새어 드는 그의 방은 기분 나쁠 정도로 음침했고, 완전히 피골이 상접한 얼굴로 침대에 누워 있는 홈즈를 보니 온몸이 섬뜩해질 정도였다. 열이 심한 탓인지 눈은 광채를 띠었고, 두 볼은 붉게 상기 되어 있었으며, 입술은 완전히 말라 거무스름한 딱지가 붙어 있었다. 홈즈는 이불 밖으로 나와 있는 앙상한 손을 쉴 새 없이 떨었는데, 목이 잠기는지 쉰 목소리로 말을 잘 잇지 못했다.

"왓슨, 이제 내 운도 다한 것 같아." 홈즈는 기어들어가는 목소리로 말했지만, 홈즈 특유의 초연함이 묻어 나왔다.

"도대체 이게 어떻게 된 거야!" 나는 홈즈에게 다가가면서 소리쳤다.

"뒤로 물러서! 가까이 오지 마!"

홈즈가 굉장히 긴박한 투로 외치는 걸로 보아 나는 위험한 순간이라는 생각이 들었다.

"왜 그래?"

"내게 가까이 오지 않길 바라기 때문이야. 이유로는 충분치 않은

가?"

그렇다, 허드슨 부인의 말이 맞았다. 홈즈는 어느 때보다도 고집을 부리는 듯했다. 하지만 그의 기진맥진한 모습은 보기에도 안쓰러울 정도였다.

"자네를 도우려는 것뿐이라고." 내가 설명했다.

"그렇겠지! 하지만 내 말대로 하는 게 곧 나를 돕는 걸세."

"알았어, 홈즈."

그제야 홈즈는 좀 누그러졌다.

"화난 건 아니지?" 홈즈는 숨을 몰아쉬면서 내게 물었다.

"불쌍한 친구! 이런 모습으로 누워 있는 자네를 보고 내가 어떻게 화를 낼 수 있겠어."

"왓슨, 다 자네를 위해서야." 홈즈는 침울한 목소리로 말했다.

"날 위해서라니, 대체 무슨 말이야?"

"내 병이 뭔지 나는 알아. 수마트라의 풍토병인 쿨리병(쿨리는 중국이나 인도 등의 하층노동자를 부르는 말로, 그들에게서 병이 생겨났기 때문에 쿨리병이라고 부름.)이지. 네덜란드 인들이 우리보다 더 많이 알고 있을지도 모르지만(당시에 네덜란드가 인도네시아를 식민 지배하고 있었기 때문에 이런 표현을 사용한 것으로 보임.) 그들 역시 그 병에 대해 지금까지 제대로 밝혀낸 것이 없는 실정이지. 그렇지만 한 가지 분명한 사실이 있어. 일단 그 병에 걸리면 누구도 죽음을 피하기 어렵다는 것과 무서운 전염성을 가진 병이라는 거야."

홈즈는 열에 들뜬 듯한 목소리로 말하면서 떨리는 가냘픈 손으로 계속해서 뒤로 물러나라는 손짓을 했다.

"손에 닿기만 해도 전염되네. 왓슨, 정말이야. 그러나 떨어져 있으면 문제없어."

"홈즈, 왜 이래! 전염된다고 한들 내가 조금이라도 상관할 것 같나? 내가 아예 모르는 사람이라 해도 아무 문제가 되지 않을 거야. 하물며 자네같이 오랜 친구가 전염병에 걸렸는데, 내가 의사로서의 의무를 다하지 않을 거라고 생각했단 말인가?"

내가 앞으로 나서자, 그는 맹렬하게 화를 내며 거부했다.

"자네가 더 이상 다가오지 않는다면 얘기라도 나누겠지만 그렇게 못한다면 이 방에서 나가야 하네."

나는 홈즈의 비범한 능력에 대해 깊은 존경심을 갖고 있기 때문에 홈즈가 내게 전혀 이해할 수 없는 요구를 해도 언제나 그의 의견을 따랐다. 하지만 지금 상황에서는 도저히 그의 요구를 순순히 따를 수 없었다. 다른 경우라면 홈즈의 뜻대로 했을 테지만, 그가 목숨이 위태로운 지금과 같은 상황에서는 절대 그럴 수 없었다.

"홈즈, 자네는 지금 제정신이 아니야. 사람이 아프면 어린애가 되네. 그러니 내가 돌봐 줘야 해. 자네가 원하든 말든 나는 자네의 증상을 진찰하고 치료할 거야."

홈즈는 악의에 찬 눈빛으로 나를 쳐다보았다.

"선택의 여지없이 진찰을 받아야 한다면 내가 신뢰할 수 있는 의사에게 받고 싶어."

"그 말은 나를 믿을 수 없다는 뜻인가?"

"친구로서야 확실히 믿어. 하지만 사실대로 말하자면, 왓슨, 자네는 경험도 그다지 많지 않고 능력도 평범한 일반 개업의야. 이런 말까지

하고 싶진 않지만 자네가 그렇게 말하니 나도 다른 방법이 없어서 하는 말이야."

나는 몹시 감정이 상했다.

"자네가 그런 말을 하다니…… 자네의 지금 정신상태가 어떤지 확실히 알겠어. 그러나 자네가 나를 의사로서 신뢰할 수 없다면 나도 무리하게 강요하지는 않겠어. 그 대신 런던에서 최고의 능력을 인정받고 있는 재스퍼 믹 경이나 펜로즈 피셔 경을 불러오지. 더 이상의 양보는 없어. 어쨌든 누군가는 자네를 진찰해야 해. 내가 아무런 도움을 주지 못하는 상황에서 다른 사람을 불러오지도 않고 여기 그냥 서서 자네가 죽어 가는 걸 보고 있을 거라고 생각했다면 사람을 잘못 본 거야."

홈즈는 흐느끼는 소린지 신음 소린지 분간할 수 없는 소리를 내며 말했다. "자네가 날 얼마나 생각하는지 잘 알아. 하지만 자네가 동양의 질병에 대해서는 전혀 아는 게 없는 걸 어쩌겠나? 타파눌리(수마트라 북부 지역) 열병이 뭔지 아나? 포르모자(지금의 대만 지역)의 흑부병에 대해 아는 것이 있어?"

"둘 다 들어 본 적도 없어."

"왓슨, 동양에는 아직도 병리학적으로 원인을 규명하지 못한 병들이 존재하네." 홈즈는 말을 할수록 점점 빠져 나가는 힘을 되찾으려는 듯, 한 문장이 끝날 때마다 잠깐씩 말을 멈추었다. "나는 얼마 전에 맡았던 사건을 조사하면서 많은 걸 배웠어. 그 사건은 의학과 관련된 범죄였거든. 게다가 이 병도 그 사건을 조사하는 중에 걸렸어. 이제 알겠어? 자네가 할 수 있는 일은 없다는 걸 말이지."

"자네 말이 맞을 수도 있어. 마침 열대병에 관해서는 당대 최고의 권위자인 에인스트리 박사가 런던에 체류 중이야. 반대해도 이번에는 소용없어, 홈즈. 지금 당장 가서 그를 모셔 오겠네."

나는 단호한 태도로 문 쪽으로 몸을 돌렸다.

그런데 이때 정말 놀라운 일이 벌어졌다. 이런 일이 있을 수 있다니! 금방이라도 죽을 것처럼 보이던 홈즈가 마치 호랑이처럼 순식간에 달려와 내 앞을 가로막았다. 그러고는 열쇠를 돌려 방문을 잠그는 소리가 들렸다. 그러나 다음 순간 갑자기 너무 많은 힘을 썼는지 홈즈가 완전히 맥이 빠진 상태로 숨을 헐떡거리며 다시 침대로 비틀비틀 걸어갔다.

"내게서 강제로 열쇠를 뺏진 않겠지, 왓슨? 자넨 이제 내 손안에 있어. 내가 나가도 좋다고 할 때까지는 이 방에 있어야 해. 그다음에는 내가 자네 말을 듣겠네." 홈즈는 가쁜 숨을 몰아쉬며 말을 이었다. "자네가 진심으로 나를 생각해서 의사를 부르려 한다는 걸 잘 알아. 하자는 대로 할 테니 내가 기운을 차릴 때까지 시간을 주게. 그러나 지금은 안 돼, 왓슨. 지금이 4시니까 6시가 되면 나가도 좋아."

"홈즈, 이게 얼마나 정신 나간 짓인지 자네도 알겠지?"

"왓슨, 겨우 두 시간이야. 6시에는 분명히 보내 준다고 약속하지. 기다려 주겠어?"

"선택의 여지가 없는 것 같군."

"그렇긴 하지만 어쨌든 고마워. 이부자리는 내가 알아서 손볼 테니 제발 가까이 오지 말게. 왓슨, 조건이 또 하나 있어. 도움을 청하러 갈 사람은 자네가 말한 그 열대병 전문의가 아니라 내가 지명하는 사람

이어야 해."

"그렇게 하도록 할게."

"자네가 이 방에 들어선 이후 처음으로 마음에 드는 말을 하는군.

저쪽에 보면 볼 만한 책이 있을 거야. 나는 힘이 빠져서 좀 쉬어야겠어. 전지가 부도체에 전기를 다 쏟아부은 다음의 느낌이 이런 게 아닌가 싶군. 왓슨, 그럼 6시에 다시 얘기하도록 하지."

나로서는 6시에 다시 이야기를 시작할 때까지 기다리는 수밖에 별다른 방법이 없었다. 그러나 조금 전에 홈즈가 갑자기 문으로 뛰어들었던 것에 비하면 다른 것은 별로 놀랄 상황도 아니었다. 나는 잠시 서서 침대에 누워 있는 홈즈를 보았다. 얼굴을 이불로 거의 덮어쓰고 있어 잘 보이지는 않았지만 잠이 든 것 같았다. 책을 읽을 기분도 아니어서 나는 방 안을 서성거리며 벽에 붙어 있는 유명한 범죄자들의 사진을 둘러보았다. 아무 생각 없이 걷다가 벽난로에 이르게 되었다. 벽난로 선반 위에는 파이프, 담배쌈지, 주사기, 작은 주머니칼, 리볼버의 탄약통 등이 아무렇게나 흩어져 있었다. 그중에 흑백의 상아로 만든 작은 상자가 있었는데, 옆으로 밀면 열리는 뚜껑이 달려 있었다. 매우 정교하게 만들어져 있어 더 자세히 보고 싶은 마음에 손을 뻗었다. 그 순간, 홈즈가 길에서도 들릴 정도로 크게 소리를 질렀다. 얼마나 소름 끼치게 소리를 질렀는지 온몸이 섬뜩했고 머리카락이 다 곤두서는 듯했다. 돌아보니 경련을 일으킨 듯한 떨리는 얼굴을 하고 이글거리는 눈으로 홈즈가 보고 있었다. 나는 작은 상자를 손에 들고 꼼짝도 하지 않은 채 서 있었다.

"상자를 내려놔! 당장 내려놓으라고, 왓슨, 빨리!"

내가 상자를 제자리에 돌려놓자 홈즈는 베개에 다시 몸을 기대면서 안도의 한숨을 내쉬었다.

"왓슨, 내 물건에 누가 손대는 건 정말 질색이야. 자네도 잘 알잖나.

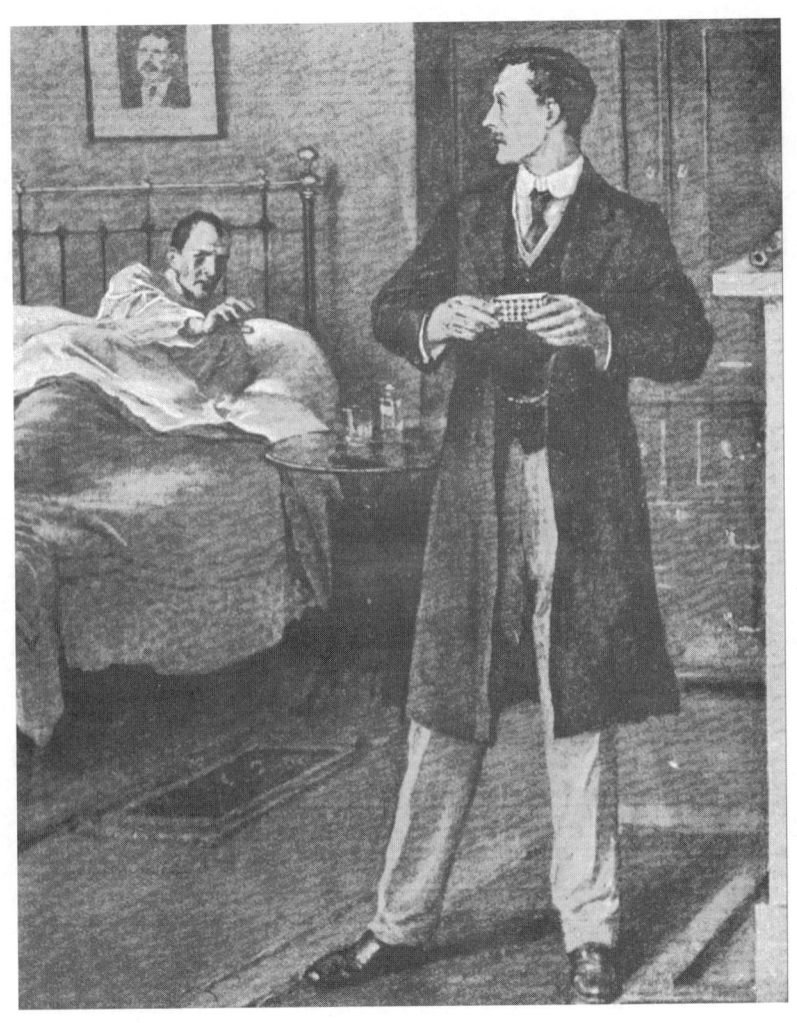

자네가 계속 날 불안하게 만드는군. 내 참을성을 시험하지 않았으면
좋겠어. 명색이 의사라면 환자를 편안하게 해 줘야하지 않나. 좀 가만
히 앉아 있어. 그래야 나도 쉴 수 있을 것 아닌가!"

나는 불쾌한 마음을 지울 수 없었다. 홈즈가 별 이유도 없이 흥분해서 평소의 점잖은 말씨와는 완전히 다른 심한 말을 퍼부어 대는 걸로 보아 그의 정신 상태가 얼마나 혼란스러운지 충분히 알 수 있었다. 뛰어난 머리를 가진 사람이 정신을 놓은 것보다 더 처참한 건 없을 것이다. 나는 정해진 시간이 될 때까지 아무 말 없이 우울하게 앉아 있었다. 나와 마찬가지로 홈즈도 시계를 보고 있었던 듯싶다. 왜냐하면 정각 6시가 되자마자 홈즈가 열에 들뜬 말투로 말을 꺼냈기 때문이다.

"왓슨, 혹시 잔돈 있나?"

"있어."

"은화도?"

"제법 많이 있어."

"반 크라운짜리는 몇 개나 갖고 있지?"

"다섯 개."

"아, 너무 적어! 너무 적어! 정말 운이 없군, 왓슨! 아무튼 반 크라운짜리 다섯 개를 시계 주머니에 넣게. 그리고 나머지 돈은 모두 왼쪽 바지주머니에 넣고. 그렇게 했어? 고마워. 이제 자네 몸의 균형이 제대로 잡혔겠지."

그는 정신이 나가 헛소리를 하는 듯했다. 홈즈는 몸을 부들부들 떨며 다시금 기침 소리인지 흐느낌인지 분간하기 어려운 소리를 냈다.

"왓슨, 이제 가스 불을 켜 보게. 불꽃 크기를 잘 조절해서 밝기가 반 정도만 되도록 해 주게. 정신 똑바로 차리고 해. 됐어, 왓슨, 고마워. 아니, 블라인드를 칠 필요는 없어. 편지와 신문을 내 손이 닿는 이 테이블 위에 놔 주게. 고맙네. 그리고 벽난로 선반 위에 있는 물건들도 가져다 줘. 그래. 저기 각설탕 집게가 있지? 그걸로 저 작은 상아상자를 집어 신문 위에 놔. 그래, 다 됐어. 이제 로어 버크 가 13번지로 가서 컬버턴 스미스를 데려와 주게."

사실 의사를 불러오겠다는 내 생각은 흔들리고 있었다. 홈즈가 제정신이 아닌 걸 확인한 이상 홈즈를 혼자 남겨 두는 게 위험해 보였기 때문이다. 하지만 홈즈는 다른 의사들을 거부하는 데 완강했던 것만큼 지금은 컬버턴 스미스의 의견을 꼭 듣고 싶어하는 것 같았다.

"그런 이름은 처음 들어 보는데."

"아마도 자네는 들어 본 적이 없을 거야. 이 세상에서 쿨리병에 대해 가장 잘 알고 있는 사람이 의사가 아니라 바로 농장 주인이라는 사실을 알게 되면 자네는 놀라겠지? 스미스는 수마트라에 사는데 거기에서는 유명한 사람이지. 지금은 런던에 와 있어. 그의 농장에 쿨리병 환자가 발생했는데, 의사들이 오기에는 농장이 너무 멀리 떨어져 있어서 손도 못 쓰고 죽은 사람이 많았다는군. 그래서 스미스가 직접 그 병을 연구하게 되었고, 하다 보니 깊이 연구하게 되었던 모양이야. 스미스는 매우 규칙적인 생활을 하는 사람이라서 자네를 6시 전에 보내지 않은 거야. 어차피 그 시간에 스미스는 집에 없으니까 말이야. 자네가 그를 잘 설득해서 데리고 오게. 쿨리병에 대한 경험과 지금까지 해 온 연구 결과를 그가 우리에게 알려 준다면 내 병을 치료하는 데 확실히 도움이 될 거야."

홈즈가 중단 없이 계속해서 말한 것처럼 쓰고 있지만, 사실 그는 말하는 중간중간 숨이 차서 멈추기도 하고 고통을 참는 듯 두 손을 움켜쥐기도 했다. 내가 함께 있었던 몇 시간 동안 홈즈의 상태가 더 악화

된 듯 보였다. 열 때문에 생긴 붉은 반점이 더 선명해졌으며 눈빛은 더욱 이글거리고 푹 꺼진 눈 주위는 어두운 그늘이 한층 더 짙어졌다. 이마에는 식은땀이 흘러 번들거렸다. 그렇지만 말할 때는 여전히 당당함을 잃지 않았다. 홈즈는 죽는 순간에도 무언가를 당당하게 주장할 수 있는 사람이다.

"스미스에게 내 상태를 그대로 얘기하게. 지금 자네의 느낌을 표현하자면 이런 것 아닌가? 목숨이 얼마 남지 않은 듯 의식이 혼미한 상태. 그렇게 전하면 돼. 사실 난 바다 밑이 전부 조개로 덮이지 않는 이유를 모르겠어. 조개의 강한 번식력으로 보면 그렇게 돼야 마땅한 거 아닌가? 내가 무슨 생각을 하는 거지! 머리가 머리를 통제하다니 정말 이상하군! 그런데 내가 원래 무슨 말을 하고 있었지, 왓슨?"

"컬버턴 스미스를 만나면 어떻게 해야 하는지 말했어."

"아, 그랬지? 생각나. 내 생사가 걸린 문제야. 스미스를 잘 설득해서 데려와 주게, 왓슨. 사실 스미스와 나는 별로 감정이 좋지 않아. 그의 조카가 참혹하게 죽었을 때, 나는 그 죽음이 스미스와 관련되어 있다고 의심하고 그를 추궁했지. 그래서 그는 나에게 악의를 품고 있어. 그렇지만 자네라면 잘 구슬릴 수 있을 거라고 생각하네. 빌든지 애원하든지 수단과 방법을 가리지 말고 꼭 데려와야 해. 스미스만이 내 목숨을 구할 수 있어!"

"강제로 그를 마차에 태우는 한이 있어도 꼭 데려오겠네."

"그런 방법으로 데려와선 안 돼. 말로 설득해서 데려와. 또 하나, 자네가 스미스보다 먼저 이 방에 돌아와 있어야 해. 무슨 핑계를 대서라도 절대로 그와 함께 오면 안 되네. 잊지 마, 왓슨. 제대로 할 수 있겠지? 자네는 지금까지 날 실망시켰던 적이 한 번도 없었어. 조개의 번식을 제한하는 천적이 있는 게 틀림없어. 자네나 나도 자연 속에서 우리의 역할을 다해 왔지. 설마 세상이 조개 천지가 되는 건 아니겠지? 안 돼! 안 되지! 끔찍해! 자, 자네는 가서 본 그대로 내 상태를 전하면 되는 거야."

홈즈 같은 뛰어난 지성의 소유자가 아무것도 모르는 아이처럼 횡설수설하던 모습을 떠올리며 나는 방을 나섰다. 그가 열쇠를 주었을 때는 다행이라는 생각이 들었다. 그가 안에서 문을 잠그더라도 열쇠만 있으면 상관없기 때문이다. 복도로 나가니 허드슨 부인이 몸을 떨며 흐느끼면서 기다리고 있었다. 복도를 걸어가자 뒤에서 가늘고 높은 목소리로 정신없이 뭐라고 중얼거리는 홈즈의 말소리가 들렸다. 계단을 내려와 휘파람으로 마차를 부르고 서 있는데, 한 남자가 안개를 뚫고 나타났다.

"선생, 홈즈 씨의 상태는 어떤가요?"

자세히 보니 안면이 있는 사람이었다. 스코틀랜드 야드의 모턴 경감으로 사복을 입고 있었다.

"중태입니다." 내가 대답했다.

그는 이상한 표정을 지으며 나를 쳐다보았다. 아니, 환해지는 그의 얼굴은 마치 기뻐하는 모습으로 비쳤다.

"소문은 들었습니다만, 그것이 사실이군요."

그때 마차가 와서 섰고 나는 경감과 헤어졌다.

로어 버크 가는 노팅힐과 켄싱턴의 경계에 있는 고급 주택가였다. 마차가 멈춘 집은 고풍스러운 금속 울타리가 있었고, 육중해 보이는

문에 황동 장식이 빛나고 있었다. 전체적으로 깔끔하고 무게가 있어 보이는 집이었다. 그 모든 것이 색을 입힌 전등의 희미한 붉은 빛을 등지고 나타난 근엄한 얼굴의 집사 모습과 잘 어울렸다.

"예, 컬버턴 스미스 씨는 안에 계십니다. 왓슨 의사라고 하셨나요? 명함을 주시면 전해 드리지요."

컬버턴 스미스는 내 변변찮은 직함과 이름만으로는 만나고 싶은 생각이 들지 않는 모양이었다. 반쯤 열린 현관문을 통해 화난 듯한 높고 날카로운 목소리가 들려왔다.

"대체 누구야? 무엇 때문에 온 거야? 이봐, 스테이플, 연구 시간에는 절대 방해하지 말라고 하지 않았나?"

집사가 조용하게 뭐라고 달래는 듯한 소리가 들렸다.

"알겠어. 하지만 만나지 않을 거야, 스테이플. 연구를 중간에 그만둘 수 없어. 그러니 집에 없다고 해. 그렇게 말하면 되잖아? 그리고 정 만나야 한다면 내일 아침에 다시 오라고 해."

다시금 집사가 뭐라고 중얼거리는 소리가 들렸다.

"그만 하고 가서 전해. 내일 아침 다시 오라고, 아무튼 지금은 그냥 가라고 말이야. 내 작업이 지연되면 안 되니까."

나는 홈즈가 침대에서 이리저리 뒤척이며 스미스가 오기를 눈이 빠지게 기다리고 있을 모습을 떠올렸다. 예의를 차리고 있을 때가 아니었다. 내가 빨리 스미스를 데려가지 못하면 홈즈의 생명이 위태로워진다. 집사가 다시 와서 송구스러운 듯한 태도로 말을 꺼내려고 하는 순간, 나는 그를 밀치고 안으로 들어갔다.

벽난로 옆의 안락의자에 앉아 있던 남자가 벌컥 화를 내며 자리에서 일어났다. 피부가 거칠고 기름기가 번들거리는 커다란 얼굴에 이중 턱을 가진 남자였다. 털이 많은 모래색 눈썹 아래에 있는 위협하는 듯한 회색 눈이 나를 노려보았다. 뾰족한 대머리에는 작은 벨벳 모자를 한쪽 옆으로 쓰고 있었다. 머리가 굉장히 컸는데, 나는 아래를 내려다보고 놀라지 않을 수 없었다. 머리에 비해 몸집이 너무 작고 약해 보였다. 등과 어깨는 구부정해서 어렸을 때 구루병이라도 앓은 듯했다.

"이게 대체 무슨 짓이오?" 스미스는 목소리를 높였다. "남의 집에 허락도 없이 마구 들어오는 이유가 뭐요? 내일 아침에 보자고 했을 텐데."

"죄송하지만 내일까지 미룰 수 있는 문제가 아니어서요. 셜록 홈즈가……."

홈즈라는 이름을 듣자 그의 태도가 순간적으로 바뀌었다. 순식간에 화난 얼굴 표정이 사라지고, 바짝 긴장하는 듯했다.

"홈즈 씨를 보고 온 겁니까?"

"예, 그를 만나고 오는 길입니다."

"홈즈 씨에게 무슨 일이 생겼나요? 어떤 상태인가요?"

"중태입니다. 그래서 이렇게 당신을 찾아왔고요."

스미스는 나에게 의자에 앉으라는 손짓을 하고 돌아서서 자기도 자리에 앉았다. 뒤돌아서는 순간 스미스의 얼굴이 벽난로 위에 있는 거울에 비쳤다. 분명히 심술궂으면서도 가증스러운 미소가 보였다. 하지만 나는 스미스가 얼굴을 찌푸린 것을 잘못 봤다고 생각했다. 잠시 후 나와 마주보고 앉았을 때는 진심에서 우러나올 법한 걱정스런 표

정을 하고 있었기 때문이다.

　"정말 안됐군요. 나야 일 관계로 잠깐 만날 기회밖에 없었지만 홈즈 씨의 능력과 인품을 존경하고 있소. 홈즈 씨가 아마추어 범죄학자라면 저는 아마추어 의학자라고 할 수 있죠. 홈즈 씨는 범죄자들을 연구하고 나는 병원균을 연구하니까요. 저기에 있는 것들은 병원균을 가두는 감옥이나 마찬가지고요." 스미스는 테이블 위에 늘어서 있는 병과 단지들을 가리키고는 다시 말을 이었다. "저 젤라틴 배양액 속에서 세상 사람들을 죽인 흉악한 병원균들이 형기를 치르고 있는 셈이지요."

"홈즈가 당신을 뵙고자 하는 이유는 당신의 전문적 지식 때문입니다. 홈즈는 당신의 지식을 높게 평가해 런던에서 자기 병을 고칠 수 있는 사람은 당신뿐이라고 생각합니다."

스미스가 놀란 듯 흠칫 움직이는 바람에 머리 위에 쓰고 있던 모자가 바닥으로 떨어졌다.

"왜죠? 어째서 홈즈 씨의 병을 나만이 고칠 수 있다고 생각하는 거죠?"

"당신이 동양의 특이한 질병에 대해 잘 알고 있다고 생각하는 것 같던데요."

"그런데 홈즈 씨는 왜 자신의 병이 동양에서 발생한 병이라고 생각하나요?"

"홈즈가 사건을 조사하면서 부두에 있는 중국 선원들과 접촉했던 모양이에요."

스미스는 뭐가 즐거운지 미소를 지으면서 떨어져 있던 모자를 집어 들었다.

"아, 그랬군요. 당신이 생각하는 것만큼 홈즈 씨의 상태가 위독하지 않기를 바랍니다만, 홈즈 씨가 병에 걸린 지 얼마나 됐나요?"

"사흘 전쯤부터 아팠던 걸로 알고 있습니다."

"정신 상태는 어떤가요?"

"가끔씩 헛소리를 합니다."

"쯧쯧. 상태가 심각한 것 같은데요. 위급한 환자가 부르는데 가 보지 않는 건 사람의 도리가 아니겠죠? 왓슨 씨, 제가 원래 일하는 도중에 방해받는 걸 워낙 싫어하지만 이런 경우는 예외입니다. 지금 당장 같이 가 보죠."

그때 무슨 핑계를 대서라도 내가 스미스보다 일찍 돌아와 있어야 한다는 홈즈의 당부가 문득 떠올랐다.

"저는 다른 약속이 있어서 함께 가지는 못합니다."

"괜찮습니다. 저 혼자 가죠. 홈즈 씨의 주소를 알고 있으니까요. 아무리 늦어도 30분 뒤에는 도착할 겁니다."

나는 무거운 마음으로 홈즈의 침실로 들어섰다. 내가 없는 사이에 홈즈에게 최악의 사태가 일어났을 수도 있다고 생각하니 마음이 저절로 무거워졌다. 하지만 방 안에 들어가서 홈즈를 보고 곧 안심했다. 홈즈는 그 사이에 상태가 오히려 호전된 듯했다. 겉으로 보기에는 별로 달라진 게 없었지만 정신을 차린 듯싶었다. 기어들어가는 목소리로 말했지만 헛소리는 하지 않았고, 예전의 분명하고 명쾌한 말투를 되찾았다.

"왓슨, 스미스를 만났나?"

"그래. 곧 올 거야."

"잘했어, 왓슨! 자넨 역시 최고의 전령이야!"

"그런데 함께 오자고 하더군."

"그래선 안 되지, 왓슨, 그건 안 된다고. 내가 왜 병에 걸렸는지 스미스가 물어보던가?"

"그래. 이스트엔드(런던 동부에 있는 상공업 지구)에서 중국인 선원한테 병을 옮은 것 같다고 했지."

"그래! 아주 잘했어, 왓슨, 자네가 할 수 있는 일은 다 했으니 이제 사라져야 할 차례야."

"무슨 소리야! 나는 여기서 기다렸다가 스미스의 진단과 처방을 들어야 해, 홈즈."

"물론 그래야지. 하지만 문제가 있어. 여기에는 나와 스미스만 있어야 하네. 그래야 스미스가 더 솔직하고 중요한 의견을 말할 거라고 생각하는 이유가 몇 개 있기 때문이야. 침대 머리 뒤쪽에 숨을 만한 공간이 있어. 왓슨."

"뭐라고?"

"유감스럽지만 다른 방법이 없어, 왓슨. 숨으라고 만든 공간은 아니지만 누가 숨어 있으리라고는 의심하지 않을 만한 곳이야. 그러니 숨어 있게. 스미스가 눈치채지 못할 거야."

홈즈가 갑자기 벌떡 일어났는데 그의 초췌한 얼굴에는 긴장감이 서려 있었다.

"왓슨, 마차 소리가 들려. 나를 위한다면 어서 서둘러! 그리고 무슨 일이 일어나더라도 꼼짝도 해선 안 돼. 무슨 말인지 알지? 아무 말도 하지 말고 움직이지도 말게! 가만히 듣고만 있어야 해."

잠시 후 홈즈를 지탱하고 있던 힘이 갑자기 빠진 것 같았다. 명령조의 단호한 그의 말투가 반쯤 정신 나간 사람이 내는 것 같은 희미한 중얼거림으로 바뀐 것이다.

나는 침대 머리맡 뒤쪽으로 재빨리 몸을 감추었고, 계단에서 발소리가 들린 다음 침실 문이 열렸다 다시 닫히는 소리를 들었다. 그러고는 꽤 오랫동안 침묵이 흘렀는데 홈즈의 깊고 가쁜 숨소리만이 그 정적을 깨고 있었다. 스미스가 침대 곁에 서서 고통스러워하는 홈즈를 내려다보는 모양이었다. 마침내 이상야릇한 침묵이 깨지고 스미스의 목소리가 들렸다.

"홈즈! 홈즈!"

자는 사람을 깨우는 듯한 말투였다.

"내 말이 들리나, 홈즈?"

침대가 흔들리는 걸로 보아, 스미스가 홈즈의 어깨를 잡고 흔드는 듯싶었다.

"스미스 씨? 오시지 않을 거라고 생각했는데……." 홈즈가 낮은 목소리로 말했다.

그러자 스미스의 웃음소리가 들렸다.

"나도 별로 오고 싶은 생각은 없었지만 보다시피 왔소. 당신이 내게 한 짓을 생각하면…… 원수를 은혜로 갚는 셈이지!"

"와 주셔서 정말 감사합니다. 훌륭한 분이시군요. 저는 당신이 갖고 있는 전문지식의 가치를 잘 알고 있습니다."

스미스는 다시 소리 내어 웃었다.

"그런가? 그렇다면 당신이 런던에서 내 지식을 알아주는 유일한 사람이군. 그래, 무슨 병인지는 알고 있나?"

"당신의 조카가 걸렸던 병과 같은 병입니다." 홈즈가 말했다.

"허! 확실히 그 병과 증상이 같은가?"

"아니었으면 좋겠지만 확실합니다."

"난 놀라지 않네, 홈즈. 자네가 빅터와 같은 병에 걸렸다 해도 나는 놀라지 않아. 만일 그렇다면 당신 앞날이 걱정이긴 하지만 말이야. 내 조카 빅터는 그 병에 걸리고 나흘 만에 죽었어. 아주 건장하고 튼튼한 젊은이였는데 말이야. 자네가 전에 말했듯이, 런던이라는 도심지에 살고 있는 빅터가 그렇게 멀리 떨어진 동양의 질병에 걸렸다는 건 확실히 이상한 일이 아닐 수 없지. 게다가 내가 그 병을 연구하고 있었으니…… 우연의 일치라고 생각하기엔 다소 무리한 감이 있지. 홈즈, 그걸 알아챈 걸로 봐선 당신이 똑똑하다는 건 알겠어. 그러나 내가 연구하는 병으로 빅터가 죽었다고 해서 내가 그를 죽였다는 주장은 좀 가혹하다는 생각이 드는군."

"나는 당신이 범인이라는 걸 알고 있었습니다."

"알고 있었다…… 그랬나? 그렇지만 내가 빅터를 죽였다는 걸 증명할 순 없겠지. 내가 범인이라는 소문을 퍼뜨리고 다닌 사람이 이제 와서 자기 목숨이 위태롭다고 내게 도움을 청하는 것에 대해 어떻게 생각하나? 너무 우습지 않나?"

숨 쉬기가 곤란한지 홈즈의 가쁜 숨소리가 들려왔다.

"물을 줘!"

"홈즈, 살아 있을 시간이 얼마 남지 않은 거 같은데, 내가 할 말을 다 마칠 때까지는 살아 있어야 해. 그래서 이렇게 물을 주는 거야. 흘리지 말게! 그렇지. 내 말이 무슨 뜻인지 알아듣겠나?"

홈즈의 신음 소리가 들렸다.

"내가 살 수 있도록 도와주세요. 과거의 일은 덮어 두죠. 지금 들은 말은 머리에서 다 지우겠습니다. 제 병을 고쳐 주면 모두 잊겠습니다."

"대체 뭘 잊겠다는 건가?"

"당신 조카 빅터 새비지의 죽음에 대해서 다 잊겠단 말입니다. 당신이 조금 전에 그를 죽였다고 인정한 거나 다름없지 않습니까? 그걸 다 잊겠다는 겁니다."

"잊든 기억하든 좋을 대로 하게. 자네가 증인석에 설 일은 없을 테니까. 어디 정교하게 만든 상자가 있을 텐데…… 내 조카가 어떻게 죽었는지 자네가 안다 해도 상관없어. 지금은 조카에 대해 말하는 것이 아니라 자네에 대해 얘기하고 있는 거야."

"그렇군요. 알았습니다."

"날 부르러 왔던 당신 친구 말로는, 이름이 뭐였더라? 생각이 안 나는군. 이스트엔드에서 선원들한테 병을 옮아왔다고 하던데……."

"그렇게밖에 설명할 수 없었어요."

"홈즈, 자네는 항상 자신의 머리를 자랑스럽게 생각하겠지. 아마 자신을 똑똑하다고 생각할 테지. 그렇지 않나? 하지만 이번에는 자네보다 더 똑똑한 사람을 만난 거야. 자, 있었던 일을 잘 생각해 보시지. 달리 이 병에 걸린 이유가 있었나?"

"난 지금 생각할 수 없어요. 제 정신 상태가 어떤지 알지 않습니까? 제발 절 좀 도와주세요."

"좋아. 내가 도와주지. 자네가 걸린 병이 어떤 건지, 왜 그 병에 걸렸는지 알려 줄게. 자네가 죽기 전에 나도 진실을 털어놓고 싶으니까."

"제발 이 고통을 멎게 할 수 있는 약을 주세요."

"고통스럽다고? 그렇겠지. 쿨리병에 걸린 사람들은 죽어 가면서도 고통의 비명을 질러 대더군. 아마 심한 복통이 있을 거야."

"맞아요. 너무 고통스러워요."

"어쨌든 지금 내가 하는 말을 들을 수는 있을 거야. 잘 들으라고! 병의 증상이 나타나기 시작했을 때쯤 뭔가 이상한 일이 있지 않았나?"

"아니오, 아무 일도 없었어요."

"그러지 말고, 다시 한 번 잘 생각해 봐."

"너무 고통스러워서 어떤 것도 생각할 수 없어요."

"그럼 할 수 없군. 내가 기억나도록 도와주지. 우편물을 받지 않았나?"

"우편물?"

"누가 보낸 건지 아무것도 쓰여 있지 않은 상자 말이야."

"정신을 잃을 것 같아요. 정신이 가물거려……."

"정신 차려, 홈즈."

스미스가 의식을 잃어 가는 홈즈를 흔들어 깨우는 소리가 들렸다. 하지만 이런 상황에서도 내가 할 수 있는 일은 아무 소리도 내지 않고 숨어 있는 것뿐이었다.

"내 말을 들어야만 해. 내 말이 들리나? 상자가 기억나는가? 상아로 만든 작은 상자인데 아마 수요일에 배달되었을 거야. 그것을 열어 보았겠지? 이제 기억나나?"

"그래요. 상자를 열었어요. 상자 안에 끝이 날카로운 용수철이 장치되어 있었어요. 누가 그런 장난을 했는지."

"그건 장난이 아니야. 지금 이렇게 고통을 당하면서도 모르겠나? 정말 바보로군. 자네가 자초한 일이야. 내 일을 방해하라고 누가 부탁하기라도 했나? 나를 빅터의 죽음과 관련시키지만 않았다면 나도 자네를 해칠 생각이 없었을 거야."

"기억납니다. 그 용수철! 그것 때문에 피가 났어요. 그 상자…… 테이블 위에 있는……."

"이런! 바로 저거야. 내 주머니에 넣어 가져가는 게 좋겠군. 그래야 자네가 가진 마지막 증거가 없어질 거 아닌가. 자, 홈즈, 이제 사건의 진상을 알았으니 이유도 모른 채 죽진 않을 거야. 내 손에 죽었다는 걸 알겠지. 빅터 새비지의 죽음에 대해 너무 많은 걸 알고 있어서 자네도 죽일 수밖에 없어. 이제 죽을 때가 멀지 않은 것 같군, 홈즈. 자네가 죽는 꼴을 여기 앉아서 지켜보겠네."

홈즈가 뭐라고 말을 했지만 목소리가 너무 작아서 알아들을 수 없었다.

"뭐라고? 가스 불을 더 밝게 해 달라고? 아, 죽음의 그림자가 드리워지는 모양이군. 좋아, 밝게 해 주지. 그래야 자네가 죽는 모습을 잘 볼 수 있을 테니까."

스미스가 걸어가는 소리가 들리더니 방 안이 갑자기 환해졌다.

"홈즈, 다른 부탁은 없나?"

"성냥과 담배를 부탁하오."

나는 기쁨과 놀라움으로 하마터면 소리를 지를 뻔했다. 홈즈가 평소의 말투로 얘기한 것이다. 힘이 없긴 했지만 지금까지 내가 들어왔던 바로 그 목소리였다. 그리고 긴 침묵이 흘렀다. 나는 스미스가 너무 놀라 아무 말도 못하고 홈즈를 멍하니 바라보고 있을 거라고 생각했다.

"이게 도대체 어떻게 된 일이지?"

마침내 스미스의 갈라진 목소리가 들렸다.

"연기를 하려면 이 정도는 해야지. 나는 사흘 동안 음식을 전혀 먹지 않았을 뿐 아니라 아무것도 마시지 않았소. 아까 당신이 가져다 준 물이 처음이었소. 그러나 사실 가장 참기 어려웠던 건 담배였소. 이제 한 대 피워 볼까?"

성냥을 켜는 소리가 들렸다.

"이제야 살 것 같군. 오! 친구가 오는 모양이군."

밖에서 발소리가 나더니 문이 열리고 모턴 경감이 나타났다.

"모든 일이 순조롭게 잘 풀렸소. 이 사람이 범인이니 데려 가시오." 홈즈가 말했다.

경감은 스미스에게 정해진 주의를 들려주고 나서 말했다.

"빅터 새비지의 살해 혐의로 당신을 체포하겠소."

"거기에 셜록 홈즈에 대한 살인 미수죄도 추가해야지요." 홈즈가 웃으며 말했다.

"경감, 죽어 가는 사람의 마지막 소원을 들어준답시고 컬버튼 스미스가 친절하게도 가스 불을 밝게 해 주었소. 그게 경감에게 보내는 신호인 줄도 모르고 말이오. 그건 그렇고, 스미스 외투 오른쪽 주머니에 작은 상자가 있을 거요. 그걸 압수하시오. 고맙소. 경감, 나라면 그 상자를 아주 조심스럽게 다룰 거요. 여기에 놓아요. 이건 재판에서 중요한 증거물이 될 물건이오."

그때 갑자기 도망가는 소리가 나고 몸싸움하는 소리가 들렸다. 그
러고는 금속으로 뭔가를 치는 소리가 들린 후 고통의 비명 소리가 이
어졌다.

"도망가 봤자 당신만 다칠 뿐이야. 가만히 있지 못하겠어!" 경감의

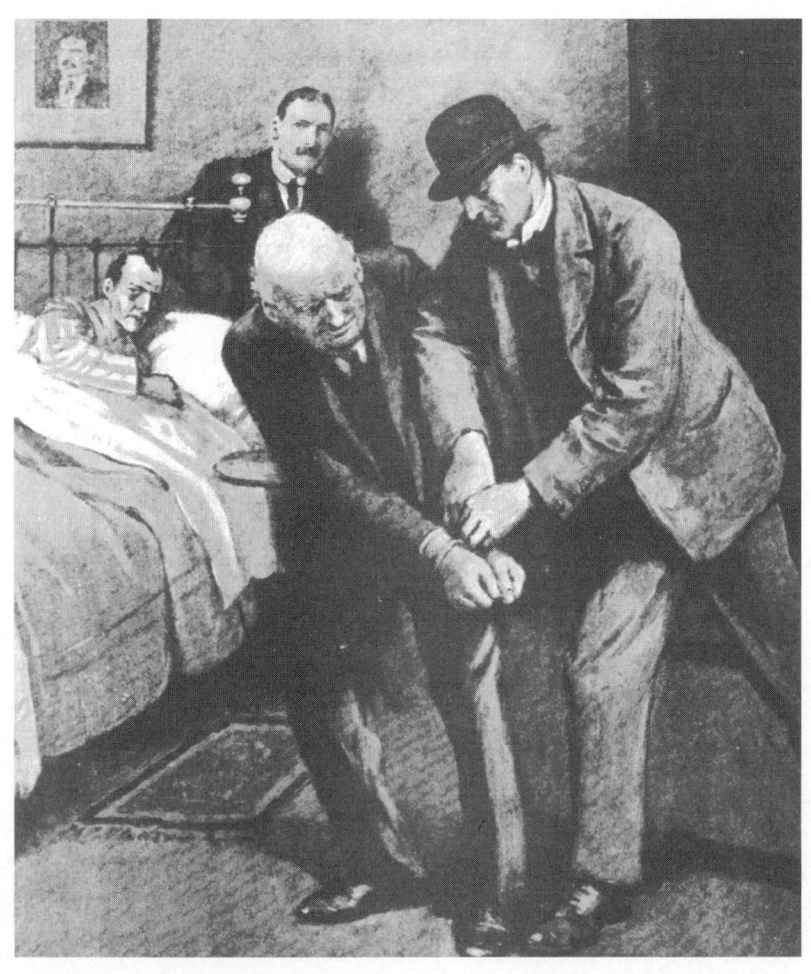

목소리가 들리더니 찰칵하고 수갑이 채워지는 소리가 들렸다.

"멋진 함정이군!" 스미스가 고함을 질러 댔다.

"피고석에 앉아야 할 사람은 내가 아니라 바로 네놈이야! 경감, 홈즈가 내게 자기 병을 고쳐 달라면서 여기에 와 달라고 부탁했소. 나는 불쌍하다는 생각이 들어서 온 것뿐이오. 홈즈는 이제부터 내가 자백했다고 말을 꾸며 댈 거요. 그의 말도 안 되는 의심을 뒷받침하기 위해 다 만들어 낸 얘기란 말이오. 홈즈, 원한다면 맘대로 거짓말을 해 보시지. 하지만 어떻게 그 말을 믿을 수 있겠어!"

"내 정신 좀 봐!" 홈즈가 소리쳤다.

"그를 까맣게 잊고 있었잖아! 왓슨, 정말 미안하네. 다른 생각을 하느라 자네가 숨어 있다는 사실을 잊고 있었어. 자네를 스미스에게 소개할 필요는 없겠지. 오늘 초저녁에 이미 만났으니 말이야. 모턴 경감, 밖에 마차를 대기시켜 놓았소? 옷을 갈아입는 대로 내려가리다. 경찰에서 내 설명이 필요할지도 모르니 말이오."

홈즈는 옷을 갈아입으면서 붉은 포도주 한 잔과 비스킷 몇 조각을 먹었다.

"지금만큼 뭘 먹고 싶었던 적은 없었어. 하지만 자네도 알다시피 내 생활이 워낙 불규칙적이어서 단식을 해도 보통 사람들보다는 덜 고통스러운 편이지. 내가 중태라는 걸 허드슨 부인이 믿게 만들어야 할 필요가 있었어. 그래야 부인이 자네에게 가서 그 사실을 전할 테고, 자네도 믿어야 스미스를 데려올 수 있다고 생각했거든. 자네를 속여서 기분이 상한 건 아니지, 왓슨? 자네는 여러 가지 재능을 갖고 있긴 하지만 알고도 모르는 척 시치미를 뗄 줄은 모르거든. 내가 자네에게 사실대로 털어놓았다면, 자네는 스미스에게 내 병이 중태여서 다급하게 그가 필요하다는 인상을 주지 못했을 거야. 그런데 스미스가 그걸 믿게 하는 것이 내 계획에서 가장 중요한 부분이었어. 스미스가 집념이 강한 성격이라는 걸 알고 있었기 때문에 나는 그가 자신이 짠 음모가 어떻게 되었는지 확인하러 올 거라고 확신했지."

"하지만 자네의 그 얼굴…… 환자 같은 얼굴은?"

"사흘 동안 아무것도 먹지 않고 마시지 않으면 좋아 보일 리가 없지 않은가, 왓슨? 나머지는 스펀지로 닦아 내면 다 없어지는 것들이야. 이마에는 바셀린을 바르고 눈에는 안약을 넣었어. 광대뼈 부분에는 붉게 화장을 하고 입술에는 초를 얇게 깎아 붙였지. 간단해 보이지만 효과는 확실해. 앞으로 꾀병에 대한 논문을 써 볼까 하네. 그리고 말하던 주제에서 벗어난 얘기를 가끔 하면 사람들은 제정신이 아니라고 확신하게 되지. 내가 반 크라운이 어쨌다느니, 조개가 어쨌다느니 하며 헛소리를 해 댔지?"

"그럼 전염될 위험도 없는데 왜 나를 가까이 오지 못하게 한 건가?"

"왓슨, 그 이유를 몰라? 내가 의사로서의 자네의 능력을 믿지 못한다고 생각하는 건 아니겠지? 아무리 내가 곧 죽을 사람처럼 보인다 해도 자네가 진찰을 해 보면 맥박도 정상이고 열도 없을 텐데 나를 죽어 가는 사람으로 생각하겠나? 그러나 4야드쯤 떨어져 있으면 자네를 속일 수 있지. 자네를 속이지 못하면 누가 스미스를 여기로 데려온단 말인가? 왓슨, 나는 그 상자에 손도 대지 않았어. 옆에서 보았을 때 그것을 열면 독사의 이빨처럼 날카로운 스프링이 튀어나오도록 장치가 되어 있다는 걸 간파했지. 스미스가 재산 복귀 문제에 방해가 되는 새비지를 죽였을 때도 이것과 비슷한 장치를 사용했을 거야. 자네도 알다시피 나에게 오는 우편물은 별의별 것이 다 있어서, 나는 소포가 오면 항상 조심을 하지. 그 덕분에 스미스의 계획을 알아낼 수 있었어. 그다음엔 스미스의 계략이 성공한 것처럼 가장하면 그의 입을 통해 직접 자백을 받아 낼 수 있다고 생각했지. 물론 가장을 하는 데 있어 세심한 주의를 기울였어. 자, 왓슨, 코트 입는 걸 도와주게. 경찰서에서 일이 끝나면 심슨 레스토랑에 가서 영양가 많은 음식을 먹어야겠어."

Sherlock Holmes

레이디 프랜시스 커팩스의 실종

The Disappearance of Lady Frances Carfax

1902년 7월 1일(화)~7월 18일(금)

"그런데 왜 하필 터키식이지?" 셜록 홈즈가 내 구두를 유심히 보며 물었다.

그때 나는 나무줄기로 등을 댄 안락의자에 기대앉아 있었는데, 튀어나온 두 발이 그의 그칠 줄 모르는 호기심을 불러일으켰던 것이다.

"이건 영국제인데. 옥스퍼드 가에 있는 래티머 상점에서 샀어." 놀란 내가 대답했다.

홈즈는 참을성 있게 미소를 지으며 말했다. "목욕 이야기야, 목욕! 집에서 하면 기운도 나고 좋은데 어째서 굳이 터키탕에 갔냐는 얘기지. 몸의 긴장만 풀어지고 비용도 꽤 들었을걸."

"나도 늙었는지 지난 며칠 동안 류머티즘 기가 있었어. 의료계에서는 터키식 목욕을 대체요법으로 사용하는데, 생활의 활력소가 되고 몸 전체를 구석구석 정화시켜 주는 효과가 있어. 그런데 홈즈, 내 구두만 보고 터키식 목욕탕에 갔다 온 확증을 얻은 것 같은데, 대체 어떤 논리인지 알려 주게."

"추론 과정은 그렇게 어렵지 않아, 왓슨." 홈즈는 장난기 섞인 목소리로 말했다. "아주 기본적인 수준의 추론이지. '오늘 아침에 자네가 누구와 마차를 함께 탔는가?'라는 질문으로 그 실례를 삼을 수 있지."

"하지만 그런 실례가 어떻게 제대로 된 설명이 된다는 말인가." 나는 약간 거칠게 말했다.

"왓슨! 아주 권위적이고 논리적인 반박인걸. 어디 보자, 문제가 뭐였더라. 우선 나중 것부터 볼까? 마차 말이야. 자네 코트 왼쪽 소매와 어깨 부분에 묻은 얼룩이 보이지? 이륜마차의 좌석 가운데 앉았다면 자네한테 그런 게 튀지 않았을 거야. 또 만약 그랬더라도 왼쪽에만 묻었을 리가 없지. 그러니까 자넨 분명히 가장자리에 앉았고 분명 누군가와 함께 타고 있었다는 얘기지."

"맞아, 그랬어."

"말도 안 될 정도로 간단하지?"

"하지만 구두와 터키탕은?"

"마찬가지로 애들 장난 수준이야. 자네는 항상 구두끈을 매는 특별한 방식이 있는데 오늘은 이중 나비매듭으로 공들여 묶어 놓았더군. 원래는 그렇게 매지 않는데 말이야. 그건 자네가 구두를 벗은 적이 있다는 얘긴데 그럼 구두끈은 누가 맸을까? 구두 수선공 아니면 목욕탕에서 일하는 아이겠지. 그런데 구두 수선공은 아닌 듯싶어. 그 구두는 새것이나 마찬가지니까. 그럼 뭐가 남지? 목욕탕! 우습지, 그렇지 않나? 하지만 터키탕이 한 가지 목적은 만족시켜 준 셈이야."

"그게 뭔가?"

"변화가 필요해서 터키식 목욕을 했다니까 말하는데, 내가 그 변화의 기회를 주면 어떨까? 스위스 로잔에 가겠나, 왓슨? 일등석 차표에 모든 경비는 한 나라의 왕세자에게 주어지는 수준으로 제공되고, 자네는 몸만 가면 돼."

"멋지군! 그런데 그런 제안을 하는 이유가 뭔가?"

홈즈는 안락의자 깊숙이 등을 대고는 주머니에서 수첩을 꺼냈다.

"세상에서 가장 위태로운 부류 가운데 하나는 바로 친구도 없이 떠돌아다니는 여자야. 절대 남에게 해를 끼치지 않고, 때로는 누구보다 쓸모 있는 사람이지만 반면에 피할 수 없는 범죄의 대상이 되기도 하거든. 의지할 사람이 없는 데다 여기저기 옮겨 다니기 때문이야. 이 나라 저 나라를 돌아다니며 호텔에 투숙할 만큼 돈이 많지만 가끔 외딴 하숙집에 들어가서 당황해 어쩔 줄 몰라 할 때도 있어. 마치 여우들이 사는 세상에서 헤매는 병아리 같아서 누구한테 잡아먹혀도 아무도 눈치채지 못하지. 레이디 프랜시스 커팩스에게 나쁜 일이 생겼을까 봐 정말 걱정이야."

갑자기 일반적인 사실에서 구체적인 사건으로 넘어가자 나는 안도감을 느꼈다. 홈즈는 수첩을 참고하며 말을 이어 갔다.

"레이디 프랜시스는 루프튼 백작 가문의 직계 후손 중 현재 유일하게 생존해 있는 사람이야. 자네도 기억하겠지만, 그 집안의 토지는 모두 백작의 아들들에게 넘어갔고 그녀에게는 약간의 재산이 남겨졌지. 하지만 이 얼마 안 되는 재산보다 더 귀중한 것을 물려받았는데, 바로 옛날 스페인식의 특이한 은세공 보석과 정교하게 커팅된 다이아몬드

들이었어. 그녀는 이 보석들을 너무나도 아낀 나머지 은행에 맡기지 않고 늘 갖고 다녔다는군. 좀 가련한 여자야. 이제 막 중년에 접어들었고 여전히 미모를 간직하고 있지만 20년 전의 눈부신 아름다움을 생각하면……. 당시 어떤 일이 있은 후론 자신을 전혀 가꾸지 않았다고 하네."

"그렇다면 그녀에게 좋지 않은 일이 일어났다는 건가?"

"무슨 일이 생겼냐고? 지금으로서는 생사조차 확실치 않아. 그래서 이제부터 우리가 알아내야 하네. 그녀는 자신이 정한 습관을 반드시 지키는 사람이었지. 가정교사였던 도브니 양에게 지난 4년 동안 2주에 한 번씩 편지를 보낸 것도 그런 습관 중 하나였다는군. 도브니 양은 오래전에 은퇴하고 캠버웰에 살고 있는데, 그동안 한 번도 거른 적이 없던 편지가 끊어진 지 벌써 5주나 되었다는 거야. 그래서 우리에게 사건을 의뢰했어. 마지막 편지는 로잔에 있는 내셔널 호텔에서 왔는데 레이디 프랜시스는 다음 목적지를 알리지 않고 그곳을 떠난 듯해. 집안사람들의 걱정이 이만저만이 아니지. 우리가 사건을 맡아 해결해 주면 경비는 얼마가 들어도 개의치 않겠다는군. 엄청나게 부유한 사람들이니 그럴 만하지."

"도브니 양이 유일한 정보 제공자인가? 분명 다른 사람들과도 연락을 주고받았을 텐데."

"우리가 관심을 가질 만한 곳이 하나 있어. 바로 은행이야. 독신 여성도 살아가려면 돈이 필요하니 통장을 보면 그간의 행적을 알 수 있거든. 그녀가 거래한 은행은 실베스터 은행이었어. 계좌를 훑어보았더니 로잔에서 최근 발행한 수표로 호텔 숙박비를 지불했는데 액수가 꽤 크니 수중에 현금이 남아 있을 거야. 그 뒤로는 수표가 한 번밖에 발행되지 않았더군."

"누구한테? 그리고 어디에서 발행되었지?"

"마리 드뱅 앞으로였어. 그 수표를 어디에서 끊었는지 모르지만 3주 전쯤 몽펠리에의 리옹 은행에서 현금으로 바꾸어 갔어. 금액은 50파운드였고."

"마리 드뱅은 누군가?"

"그것도 알아냈지. 레이디 프랜시스 커팩스의 하녀였는데, 그녀가 왜 드뱅 양에게 이 수표를 주었는지는 아직 몰라. 그렇지만 자네가 조사에 나서면 그 문제는 금방 밝혀질 거라 확신하네."

"누가 조사를 한다고!"

"자네를 로잔으로 보내는 이유가 바로 그거야. 자네도 알다시피 나는 지금 런던을 떠날 수 없는 상황이야. 에이브러햄 노인이 생명의 위협을 받고 있을 뿐만 아니라, 그런 특별한 상황이 아니라도 되도록 이면 나는 이 나라를 떠나지 않는 게 좋아. 내가 없으면 스코틀랜드 야드도 외로울 테고 그 틈을 노려 범죄자들이 활개를 칠 게 뻔하거든. 그러니 자네가 가게, 친구. 영국과 스위스 간 전신 비용이 한 단어에 2펜스나 되지만 내 도움이 필요할 때는 언제라도 전보를 보내게. 밤낮을 가리지 않고 대기하고 있을 테니까."

이틀 뒤, 나는 로잔의 내셔널 호텔에 도착했고 호텔 지배인 모세의 환대를 받았다. 그의 말에 따르면, 레이디 프랜시스는 몇 주 동안 그 곳에 머물렀으며 그녀를 알게 된 사람은 누구나 그녀를 좋아했다고 한다. 나이는 많아야 마흔쯤으로 아직도 아름다운 데다 젊은 시절엔 무척 사랑스러웠을 거라고 했다. 그는 값진 보석에 대해선 아무것도 몰랐지만 그녀의 침실에 있는 묵직한 가방에 항상 자물쇠가 잠겨 있더란 이야기를 종업원들에게서 들었다고 했다. 그녀의 하녀 마리 드뱅은 자기 주인만큼이나 인기가 있었고, 실제로 호텔의 급사장과 약혼했다고 한다. 마리 드뱅의 주소는 쉽게 알 수 있었는데 몽펠리에 시 트라장가 11번지였다. 나는 모든 사실을 메모하면서 이렇게 생각했다. '홈즈가 직접 나섰더라도 이보다 더 철저하게 조사할 순 없었을 거야.'

딱 하나 풀리지 않는 의문이 있었다. 내가 수집한 정보로는 레이디 프랜시스가 갑자기 그곳을 떠난 이유를 알 수 없었다. 로잔에서 꽤 행복하게 지냈고, 시즌 내내 호수가 내려다보이는 호화로운 방에 머물 생각이었다고 믿게 하는 점도 많았다. 하지만 일주일 치 숙박비를 미리 낸 바로 다음 날 떠났다. 이 점에 대해서 이야기해 줄 수 있는 사람은 드뱅의 애인 줄 바이바르밖에 없었다. 그는 레이디 프랜시스의 갑작스러운 출발을 한 남자와 관련지어 설명했다. 그들이 떠나기 하루 또는 이틀 전에 키가 크고 가무잡잡한 피부에, 턱수염을 기른 남자가 호텔을 방문했다는 것이다.

"정말이지 아주 거친 사람이었습니다." 줄 바이바르가 큰 소리로 말했다.

그 남자는 마을 어딘가에 묵고 있었는데 호숫가를 산책하고 있던 레이디 프랜시스에게 다가가 뭔가 열심히 이야기했다고 한다. 그 후 남자가 호텔로 찾아왔지만 그녀는 그를 만나 주지 않았다는 것이다. 남자는 영국인이었는데 이름은 어디에도 기록되어 있지 않았다. 그

일이 있은 직후 그녀는 호텔을 떠났는데, 급사
장은 자신의 생각으로는 남자가 찾아오자 이곳
을 떠난 듯하다고 말했다. 더욱 중요한 점은 마
리의 생각도 같다는 것이다. 그런데 한 가지,
줄은 마리가 주인 곁을 떠난 이유에 대해서는
거론하지 않았다. 그 점에 대해서는 한사코 아
무 말도 할 수 없다고 했다. 그것을 알아내기 위
해 몽펠리에로 가서 직접 물어봐야만 했다.

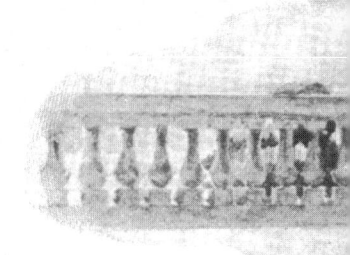

　이렇게 내 조사의 첫 장은 끝났고, 두 번째 장은 레이디
프랜시스 커팩스가 로잔을 떠나 어디로 갔는지 알아내는 것으
로 채워졌다. 그녀가 다음 행선지를 비밀로 한 점으로 보아 누군
가의 추적을 피했을 거라는 확신이 들었다. 아니면 왜 짐에 바덴행
꼬리표를 붙이지 못했겠는가? 그녀는 어떤 우회 루트를 통해 라인
강 유역의 온천 휴양지인 바덴에 도착했는데, 여기까지의 사실은 모
두 쿡 여행사의 지점 지배인에게 들은 것이다. 그래서 홈즈에게 지금
까지의 진행 상황을 설명하는 전보를 쳤고, 그에게서 어설픈 유머를
사용한 칭찬의 글이 담긴 전보를 받은 후 바덴으로 갔다.

　바덴에서 그녀의 행적은 쉽게 따라갈 수 있었다. 레이디 프랜시스
는 보름 동안 잉글리셔 호프에 머물렀고, 그곳에서 남미 선교 활동을
마치고 돌아온 슐레싱거 박사 부부와 친분을 맺었다고 한다. 외로운
독신 여성 대부분이 그렇듯, 레이디 프랜시스는 종교에서 위안과 할
일을 찾았다. 그녀는 박사의 특별한 인품, 진정한 헌신 그리고 선교를
하다가 얻은 병에서 회복 중이라는 사실에 깊이 감동했다. 그래서 박

사의 부인을 도와 점차 건강
이 회복되어 가던 성인
을 간호했다. 그곳 지
배인의 말에 따르면,
박사는 하루 종일 베란
다의 긴 의자에 누워
양옆으로 두 여자의 시
중을 받으며 지냈다고
한다.

그 박사는 성지의 지
도를 작성하고 있었는
데, 특히 고대 북아랍
인들의 왕국에 대해 자
세히 다룬 지도였다. 마침내 몸이
많이 회복된 그는 부인과 함께 런던으로 돌아갔고, 이때 레이디 프랜
시스가 이들과 동행했다고 한다. 이 일은 겨우 3주 전이었고, 지배인
은 그 후로는 아무 소식도 듣지 못했다고 했다. 레이디 프랜시스의 하
녀 마리는 그보다 며칠 앞서 눈물을 펑펑 쏟으면서 주인 곁을 떠났는
데, 다른 하녀들에게 앞으로 다시는 하녀 일은 하지 않겠다고 한 모양
이었다. 그리고 런던으로 출발하기에 앞서 슐레싱거 박사는 레이디
프랜시스의 숙박비까지 모두 지불했다고 한다.

"그건 그렇고, 레이디 프랜시스 커팩스의 뒤를 쫓는 사람이 당신 말
고 또 있어요. 일주일 전쯤에 한 남자가 같은 용건으로 이곳에 왔었

죠." 지배인이 말했다.

"이름을 말했습니까?"

"아니요. 하지만 영국인이더군요. 좀 특이한 타입이었지만."

"아주 거친 사람이었습니까?"

나는 내 유명한 친구의 방식에 따라 그때까지 수집한 정보들을 연결하며 말했다.

"그랬습니다. 정말 그랬어요. 덩치도 크고 턱수염을 길렀으며 검게 그을린 모습이 일류 호텔보다는 농촌 여관에서나 볼 수 있을 법한 사람이었죠. 튼튼하고 사나운 남자란 인상을 받았는데 건드리면 큰코다치는 것 아닌가 싶더군요."

안개가 서서히 걷히고 시야가 선명해짐에 따라 미스터리의 실체가 이미 밝혀지고 있었다. 이 선하고 신앙심 깊은 숙녀는 험악하고 가혹한 남자에게 쫓겨 여기저기 피해 다니고 있다. 틀림없이 그녀는 그를 두려워하고 있다. 아니면 로잔에서 왜 도망쳤겠는가. 그는 아직도 그녀의 뒤를 쫓고 있으며 조만간 따라잡을 것이다. 벌써 그녀를 따라잡은 게 아닐까? 그래서 지금까지 아무 소식도 없나? 동행한 친구들이 그의 폭력이나 협박으로부터 그녀를 지켜 줄 수 없었나? 도대체 어떤 목적으로, 무슨 꿍꿍이로 이렇게 오랫동안 뒤를 쫓는다는 말인가? 그것이 바로 내가 풀어야 할 문제였다.

홈즈에게 내가 얼마나 빠르고 확실하게 문제의 근본까지 다가갔는지 쓴 전보를 보냈다. 그런데 그는 답장으로 보낸 전보에서 슐레싱거 박사의 왼쪽 귀에 대해서만 물었다. 홈즈의 유머 감각은 별나고 가끔은 듣는 사람의 기분을 상하게 하는 경우가 있다. 그래서 그의 전보를 상황에 어울리지 않는 농담이라고 무시해 버렸다. 실은, 홈즈의 전보를 받았을 때 나는 이미 하녀 마리가 사는 몽펠리에 도착한 뒤여서 사실을 확인할 수 없었다.

마리를 찾아서 그녀가 아는 전부를 듣는 데에는 별 어려움이 없었다. 그녀는 주인에게 헌신적이었다. 이는 자신이 결혼하면 어차피 헤어질 수밖에 없는 상황이었지만 주인이 착한 사람들과 함께 있다는 것을 확신한 뒤에야 비로소 그녀 곁을 떠났다는 사실에서 알 수 있었다. 그리고 슬픈 목소리로 그들이 바덴에 머무는 동안 주인이 유별나게 자신에게 화를 자주 냈고, 심지어 한 번은 자신의 정직성을 의심하는 질문까지 했다고 털어놓았다. 사실 그 때문에 주인과의 이별이 한결 수월해진 면도 있다고 했다.

그리고 레이디 프랜시스가 끊어 준 50파운드 수표는 헤어질 때 그녀가 결혼 선물로 준 것이었다. 마리는 나와 마찬가지로 그녀의 주인을 로잔에서 떠나게 만든 그 이방인에 대해 깊은 불신감을 품고 있었다. 그가 로잔의 호숫가에서 산책하던 주인의 손목을 거칠게 잡아채는 것을 직접 목격했는데, 사납고 위협적인 인물이라는 인상을 받았다고 한다.

마리는 레이디 프랜시스가 런던까지 에스코트해 주겠다는 슐레싱거 박사 부부의 제의를 받아들인 이유가 그 남자에 대한 두려움 때문일 거라고 했다. 레이디 프랜시스가 자기에게 그 남자에 대해 한마디도 하지 않았지만, 모든 면에서 주인이 근심에서 벗어나지 못한다는 느낌이 들었다고 했다. 여기까지 이야기했을 무렵, 그녀는 갑자기 의자에서 벌떡 일어났다. 그녀의 얼굴은 놀라움과 두려움으로 떨리고 있었다.

"보세요! 그 악당이 여기까지 쫓아왔어요! 제가 말한 사람이 바로 저기에 있어요!" 그녀가 외쳤다.

거실의 열린 창문을 통해 거대한 체구의 가무잡잡한 남자가 보였다. 검고 뻣뻣한 턱수염을 기른 남자는 이 집 저 집의 번호를 유심히 살피면서 거리 한가운데를 천천히 걸어 내려오고 있었다. 남자도 하녀의 뒤를 따라온 것이 분명했다. 순간 나는 밖으로 뛰쳐나가 그에게 다가갔다.

"영국인이죠?" 내가 말했다.

"그래서요?" 그는 험악한 얼굴을 잔뜩 찌푸리고 물었다.

"이름을 말하시오."

"싫소."

단호한 목소리였다.

상황이 좋지 않았지만, 때로는 가장 직접적인 방법이 최선일 때가 있다.

"레이디 프랜시스 커팩스는 지금 어디 있소?" 나는 단도직입적으로 물었다.

남자는 놀란 눈으로 나를 쳐다보았다.

"그녀에게 무슨 짓을 했지? 왜 뒤를 쫓는 거야? 어서 대답해!" 내가 말했다.

그러자 남자는 화를 벌컥 내면서 호랑이처럼 내게 덤벼들었다. 나도 싸움 경력이 적지 않았지만 이 남자의 손아귀 힘은 대단했고 무척 격분한 상태였다. 내가 그의 손에 목을 단단히 잡힌 채 정신을 잃어

가고 있을 때 파란 옷을 입은, 수염이 덥수룩한 프랑스 인 노동자 한 명이 건너편 주점에서 뛰어나왔다. 그는 나를 공격하는 남자의 팔뚝을 곤봉으로 세게 내리쳤고, 이에 남자는 내 목을 잡고 있던 손을 풀

었다. 그는 여전히 분노에 찬 모습으로 다시 공격할 것인지 망설였다. 그러다가 한 번 으르렁거리고는 방금 내가 나온 집으로 들어갔다. 나는 나를 도와준 남자에게 감사의 말을 하기 위해 고개를 돌렸다.

그때 노동자가 말했다.

"왓슨, 온통 뒤죽박죽이 되었어! 자네는 야간 급행열차를 타고 나와 함께 런던으로 돌아가는 게 낫겠어."

한 시간 뒤 셜록 홈즈는 평소 옷차림으로 내가 묵고 있는 호텔 방에 앉아 있었다. 갑작스럽지만 때맞춘 그의 출현에 대한 설명은 간단했다. 그는 런던을 떠날 수 있게 되자 다음 행선지에 먼저 가 있으려고 했다는 것이다. 그리고 노동자로 변장하고 그 주점에 앉아서 내가 나타나길 기다리고 있었다고 한다.

"정말이지 자네 조사는 실수의 연속이었어. 자네가 빼먹은 조사들을 일일이 기억하기조차 힘들다니까. 얻은 것은 거의 없이 사방에 경고만 해 준 꼴이 되었어." 그가 말했다.

"아마 자네가 직접 했어도 별 소득은 없었을 거야." 나는 기분이 상해서 말했다.

"아마라니. 내가 뭘 알아냈는지 몰라서 하는 소리야. 자네보다 훨씬 멋지게 잘 해냈지. 우선 필립 그린(크리미아 전쟁 때 아조프 해 함대를 지휘한 유명한 필립 그린 제독의 아들이다.)을 만나야 해. 귀족의 자제로 지금 이 호텔에 묵고 있는데 그를 출발점으로 하면 앞으로 일이 더 잘 풀릴 거야."

잠시 후 명함 한 장이 금속 쟁반에 놓여 들어왔고, 그 뒤를 따라 한 남자가 들어왔다. 그는 거리에서 나를 공격했던 턱수염을 기른 악당이었다. 그는 나를 보더니 놀란 얼굴이었다.

"이게 어찌 된 일입니까, 홈즈 씨? 당신의 전갈을 받고 왔는데, 이 남자가 사건과 무슨 관계가 있습니까?" 그가 물었다.

"이 사람은 제 오랜 친구이자 동료 왓슨 의사입니다. 이번 일을 도와주고 있습니다."

낯선 남자는 사과의 말과 함께 검게 그을린 큰 손을 내밀었다.

"당신에게 폐를 끼친 게 아니었으면 좋겠군요. 내가 그녀에게 무슨

짓이라도 한 듯이 비난하는 바람에 그만 이성을 잃고 말았습니다. 사실 요즘은 저도 제 자신을 제어할 수 없습니다. 마치 살아 있는 폭탄처럼 건드리면 터질 것처럼 신경이 곤두서 있죠. 하지만 이 상황은 도저히 이해가 안 되는군요. 무엇보다 홈즈 씨, 도대체 당신은 나에 대해서 어떻게 알았습니까? 정말 궁금합니다."

"레이디 프랜시스의 가정교사였던 도브니 양을 알고 있죠?"

"모브캡(여성용 실내 모자)을 쓴 늙은 수잔 도브니 말입니까! 아직도 똑똑히 기억합니다."

"그녀도 당신을 기억하더군요. 남아프리카로 떠나기 전의 당신을 말입니다."

"저에 대해 모든 걸 알고 계시니 숨길 필요가 없겠죠. 홈즈 씨, 세상의 어떤 남자도 제가 프랜시스를 사랑한 만큼 한 여자를 사랑하진 못할 겁니다. 당시 전 다른 귀족들보다 별로 나을 게 없는 무분별한 애송이였죠. 반면 그녀는 눈처럼 순수한 사람이었고, 저속한 건 그림자도 참지 못했습니다. 그래서 제 과거 행동에 대해 알게 된 이후 그녀는 저한테 말조차 하지 않으려 했습니다. 하지만 그녀는 여전히 절 사랑했고, 정말 믿기지 않지만 그래서 오랜 세월 독신으로 지냈습니다. 제가 그녀를 떠난 후 세월이 많이 흘렀고, 바버턴(남아프리카, 트랜스발 주의 금광 타운.)에서 돈도 웬만큼 모았기에 이젠 그녀를 다시 찾아가 설득해도 되겠다는 생각을 했습니다. 그녀가 아직도 결혼하지 않았다는 사실을 알고 있었죠. 그래서 로잔에서 그녀를 찾아냈고, 그녀의 마음을 돌리기 위해 갖은 노력을 다했습니다. 제 생각에 그녀는 많이 누그러진 듯했지만 워낙 의지가 강해서 다음 날 제가 호텔로 찾아갔을 때는 이미 떠난 뒤였습니다. 그래서 다시 바덴까지 따라갔고, 얼마 뒤 그녀의 하녀가 여기에 산다는 소식을 들었습니다. 그런데 왓슨 씨가 저에게 그런 식으로 말하는 것을 듣는 순간, 지금까지 거친 삶에 익숙해져 있던 저는 그만 자제력을 잃었지요. 도대체 레이디 프랜시스가 어떻게 되었는지 말해 주세요."

"이제부터 알아내야 합니다. 런던 어디에 계십니까, 그린 씨?" 홈즈는 특유의 무게를 잡으며 말했다.

"랭엄 호텔에 머물고 있습니다."

"그러면 당신은 런던으로 돌아가 제가 필요로 할 때 언제라도 도움이 되어 주시겠습니까? 당신이 쓸데없는 희망을 갖지 않길 바라지만, 레이디 프랜시스의 안전을 위해 할 수 있는 모든 조치를 할 것이라는 점은 믿으셔도 됩니다. 지금은 더 이상 드릴 말씀이 없군요. 자, 우리와 계속 연락할 수 있도록 이 명함을 드리겠습니다. 왓슨, 자네는 짐을 꾸리게. 나는 허드슨 부인에게 전보를 쳐서 내일 저녁 7시 30분에 배고픈 두 여행자가 도착할 테니 최고의 요리를 준비해 놓으라고 부탁하겠네."

우리가 베이커 가의 방에 도착했을 때 이미 전보가 한 장 와 있었다. 홈즈는 상당히 흥미롭다는 표정으로 내용을 읽고는 나에게 주었다.

베었거나 찢긴 듯함.

전보에는 이렇게 쓰여 있었고 발신지는 바덴이었다.

"이게 뭐야?" 내가 물었다.

"사건의 전부. 전에 내가 난데없이 성직자의 왼쪽 귀에 대해 질문했던 것 기억해? 자네는 답장도 하지 않았지만." 홈즈가 대답했다.

"난 그때 이미 바덴을 떠난 뒤라서 알아볼 수 없었어."

"맞아. 그래서 똑같은 질문을 잉글리셔 호프의 지배인에게 전보로 보냈고, 바로 이것이 그의 대답이야."

"이게 무슨 뜻이지?"

"왓슨, 이것은 우리가 상당히 영리하고 위험한 인물과 맞서고 있음을 뜻해. 남미에서 선교를 마치고 온 슐레싱거 박사가 사실은 오스트레일리아 역사상 가장 파렴치한 악당 중 한 명인 홀리 피터스였어. 오스트레일리아에서는 짧은 역사에 비해 비상한 범죄자들이 많이 나왔지. 특히 그의 전공은 외로운 여성들의 신앙심을 이용해서 사기를 치는 것이고, 그 아내는 프레이저라는 영국 여자로 아주 유능한 공범이야. 그의 범죄 수법을 알고 있던 터라 정체를 짐작하고 있었는데, 신체적인 특징으로 마침내 확인하게 되었어. 그는 1889년 애들레이드의 한 술집에서 싸우다가 귀를 심하게 물린 적이 있거든. 왓슨, 이 불쌍한 숙녀는 물불 가리지 않는 아주 지독한 커플한테 걸려들었어. 그녀는 이미 죽었을 수도 있어. 만일 살아 있더라도 어떤 형태로든 감금되어 있어서 도브니 양이나 다른 친구들에게 연락할 수 없는 처지일 거야. 런던에 오지 않았거나 지나쳐 갔을 가능성도 있지만 두 가지 모두 아닌 것 같아. 외국인 등록 제도 때문에 그들이 유럽 경찰에게 속임수를 쓰기가 쉽지 않기 때문이야. 또 런던이 아닌 다른 곳에서는 사람을 쉽게 가두어 둘 수 있는 처지가 아니지. 내 본능이 그녀가 런던에 있다고 소리치고 있어. 하지만 현재로선 그곳이 어딘지 알아낼 방법이 없으니 할 수 있는 조치를 취한 뒤, 저녁을 먹고 진득하니 기다리는 수밖에 없어. 저녁 식사 후 산책 나간 길에 스코틀랜드 야드의 레스트레이드 경감을 만나야겠어."

하지만 경찰도, 그리고 작지만 우수한 홈즈의 조직도 수수께끼를 푸는 데 충분하지 않았다. 수백만 인구가 사는 런던에서 우리가 찾는 세 사람은 전혀 존재를 알 수 없도록 완전히 자취를 감춰 버렸다. 여러 단서를 추적했지만 아무 소득이 없었다. 슐레싱거가 있을 듯한 범죄 소굴은 모두 뒤져 봤지만 역시 소용없었고, 그의 옛 동료들을 감시했지만 누구도 그와 접촉하지 않았다. 이렇게 일주일 동안 아무런 소득 없이 시간만 보내던 우리에게 드디어 한 줄기 서광이 비추었다. 누군가 찬란한 옛 스페인식 은 펜던트 하나를 웨스트민스터 가의 보빙턴 상점에 저당잡힌 것이다. 보석을 맡긴 사람은 체격이 크고 면도를 말끔하게 했으며 성직자 차림이었다고 한다. 그가 댄 이름과 주소는 꾸며 낸 것이었다. 가게 주인이 그 사람의 귀를 보지는 못했지만, 그가 말한 생김새는 슐레싱거가 분명했다.

턱수염을 기른 우리의 친구는 새로운 소식을 묻기 위해 세 번이나 찾아왔는데, 마지막 방문은 이 새로운 사실이 알려진 지 한 시간도 지나지 않았을 때였다. 커다란 체격 위에 걸친 옷이 점점 헐렁해지는 것으로 보아 걱정 때문에 나날이 말라 가는 것이 틀림없었다.

"제발 뭐라도 제가 할 수 있는 일을 주십시오!"

그는 만날 때마다 울부짖었는데 마침내 홈즈는 그의 청을 들어줄 수 있게 되었다.

"놈이 보석을 전당포에 내놓기 시작했습니다. 이제 놈을 잡을 때가 왔습니다."

"하지만 이것이 레이디 프랜시스에게 어떤 불상사가 생겼다는 뜻은 아닌가요?"

홈즈는 심각하게 고개를 저었다.

"그들이 아직까지 그녀를 죽이지 않고 가두어 두었다고 해도 우리는 최악의 상황에 놓이기 전에 서둘러 대비해야 합니다."

"제가 무슨 일을 하면 됩니까?"

"이 사람들이 당신 얼굴을 본 적이 있습니까?"

"없습니다."

"이자가 다른 전당포에 갈 가능성도 있는데, 그렇다면 우리는 처음부터 다시 시작해야 할 겁니다. 하지만 보빙턴 상점에서 값을 후하게 쳐주었고 아무것도 묻지 않았기에 급전이 필요하면 아마 이곳으로 다시 올 겁니다. 가게 사람들에게 당신을 믿어도 된다는 이 메모를 드리죠. 당신이 그곳에서 잠복할 수 있도록 해 줄 겁니다. 그자가 오면 집까지 미행하세요. 경솔한 행동은 금물입니다. 폭력은 더욱 안 됩니다. 뭐든 나에게 알리고 허락받기 전까지는 어떤 행동도 하지 않겠다는 것을 명예를 걸고 지켜 주십시오."

이틀 동안 필립 그린에게서는 아무런 소식도 없었다. 사흘째 되는 날 저녁, 그는 우리 거실로 뛰어들어왔는데 얼굴은 창백했고 걷잡을 수 없이 떨어 댔다. 강건한 온몸의 근육 하나하나가 흥분으로 떨리고 있었다.

"놈을 찾았습니다! 놈을 찾았어요!" 그가 외쳤다.

그가 몹시 흥분해 있어서 그의 말이 무슨 뜻인지 알아들을 수 없었다. 홈즈는 우선 몇 마디 말로 그를 진정시키고 안락의자에 앉혔다.

"자, 이제 무슨 일이 있었는지 차근차근 말해 보세요." 홈즈가 말했다.

"한 시간 전에 그 여자가 왔었습니다. 이번엔 그의 부인이 온 겁니다. 펜던트를 가져왔는데 저번 것과 같은 종류였고, 여자는 안색이 창백한 데다 눈이 족제비같이 생겼더군요."

"맞아, 그 여자야." 홈즈가 말했다.

"여자가 상점을 나가자 저는 뒤를 밟았습니다. 케닝턴 가를 걸어 올라가더군요. 저도 놓치지 않고 계속 미행했습니다. 그때 그 여자가 어떤 가게에 들어갔는데 홈즈 씨, 거긴 장의사였습니다."

"그래요?"

깜짝 놀란 홈즈의 목소리가 떨렸다. 회색 얼굴은 애써 침착한 척했지만 속으로는 무척 흥분한 듯했다.

"계산대의 여자한테 말을 걸더군요. 저도 안으로 들어갔습니다. '늦는군요.' 여자가 이렇게 말하자 계산대의 여자가 변명을 하더군요. '지금쯤 다 되었어야 하지만 보통 것과 달라서 시간이 더 걸립니다'라고요. 그때 두 사람이 대화를 멈추고 저를 쳐다보기에 뭘 좀 물어본 뒤 그곳을 나왔습니다."

"정말 잘했습니다. 그 뒤엔 어찌 되었죠?"

"여자가 밖으로 나왔습니다. 저는 문가에 몸을 숨기고 있었죠. 주변을 둘러보았는데 아무래도 뭔가 의심하는 듯했습니다. 그러더니 마차를 불러 타더군요. 운이 좋아 저도 한 대를 잡아 그녀의 뒤를 따라갔는데 마침내 브릭스턴의 폴트니 광장 36번지에서 내리더군요. 저는 그곳을 지나쳐 광장 모퉁이에서 내렸고 거기서 그 집을 지켜보았습니다."

"거기서 본 사람이 있습니까?"

"아래층의 창문 하나만 빼고는 전부 불이 꺼져 있었습니다. 그 창에도 블라인드가 쳐 있어서 안을 볼 수 없었습니다. 이제 어떻게 해야 하나 고민하며 서 있는데, 포장 짐마차 한 대가 도착했어요. 그리고 두 남자가 마차에서 뭔가를 꺼내 계단을 올라 현관까지 옮겼는데 그것은 관이었습니다. 그 순간 저는 그곳으로 달려들 뻔했습니다. 때마침 인부들과 짐을 들이려고 문이 열렸거든요. 문을 연 사람은 그 여자였습니다. 여자는 모퉁이에 서 있는 저를 알아본 것 같았어요. 깜짝 놀라며 급히 문을 닫았거든요. 하지만 저는 앞서 당신에게 한 약속을 기억했고 그래서 지금 여기 와 있는 겁니다."

"정말 훌륭하게 행동했습니다." 홈즈는 반쪽짜리 종이에 뭔가 휘갈겨 쓰면서 말했다. "영장이 없으면 법을 어기게 되죠. 이 메모를 경찰에 전하고 영장을 받아 오세요. 그것이 지금 당신이 할 수 있는 최선의 행동입니다. 약간의 어려움이 따르겠지만 보석 판매 혐의로 충분히 영장을 얻을 수 있을 것입니다. 그리고 세부적인 절차는 레스트레이드가 모두 알아서 할 겁니다."

"하지만 그러는 동안 그들이 그녀를 죽일 수도 있지 않습니까. 그녀를 거기에 넣으려는 것 말고 그 관이 의미하는 것이 뭐겠습니까?"

"그린 씨, 우리는 할 수 있는 일은 뭐든 다 할 겁니다. 그리고 한순간도 지체하지 않을 테니 우리에게 맡기세요."

홈즈는 의뢰인이 서둘러 나가자 덧붙였다. "왓슨, 그 사람은 정규군을 출동시키러 갔어. 늘 그렇듯이 우리는 비정규군이고 독자 노선을 취해야 할 거야. 상황이 급박하니 어쩔 수 없이 최후의 수단을 써야겠군. 어서 폴트니 광장으로 가세."

국회의사당 건물을 지나 웨스트민스터 다리를 건널 때 홈즈가 말했다. "이제 상황을 재구성해 볼까. 그들은 우선 불행한 레이디 프랜시스를 충실한 하녀에게서 떼어 놓은 뒤 살살 꼬드겨서 런던까지 함께 왔어. 도중에 그녀가 쓴 편지는 모두 가로챘겠지. 그리고 공모자를 통해 런던에 가구가 완비된 집을 미리 얻어 놓았고. 일단 집에 들어가서는 그녀를 가두어 놓고 목적했던 값나가는 보석을 몽땅 차지했겠지. 놈들은 보석에 손을 대기 시작하면 그 숙녀의 운명을 걱정하는 사람이 아무도 없을 테니 그렇게 해도 안전하겠다고 여겼을 거야. 이제 레이디 프랜시스를 어떻게 처리하느냐가 문제인데, 풀어 주면 당장 그들을 고발할 테니 결코 풀어 줄 순 없고, 그렇다고 영원히 가둬 둘 수도 없는 노릇이니 유일한 해결책은 죽이는 수밖에 없을 테지."

"틀림없이 그럴 것 같아."

"자, 이제 또 하나의 추리 라인을 따라가 볼까. 두 개의 독립된 생각을 각각 따라가다 보면 반드시 교차점이 나올 테고 거기에 진실이 존재하지. 왓슨, 이제 레이디 프랜시스가 아니라 그 관에서 출발해 역으로 추리해 보겠어. 관이 존재한다는 사실은 유감스럽게도 그녀가 죽었음을 확실히 증명하는 거야. 또 의사의 사망진단서와 공식 허가를 얻었으며, 공개적으로 매장할 것임을 말하는 거야. 그녀의 시신에 살해당한 흔적이 눈에 띄게 나타났다면 뒷마당에 땅을 파서 묻었을 텐데 지금 여기서 벌어지는 일은 공개적이고 적법하거든. 그게 뭘 말하는 것일까? 분명 의사를 속일 수 있는 어떤 방법, 즉 독극물을 써서 그녀를 죽인 뒤 자연사처럼 위장했을 거야. 하지만 의사가 공모자가 아닌 한 그녀의 시신에 접근하도록 내버려 두다니 이상하지 않은가? 그런데 의사가 공모자일 가능성은 거의 없어."

"사망진단서를 위조했을 가능성은?"

"가능성은 있지만 아주 위험한 일이지. 아니, 그들이 그렇게 하지 않았을 거야. 잠깐 마차를 세우게. 여기가 그 장의사가 분명해. 방금 전당포를 지나왔으니까. 자네가 들어가겠나, 왓슨? 신사다운 자네를 보면 누구나 믿으니까. 가서 폴트니 광장의 장례식이 내일 몇 시로 예정되었는지 알아봐."

장의사 여자는 주저 없이 아침 8시라고 말했다.

"봤지, 왓슨. 미스터리는 다 풀렸어. 모든 게 다 드러났어! 틀림없이 그들은 어떤 수단을 써서 법적 형식을 모두 갖추었기 때문에 두려울 게 없다고 생각하는 거야. 자, 이제 정면 공격만 남았어. 무기 가지고 있나?"

"지팡이가 있어."

"그래, 그만하면 됐어. '정의를 위해 싸우는 사람은 세 배로 강하다.'라는 말이 있지. 여기서 경찰이 올 때까지 기다리고 앉아 법의 테두리를 지키고 있을 수만은 없어. 마차는 그만 보내도 돼. 자, 왓슨, 운에 한번 맡겨 볼까. 예전에도 가끔 그랬던 것처럼 말이야."

그는 폴트니 광장 중앙, 어두컴컴하고 커다란 집의 현관 벨을 크게 울렸다. 곧바로 문이 열렸고 희미한 불빛 아래 키가 큰 여자의 윤곽이

드러났다.

"무슨 일이죠?" 여자는 어둠 속에서 우리를 쏘아보며 날카로운 목소리로 물었다.

"슐레싱거 박사를 만나고 싶소." 홈즈가 말했다.

"그런 사람 없어요." 여자가 문을 닫으려 했지만 홈즈가 문틈으로 재빨리 발을 밀어 넣었다.

"이름이 뭐든 여기 사는 남자를 만나고 싶소." 홈즈의 목소리는 단호했다.

여자는 주저하더니 결국 문을 열며 말했다. "들어오시죠. 내 남편은 세상 누구와 만나도 거리낄 것이 없으니까."

여자는 우리가 들어가자 문을 닫고 홀 오른쪽에 있는 거실로 안내했다. 그곳에 우리를 두고 나가던 여자는 가스등에 불을 켜며 말했다. "피터스 씨를 곧 모셔 오지요."

곧 올 거라는 그 여자의 말은 사실이었다. 우리가 이끼가 잔뜩 낀 먼지투성이 방을 제대로 둘러볼 겨를도 없이 거실 문이 열리더니 말끔하게 면도한 덩치 큰 대머리 남자가 들어왔다. 가벼운 발걸음으로 들어온 남자의 얼굴은 두 볼이 축 처진 데다 커다랗고 불그스름했는데, 잔인하고 사악한 입매만 아니면 겉보기엔 전체적으로 자비로운 인상이었다.

"분명 무슨 착오가 있는 것 같군요. 주소를 착각하신 것 같은데 아마 길 아래쪽으로 좀 더 내려가면……." 그는 여유만만한 말투로 말했다.

"그만하면 되었네. 시간 낭비하고 싶지 않아. 애들레이드 출신 홀리 피터스. 최근엔 슐레싱거 박사였지. 바덴과 남미에서 말이야. 내 이름

이 셜록 홈즈란 것만큼이나 분명한 사실 아닌가." 내 동료는 단호하게
말했다.

피터스—지금부터 이렇게 부른다—는 놀란 눈으로 만만치 않은
추적자를 노려보았다.

"당신 이름이 내게 위협이 된다고는 생각지 않는데요, 홈즈 씨. 양

심적으로 사는 사람을 겁주면 안 되죠. 내 집에 온 용건이 뭡니까?"
그가 침착하게 말했다.

"바덴에서 이곳까지 데려온 레이디 프랜시스 커팩스에게 무슨 짓
을 했는지 바른대로 말하시지."

"그 숙녀분이 어디 있는지 당신이 좀 가르쳐 주시오." 피터스가 차
갑게 말했다. "그녀 앞으로 온 100파운드 상당의 청구서를 내가 다
지불했는데 장사치들이 거들떠보지도 않는 겉만 번지르르한 펜던트
두 개 말고는 받은 게 없소. 그 여자는 바덴에서 알게 되었는데 나와
아내에게 달라붙더군요. 그때 내가 다른 이름을 사용한 것은 사실입
니다만, 어쨌든 그 후로 우리가 런던에 올 때까지 떨어지지 않았소.
여행 경비와 차표도 모두 내가 냈는데 일단 런던에 도착하니 어디론
지 슬며시 사라졌습니다. 이 유행 지난 보석들을 비용 대신 남겨 놓고
말이죠. 홈즈 씨, 당신이 그녀를 찾아 주면 그 빚은 갚겠습니다."

"찾아 주지. 이 집을 샅샅이 뒤져서 반드시 찾아내고말고." 홈즈가
말했다.

"수색 영장은 있소?"

홈즈는 주머니에서 권총을 반쯤 꺼내 보였다.

"영장이 오기 전까지 이걸로도 충분해."

"아하, 당신들 흔해 빠진 강도로군."

"날 그렇게 생각해도 괜찮아. 내 동료 역시 아주 위험한 악당이야.
자, 우리 둘이서 이 집을 수색할 테다." 홈즈는 유쾌한 듯 말했다.

우리의 적은 문을 열었다.

"경찰을 불러, 애니!" 그가 외쳤다.

복도를 지나 스커트 자락이 스치는 소리가 나더니 현관문이 열렸다 닫혔다.

"시간이 얼마 없어, 왓슨." 홈즈가 내게 외치고 나서 이렇게 말했다. "피터스, 만일 우릴 막으려 한다면 다칠 거야. 이 집에 가져온 관은 어디 있지?"

"관을 어쩌겠다는 거요? 지금 그 안엔 시체가 있단 말이오."

"그 시체를 봐야겠어."

"내 허락 없이는 절대 안 되오."

"허락은 무슨 허락."

홈즈는 그를 옆으로 밀고 홀 안으로 들어갔다. 바로 앞에 반쯤 열린 문이 있었는데 안으로 들어가니 그곳은 식당이었다. 샹들리에는 반만 불이 켜져 있었고 그 아래 식탁 위에 관이 놓여 있었다. 홈즈는 가스등을 켜고 관 뚜껑을 들어 올렸다. 관 속 깊이, 야윈 모습을 한 누군가가 누워 있었다. 관 위에서 비추는 불빛에 드러난 얼굴은 몹시 늙고 말랐는데, 아무리 심한 학대와 굶주림, 병에 시달렸다 해도 아직 아름다움을 간직한 레이디 프랜시스가 이렇게까지 변할 순 없었다. 홈즈의 얼굴에 놀라움과 안도감이 동시에 나타났다.

"하느님, 감사합니다! 다른 사람이야!" 그가 중얼거렸다.

"당신, 엄청난 실수를 한 거요, 셜록 홈즈 씨." 우리 뒤를 따라 들어온 피터스가 말했다.

"이 여잔 누구지?"

"정 알고 싶다면 말하지요. 그 여잔 내 아내의 유모였던 로즈 스펜더로 브릭스턴 구빈 병원에서 찾아내 이리로 데려왔소. 그리고 퍼뱅

크 빌라 13번지에 사는 닥터 호슨을 불러 진찰을 받게 했소. 주소를 받아 적으시죠, 홈즈 씨. 나는 기독교인답게 열심히 보살폈소. 그러나 이곳에 온 지 사흘째 되던 날 죽었는데 사망증명서에 쓰여 있는 것처럼 자연사였소. 하지만 그건 의사의 견해일 뿐이고, 당신이 더 잘 알 텐데. 우리는 케닝턴 가의 스팀슨 앤드 컴퍼니 장의사에 그녀의 장례식을 의뢰했고, 내일 오전 8시에 관을 묻을 계획이오. 관 속에서 무슨 구멍이라도 찾는 거요, 홈즈 씨? 당신이 실수했다고 인정하는 게 어떨지. 관 뚜껑을 열었을 때 깜짝 놀라던 당신 얼굴을 사진으로 찍어두지 못해 아쉽군. 기대와 달리 레이디 프랜시스 커팩스가 아니라 아흔 살의 늙고 불쌍한 여자를 찾았는데 놀라지 않을 수 없었겠지."

상대의 조롱을 말없이 듣고 있는 홈즈의 표정은 평소와 마찬가지로 침착했지만, 불끈 쥔 두 손은 그가 속으로 분을 참고 있다는 사실을 드러냈다.

"이 집을 샅샅이 뒤지겠다." 그가 말했다.

"아니, 그래도 이 사람이!" 피터스가 소리쳤다.

그때 여자 목소리와 묵직한 발소리가 복도에서 울렸다.

"우리가 곧 그 문제를 처리할 거예요. 이쪽입니다. 경관님들, 이 사람들이 강제로 집 안으로 들어와 나가지 않아요. 이 사람들을 내보내게 도와주세요."

경사 한 명과 순경 한 명이 문가에 서 있었다. 홈즈는 명함을 한 장 꺼냈다.

"내 이름과 주소입니다. 이 사람은 내 친구 왓슨 의사입니다."

"선생님에 대해선 저희도 잘 알고 있습니다. 하지만 영장 없이는 이곳에 더 계실 수 없습니다." 경사가 말했다.

"물론 나도 잘 알고 있소."

"이 사람을 체포하지 않고 뭐 합니까?" 피터스가 외쳤다.

"이 신사분을 어떻게 할지는 우리가 알아서 합니다." 경사는 위엄 있게 말했다. "어쨌든 홈즈 씨, 여기서 나가 주셔야 합니다."

"어쩔 수 없군, 왓슨. 나가지."

얼마 뒤 우리는 다시 거리로 나왔다. 홈즈는 침착했지만 나는 화가 나고 치욕스러워 견딜 수 없었다. 경사가 우리를 따라왔다.

"홈즈 씨, 죄송합니다. 하지만 법이 그러니 이해해 주십시오."

"압니다, 경사. 당신도 어쩔 수 없죠."

"홈즈 씨가 그곳에 간 이유가 분명 있을 터이니 제가 할 수 있는 일이 있다면—"

"한 숙녀가 실종되었는데 내 생각에 그녀는 저 집에 있는 것 같습니다. 영장은 곧 올 겁니다."

"그러면 저 사람들은 제가 지켜보겠습니다. 그리고 만일 무슨 일이 있으면 바로 연락을 드리죠."

그때 시각은 저녁 9시였고 우리는 다시 맹렬하게 추격을 시작했다. 먼저 마차를 타고 브릭스턴 구빈 병원으로 달려갔다. 그곳에서 우리는 그 자비로운 부부가 며칠 전에 방문했고 지능 낮은 한 늙은 여인이 자신들의 하녀였다고 주장하기에 그녀를 데리고 가도록 허락했다는 사실을 알아냈다. 노인이 결국 죽었다는 소식을 전했으나 모두들 당연하다는 듯 전혀 놀라지 않았다.

우리의 다음 목표는 의사였다. 그의 말에 의하면, 연락을 받고 그 집에 가 보니 노인이 죽어 가고 있었고 임종도 직접 지켜보았다고 했다. 그래서 적합한 형식에 따라 사망진단서에 서명했다면서 "모든 것이 완벽하게 정상적이었으며 어떤 속임수도 끼어들 여지가 전혀 없었다고 단언합니다."라고 말했다. 그 정도 계층의 사람들이 하인도 없이 지내고 있다는 점 말고는 의심할 만한 이상한 낌새를 전혀 느끼지 못했다고 했다. 여기까지가 그가 들려준 정보였고 그 이상은 알아낼 수 없었다.

마침내 우리는 스코틀랜드 야드로 갔다. 영장을 발급하는 과정에 어려움이 있어서 치안판사의 서명을 다음 날 아침에나 받을 수 있었다. 그래서 홈즈는 다음 날 아침 9시에 스코틀랜드 야드로 와서 영장을 갖고 레스트레이드와 함께 출동할 수밖에 없었다.

이렇게 그날 일정이 모두 끝나는가 싶었는데 자정이 다 되어 피터스의 집에서 만난 경사가 찾아왔다. 경사는 그 집 창문 여기저기에서 깜박이는 불빛을 보았지만 집을 나가거나 들어오는 사람은 아무도 없었다고 말했다. 이제 우리가 할 수 있는 일은 인내하고 내일을 기다리는 것뿐이었다.

홈즈는 그날 밤 내내 대화조차 할 수 없을 만큼 신경이 곤두서 있었고, 잠을 청하기 어려울 만큼 불안한 모습이었다. 그는 짙은 눈썹을 잔뜩 찌푸리고는 기다란 손가락을 의자 팔걸이에 대고 신경질적으로 계속 두드려 댔다. 그러면서 줄곧 담배를 피우는 것이 머릿속으로 이 미스터리의 해답을 이리저리 찾아 보는 게 분명했다. 나는 잠을 자러 내 방으로 갔지만 그날 밤 그가 집 안을 배회하는 소리를 몇 번이나 들었는지 모른다. 마침내 다음 날 아침 막 잠에서 깼을 때 홈즈가 뛰어들어왔다. 그는 잠옷을 입고 있었지만 창백한 얼굴과 퀭한 두 눈으로 보아 밤새 한잠도 못 잔 게 분명했다.

"장례식이 몇 시라고 했지? 8시?" 그가 급하게 물었다. "세상에, 벌써 7시 20분이야. 도대체 하느님이 주신 이 두뇌가 뭘 하고 있었는지. 큰일 났어, 왓슨. 서둘러야 해, 빨리! 생사가 걸렸어. 확률이 100분의 1밖에 안 될 거야. 너무 늦었다면 절대 나를 용서하지 않을 거야."

5분도 지나지 않아 우리는 마차를 타고 베이커 가를 전속력으로 달리고 있었다. 그런데도 빅벤을 지날 때 벌써 7시 35분이었고, 브릭스턴 가를 질주할 무렵엔 8시를 알리는 종이 울리고 있었다. 하지만 우리만 늦은 게 아니었다. 8시 10분이 되었는데도 장의차는 아직 그 집 문 앞에 서 있었고 우리를 태운 말이 거품을 물며 멈추어 섰을 때에야 세 남자가 관을 메고 문가에 나타났다. 홈즈는 앞으로 뛰어가 그들을 막아섰다.

"관을 다시 들여놓으시오! 어서 시키는 대로 해요." 그는 맨 앞에 선 남자의 가슴을 손으로 밀며 외쳤다.

"젠장, 도대체 무슨 짓입니까? 다시 한 번 묻는데, 영장은 어디 있소?" 피터스는 노발대발하며 고함을 쳤다.

그의 크고 붉은 얼굴이 관 저쪽 너머에서 이글거렸다.

"영장은 지금 오고 있어. 그때까지 관은 이 집에 두어야 해."

홈즈의 목소리에 깃든 권위가 짐꾼들에게 효력을 발휘했다. 피터스가 갑자기 안으로 사라지자 그들은 홈즈의 명령을 따랐다.

"서둘러, 왓슨, 서둘러! 여기 스크루 드라이버가 있군!" 그는 관을

다시 식탁 위에 올려놓으면서 외쳤다. "자, 이건 자네가 하게! 1분 안에 뚜껑을 열면 금화 1파운드를 주지! 질문은 하지 말고 빨리 그 나사나 풀어! 좋아! 하나 더! 또 하나! 자, 이제 모두 함께 뚜껑을 뜯어냅

시다. 됐다! 드디어 열렸군!"

우리는 힘을 모아 관 뚜껑을 열었다. 그러자 머리가 멍해질 정도로 지독한 클로로포름 냄새가 올라왔다. 안에는 시체가 한 구 있었는데, 마취제를 듬뿍 적신 면 수건이 얼굴을 완전히 덮고 있었다. 홈즈가 수건을 벗겨 내자 아름답고 경건한 중년 여인의 얼굴이 드러났는데, 죽은 듯 미동도 하지 않았다. 홈즈는 지체 없이 그녀를 일으켜 앉혔다.

"어때, 왓슨? 살아날 희망이 있나? 틀림없이 살아날 수 있을 거야!"

30분 동안 애를 썼지만 손을 쓰기엔 너무 늦은 게 아닌가 싶었다. 수건 때문에 숨이 막힌 데다 클로로포름의 독성 때문에 레이디 프랜시스는 다시는 되돌아올 수 없는 곳으로 간 듯했다. 그러다 지속적인 인공호흡과 에테르 주사, 그 외에 할 수 있는 온갖 방법을 다 동원한 결과 마침내 생명이 파닥거리기 시작했다. 눈꺼풀이 조금씩 떨리더니 그녀의 입에 댄 거울에 김이 서리는 걸로 보아 천천히 호흡하기 시작한 듯했다.

그때 마차 한 대가 도착했고, 홈즈는 창문 블라인드를 제치고 밖을 내다보았다.

"레스트레이드가 영장을 갖고 왔군. 하지만 한발 늦었어. 잡으려던 새들이 이미 날아갔어." 그가 말했다.

그리고 그는 복도를 따라 서둘러 달려오는 묵직한 발소리를 듣고 이렇게 덧붙였다. "우리보다 이 숙녀분을 더 잘 보살필 사람이 오고 있군. 어서 오십시오. 그린 씨! 레이디 프랜시스를 최대한 빨리 옮기는 게 좋을 것 같군요. 그건 그렇고 장례식은 계속 진행시키세요. 아직 그 안에 누워 있는 불쌍한 노인이 마지막 안식처로 떠날 수 있게 말이오."

　그날 저녁 홈즈가 말했다. "이봐, 왓슨. 만약 이번 사건을 자네의 연대기에 추가할 생각이라면, 아무리 균형 잡힌 정신이라 할지라도 한 순간 그 빛을 잃을 수 있다는 것을 알려야 하네. 사람이라면 누구나 그런 실수를 하는 법이고 그걸 깨닫고 고칠 수 있는 사람이야말로 위대하지. 그리고 내가 그런 명예를 주장할 만하다고 생각하는데.

　실은 어제 밤새도록 어떤 생각이 머릿속을 떠나지 않더군. 누군가 단서가 될 만한 이상한 말을 꺼냈는데 그 사실을 너무 쉽게 지나친 것 아닌가 하는 생각이 계속 들었어. 그러다 갑자기 해가 막 뜰 무렵이었는데, 그 말이 다시 떠올랐어. 필립 그린이 엿들은 장의사 부인의 얘기였는데, '지금쯤 다 되었어야 하지만 보통 것과 달라서 시간이 오래 걸립니다.'라고 했지. 관이 보통 것과 달랐다는 것은 어떤 특별한 용도에 맞춰 관을 만들고 있다는 의미였지. 하지만 왜? 무슨 이유로? 곧, 관은 그렇게 깊고 넓은데 바닥에는 작고 야윈 시체가 누워 있었다는 사실을 기억했지. 시체가 작은데 왜 그렇게 큰 관이 필요할까? 그건 시체를 하나 더 넣기 위해서였지. 사망진단서 하나로 두 구의 시체를 매장하려는 계획이었어. 모든 게 너무나 명백했는데 나는 그걸 보지 못했어. 레이디 프랜시스는 8시에 매장될 예정이었고, 마지막 기회는 관이 그 집을 떠나기 전에 막는 것뿐이었어.

　그녀가 살아 있으리라는 가망은 거의 없었는데 결과가 보여주듯이 그건 정말 운이었지. 내가 알기론 이 부부는 지금까지 한 번도 살인을 한 적이 없었어. 그들은 늘 최후까지 직접적인 폭력 행사는 피하려 했지. '그녀가 어떻게 죽었는지 알아낼 수 없는 방법으로 땅에 묻으면

된다. 그리고 그녀의 시체가 발굴된다 하더라도 그건 순전히 운에 달렸다.' 나는 그들이 이렇게 생각했기를 간절히 바랐지.

　자네도 이제 상황을 충분히 재구성할 수 있을 거야. 그 집 2층에 있던 끔찍한 방을 보았지? 거기에 불쌍한 숙녀가 꽤 오랫동안 갇혀 있었을 거야. 부부는 방으로 들어가 그녀를 클로로포름으로 마취시키곤 아래로 데려갔겠지. 그리고 관에 넣고 행여 깨기라도 할까 봐 클로로포름을 잔뜩 퍼붓고는 관 뚜껑에 나사못을 박았던 거야. 아주 영리한 수법이었어, 왓슨. 내가 다룬 범죄 중에서도 처음 보는 방식이야. 만일 이 선교사 친구들이 레스트레이드의 손에서 빠져나간다면 앞으로 그들의 경력을 빛낼 만한 사건에 대한 소식을 더 많이 듣게 될 것 같군."

악마의 발

The Devil's Foot

1897년 3월 16일(화) ~ 3월 20일(토)

셜록 홈즈와 나의 오랜 교우 관계에서 발생한 기이한 경험이나 재미있는 추억들을 기록으로 남기는 데 있어 나는 항상 곤란을 겪곤 한다. 왜냐하면 홈즈가 자신의 생활이 널리 알려지는 것을 꺼리기 때문이다. 침울하면서도 냉소적인 홈즈는 사람들의 이목을 끌거나 열광적인 찬사를 듣는 것을 매우 싫어한다. 다만 사건을 멋지게 해결한 후 명백한 결말을 담당 수사관에게 넘겨준 다음, 대중이 수사관에게 쏟는 찬사를 조롱하는 듯한 미소로 듣는 일을 즐긴다고나 할까. 사실 홈즈의 이런 태도 때문에 그의 모험담을 내 말년까지 미루었다 발표해야 하는 것은 아닐까 하고 생각하게 된다. 이야기들은 더할 나위 없이 흥미진진하지만 말이다. 내가 홈즈의 모험에 조금이나마 동참하는 특권을 누리는 것도 따지고 보면 이런 신중함이나 과묵함 덕분일 것이다.

지난 화요일에는 홈즈에게서 전보가 왔는데—홈즈는 전보 발신지 조차 노출시킨 적이 없다—매우 뜻밖의 내용이었다.

왜 '콘월의 공포'를 발표하지 않는가? 내가 다룬 것 중 가장 기이한 사건이었는데.

홈즈가 지나간 기억을 더듬다가 새삼스레 그 일이 떠올랐는지 아니면 일시적인 변덕 때문에 그 일을 들추어 얘기하고픈 마음이 생겼는지 정확한 이유는 나도 모르겠다. 그러나 곧 취소한다는 전보가 도착할까 봐 서둘러서 그 사건의 정확하고 자세한 설명이 들어 있는 기록을 뒤져 이렇게 여러분 앞에 꺼내게 되었다.

1897년 봄이었다. 무쇠같은 건강을 자랑하던 홈즈도 힘든 일을 계속하자, 더는 견디지 못하고 건강이 악화되기 시작했다. 어쨌든 그해 3월 할리 가의 의사 무어 에이가는—이분도 홈즈와 극적으로 만난 사람인데, 그 얘기는 나중에 다시 할 기회가 있을 것이다—유명한 사립 탐정에게 몸이 완전히 망가지길 바라지 않는다면 모든 일을 제쳐 두고 요양을 하라는 엄명을 내렸다. 홈즈는 일에 너무 몰두한 나머지 평소 자신의 건강 상태에 대해 그다지 신경을 쓰지 않았지만, 영원히 탐정 일을 못하게 될 수도 있다는 의사의 협박에 못 이겨 마침내 충고를 받아들이기로 했다. 홈즈는 아주 낯선 곳으로 가서 완벽한 휴식을 하기로 마음먹었다. 마침 그해 봄에 우리는 콘월 반도 극단에 있는 폴두만 근처의 작은 오두막을 알아 두었다.

그곳은 날카로우면서도 신중한 유머 감각을 지닌 홈즈에게 아주 적당한 장소였다. 수풀이 우거진 곳에 높이 자리 잡고 있는 하얀 집에서 우리는 창을 통해 어쩐지 불길한 기운이 느껴지는 반원 형상의 마운츠 만을 내려다보았다. 그곳은 항해하는 배들이 자주 침몰해 수많은 뱃사람이 최후를 맞이했던 곳으로 주변이 온통 검은 절벽과 파도에 씻긴 암초투성이였다. 그러나 북쪽에서 불어오는 미풍 탓인지 겉으로는 평온한 휴식처로 보여, 폭풍에 지친 뱃사람들이 피난처로 삼아 잠시 휴식을 하려고 배의 방향을 틀어 들어오곤 했다. 그러면 느닷없이 남서쪽에서 무시무시한 강풍이 회오리처럼 몰아쳐, 바람이 부는 기슭으로 배를 끌어와 완전히 산산조각 내고 만다. 그 배에서 뱃사람들은 마지막 전쟁을 치르는 것이다. 그래서 현명한 뱃사람은 악마 같은 그곳을 피해 멀찌감치 돌아간다.

우리가 있는 육지도 바다만큼이나 음울한 곳이었다. 완만한 기복을 이루는 들판이 있고, 쓸쓸하고 음침하면서도 고풍스런 마을임을 상징하듯 교회 탑이 가끔 보이는 그런 곳이었다. 사방에는 지금은 완전히 사라진 어떤 부족의 흔적이 남아 있었다. 이상한 형상의 돌 기념물이나 송장의 재를 묻은 불규칙한 모양의 둔덕들, 그리고 선사 시대 문양 같은 독특한 느낌의 흙으로 만든 작품들만이 부족의 존재를 증명하고 있었다. 잊힌 부족들의 불행한 기운이 서린 그곳의 매력과 신비는 내 친구의 상상력을 사로잡았다.

홈즈는 산책을 하고 묵상에 잠겨 오랜 시간을 들판에서 혼자 보냈다. 고대 콘월의 언어도 그의 관심을 끌었는데, 홈즈는 그것이 칼데아 족 언어의 한 계통이며, 상당 부분이 페니키아 무역상들에게서 비롯

되었을 거라고 확신했다. 홈즈는 언어학에 관한 책들을 우송받아 자신의 추론을 발전시키려 애썼는데, 머지않아 우리는 깨닫게 되었다. 나로선 슬프지만 홈즈로서는 매우 반갑게도 요양하러 온 꿈의 장소에서까지 우리는 런던에서의 온갖 사건들보다도 더 강렬하게 마음을 사로잡는 신비한 사건의 문턱에 서 있었다는 것을 말이다. 단조로운 생활과 평화롭고 건강했던 일상은 무참히 깨졌고, 어느새 우리는 콘월뿐 아니라 잉글랜드 서부 전체를 뒤흔든 일련의 사건들 한가운데 들어와 있었다. 당시 '콘월의 공포'라고 불렸던 사건을 아직도 기억하고 있는 독자들이 있을 것이다. 사실 영국 언론도 상당 부분 잘못 알고 있는 이야기이긴 하지만 말이다. 이제 13년이 지난 지금, 나는 이 불가해한 사건을 여러분에게 상세하게 털어놓을 생각이다.

콘월 반도 곳곳에 있는 마을을 상징하는 부서진 탑들에 대해서는 이미 언급한 바 있다. 가장 가까이 있었던 마을은 트레더닉 월래스로, 200여 명에 이르는 주민의 오두막이 이끼 낀 낡은 교회 주변에 옹기종기 모여 있는 곳이다. 이 교구의 목사 라운드헤이는 고고학 취미가 있었고, 그 때문에 홈즈와 알게 되었다. 그는 지방의 전설에 상당한 관심이 있는 비대하고 붙임성 있는 중년 남자였다. 우리는 그의 초대로 목사관에서 차를 마셨고, 거기서 모티머 트리제니스라는 신사도 알게 되었다. 그는 커다랗고 제멋대로 흩어져 있는 목사관의 방을 빌려 살고 있었고, 목사는 그 돈으로 빠듯한 재정을 보충했다. 독신인 목사는 자신의 동거인과 공통점이 거의 없었지만 같이 살게 된 것을 기뻐했다. 트리제니스는 몸이 바싹 야위고 거무스름한 얼굴에 안경을 꼈는데 등이 굽어서 몸이 기형인 것 같은 인상을 주었다. 목사관에 잠시 있는 동안 우리는 목사가 몹시 수다스럽다는 것을 알았다. 그러나 그의 동거인은 이상할 정도로 과묵하며 슬픈 얼굴을 하고 있는 내성적인 남자로 자신의 일에만 골몰한 듯 눈길을 피한 채 앉아 있었다.

이런 두 사람이 3월 16일 화요일, 우리가 아침 식사를 막 끝내고 함께 담배를 피우면서 하루 일과인 산책을 나갈 준비를 하는데 갑자기 거실로 들이닥쳤다.

"홈즈 씨, 밤사이에 끔찍한 일이 벌어졌습니다. 이런 일은 생전 처음입니다. 당신이 마침 이곳에 있다는 것이 특별한 신의 섭리로밖에 여겨지지 않습니다. 왜냐하면 이런 상황에서 우리가 꼭 필요한 사람은 잉글랜드에서 당신뿐이니 말입니다." 목사는 당황한 목소리로 말했다.

나는 이 방해꾼을 곱지 않은 시선으로 보았지만 홈즈는 파이프를 입에서 떼더니 여우 사냥을 나온 늙은 사냥개처럼 강한 관심을 보이며 의자에 바로 앉았다. 홈즈가 손으로 소파를 가리키자, 흥분한 목사는 당황하는 동료와 함께 소파에 나란히 앉았다. 모티머 트리제니스는 목사보다는 좀 더 자제하고 있었지만 미세하게 떨리는 야윈 손이나 반짝거리는 어두운 눈으로 보아 그 역시 마찬가지 심정임을 알 수 있었다.

"제가 얘기할까요? 아니면 목사님이?" 트리제니스가 목사에게 물었다.

"글쎄요, 뭘 보았는지는 모르지만 처음 목격한 것은 당신이고 목사님은 간접적으로 들은 것 같으니, 당신이 얘기하는 편이 더 나을 것 같군요." 홈즈가 말했다.

  나는 말끔하게 차려입은 트리제니스와 옷을 급하게 걸치고 나온 목
사를 쳐다보았다. 그리고 홈즈의 간단한 추리를 듣고 놀라는 그들의
표정에 흥미를 느꼈다.

"그래도 우선 제가 먼저 몇 마디 하는 것이 좋을 것 같군요. 그러면 트리제니스 씨한테 자세한 얘기를 들을지 아니면 이 수상한 사건이 발생한 곳으로 즉시 가야 할지를 판단할 수 있겠지요. 여기 있는 우리 친구는 어제저녁, 그의 형들인 오웬과 조지 그리고 여동생 브렌다와 함께 트레더닉 워싸라는 그들의 집에서 보냈죠. 트리제니스 씨는 10시가 조금 지나자 저녁 식탁에 둥글게 앉아 카드를 하는 그들을 남겨두고 나왔답니다. 물론 그들은 그때까지 건강하고 말짱한 정신이었죠. 그리고 트리제니스 씨는 오늘 아침 일찍 일어나 식사 전에 그쪽 방향으로 산책하다가 마차를 타고 달려오던 리처드 박사를 만났습니다. 리처드 박사는 형님 집으로 급히 와 달라는 전갈을 받고 가는 중이라고 설명했죠. 당연히 모티머 트리제니스 씨도 같이 따라갔습니다. 그런데 집에 도착해 보니, 뜻밖의 사태가 벌어져 있더랍니다. 트리제니스 씨의 두 형과 여동생은 어제 그 모습 그대로 식탁에 앉아 있었고, 카드도 여전히 앞에 펼쳐져 있었으며, 촛불은 바닥까지 다 타버린 채였답니다. 여동생은 의자에 기댄 채 싸늘한 시체로 변해 있고, 두 형은 각각 그녀 옆에 앉아 웃고 소리를 지르며 노래를 부르고 있었답니다. 정신이 나간 거죠. 죽은 한 여자와 정신 나간 두 남자, 이들 세 사람의 표정에는 무서운 것을 보았는지 무시무시한 공포의 빛이 서려 있더랍니다. 집에는 요리사이자 가정부인 나이 든 포터 부인 외에는 다른 사람은 아무도 없었고, 부인은 깊이 잠들어 있었기 때문에 간밤에 아무 소리도 듣지 못했다고 했습니다. 없어지거나 흐트러진 물건이 있는 것도 아니고, 한 여자를 죽게 하고 건강한 두 남자를 미치게 만들 만한 것은 아무것도 없었답니다. 홈즈 씨, 이것이 간결하게 요약한 상황입니다. 당신은 훌륭한 탐정이니 사태를 명확하게 짚어 주시겠지요." 목사가 말했다.

나는 홈즈에게 우리가 이곳에 온 본래의 목적을 상기시키고 싶은 유혹을 느꼈다. 그러나 골똘한 표정으로 눈썹을 모으고 있는 홈즈를 보자 내 희망이 얼마나 헛된 것인가를 알았다. 홈즈는 잠시 말없이 앉아 우리의 평화를 깨뜨린 이상한 상황 속으로 빠져들었다.

"이 사건을 조사해 봐야겠어." 마침내 홈즈가 말했다. "그들의 표정이라…… 매우 이상한 초자연적인 존재를 보아서 나타났을 거란 말이죠. 라운드헤이 씨, 현장을 직접 보셨나요?"

"아뇨, 홈즈 씨. 트리제니스 씨가 목사관에 와서 해 준 얘기입니다. 나는 이야기를 듣자마자 당신과 의논하기 위해 달려왔습니다."

"비극이 일어난 집은 얼마나 멀리 있습니까?"

"약 1마일쯤 더 들어가야 합니다."

"그렇다면 우리 함께 걸어가 보기로 하죠. 그러나 출발하기 전에 몇 가지 질문이 있습니다, 모티머 트리제니스 씨."

트리제니스는 잠자코 있었지만 나는 목사의 지나치게 격앙된 감정보다 그가 억누르고 있는 흥분의 강도가 훨씬 더 크다는 것을 알 수 있었다. 그는 창백하게 일그러진 표정으로 앉아, 홈즈를 내내 불안한 시선으로 보며 야윈 두 손을 꼭 쥐고 있었다. 창백한 입술은 자신의 가족에게 닥친 무시무시한 얘기를 들을 때마다 실룩거렸고, 눈은 끔찍한 장면이 생각나는 듯 매우 어두워 보였다.

"무슨 질문이든 하세요, 홈즈 씨. 말하기조차 끔찍한 일이지만 사실대로 대답하겠습니다." 그는 간절한 목소리로 말했다.

"어젯밤 어떻게 지냈는지 말해 주십시오."

"그러죠, 홈즈 씨. 목사님이 말씀하신 대로 저는 어제 그곳에서 저녁을 먹었고, 식사 후 조지 형이 게임을 하자고 제안했습니다. 게임을 하려고 자리에 앉은 시각이 대략 9시였죠. 그리고 제가 이만 가겠다고 자리를 뜬 시각이 10시 15분쯤이었습니다. 그들은 식탁에 그대로 둘러앉아 있었고, 매우 즐거워 보였습니다."

"누가 당신을 배웅했습니까?"

"포터 부인이 이미 잠자리에 들었기 때문에 혼자 나왔습니다. 내가 현관문을 열고 나온 뒤 다시 닫았습니다. 그들이 앉아 있는 방의 창문은 닫혀 있었지만, 블라인드가 내려져 있지는 않았습니다. 오늘 아침 갔을 때에도 문이나 창문에 아무런 변화가 없었고, 낯선 사람이 침입했다고 생각할 만한 흔적은 전혀 없었습니다. 형들은 공포로 미친 채 그 자리에 그대로 앉아 있었고, 브렌다는 의자의 팔걸이에 고개를 늘어뜨린 채 죽어 있었죠. 내가 살아 있는 한 그 방의 광경을 절대로 잊을 수 없을 겁니다."

"당신이 말한 그대로가 사실이라면 정말 별난 사건이군요. 왜 그들에게 그런 일이 일어났는지 당신도 도저히 모르겠지요?" 홈즈가 말했다.

"악마가 한 짓입니다. 홈즈 씨, 악마예요!" 모티머 트리제니스는 울부짖었다. "이 세상 존재라면 방에 쳐들어와 정신이 멀쩡한 사람들을 미치게 만들 수 없습니다. 도대체 어떤 인간이 그런 몹쓸 짓을 하겠습니까?"

"만일 악마가 한 짓이라면 인간인 나는 손댈 수 없는 일입니다. 그러나 악마가 한 짓이라고 치부하기 전에 우리는 가능한 모든 상황을 생각해야 합니다. 일단 트리제니스 씨에게 묻겠습니다. 당신은 가족들과 떨어져 지냅니다. 왜 형제들과 같이 있지 않고 방을 따로 얻어 지내십니까?" 홈즈가 물었다.

"홈즈 씨, 그건 이미 지난 일이고 다 해결된 문제입니다만, 우리 가족은 전에 레드루스에 주석 광산을 갖고 있었습니다. 사실 회사에 팔아넘겼고, 그 돈으로 편안한 생활을 누릴 수 있었죠. 물론 돈을 나누는 과정에서 어떤 감정적인 문제가 있었다는 걸 부인하지는 않겠습니다. 그리고 그로 인해 한동안 서로 소원하게 지낸 것도 사실입니다. 그러나 지금은 서로 다 용서했고 잊었습니다. 다시 사이좋게 지내고 있었죠."

"당신들이 함께 보낸 어제저녁으로 다시 돌아가 봅시다. 그 비극을 설명해 줄 만한 기억나는 일이 없습니까? 잘 생각해 보십시오, 트리제니스 씨. 어떤 단서가 될 만한 일말입니다."

"전혀 없었습니다."

"당신들은 평소처럼 멀쩡한 정신이었습니까?"

"그 어느 때보다 멀쩡했습니다."

"신경이 과민해 있었나요? 위험이 다가오는 것을 감지한 것 같은 행동을 보이지는 않았습니까?"

"전혀요."

"트리제니스 씨, 당신은 어떤 말도 덧붙이질 않는군요. 이런 식이라면 제가 어떻게 도울 수 있겠소?"

모티머 트리제니스는 잠시 골똘히 생각했다.

"그러고 보니 하나 생각나는군요. 나는 창을 등지고 앉아 있었는데 카드를 할 때 파트너였던 조지 형이 창문 너머를 보고 있었습니다. 뭔가를 보고 있는 형을 보고 나도 몸을 돌려보았습니다. 창문이 닫혀 있었지만 잔디밭 수풀 사이로 뭔가가 순간적으로 움직이는 것을 분명히 보았습니다. 그것이 사람인지 동물인지는 알 수 없었지만, 틀림없이 뭔가가 있긴 있었죠. 형에게 무얼 보았느냐고 묻자, 형도 저와 같은 대답을 하더군요. 이것이 제가 말할 수 있는 전부입니다." 트리제니스가 말했다.

"살펴보지 않았습니까?"

"아뇨, 별로 대수롭지 않게 여겼으니까요."

"그들을 남겨 두고 나올 때, 뭔가 나쁜 징조는 없었습니까?"

"전혀요."

"오늘 아침 어떻게 그렇게 일찍 소식을 접할 수 있었는지 궁금하군요."

"전 평소에 일찍 일어나고 대개 아침 식사 전에는 산책을 합니다. 오늘 아침에도 마찬가지였는데 마차를 타고 오던 박사님이 저를 본 거죠. 박사님은 포터 부인이 소년을 통해 급한 전갈을 보내 와서 형님 집으로 가는 중이라고 했습니다. 저는 재빨리 박사님 옆에 올라앉아 급히 형님 집으로 달려갔습니다. 그리고 도착해서 그렇게 끔찍한 광경을 보게 된 것이죠. 촛불은 몇 시간 전에 꺼진 것이 틀림없었습니다. 그들은 어둠 속에서 그렇게 앉아 있었던 겁니다. 동이 틀 때까지 말이죠. 박사님은 브렌다가 최소한 여섯 시간 전에 죽었다고 말했습니다. 그렇지만 폭력의 흔적은 전혀 없었습니다. 다만 공포에 질린 표정으로 의자 팔걸이에 머리를 대고 있었습니다. 조지와 오웬 형은 커다란 두 마리 원숭이처럼 끽끽거리며 이상한 노래를 부르고 있었습니다. 세상에, 어떻게 그런 일이! 차마 눈뜨고 볼 수 없었습니다. 박사님도 백지장처럼 하얗게 질렸죠. 사실 박사님은 빈혈 증상이 일어난 듯 의자에 털썩 주저앉아서 손으로 거의 부축하다시피 해야 했습니다."

"묘해……. 정말 묘한 사건이야! 더 이상 지체하지 말고 현장에 가 보는 게 좋겠군. 첫눈에 이렇게 기묘해 보이는 사건은 정말 처음이야." 홈즈는 일어서서 모자를 집어 들며 말했다.

첫날 아침은 별다른 진전 없이 지나갔다. 하지만 그날 목격한 장면으로 인해 나는 불길한 느낌을 지울 수 없었다. 비극이 발생한 장소로 가는 길은 좁고 구불구불한 시골길이었다. 그 길을 따라 걷다가 마차의 덜컹거리는 소리가 들려서 길을 비켜주느라 우리는 한쪽 옆으로 물러서 있었다. 마차가 우리 옆을 지나갈 때 나는 닫힌 창문 너머로 표정이 무섭게 일그러진 채 이를 드러내고 씩 웃으며 우리를 바라보는 시선을 보았다. 그들은 이상하게 번득이는 눈빛으로 이를 갈면서 빠르게 지나쳤고, 우리는 마치 끔찍한 악몽을 본 것 같았다.

"형들이에요! 헬스톤으로 끌려가고 있어요." 모티머 트리제니스는 새파랗게 질려 소리쳤다.

우리는 소름이 끼쳐 육중하게 덜거덕거리며 멀어져 가는 검은 마차를 한동안 바라보았다. 그러다가 다시 걸음을 재촉해 그들이 기이한 운명을 맞은 기분 나쁜 집으로 향했다.

그들의 집은 오두막이라기보다는 커다랗고 화려한 별장이었다. 콘월의 기후 덕택에 상당히 넓은 정원은 벌써 온갖 봄꽃들이 만발해 있었다. 거실 창문은 이 정원을 향해 있었고, 모티머 트리제니스의 말에

따르면 바로
이곳에서 그
들의 정신을 일
시에 앗아간 끔찍한 악
마가 나왔다는 것이다. 홈즈는
생각에 잠긴 채 양쪽에 꽃들이 피어 있
는, 현관으로 들어서기 전의 길을 따라 걸었다. 내 기억으론, 그때 그
가 생각에 몰두하며 걷다가 물뿌리개를 건드려 안에 담긴 물을 쏟아
우리 발은 물론 정원에 난 길까지 적셨던 것 같다. 집 안으로 들어서
자 나이 든 콘월 사람인 포터 부인이 우리를 맞이했다. 그녀는 어린

여자아이의 도움을 받으며 집안일을 돌보고 있었다. 포터 부인은 홈즈의 모든 질문에 기꺼이 대답했다. 밤에는 아무런 소리도 듣지 못했다고 말했다. 그녀의 고용인들은 최근까지 모두 건강한 정신 상태였고, 자신은 그들만큼 명랑하고 행복한 사람들을 본 적이 없다고 했다.

포터 부인은 오늘 아침, 방에 들어가자마자 식탁 주변의 끔찍한 광경을 보고 너무 무서워 기절했었으며, 정신이 돌아오자 환기를 시키기 위해 창문을 연 다음, 한달음에 길을 달려 이웃 농가에서 일하는 소년을 보내 박사님을 불렀다고 했다. 브렌다 아가씨는 2층, 그녀의 침실에 눕혀 놓았다고 했다. 그리고 형제들을 정신병원에서 온 마차에 싣기 위해 힘센 장정이 네 명이나 필요했다고 말했다. 그녀는 더 이상 이 집에 머물고 싶은 생각이 없어 세인트 아이브즈에 있는 그녀의 가족에게 가기 위해 당장 그날 오후에 출발한다고 했다.

우리는 계단을 올라가 브렌다의 시체를 보았다. 브렌다 트리제니스는 비록 중년에 가까운 나이였지만 아름다운 소녀 같았다. 죽음조차도 그녀의 윤곽이 뚜렷한 얼굴을 조금도 손상시키지 못했다. 그러나 마지막 순간에 느꼈던 공포의 빛이 여전히 서려 있었다. 우리는 그녀의 침실을 나와 실제로 비극이 일어났던 아래층 거실로 내려왔다. 난로 안에는 밤새 까맣게 탄 재가 있었다. 탁자 위에는 초가 모두 탄 채 촛대만 네 개 있었고, 카드들이 아무렇게나 흩어져 있었다. 의자들은 등을 벽으로 향한 채 있었지만, 그 밖의 것은 모두 전날 밤 그대로였다. 홈즈는 경쾌하고 재빠르게 방 안을 돌아다녔다. 여기저기 의자에 앉기도 하고, 의자들을 끌어 와 위치를 다르게 놓아 보기도 했다. 또한 정원이 얼마나 보이는지 시험했다. 마룻바닥과 천장 그리고 난로를 조사하기도 했다. 그렇지만 홈즈의 눈빛은 여전히 변하지 않았고, 이 완벽한 어둠 속에서 뭔가 단서를 발견했다고 할 만한 표정을 짓지 않았다.

"왜 불을 피웠지? 봄날 저녁인데도 이 작은 방에 항상 불을 피우나?" 혼잣말처럼 홈즈는 중얼거렸다.

모티머 트리제니스는 밤에는 춥고 습기가 많아 불을 피운다고 설명했다.

"이제 무엇을 할 생각이십니까, 홈즈 씨?" 그가 물었다.

내 친구는 미소를 지으며 손을 내 팔에 얹더니 말했다.

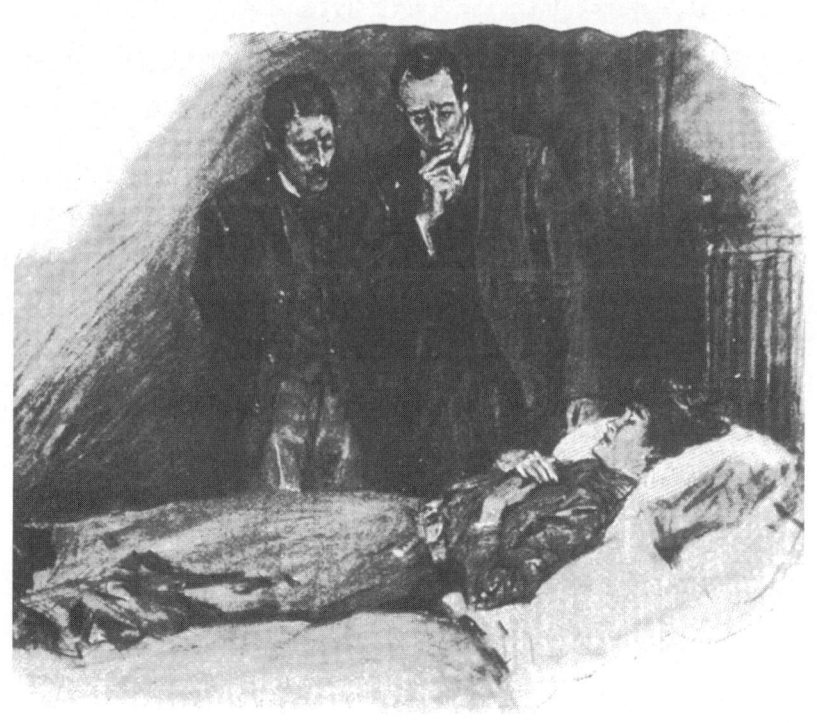

"왓슨, 내 생각에는 자네가 그렇게 자주, 그야말로 저주를 퍼부었던 담배 독 수사를 다시 해야 할 것 같군. 트리제니스 씨가 허락하신다면 우리는 이제 집으로 돌아갈까 합니다. 여기서 더 이상 새로운 사실을 알아낼 수 있을 것 같지 않아서 말입니다. 머릿속으로 이런저런 사실들을 생각하다 보면, 어떤 단서가 생각날 수도 있고 그러면 당신과 목사님께 분명히 얘기하겠습니다. 그동안 두 분 모두 잘 지내시기 바랍니다."

얼마 지나지 않아 우리는 폴두 오두막에 돌아왔고, 홈즈는 깊은 고요 속에 잠겼다. 그가 내뿜는 파란 담배 연기 때문에 안락의자에 깊숙이 앉아 있는 홈즈의 마르고 금욕적인 얼굴은 거의 보이지 않았다. 검은 눈썹을 모으고 이맛살을 찌푸린 채 눈은 공허하게 먼 곳을 바라보는 듯했다. 마침내 홈즈는 파이프를 내려놓고 튀어 오르듯 자리에서 일어났다.

"안 되겠어, 왓슨! 함께 나가 걸으면서 돌화살촉이나 찾아야겠네. 이 문제에 대한 단서보다도 그것을 찾아내는 게 더 쉽겠어. 충분한 자료 없이 머리를 굴리려니 엔진만 공전시키는 것 같아서 도저히 연결할 수 없네. 바다 공기와 햇빛 그리고 인내심, 이 모든 것이 다 필요하네." 홈즈는 웃으며 말했다.

"자, 이제 가만히 정리 좀 해 볼까, 왓슨. 우리가 알고 있는 사실을 명확히 파악해서 새로운 사실이 나타나면 정확히 제자리를 찾아 맞출 수 있도록 해야 하네. 우선 우리 중 누구도 악마 같은 초자연적인 침입자가 이 사건에 개입했을 거라고 인정하지 않았어. 전적으로 우리 육감이긴 하지만 나는 그것이 옳다고 봐. 그런데 지각이 있는 존재든 없는 존재든 어쨌든 누군가에 의해 비극적인 사태를 맞은 세 사람은 여전히 남아 있지. 이게 변하지 않는 사실이야. 자, 사건이 언제 일어났지? 트리제니스가 한 말이 사실이라고 가정한다면, 사건은 분명히 그가 방을 나간 직후에 일어났어. 평소 잠자리에 드는 시간이 훨씬 지났는데도 카드가 탁자에 그대로 펼쳐져 있었으니까. 그들은 자세를 바꾸거나 의자를 뒤로 밀지도 않았어. 다시 한 번 말하지만, 그 일은 그가 떠난 직후, 11시도 안 되어서 일어났어." 홈즈는 절벽 근처를 거닐면서 계속 이야기했다.

"우리가 다음에 할 일은 모티머 트리제니스가 방을 떠난 후의 행동을 알아보는 거지. 그게 우리가 할 수 있는 전부라네. 물론 그걸 알아보는 것은 어렵지도 않을뿐더러 그의 이후 행동이 의심스러워 보이지도 않네. 자네도 잘 알다시피, 아까 내가 물뿌리개를 엎은 것은 일부러 그런 거였네. 그의 발자국을 명확하게 보려는 의도였지. 젖은 모래 길에 발자국은 선명하게 찍혔더군. 지난밤에도 역시 젖어 있었으니 다른 사람들 사이에서 그의 발자국을 구별해 뒤를 추적하기는 어렵지 않았네. 그는 방을 나와 재빨리 목사관으로 간 게 분명해.

만일 모티머 트리제니스가 사라졌을 때, 밖에 있던 누군가가 카드를 하는 사람들에게 해를 끼쳤다면, 과연 어떻게 그런 무서운 인상을 줄 수 있었는지 설명할 수 있겠나? 실제로 그런 사람이 있었다면 아마 포터 부인은 살해되었을 거야. 그렇지만 그녀는 분명히 무사해. 누군가 정원을 향한 창문을 기어올라가 매우 그럴듯한 방법으로, 그것을 본 사람들을 미치게 했다는 증거가 있나? 이런 식의 가정은 모티머 트리제니스에게서 나온 것일 뿐이야. 그는 형이 정원에서 뭔가 움직이는 것을 보았다고 말했네. 지난밤은 비가 내려서 흐렸고 매우 어두웠는데 말이야. 누군가 이들 형제를 놀라게 하려는 의도였다면, 자신의 모습이 눈에 띄지 않도록 창문에서 얼굴을 돌리고 있었을 테지. 창밖에는 테두리 화단이 있지만 발자국은 없었어. 그러니 안에 있는 사람들을 그렇게 기겁하게 만들 수 있는 침입자가 있었다고는 상상하기가 어렵네. 그리고 그렇게 이상하고 힘든 짓을 할 만한 동기를 찾기도 어렵고 말일세. 우리의 어려움을 잘 알겠지, 왓슨?"

"분명히 알겠네."

"그렇지만 약간의 자료만 더 있으면 사건을 해결할 수 있을지도 모르네. 나는 자네의 방대한 자료들을 생각해 봤네, 왓슨. 자네가 아마 이 오리무중인 상태에서 뭔가를 찾아낼 수도 있을 거야. 그동안 우리는 좀 더 정확한 자료를 얻을 때까지 이 사건은 잠시 치워 두고 신석기 시대 사람들의 흔적이나 캐 봐야겠네."

나는 홈즈의 정신적인 초연함에 대해서 이미 얘기한 적이 있지만, 켈트 족과 화살촉 그리고 유물 파편들에 대해서 두 시간 동안 얘기를 나눈 콘월에서의 그 봄날 아침보다 홈즈의 초연함이 극명하게 드러난 적은 없었던 듯하다. 그는 마치 해결해야 할 불길한 수수께끼 따위는 없다는 듯이 마음이 가벼워 보였다. 적어도 그날 오후 집으로 돌아와서 우리를 기다리고 있던 손님을 만나기 전까지는 말이다. 방문객은 너무나 쉽게 우리의 마음을 본래의 사건에 열중하게 만들었다. 그 방문객이 누군지 우리 둘 다 물을 필요는 없었다. 우람한 몸집에 깊게 주름이 팬 우악스런 얼굴, 매서운 눈에 매부리코, 우리 오두막 지붕처럼 거의 부스스한 반백의 머리, 언제나 물고 있는 시가의 니코틴으로 인해 탈색되어 입술 근처는 하얗고 가장자리는 금빛으로 빛나는 턱수염, 이 모든 것이 아프리카에서만큼 런던에서도 잘 알려져 있는 유명 인물임을 나타내고 있었다. 사자 사냥의 명수이자 세계적으로 유명한 탐험가 레온 스턴데일 박사였다.

우리는 그가 이 고장에 있다는 것을 이미 알고 있었고, 들판을 걷고 있는 그의 커다란 모습을 한두 번 본 적도 있었다. 그렇지만 그가 우리에게 다가온 적은 없었고, 우리도 그걸 기대하지는 않았다. 그가 여행 중 틈이 나면 보챔 애리언스라는 적막한 숲의 작은 방갈로에서 대부분을 지냈는데, 그 이유가 혼자 있는 것을 좋아하기 때문이라는 사실은 너무도 유명했다. 그는 자신의 책과 지도에 파묻혀 여기서 최소한의 필요한 물품만을 갖추고 이웃의 일에는 거의 신경 쓰지 않으면서 절대적으로 고독한 생활을 영위하고 있었다. 그런 그가 이 오리무중 사건의 진척 상황에 대해 열렬한 목소리로 홈즈에게 물어 오니 놀랄 수밖에 없었다.

"시골 경찰들은 완전히 잘못 짚었어. 그렇지만 폭넓은 경험을 지닌 당신이라면 뭔가 그럴듯한 설명을 해 줄 수 있을 것 같은데 말이오. 내가 이런 요구를 하는 이유는 트리제니스 가족을 매우 잘 알기 때문이오. 사실 내 외가 쪽 친척으로 사촌이라고 할 수 있소. 그들이 당한 끔찍한 일은 내게도 당연히 충격이오. 나는 사실 아프리카로 향하는 길이었고 플리머스까지 갔다가 오늘 아침에 이 소식을 들은 거요. 그리고 듣자마자 곧바로 달려온 것이오."

홈즈는 눈썹을 치켜 올렸다.

"그럼 박사님은 배를 놓치신 겁니까?"

"다음 배를 탈 생각이오."

"저런! 대단한 우애군요."

"친척이라고 말했을 텐데요."

"그랬죠. 외사촌이라. 짐은 배에 실었나요?"

"일부는 실었소. 그렇지만 중요한 짐은 호텔에 있소."

"알겠습니다. 그러나 이 사건은 아직 플리머스 조간신문에 실리지 않았을 텐데요."

"난 전보를 받았소."

"누가 전보를 보냈는지 여쭤 봐도 될까요?"

탐험가의 얼굴에 불쾌한 빛이 스쳤다.

"지나치게 꼬치꼬치 캐묻는군요, 홈즈 씨."

"일의 특성상 어쩔 수 없습니다."

스턴데일 박사는 마음을 가라앉히려 애쓰며 말했다.

"당신에게 굳이 말하지 못할 이유도 없소. 전보를 보낸 사람은 라운드헤이 목사요."

"고맙습니다. 이제 박사님께서 한 질문에 답변을 해야 하는데, 저는 아직 이 사건을 명쾌하게 파악하지 못하고 있습니다. 지금 이 상태에서 결론을 내려 봤자 미숙한 결론이라고밖에 말씀 드릴 수 없군요." 홈즈가 말했다.

"당신이 의심하고 있는 점을 무슨 특별한 이유 때문에 내게 말하지 않는 건 아니오?"

"아닙니다. 대답할 수 없는 것뿐입니다."

"그렇다면 괜한 시간 낭비만 한 셈이군. 더 이상 있을 필요도 없고."

스턴데일 박사는 상당히 무례한 태도로 성큼성큼 걸어 나갔다. 이윽고 5분쯤 뒤, 홈즈는 그를 따라 나갔다. 저녁이 될 때까지 홈즈의 모습은 보이지 않았다. 늦은 저녁, 초췌한 얼굴로 느리게 걸어오는 홈즈를 보니 별다른 수확이 없는 것이 확실했다. 그는 자신이 자리에 없는 사이에 도착한 전보를 힐끗 보더니 난로에 던졌다.

"플리머스 호텔에서 온 거야, 왓슨. 그 이름을 목사한테서 듣고 레온 스턴데일 박사의 말이 정말인지 확인하려고 전보로 조회했네. 그는 정말 지난밤에 거기 있었고, 아프리카로 떠나기 위해 필요한 짐 일부를 맡겨 놓은 것도 확실해. 그런데 이 사건 때문에 돌아왔다는 점에 대해 어떻게 생각하나, 왓슨?"

"박사는 이 사건에 상당한 관심을 보이더군."

"상당한 관심이라…… 맞아, 우리가 아직 파악 못한 연관성이 있어. 그걸 알면 단서가 잡힐 텐데. 힘내게, 왓슨. 아직 모든 자료를 얻은 게 아니니까 말이야. 새로운 자료만 입수하면 곧 해결할 수 있네."

홈즈의 말이 그렇게 빨리, 아니 그렇게 이상하게 실현되리라고는 생각하지 못했다. 그리고 불길한 사건이 우리 수사에 새로운 진전을 가져오게 될 줄도 몰랐다.

아침에 창가에서 면도를 하고 있는데 말굽 소리가 들려서 내다보니 이륜마차가 길을 따라 달려오고 있었다. 마차는 집 앞에서 멈추더니 우리 친구인 목사님이 뛰듯이 내려 정원 길을 달려왔다. 홈즈는 이미 옷을 다 차려입은 상태여서 우리는 서둘러 그를 만나러 내려갔다. 목사는 너무 흥분해서 말조차 할 수 없는 지경이었지만, 드디어 숨을 고르더니 자신이 끔찍한 일을 목격했다고 큰 소리로 말했다.

"우리는 신의 저주를 받았어요, 홈즈 씨! 우리 마을은 신의 저주가 내렸다고요! 악마가 온 거예요! 우리 모두 악마의 손에 넘어간 거라고요!"

그는 흥분해서 날뛰었다. 흙빛으로 변한 얼굴이나 공포가 가득한 눈이 아니었다면 우스꽝스럽게 보였을 것이다. 마침내 그는 놀라운 소식을 전했다.

"간밤에 모티머 트리제니스 씨가 죽었어요. 그것도 그의 가족들과 똑같은 증상을 보이면서 말이에요."

홈즈는 순간 정신이 번쩍 난 듯 자리에서 벌떡 일어났다.

"목사님 마차에 우리 둘이 탈 수 있습니까?"

"그럼요."

"왓슨, 우리 아침 식사는 나중으로 미루세. 라운드헤이 씨, 우릴 거기로 데려다 주세요. 서두릅시다. 현장이 흐트러지기 전에."

트리제니스는 목사관의 방을 두 개 쓰고 있었다. 자신의 성향대로 구석진 곳이었는데, 아래층과 2층에 각각 방 하나씩을 빌려 쓰고 있었다. 아래층은 넓은 거실이고, 2층은 침실인데, 창밖으로 넓은 잔디밭이 보였다. 우리는 모든 것이 그대로인 현장을 보기 위해 의사나 경찰이 들이닥치기 전에 도착했다. 안개 낀 3월 아침에 우리가 본 그대로 현장을 설명하겠다. 그것은 절대로 마음에서 지워지지 않을 강한 인상을 남겼다.

방 안은 지독하게 불쾌한 공기로 꽉 차 있었다. 처음 방에 들어왔던 하인이 창문을 열었다고 했는데 그렇지 않았다면 참기 힘들만큼 답답했을 것이다. 탁자 중앙에서 연기를 내며 타고 있는 램프 때문이었을 수도 있다. 그 옆에는 죽은 남자가 의자에 등을 기대고 앉아 있었다. 그의 턱에는 옅게 수염이 나 있었고, 안경은 이마에 올라가 있었다. 여위고 거무스름한 얼굴은 창을 향해 있고 공포로 일그러져 있었다. 그의 죽은 여동생 브렌다의 표정과 같았다. 그는 공포로 인해 죽어 가면서 몸부림친 듯했고, 손가락은 구부러져 있었다. 옷은 다 입고 있었

지만 몹시 서둘러 입은 듯했다. 우리는 이 비극이 이른 아침에 닥쳤다는 사실을 알 수 있었다.

그 운명적인 방에 들어서자마자 홈즈가 보인 갑작스런 변화를 본 사람이라면, 그의 냉담한 외양 속에 강력한 에너지가 넘친다는 것을 금방 알 수 있었을 것이다. 홈즈는 즉시 긴장했으며 민첩해졌다. 눈은 빛나고 표정은 차분했으며 손과 발놀림이 매우 재빨랐다. 그는 창문을 통해서 방을 둘러싸고 있는 잔디밭으로 나갔다가 침실로 올라왔다. 여우를 쫓는 사냥개처럼 날랬다. 재빨리 침실을 둘러본 뒤 창문을 열었는데, 뭔가 대단한 것이라도 발견한 듯 창문 밖으로 몸을 내밀며 놀람인지 탄성인지 모를 소리를 질렀다. 그런 다음 아래층으로 달려가 열린 창을 통해 밖으로 나가서, 잔디밭에 얼굴을 가까이 들이밀며 다니다가 다시 방으로 뛰어 올라왔다. 그의 모든 행동은 사냥감을 쫓는 사냥꾼 같은 열의가 있었다. 어디서나 흔히 볼 수 있는 램프를 그는 몇 분 동안 주의를 기울여 세심히 관찰했다. 홈즈는 돋보기로 램프의 활석 덮개를 세밀하게 조사한 뒤 표면에 붙어 있는 재를 긁어 봉투에 담아 책갈피에 끼워 두었다. 마침내 의사와 담당 수사관이 모습을 드러내자 홈즈는 목사를 손짓해 불렀고, 우리 셋은 잔디밭으로 나갔다.

"이번 조사는 헛수고가 아니라서 기쁘군요. 여기 남아 수사관들과 사건을 의논할 수는 없을 것 같습니다. 라운드헤이 씨, 저들에게 침실 창문과 거실 램프에 특히 주의를 기울여 조사하라는 말을 내 인사말과 함께 전해 주시면 감사하겠습니다. 두 개를 잘 조사하면 반드시 사건 해결에 도움이 될 거라고 말입니다. 만일 경찰들이 좀 더 많은 정보를 원한다면, 언제든 기꺼이 만나겠다고 전해 주세요. 왓슨, 이만 물러가세."

경찰들이 아마추어 침입자들에게 화가 났을지 아니면 수사에 도움이 되었다고 생각했을지 그건 모르겠다. 그로부터 이틀이 지나도록 그들에게서 아무 소식도 듣지 못했다. 그동안 홈즈는 집에서 담배를 피우거나 생각에 잠겨 있었다. 그렇지만 대부분의 시간은 홀로 시골길을 산책하며 보냈다. 그리고 어디 간다는 말도 없이 밖에서 몇 시간을 보낸 후 돌아오곤 했다. 또한 실험을 하기도 했다. 홈즈는 모티머 트리제니스의 방에서 타고 있던 것과 똑같은 램프를 하나 사 왔다. 이 램프에 목사관에서 쓰는 것과 똑같은 기름을 채우고 그것이 완전히 다 타는 데 걸리는 시간을 쟀다. 불쾌하고 결코 잊을 수 없는 또 다른 실험도 했다.

"왓슨, 이런 여러 가지 정황에 비슷한 공통점이 있다는 것을 알겠나? 사건이 일어난 방에 처음으로 들어간 사람들마다 방의 공기에 영향을 받았다는 점과 관련이 있지. 모티머 트리제니스가 형 집을 마지막으로 방문했을 때 상황을 설명했던 것을 기억하겠지? 방에 들어서던 의사가 쓰러져 의자에 주저앉았다고 하지 않았나? 이제야 그들이 왜 그랬는지 알겠네. 그리고 가정부 포터 부인도 방에 들어서자마자 기절해서 나중에 창문을 열었다고 우리에게 말한 것 기억하지? 두 번째 사건, 모티머 트리제니스에게 닥친 사건 말일세. 우리가 그 방에 도착했을 때 받았던 지독하게 답답한 느낌을 잊을 수는 없을 거야. 하인이 창문을 열어 놨었는데도 말일세. 그리고 이것도 의심 가는 점인데, 하인이 너무나 아파서 침대로 쉬러 갔다고 했지. 왓슨, 이런 사실들이 뭔가를 강하게 암시하는 것 같지 않나? 두 사건에는 독가스가 있어. 그리고 공통점은 또 있네. 방 안에서 연소 작용이 일어나고 있었다는 점이지. 하나는 난로, 다른 하나는 램프. 난롯불은 필요해서 피웠다고 쳐도 램프는 날이 밝은 후에 켜졌어. 기름이 타는 시간을 재 보고 알았지. 도대체 왜? 분명히 세 가지가 서로 관련이 있네. 불, 답답한 공기 그리고 비극을 당한 사람들의 광기나 죽음. 확실해. 그렇지 않은가?"

"그럴듯하게 들리는군."

"적어도 그럴듯한 가설로 받아들일 수는 있지. 그렇다면 뭔가가 타면서 이상한 유독가스 효과를 내는 공기를 발생시킨다고 생각할 수 있지. 첫 번째 사건인 트리제니스 가족들의 경우에 이 물질이 난로에 있었어. 창문이 닫혀 있었고, 연기는 자연히 연통을 통해 굴뚝 위까지 퍼졌을 거야. 첫 사건이 두 번째 사건보다 독가스의 영향을 덜 받았다고 생각하네. 두 번째 사건에서는 공기가 빠져나갈 구멍이 없었으니까. 결과도 그렇다는 것을 말해 주네. 첫 번째 사건에서는 여자만 죽었지. 아마 여자의 몸이 더 약하고 민감했기 때문일 거야. 다른 사람들은 미쳐 버렸지. 두 번째 사건에서는 결과가 완벽했네. 따라서 독가스는 연소 작용에 의해서 발생한 것이 분명해 보이네.

그래서 나는 모티머 트리제니스의 방에서 타다 남은 물질을 찾았네. 그것을 찾은 곳은 램프의 연기 차단기 혹은 활석으로 만든 램프 갓이었지. 벗겨지기 쉬운 재가 많이 있더군. 가장자리에는 아직 다 없어지지 않은 갈색 가루가 묻어 있었네. 자네도 봤다시피 그 갈색 가루를 절반쯤 봉투에 담아 왔지."

"왜 절반만 가져왔나?"

"나중에 조사하러 올 경찰을 위해서야. 내가 찾은 모든 증거를 남겨 놔야 공평하니까. 그들이 찾을 수 있도록 램프 갓 위에 그대로 남겨 두었지. 왓슨, 이제 램프에 불을 붙일 거야. 하지만 사회에 꼭 필요한 두 인재가 일찍 저세상으로 가는 걸 피하기 위해 창문을 미리 열어 두어야겠군. 이 실험에 동참하겠다고 마음먹었다면 자네같이 민감한 남자는 열린 창문 근처의 안락의자에 앉게. 밖에서 보겠나? 아니라고? 과연 자네답군. 나는 자네의 맞은편 의자에 앉겠네. 그러면 독이 있는 램프에서 똑같은 거리를 두고 마주보는 셈이지. 문은 조금 열어 둘 거야. 서로 상대의 동정을 살피면서 이상한 징후가 나타날 때까지 계속하는 거네. 잘 알겠나? 그럼, 봉투에서 가루를 가져와 타고 있는 램프 위에 놓겠네. 자! 왓슨, 앉아서 기다리게."

금세 징후가 나타났다. 나는 자리에 앉자마자 독한 사향 냄새 같은 묘하고 메스꺼운 냄새를 맡았다. 첫 숨을 들이마신 순간, 머리는 통제 불능 상태로 돌입해 별별 상상이 다 떠올랐다. 눈앞으로 짙은 먹구름이 몰려들었다. 이성은 내게 이 구름은 실제로는 없는 거라고 말했지만, 막연한 공포와 우주에 존재하는 모든 괴기스럽고 사악한 괴물들이 숨어 있다가 눈앞으로 들이닥치자 온몸의 감각이 얼어붙는 듯했다. 검은 구름 사이로 알 수 없는 형상들이 돌아다니고 창틀에는 표현할 수 없는 어떤 존재가 협박이나 경고를 내지르듯 다가오며 영혼을 뒤흔들었다. 나는 얼어붙을 듯한 공포에 사로잡혔다. 머리털이 곤두서고 눈알은 튀어나올 것 같았으며, 입은 딱 벌어진 채 혀가 가죽처럼 뻣뻣해 말을 할 수 없었다. 머릿속은 폭풍이 몰아치는 것만 같았다.

나는 비명을 지른다고 질렀지만 희미하게 쉰 목소리로 웅얼대는 소리가 마치 내 목소리가 아닌 멀리서 들려오는 다른 사람의 목소리처럼 들렸다.

나는 탈출하려고 애쓰는 동시에 절망적인 구름 사이를 뚫고 홈즈의 얼굴을 보았다. 홈즈의 얼굴은 하얗게 질렸고 공포로 일그러져 뻣뻣하게 굳어 있었다. 죽은 사람에게서 보았던 바로 그 얼굴이었다. 그것을 보자 갑자기 제정신이 들면서 힘이 났다. 나는 의자를 박차고 일어나 허겁지겁 홈즈를 끌어안고 비틀거리면서 밖으로 나갔다. 우리는 그대로 잔디밭에 쓰러져 나란히 누웠다. 안에서 우리를 둘러쌌던 지옥 같은 구름은 사라지고 내리쬐는 한 줄기 고마운 햇살만이 의식되었다. 주변 풍경에서 안개가 피어오르듯 그렇게 천천히 평화와 이성이 우리 영혼에 되돌아왔다. 이마를 훔치고 우리는 각자 경험했던 공포의 마지막 흔적을 떠올리며 서로 감사하는 마음으로 바라보았다.

"왓슨! 고맙고 미안하네. 그렇게 위험한 실험에 자네까지 끌어들이다니. 정말 미안해." 마침내 홈즈가 불안정한 목소리로 말했다.

"자네를 도울 수 있는 게 나에게는 가장 큰 기쁨이자 특권이라는 걸 잘 알면서 그러는군." 나는 전에는 느끼지 못했던 홈즈의 진심에 감격해서 대답했다.

그렇지만 홈즈는 즉시 평소 그의 습관인 반쯤은 유머러스하고 반쯤은 냉소적인 기질로 돌아왔다.

"과연 그것은 우리를 미치게 할 만큼 강력했어. 왓슨, 누군가 우릴 봤다면 틀림없이 우리가 그 무식한 실험을 하기 전에 이미 미쳐 있었다고 말했을 거야. 독가스의 효력이 그렇게 빠르고 강할 줄은 상상도

못했네."

　홈즈는 방으로 달려가 타고 있는 램프를 들고나와 잔디밭 끝에 있는 가시나무 둑으로 가서 던져 버렸다.

　"방이 환기될 때까지 잠시 여기 있어야겠군. 왓슨, 어떻게 이런 끔찍한 일들이 벌어졌는지 알겠나?"

　"이런 상황을 겪으면 누구라도 알 수 있지."

"그렇지만 원인은 여전히 불명확해. 여기 정자로 와서 함께 의논해 볼까. 정말 지독한 독가스야. 아직도 목구멍에 남아 있는 것 같군. 목이 따끔따끔해. 모든 증거로 봐서 첫 번째 사건의 범인은 모티머 트리제니스라고 생각하네. 비록 두 번째 사건의 희생자이긴 하지만 말일세. 첫째, 우리는 그들 형제간에 불화가 있었다는 점을 기억해야 해. 비록 곧 화해하긴 했지만 그 싸움이 얼마나 격렬했는지 혹은 거짓된 화해를 했는지 그건 알 수 없지. 여우같은 얼굴에 안경 너머로 작은 눈을 날카롭게 빛내는 모티머 트리제니스를 생각해 보면, 그가 특별히 용서하는 기질일 거라는 생각은 들지 않네. 그리고 둘째, 정원에 누군가 있었다는 이야기 말일세. 우리는 한동안 그것이 비극의 진짜 원인일 거라고 여겼지. 하지만 그건 그가 꾸며낸 것에 불과했어. 우리를 호도할 동기가 그에게 있었던 셈이지. 결국 방을 떠나는 순간 이 물질을 난로에 던져 넣을 사람이 그 말고 또 누가 있겠나? 그 순간부터 비극이 시작된 거지. 만일 다른 사람이 들어왔었다면 가족들은 분명히 식탁에서 일어났을 거야. 더구나 콘월 사람들은 밤 10시가 지나서는 남의 집을 방문하지 않네. 이렇듯 모든 증거가 모티머 트리제니스가 범인이라는 걸 말해 주네."

"그렇다면 그는 결국 자살했군!"

"왓슨, 그의 얼굴로 봐서 그럴 가능성은 희박해. 자기 가족에게 그같은 짓을 저지르는 영혼을 가진 남자가 자살하지는 않았을 걸세. 다른 이유도 있고 말이야. 다행히 이 모든 것에 대해 알고 있는 사람이 나 말고 잉글랜드에 한 사람 더 있네. 그래서 나는 그와 약속을 해 두었지. 오늘 오후, 그가 직접 털어놓는 사실들을 곧 듣게 될 거야. 오!

이제 도착할 시간이군. 자네는 그분, 레온 스턴데일 박사를 이리로 정중히 모셔야 되네. 그렇게 중요한 손님을 화학 실험을 했던 작은 방으로 모시는 건 실례니까."

정원 문이 열리는 소리가 들리고 위대한 아프리카 탐험가의 건장한 모습이 나타났다. 그는 약간 놀란 기색으로 우리가 앉아 있는 소박한 정자를 향해 다가왔다.

"홈즈 씨, 한 시간 전쯤 당신 편지를 받고 이렇게 왔지만 나를 보자고 한 이유가 대체 뭐요?"

"헤어지기 전에 명확히 할 게 있어서입니다. 와 주셔서 감사합니다. 박사님을 이렇게 누추한 곳에서 맞이하게 된 점 사과드립니다만, 제 친구 왓슨과 저는 《콘월의 공포》라고 불리는 책의 마지막 장을 논의하는 중이기도 하고 현재로서는 맑은 공기가 필요하기 때문입니다. 그리고 우리가 의논해야 할 문제가 박사님의 매우 개인적인 부분에 영향을 줄 것이고, 그 때문에 이렇게 아무도 엿들을 수 없는 곳에서 이야기를 나눠야만 합니다."

탐험가는 시가를 입술에서 떼더니 내 동료를 고집스럽게 쳐다보았다.

"대체 무슨 소리를 하는지 알 수 없군, 선생. 내 개인적인 부분에 영향을 줄 수도 있는 문제라니."

"모티머 트리제니스 살해를 말하는 겁니다."

순간 나는 무기라도 갖고 있었으면 하고 느꼈다. 스턴데일의 분노에 찬 얼굴이 검붉게 변하고 눈에서는 불꽃이 일었으며 이마에는 파란 심줄이 도드라졌기 때문이다. 그는 주먹을 쥐고 당장이라도 싸울

기세로 홈즈에게 달려들 것 같았다. 그러다가 갑자기 태도를 바꿔 냉정함과 평정을 되찾으려는 듯 무던히 애썼는데, 분노를 그대로 폭발시키는 것보다 더 무섭게 느껴졌다.

"나는 오랫동안 야만인들 사이에서 법과는 상관없이 내 방식대로 살아온 사람이오. 그게 버릇이 된 듯싶소. 홈즈 씨, 당신을 해칠 생각은 조금도 없었소."

"저 역시 당신을 해칠 생각은 전혀 없습니다, 스턴데일 박사님. 그 증거로 나는 모든 사실을 알고 있으면서도 경찰이 아니라 당신을 불렀습니다."

스턴데일은 숨을 죽이며 앉아 있었다. 모험으로 가득 찬 그의 인생에 있어 아마 처음으로 느낀 두려움이었을 것이다. 홈즈의 태도는 조용했지만 거역할 수 없는 위엄이 있었다. 우리의 손님은 불안한 마음에 커다란 손을 쥐었다 폈다 하면서 잠시 말까지 더듬다가 마침내 홈즈에게 물었다.

"무슨 의미요? 홈즈 씨, 만일 당신이 거짓 으름장을 놓는 거라면 상대를 잘못 골랐소. 변죽만 울리지 말고 제대로 얘기하시오. 무슨 소리요?"

"당신에게 사실대로 말하겠습니다. 제가 솔직하게 말씀드리면 당신도 솔직하게 나오시리라 생각하기 때문입니다. 내 다음 행동은 전적으로 당신이 자신을 어떻게 방어하느냐에 달렸습니다."

"나의 방어?"

"그렇습니다, 박사님."

"무엇에 대한 방어?"

"모티머 트리제니스 살해 책임에 대한 방어."

스턴데일은 손수건으로 이마를 훔쳤다.

"이거 참, 당신이 탐정으로 성공한 것도 모두 이런 식으로였소? 넘겨짚어서?"

"넘겨짚다니 당치 않습니다. 오히려 넘겨짚는 것은 레온 스턴데일 박사님이겠죠. 저는 사실을 근거로 결론을 내렸고, 그 사실들을 증거로 해서 말씀드리겠습니다. 아프리카로 떠나기 위해 짐 일부를 맡겨놓은 플리머스에서 돌아왔다는 이야기는 이런 일을 꾸미기 위해 필요했던 요소들 중 하나였을 뿐."

"나는 분명히 돌아왔소."

"나는 당신의 이유를 듣고 뭔가 설득력이 부족하다고 생각했습니다. 그렇지만 그냥 넘어갔었죠. 전에 당신은 여기에서 저에게 누구를 의심하느냐고 물으셨죠. 나는 대답하기를 거부했습니다. 그러자 당신은 목사관으로 갔고, 한동안 밖에서 기다리다가 결국 당신 집으로 돌아갔습니다."

"그걸 어떻게 알았지?"

"뒤를 밟았습니다."

"나는 아무도 못 봤는데."

"내가 당신에게 들켰을 거라고 생각하는군요. 당신은 집에서 밤새 뜬눈으로 지내며 어떤 계획을 세웠습니다. 이른 아침에 형을 집행할 계획이었죠. 날이 밝자마자 문을 나서면서 당신은 정문 옆에 쌓여 있던 붉은 자갈을 몇 개 주머니에 넣었습니다."

스턴데일은 홈즈를 놀라움이 가득한 시선으로 바라보았다.

"그런 다음 당신은 목사관으로 재빨리 걸어갔습니다. 당신은 지금 신고 있는 밑창에 줄이 파인 테니스 화를 그때도 신고 있었죠. 목사관에서 당신은 과수원을 지나 울타리 옆으로 가, 트리제니스의 방 창문 아래로 갔습니다. 날은 밝았지만 아직 아무도 잠에서 깨어나지 않았죠. 당신은 주머니에서 붉은 자갈을 꺼내 2층 트리제니스의 침실 창문으로 던졌습니다."

스턴데일은 벌떡 일어났다.

"홈즈, 넌 악마가 분명해!" 박사가 소리쳤다.

홈즈는 박사의 말을 칭찬으로 받아들이며 빙그레 웃었다.

"돌을 두세 개, 혹은 한 움큼 던지자 트리제니스가 창가로 왔겠죠. 당신은 그에게 내려오라고 손짓을 했고, 그는 서둘러 옷을 입고 거실로 내려왔습니다. 당신은 창문으로 들어갔죠. 그런 다음 방 안을 왔다 갔다 하면서 짧게 얘기를 나누었겠죠. 곧 당신은 창문을 통해 밖으로 나온 다음 창문을 닫았습니다. 바깥 잔디밭에서 시가를 피우며 무슨 일이 벌어지는지 지켜보았죠. 마침내 트리제니스가 죽은 후, 당신은 왔던 길로 빠져나갔습니다. 자, 스턴데일 박사님, 그런 행동들을 어떻게 정당화할 셈이죠? 동기가 뭡니까? 만일 얼버무리거나 속이려 드신다면, 저는 이 문제를 경찰에 넘기고 영원히 손을 뗄 것입니다."

손님의 얼굴은 홈즈의 말을 듣자 회색으로 변했다. 그는 얼굴을 양손에 파묻고 한동안 생각에 잠겨 앉아 있더니, 갑자기 가슴팍의 주머니에서 사진 한 장을 꺼내 우리 앞에 있는 소박한 테이블에 던졌다.

"이것이 내 행동의 이유요."

매우 아름다운 여자의 상반신 사진이었다. 홈즈는 몸을 숙이고 보았다.

"브렌다 트리제니스."

"그렇소, 브렌다 트리제니스요." 손님은 반복했다. "몇 년 동안 나는 그녀를 사랑해 왔소. 그녀도 나를 사랑했고. 콘월에서 격리되어 지낸 이유도 이것 때문이오. 세상에서 가장 사랑하는 브렌다와 가까이 있기 위해서. 나는 그녀와 결혼할 수 없었소. 왜냐하면 내게는 나를 떠나 몇 년 동안 소식이 없는 아내가 있는데, 까다로운 영국 법률 때문에 이혼할 수 없었소. 브렌다는 몇 년을 기다렸고, 나도 기다렸소. 그런데 그렇게 기다린 결과가 겨우 이렇다니."

박사가 격하게 흐느끼자 건장한 몸집과 턱수염이 흔들렸다. 그는 진정하려 애쓰면서 다시 말하기 시작했다.

"목사님은 이 모든 걸 알고 계시오. 그는 내가 신뢰하는 사람이었고, 브렌다는 지상에 있는 천사라고 말하곤 했소. 그래서 그가 내게 전보를 쳤고 내가 돌아왔던 거요. 사랑하는 여자에게 그런 일이 닥쳤는데, 재산이나 아프리카가 무슨 의미가 있었겠소? 당신이 놓친 단서가 이것이오, 홈즈 씨."

"계속하시죠." 내 친구가 말했다.

스턴데일 박사는 주머니에서 작은 종이 봉지를 꺼내 탁자 위에 올려놓았다. 겉봉에 '레딕스 페디스 디아볼리'라고 쓰여 있고, 그 밑에 '독약'이란 빨간 표지가 붙어 있었다. 그는 그것을 내게 밀었다.

"의사라고 들었소, 왓슨 씨. 이 약에 대해 들어본 적이 있소?"

"모릅니다. '악마의 발'이라…… 이름조차 들은 적이 없습니다."

"모르는 것도 무리는 아니오. 왜냐하면 이것은 부더에 있는 한 연구실에서만 견본을 구할 수 있을 뿐, 유럽에는 표본조차 없으니 말이오. 약초나 독초, 어느 쪽으로도 분리되지 않았고 책에 언급되지도 않았소. 반인반수처럼 이 식물의 뿌리가 사람의 발 모양을 하고 있어서, 한 선교사가 이런 별난 이름을 붙인 것이오. 서아프리카의 특정 지방에서는 주술사들이 이것을 이용해 시련을 견디게 하는 시험을 했고, 그것은 비밀로 지켜졌소. 내가 입수한 이 특별한 견본은 우방지의 특이한 환경에서 자라는 것이오."

그가 봉투를 열자 붉은 갈색의 코담배 같은 가루가 나왔다.

"그리고요?" 홈즈는 엄한 어조로 물었다.

"홈즈 씨, 당신이 이미 그렇게 정확히 알고 있는 이상 모두 사실대로 이야기하겠소. 트리제니스 형제와의 인척 관계는 이미 설명했소. 그렇지만 나는 브렌다 때문에 형제들과 사이좋게 지냈을 뿐이오. 가족간에 돈 때문에 싸움이 일어나서 형제들과 모티머의 사이가 벌어졌소. 그 일로 인해 모티머는 뭔가 결심한 것 같았지만, 나는 다른 사람을 대하듯 그를 대했소. 모티머는 교활하고 복잡하며 음모를 잘 꾸미는 사람이오. 그리고 몇 가지 의심스러운 점도 느껴졌지만 내게는 그와 격렬하게 싸울 이유가 없었소.

2주 전 어느 날, 그가 내 집으로 찾아왔기에 나는 아프리카 토산품들을 보여 주었소. 다른 물건들을 보여 주면서 이 가루도 보여 주었는데, 특이한 성질에 대해서도 말해 주었소. 이 가루가 공포의 감정을 조절하는 뇌를 얼마나 자극시키는지 그리고 부족의 주술사가 이 가루를 이용해 시행하는 의식에서 대상이 된 토인들은 미치거나 죽을 수밖에 없는 운명이라는 이야기도 해 주었소. 그리고 유럽의 과학으로는 이 물질을 밝혀낼 수 없다는 이야기까지. 모티머가 그것을 어떻게 가져갔는지는 모르겠소. 내가 방을 나갔던 적은 없었는데, 아마 내가 다른 토산품들을 보여 주려고 캐비닛을 열거나 몸을 숙여 상자를 들여다볼 때 몰래 손에 넣었던 거겠지. 어쨌든 그는 악마의 발에 대해 관심이 많았소. 제대로 효과를 내기 위해 필요한 양과 시간 등을 꼬치꼬치 물었으니까. 그렇지만 그런 목적으로 묻는지는 전혀 생각지 못했소.

목사님의 전보가 플리머스에 도착할 때까지 나는 그 문제는 잊고 있었소. 이 악당은 내가 그 소식을 듣지 못하고 배에 올라 아프리카에서 몇 년간 헤맬 것이라고 여겼던 거요. 그러나 나는 즉시 돌아왔소. 물론 상세한 이야기를 듣지 않고도 그가 분명히 이 독을 사용했다는 확신을 가졌소. 홈즈 씨, 나는 그때 당신이라면 다른 사람과 달리 뭔가 알고 있을까 하는 생각으로 당신을 만나러 왔던 거요. 그렇지만 당신도 모르더군. 나는 모티머 트리제니스가 범인이라고 확신했소. 돈 때문이오. 아마 다른 가족들이 모두 미치거나 죽게 된다면 재산은 모두 자기 차지가 될 거라고 생각했겠지. 그래서 그들에게 악마의 발을 사용한 거요. 두 사람은 미치고 브렌다는 죽었소. 내가 사랑하고 나를 사랑한 유일한 사람인 브렌다가……

그의 죄를 무엇으로 응징할까? 법에 호소해야만 할까? 무엇으로 증명할까? 나는 모든 것이 사실이라는 것을 알고 있지만, 시골 판사가 과연 이 기이한 이야기를 믿을까? 나는 할 수도, 하지 않을 수도 있었지. 그러나 그를 가만둘 수는 없었소. 복수하고 싶은 마음이 끊임없이 끓어올랐던 거요. 홈즈 씨, 아까도 말했지만 난 오래도록 법과는 상관없이 살아왔소. 마침내 스스로 법을 만들기로 했지. 그를 처단할지 하지 않을지는 내 손에 달려 있었소. 더 이상 나도 내 목숨에 미련은 없소.

홈즈 씨, 모든 것을 다 털어놓았소. 나머지는 당신이 말한 대로요. 당신이 말한 대로 나는 밤새 뒤척거린 후 일찍 집을 나섰소. 그리고 모티머를 잠에서 깨우기가 어려울 거라고 예상하고 당신이 언급했던 자갈 더미에서 자갈을 집어 갖고 갔지. 그리고 창문을 향해 던졌소. 그는 아래층으로 내려와 창문을 열고 나를 들여보내 주었지. 나는 그에게 그의 죄를 말해 준 후, 내가 판사 겸 사형집행인의 역할을 하겠다고 말했소. 그 야비한 놈을 의자에 앉힌 다음, 리볼버로 꼼짝 못하게 만들었소. 그리고 램프에 불을 붙이고 그 위에 가루를 놓았소. 그리고 창을 통해 밖으로 나왔지. 그가 방을 떠나지 못하도록 권총으로 계속 위협하면서 말이오. 5분이 지나자 그는 죽었소. 맙소사! 죽는 모습이라니! 그러나 내 마음은 조금도 흔들리지 않았소. 죄 없는 내 사랑을 그렇게 죽인 놈이니 당연하다고 여겼소. 내 이야기는 이것으로 끝이오. 홈즈 씨, 당신이 한 여자를 사랑했다면 당신도 똑같이 했을 거요. 어쨌든 내 목숨은 당신 손에 달렸소. 마음대로 하시오. 이미 말한 대로 죽음 따위는 두렵지 않소."

홈즈는 한동안 침묵을 지키며 앉아 있었다.

"복수가 끝나면 어떻게 할 작정이었죠?" 마침내 홈즈가 물었다.

"아프리카에 나를 묻을 작정이었소. 아프리카에서는 내가 할 일이 많이 남아 있으니까 말이오."

"계획대로 가서 남은 일을 끝내십시오. 당신을 막을 생각은 추호도 없습니다." 홈즈가 말했다.

스턴데일 박사는 우람한 몸을 일으키더니 근엄하게 인사를 하고 정자를 걸어 나갔다. 홈즈는 파이프에 불을 붙이더니 자신의 담배쌈지를 내게 건네주었다.

"독 없는 연기도 기분 전환에 좋다네. 왓슨, 스턴데일 박사를 놓아준 것에 자네도 동의하겠지. 우리는 경찰과 별개로 조사해 왔으니 이렇게 해도 된다고 생각해. 자네도 스턴데일 박사를 비난하지는 않겠지?"

"물론, 비난하지 않아."

"왓슨, 나는 사랑해 본 적은 없지만 만일 사랑했다면 그리고 내가 사랑한 여자가 그렇게 비참하게 죽었다면, 나도 무법의 사자 사냥꾼과 똑같이 했을지도 몰라. 사람이란 어떤 상황에 처할지 누가 알겠나? 그건 그렇고, 왓슨. 당연한 일을 설명해서 자네의 지성을 모독할 생각은 없네. 물론 창틀에 있던 자갈이 결정적인 단서였지. 그 돌은 목사관 정원에는 없는 돌이었어. 스턴데일 박사의 집 앞에서만 발견할 수 있는 돌이었지. 주위가 환해진 후에 켜진 램프와 램프 갓 위에 남아 있던 가루도 명확하게 연결이 되지. 왓슨, 이제 이 사건은 말끔히 잊고 콘월 언어에 남아 있는 위대한 켈트 족 언어의 흔적을 찾아 칼데아 언어를 연구하는 데 마음을 집중하세."

역주 —

조지 B 코엘 박사는 《정전의 독약(The Poisons in the Canon)》에서 다음과 같이 말했다. "상황은 레온 스턴데일 박사가 설명한 이후 50년 동안 변하지 않았다. '악마의 발'이란 뿌리는 어떠한 약전에도 나오지 않는다. 실제 현대 과학에서도 이 물질은 미지의 물질이다. 최근까지 의심 많은 사람들은 이처럼 기괴한 효과를 가진 약의 존재의 가능성에 대해 의문을 품었다. (중략) 최근의 발견은 이 문제에 빛을 던져 주었다. 스위스의 화학자 스톨과 호프만은 리셀그 산 디에틸아미드 (lysergic acid diethylamide) 즉, LSD-25라는 합성 물질을 만들었다. 이 물질은 1,000분의 1 그레인보다 적은 양으로, 트리제니스가의 불행한 사람들이 맛본 듯한 환각을 일으킨다. LSD-25는 자연계에 존재하는 알칼로이드로 합성된다. 때문에 아직 알려지지 않은 식물의 뿌리에 이 합성 물질과 비슷한 것이, 아니 더 강력한 것이 존재하는 것을 쉽게 상상할 수 있다. 시간이 지나면 이 가설의 타당성이 확증될지도 모른다."

코난 도일은 자선 베스트 12중 〈악마의 발〉을 9위에 선정했다. 원고는 루시어스 월머딩이 기증해 뉴욕 공립 도서관에 소장 중이다.

마지막 인사

His Last Bow

1914년 8월 2일(일)

세계 역사상 가장 무서웠던 8월, 그 8월 2일 밤 9시의 일이었다.

태양은 오래전에 졌지만 멀리 서쪽으로 긴 꼬리를 남기고 있는 핏빛 저녁노을은 마치 하늘에 붉은 상처가 난 듯 불길해 보였다. 저녁하늘에는 이미 별이 반짝였고, 그 아래 만에는 선박에서 새어 나오는 불빛이 아른거렸다.

유명한 독일인 두 명이 당당한 박공이 있는 길고 낮은 저택을 배경으로, 정원 산책로의 돌난간 옆에 서 있었다. 폰 보르크가 하늘을 나는 독수리처럼 4년 전에 자리 잡은 거대한 백악의 절벽에서 발밑에 끊임없이 펼쳐져 있는 해변을 내려다보고 있었다. 두 사람은 머리를 맞대고 비밀 이야기를 하듯 작은 소리로 대화를 나누었다. 절벽 밑에서 본다면, 두 사람이 입에 문 시가 끝에서 반짝이는 붉은 두 불빛은 마치 가슴속에 흑심을 품은 채 암흑을 노려보는 악마의 두 눈처럼 보일 것이다.

폰 보르크는 보통 인물이 아니었다. 그는 독일 카이젤 황제의 충성스러운 스파이로 타의 추종을 불허하는 뛰어난 능력을 지닌 사람이었다. 여러 임무 중에서 가장 중요한 임무인 영국 근무가 맡겨진 것도 그의 재능 때문이었다. 그가 이 임무를 맡은 후로 진실을 알고 있는 단 여섯 명에게 그의 재능은 점점 더 확실히 알려졌다. 그 여섯 명 가운데 한 사람이 지금 그의 옆에 있는, 대사관의 1등 서기관 폰 헤를링 남작이다. 남작의 100마력짜리 대형 벤츠는 주인을 태우고 런던으로 돌아가기 위해 시골길을 가로막은 채 대기하고 있었다.

"현재 상황으로 볼 때 당신은 이번 주 안에 베를린으로 가게 될 거요. 베를린에 가면 엄청난 환영에 깜짝 놀랄 거요. 이 나라에서 당신의 활약에 대해 고위층이 어떤 식으로 평가하는지 잘 알고 있소." 폰 헤를링 서기관이 말했다.

폰 보르크는 크게 웃었다.

"영국인을 속이는 건 그리 어려운 일이 아닙니다. 영국인만큼 다루기 쉽고 단순한 국민은 찾기 힘들 겁니다."

"글쎄." 폰 헤를링이 조심스럽게 대답했다. "내가 볼 때 영국인은 겉만 보고는 속을 알 수 없는 민족이지. 이 점을 간과해서는 안 돼. 외국인들 눈에 단순해 보일지 모르지만 그게 함정일 수 있다는 점을 잊어서는 안 돼. 영국인들 첫인상이 속이기 쉽고 나약해 보인다고 방심했다가 어느 날 갑자기 당하는 수가 있어. 절대 만만한 민족이 아니야. 그 점에서 자네는 스포츠맨 같은 행동을 하면 되네."

"아니, 그렇지 않아요. 스포츠맨 같은 행동은 맞지 않아요. '같은 행동'이란 연기를 말하는거 아닙니까? 하지만 나는 몸에 익혔어요. 나는 타고난 스포츠맨입니다. 어쨌든 하면서 즐기니까요."

"음, 그래서 더 효과가 크지. 요트, 사냥, 폴로, 어떤 경기도 할 수 있지. 사두마차(네 마리의 말을 한 사람이 모는 마차)라면 올림피아에서 우승도 거둘 거야. 젊은 장교들과 권투 시합을 했다고 들었는데, 누가 이겼나? 자네에 대해 심각하게 생각하는 사람은 아무도 없어. 자네를 운동 잘하는 사람, 독일인치고는 괜찮은 사람, 술을 많이 마시고 나이트클럽에 드나들며 거리를 쏘다니는 젊은이로 알고 있네. 그렇게 하는 동안 한적한 자네 별장은 영국 재해의 반을 일으키는 중추 세력이 되었어. 스포츠를 좋아하는 신사야말로 사실은 유럽 최고의 비밀 첩보원이지. 천재야, 폰 보르크, 자네는 천재야."

"칭찬이 지나치십니다, 남작. 여기에서 보낸 4년이 헛되지 않은 것은 분명합니다. 제가 이것저것 수집한 것을 아직 본 적이 없으시죠? 잠깐 보시겠습니까?"

서재의 문이 그대로 테라스로 통했다. 그는 앞장서 가면서 전등 스위치를 켰다. 거구의 상대가 안으로 들어오자 폰 보르크는 문을 닫고 격자창을 덮고 있는 두꺼운 커튼을 조심스럽게 매만졌다. 이것저것 꼼꼼히 신경을 쓰고 다시 확인한 뒤 폰 보르크는 검게 그을린 독수리 같은 얼굴을 손님 쪽으로 돌렸다.

"서류의 일부는 이곳에 없습니다. 어제 아내와 식구들이 플러싱으로 먼저 출발했는데, 중요하지 않은 서류는 갖고 갔습니다. 나머지 서류들을 옮기려면 대사관의 도움을 받아야 할 것 같습니다." 그가 말했다.

"자네 이름은 개인 수행원으로 이미 정식 서류를 내서 등록이 되었어. 자네가 움직이는 데 귀찮은 일은 일어나지 않을 거야. 짐을 운반하는 데도 불편이 없을 거고. 물론 출발하지 않게 될지도 모르네. 영국이 프랑스를 버릴지도 모르니까. 두 나라 사이에는 구속력 있는 조약이 아무것도 없어."

"벨기에는 어떻습니까?"

"벨기에도 마찬가지야."

폰 보르크는 고개를 저었다.

"어떻게 그런 일이 가능합니까? 우리는 명확한 조약을 맺었어요. 만일 배신한다면 영원히 그 오명에서 벗어나지 못할 텐데요."

"그러나 적어도 당분간은 평화를 유지하겠지."

"하지만 명예는 어쩌고요?"

"지금은 실리주의 시대야. 명예 같은 것은 중세의 관념 아닌가? 첫째, 영국은 전쟁 준비가 되어 있지 않아. 도무지 생각할 수 없는 일이지만 말이네. 이번 주가 그들에게는 운명의 일주일이 될 거야. 그런데 내게 서류를 보여 주겠다고 했지?"

폰 헤를링은 안락의자에 편안히 앉아 시가를 입에 물었다. 그의 넓은 대머리 위로 전등 불이 빛을 냈다.

참나무로 벽을 두르고 서가가 늘어선 방 안 구석에는 커튼이 드리워져 있었다. 커튼을 젖히자 놋쇠로 틀을 보강한 대형 금고가 모습을 드러냈다. 폰 보르크가 시곗줄에 달린 작은 열쇠를 하나 풀어 자물쇠를 조심스럽게 조작하자 묵직한 금고 문이 활짝 열렸다.

"보세요!" 폰 보르크가 말했다.

열린 금고 안을 전등 빛이 환하게 비추었다. 1등 서기관은 금고 안의 선반에 가득 찬 것을 흥미진진하게 보았다. 하나하나 구분된 선반에는 라벨이 붙어 있었다. '항만 방어' '비행기' '아일랜드' '이집트' '포츠머스 요새' '영국 해협' '로사이스(스코틀랜드 동해안 포스 만 연안에 있고, 1910년경부터 새 해군기지가 건설되었다.)' 등 스무 개도 넘는 각각의 서류철 안에는 관련 서류와 설계도가 있었다.

"대단하군!"

서기관은 시가를 내려놓고 통통한 손으로 가볍게 박수를 쳤다.

폰 보르크는 고개를 숙였다.

"4년 동안의 수확물이라. 술만 마시고 말타기를 좋아하는 시골 신사로서는 나쁘지 않군."

"하지만 제 수집품 가운데 가장 최고의 정보는 이제 곧 도착할 겁니다. 그것을 위한 자리도 이렇게 비워 두었지요. 바로 '해군 암호'라 적힌 겁니다. 수표책과 영리한 앨터몬트 덕분에 오늘 밤 안에 모든 게 해결될 겁니다." 폰 보르크가 말했다.

남작은 시계를 보더니 유감스러운 표정을 지었다.

"나는 더 이상 기다릴 수 없어. 가능하면 자네의 엄청난 성과를 갖고 대사관으로 돌아가면 좋겠군. 앨터몬트는 시간을 정하지 않았나?"

폰 보르크는 전보 한 통을 꺼냈다.

오늘 밤 새 점화 플러그를 갖고 가겠소.

－ 앨터몬트

"점화 플러그?"

"앨터몬트는 자동차 기사처럼 행동하고 있고, 나는 차고 가득 차를 갖고 있는 고객이에요. 자동차 스페어 부품의 이름을 암호로 사용하고 있지요. 예를 들면, 그가 라디에이터 한 대라고 하면 전함 한 척, 오일펌프는 순양함 따위로 말입니다. 점화 플러그는 해군 암호를 말합니다."

"정오에 포츠머스에서 보낸 것이군." 전보 겉면을 보면서 서기관이 말했다. "그런데 앨터몬트에게 얼마를 줄 생각인가?"

"이번 일은 특별히 500파운드입니다. 물론 급료는 따로 주지요."

"욕심이 상당히 많은 놈이군. 이런 매국노들은 쓸모는 있지만 그들에게 돈을 주는 것은 아무래도 화가 나."

"앨터몬트에게 주는 것은 그다지 화가 나지 않아요. 그는 아주 훌륭하죠. 돈을 주면 물건을 틀림없이 가져오니까요. 게다가 그는 나라를 팔아먹는 것도 아니지요. 우리나라 최고의 독일 국수주의 귀족이라도 반영국 감정은 이 영국계 미국인의 발밑에도 미치지 못하지요."

"아, 영국계 미국인인가?"

"그에게 말을 시켜 보면 금방 알 수 있죠. 솔직히 저도 때때로 그가 무슨 말을 하는지 이해하지 못할 때가 있습니다. 뭐라고 할까, 영국 왕에게 선전포고하는 것만으로도 부족해 왕의 영어(표준 영어)에도 싸움을 걸 사람 같다니까요. 정말 지금 가시려는 겁니까? 조금 있으면 앨터몬트가 올 텐데요."

"미안하지만 시간이 꽤 늦었어. 내일 일찍 만나도록 하지. 요크 공 기념탑 계단 쪽의 작은 문으로 자네가 암호 책을 갖고 들어올 때, 자네는 영국에서 혁혁한 솜씨에 빛나는 최고의 마무리를 하게 되는 것이지. 아니, 이건 토커이 와인(헝가리 북동부에 있는 토커이 주변에서 만드는 고급 와인) 아닌가?" 그는 이렇게 말하면서 단단하게 밀봉된, 먼지가 앉은 병을 가리켰다. 옆의 쟁반 위에는 와인 잔이 두 개 놓여 있었다.

"떠나시기 전에 한잔할까요?"

"아니, 하지만 정말 좋은 포도주 같군."

"앨터몬트는 포도주를 아주 좋아합니다. 이 토커이 포도주를 특히 마음에 들어 합니다. 워낙 민감하고 까다로워서 이렇게 세세한 부분까지 신경 써야 합니다. 특이한 사람이라 조심스럽게 상대해야 하지요."

두 사람은 방에서 나와 테라스 끝까지 함께 걸어갔다. 밑에서 기다리던 남작의 운전기사는 폰 헤를링을 보자 곧 벤츠의 시동을 걸었다.

"저것은 하리치(영국 해군기지로 유명한 에식스 주의 항구) 항구의 불이군." 서기관이 더스트 코트를 입으며 말했다. "모든 게 조용하고 아무 일도 없는 것 같군. 그러나 일주일도 지나지 않아서 다른 불이 보일 테고, 영국 해안은 떠들썩하겠지. 제펠린의 말이 사실이 된다면 하늘도 평화를 찾을 수 없을 거네. 그런데 저건 누구지?"

그들 뒤에 불이 켜진 창이 있었는데, 시골풍 모자를 쓴, 얼굴이 붉은 노파가 램프 옆의 테이블을 보고 앉아 있었다. 노파는 고개를 숙인 채 바느질을 하면서 때때로 손을 멈추고 옆에 웅크린 커다란 고양이를 어루만졌다.

"마사입니다. 하녀 중에서 저 여자만 남아 있지요."

서기관은 웃었다.

"완전히 자기도취에 빠진 채 정신이 나가 있는 것 같군. 꼭 대영 제국의 상징 같아. 그럼, 가 보겠네, 폰 보르크."

그는 마지막으로 또 한 번 손을 흔들고 차에 올라탔다. 잠시 후 헤드라이트의 눈부신 원추형 불빛이 어둠을 비췄다. 서기관은 호화로운 리무진 좌석에 편안하게 몸을 기대고 앞으로 다가올 유럽의 전운에 대해서만 생각했기 때문에, 그의 자동차가 마을 거리를 돌았을 때 반대 방향에서 달려오는 소형 포드가 지나친 사실을 알지 못했다.

폰 보르크는 자동차의 빛이 어둠 속으로 사라지자 천천히 서재로 돌아갔다. 그는 걸으면서 램프를 끄고 자러 가는 늙은 가정부를 보았다. 그는 넓은 저택을 지배하는 침묵과 암흑을 처음으로 경험했다. 원래는 가족과 사람들이 많이 있던 저택이었지만, 주방에서 일하는 노파 한 명을 제외하면 지금 저택 전체가 그 한 사람의 것이었다. 그들이 지금은 안전한 몸이라는 사실을 떠올리고 그는 안심했다. 처리해야 할 일이 남아 있어 그는 서재에서 일을 하기 시작했다. 그의 날카롭고 수려한 얼굴은 불타는 서류의 열기로 더 붉어졌다. 그는 테이블 옆에 있는 가죽 슈트케이스 안에 금고 속에 들었던 중요한 물건을 조심스럽게 넣었다. 이 일을 시작하자마자 그의 예민한 귀에 자동차 소리가 들렸다. 그는 슈트케이스에 끈을 걸고 금고를 잠근 다음 급히 테라스로 나갔다. 그가 밖으로 나오자 마침 소형차의 라이트가 문에서 멈추었다. 타고 있던 사람이 차에서 내려 폰 보르크 쪽으로 걸어왔고, 하얀 수염을 기른 나이 든 운전기사는 언제까지라도 기다리겠다는 듯이 차 안에 있었다.

"어떻게 되었나?" 손님 쪽으로 가며 폰 보르크가 물었다.

남자는 대답 대신 갈색 종이 꾸러미를 의기양양하게 머리 위로 흔들었다.

"오늘 밤에는 칭찬해 주셔야 합니다. 드디어 해냈습니다." 그가 큰 소리로 말했다.

"암호인가?"

"전보로 알린 대로입니다. 수기신호, 등화신호, 무선신호, 모두 최신 것입니다. 하지만 원본이 아니라 복사본입니다. 원본은 너무 위험해서요. 그래도 물건은 확실하니까 안심하세요."

남자는 독일인의 어깨를 툭 쳤는데 너무나 허물이 없는 듯해서 상대가 위축될 정도였다.

"들어가지. 집에는 나 혼자뿐이야. 이걸 기다렸어. 물론 원본보다 복사본이 더 좋아. 원본이 없어진 걸 알면 또 모두 바꿀 테니까. 이 복사본에 대해서는 저쪽이 모르겠지?" 폰 보르크가 말했다.

영국계 미국인은 서재에 들어가 안락의자에 앉아 긴 다리를 쭉 뻗었다. 예순 살 정도의 키가 크고 마른 남자로, 얼굴 윤곽이 뚜렷하고 염소수염을 기르고 있어서 엉클 샘의 캐리커처 같은 얼굴이었다. 피우다 만 젖은 시가를 입에 물고 있었는데, 의자에 앉자마자 성냥으로 불을 붙여 천천히 피웠다.

"이동 준비입니까?" 주위를 둘러보면서 말하던 남자가 커튼에 가려 있지 않은 금고를 보고 물었다. "서류를 저 안에 보관하신 건 아니겠지요?"

"왜, 안 되나?"

"이렇게 쉽게 열리는 장난감 속에 말입니까? 그들이 당신을 스파이로 보고 있는데도 말입니다. 이런 것은 양키 도둑이라면 깡통 따개만으로도 열 수 있어요. 내 편지가 이런 것에 들어간다는 사실을 알았다면 절대 편지를 보내지 않았을 겁니다."

"어떤 전문가라도 이 금고에는 손을 들고 말 거야. 어떤 도구라도 이 금고의 금속을 자를 수 없어." 폰 보르크가 대답했다.

"그러나 자물쇠는?"

"이것은 이중 잠금장치 자물쇠야. 이중 잠금장치가 무엇인지 아나?"

"뭔데요?"

"이 자물쇠를 열려면 어떤 문자와 조합된 숫자를 알아야 해."

폰 보르크는 자리에서 일어나 열쇠 구멍 주위의 이중 원반을 보여 주었다.

"바깥쪽 판으로 문자를, 안쪽 판으로 숫자를 맞추지."

"과연 정교하군요."

"자네가 생각한 것처럼 간단히 열지 못해. 4년 전에 이것을 만들었지만 내가 어떤 문자와 숫자를 선택했는지 알 수 있나?"

"그걸 어떻게 알겠습니까?"

"음, 문자는 8월, 즉 August, 숫자는 1914로 했지. 지금이 1914년 8월 아닌가."

미국인은 놀라움과 감탄의 표정을 지었다.

"정말 놀랍군요. 훌륭합니다."

"그렇지. 이 날짜까지 예측한 사람은 몇 사람 없었지. 어때, 완전히 예측대로 되었지? 내일 아침이면 이 집도 끝이야."

"제 문제도 잘 처리해 주시겠죠. 이 저주스러운 나라에 혼자 남기는 싫으니까요. 내가 보기에는 일주일도 못 가서 존 불이 한바탕 소동을 일으킬 겁니다. 나는 바다 건너에서 그 광경을 보고 싶습니다."

"그러나 자네는 미국 시민이야."

"잭 제임스도 미국 시민이었는데 포틀랜드에서 복역 중입니다. 영국 경찰에게 내가 미국 시민이라고 아무리 말해 봐야 소용없어요. '여기서는 영국 법에 따라야 한다.'라는 대답을 듣게 될 뿐이지요. 그건 그렇고 잭 제임스 말이 나와서 하는 말인데, 당신은 사람들을 보호하려는 노력을 그다지 하지 않는 것 같더군요."

"무슨 뜻인가?"

"당신은 그들을 고용했어요. 그렇다면 그들이 잡히지 않도록 손을 쓰는 것도 당신의 책임 아닙니까? 그런데 실패하면 그들을 구하려고 하지 않아요. 제임스만 해도—"

"그것은 그가 뿌린 씨라는 것을 자네도 잘 알 거야. 그는 지나치게 자기 멋대로 했어."

"제임스가 바보였다…… 그것은 말씀 그대로입니다. 하지만 홀리스는 왜 그렇게 됐습니까?"

"홀리스는 미친놈이었어."

"음, 분명히 마지막에는 조금 이상해졌지요. 아침부터 저녁까지 자신을 경찰에게 넘기려고 쫓는 사람이 100명이나 되면 머리가 이상해지지 않을 수 없지요. 그럼 스타이너는 어떻게 된 겁니까?"

폰 보르크의 붉은 얼굴이 창백하게 변했다.

"스타이너에게 무슨 일이 생겼나?"

"잡혔어요. 어제저녁 그의 가게를 덮쳤지요. 스타이너는 물론 서류까지 모두 포츠머스 교도소에 들어간 상태입니다. 당신이야 떠나면 그만이지만 불쌍한 스타이너는 지금부터 괴로움을 당할 겁니다. 목숨을 부지하고 나올 수만 있다면 운이 좋은 거죠. 그래서 당신이 도망가면 나도 곧바로 바다 건너로 가고 싶습니다."

그렇게 강하고 냉정한 폰 보르크도 이 소식에 충격을 받은 모양이었다.

"어떻게 스타이너에게 손을 뻗었지? 이건 보통 타격이 아닌데." 폰보르크가 중얼거렸다.

"당신은 더 큰 타격을 받을 뻔했습니다. 그들이 저에게 수사망을 좁혀 오고 있으니까요."

"정말인가?"

"정말입니다. 플래틴에 있는 제 하숙집 아주머니가 조사를 받았어요. 그 소식을 듣고 서둘러야겠다고 생각했죠. 그렇지만 경찰이 어떻게 이런 것을 알았는지 궁금하군요. 내가 당신 밑에서 일한 후로 당신 부하 중에서 잡힌 사람은 스타이너가 다섯 번째입니다. 이것을 설명할 수 있습니까? 자신의 부하가 이런 식으로 잡히는 것이 부끄럽지 않습니까?"

폰 보르크의 얼굴이 벌겋게 달아올랐다.

"말버릇이 형편없군."

"이 정도 말도 못하면 당신 밑에서 일하지 않았을 겁니다. 나는 생각하는 것을 거침없이 말하지요. 당신들 독일의 정치가들은 스파이가 임무를 끝내면 그들이 잡혀도 모른 척한다고 들었어요."

폰 보르크가 벌떡 일어났다.

"자네는 내가 요원들을 적에게 넘기기라도 했다는 말인가?"

"그런 말은 하지 않았죠. 하지만 경찰 앞잡이나 함정 같은 것이 있다는 느낌이 든단 말입니다. 그것이 어디에 있는지 발견하는 것은 당신의 책임입니다. 어쨌든 나도 위험한 일은 그만입니다. 네덜란드로 가는 거야 빠를수록 좋지요."

폰 보르크는 분노를 가라앉혔다.

"승리를 눈앞에 두고 싸움을 할 정도로 하루 이틀 만난 사이가 아니잖은가. 자네는 정말 훌륭한 일을 했고 위험도 감수했어. 은혜는 결코 잊지 않아. 꼭 네덜란드로 가게. 그렇게 하면 로테르담에서 뉴욕행 배를 탈 수 있을 거야. 다른 경로는 이번 주엔 위험해. 그 암호 책을 건네주면 다른 짐과 함께 싸겠네." 그가 말했다.

미국인은 작은 꾸러미를 들고 있었지만 그것을 건네주려고 하지 않았다.

"돈은 어떡하시겠습니까?" 그가 물었다.

"뭐?"

"돈 말입니다. 보수 말이죠. 약속하신 500파운드 말이에요. 포병대 장교 한 놈이 막판에 마음을 바꾸는 바람에 100파운드를 더 주고 얘기했는데, 그렇지 않으면 당신도 나도 위험할 뻔했습니다. 놈이 '절대 해 줄 수 없다.'고 버티는데 어쩝니까? 그래서 100파운드를 더 주고 구슬렸지요. 때문에 제 돈이 200파운드나 들었습니다. 그러니 약속하신 돈을 주시기 전까지는 이 암호 책을 드릴 수 없어요."

폰 보르크는 쓴웃음을 지었다. "내 말을 믿지 못한다는 말투군. 돈을 받기 전에는 암호 책을 줄 수 없다, 그 말이지."

"이건 거래입니다."

"좋아, 원하는 대로 해 주지." 그는 테이블 앞에 앉아 수표책에서 한 장을 쓰고 나서 뜯었다. 그러나 수표를 상대에게 주려고 하지 않았다.

"결국 우린 이런 관계야, 앨터몬트. 자네가 날 믿지 못하는 이상, 나도 자네를 믿을 수 없어. 안 그런가? 자, 테이블 위에 수표가 있네. 자네가 이것을 받기 전에 내가 꾸러미 안을 볼 권리가 있지."

미국인은 아무 말 없이 꾸러미를 넘겨주었다. 폰 보르크는 포장의 끈을 푼 뒤 포장지를 풀었다. 순간 그는 깜짝 놀란 나머지 말도 하지 못하고 눈앞에 있는 파란 표지의 작은 책 한 권을 보았다. 책 표지에는 금색 글씨로 '양봉 실용 핸드북'이라고 적혀 있었다. 다음 순간, 그의 목을 강철같은 힘이 휘어잡았고, 일그러진 그의 얼굴에 클로로포름을 묻힌 스펀지가 덮쳤다.

"한잔 더 어때, 왓슨?" 셜록 홈즈가 임페리얼 토커이 병을 내밀면서 말했다.

테이블 옆에 앉아 있던 몸집 좋은 운전기사가 자신의 잔을 내밀었다.

"좋은 와인이군, 홈즈."

"최고급 와인이지, 왓슨. 소파에서 휴식 중인 이 친구 말에 의하면, 쉔부른 궁전에 있는 프란츠 요제프 황제의 특별 저장실에서 가져온 포도주라는군. 창문 좀 열까? 클로로포름 냄새 때문에 포도주 맛을 제대로 음미할 수가 없어."

　홈즈는 열려 있는 금고에서 서류를 차례로 꺼내 살펴보고는 폰 보르크의 슈트케이스에 차곡차곡 넣었다. 독일인은 두 팔과 다리를 묶인 채 소파 위에서 크게 코를 골고 있었다.

"왓슨, 서두를 필요 없어. 방해하는 사람은 없을 테니 말이야. 벨을 눌러. 집 안에 있는 사람은 마사 한 사람뿐이야. 마사는 큰 역할을 훌륭하게 해냈지. 나는 이 사건에 착수하자마자 마사에게 이곳의 일자리를 마련해 주었어. 아, 마사, 기뻐하세요. 모든 일이 잘 끝났습니다."

인상이 좋은 노부인이 문 앞에 나타났다. 노부인은 미소를 지으며 홈즈에게 인사했는데, 소파에 쓰러진 폰 보르크를 불안한 듯이 바라보았다.

"괜찮아요, 마사. 다친 데는 없으니까요."

"그렇다면 다행이군요, 홈즈 씨. 이분은 나름대로 좋은 주인이었어요. 어제 나에게 부인과 같이 가라고 했는데, 그렇게 했다면 당신 계획대로 진행되지 않을 뻔했습니다."

"그랬군요. 마사, 당신이 여기에 남아 있어서 안심했지요. 오늘 밤도 당신의 신호를 오랫동안 기다렸어요."

"서기관이 좀처럼 돌아가지 않았어요."

"알아요. 여기 올 때 우리 차를 지나쳤습니다. 왓슨, 자네의 멋진 운전 솜씨가 아니었다면 유럽은 프러시아의 압도적 파괴력에 점령당했을 거야."

"서기관이 가지 않는 줄 알았어요. 그가 여기에 있으면 작전이 실패했겠지요?"

"그럼요, 큰 낭패지요. 30분 정도 기다리다 당신 방의 램프가 꺼져서, 방해자가 갔다는 사실을 알았습니다. 마사, 내일 런던의 클래리지 호텔에서 저에게 연락하세요."

"알겠습니다."

"떠날 준비는 다 끝났지요?"

"네, 폰 보르크 씨는 오늘 일곱 통의 편지를 보냈어요. 주소는 평소처럼 다 적어 놓았습니다."

"잘했습니다, 마사. 내일 조사하겠습니다. 그럼 안녕히 주무세요."

노부인이 방을 나가자 홈즈가 말을 이었다. "이 서류들은 별로 중요하지 않아. 왜냐하면 여기 있는 정보는 오래전 독일 정부에 보고되었을 거야. 이것들은 모두 원본으로 간단하게 국외로 가지고 나갈 수 없지."

"그렇다면 지금은 아무 소용없는 쓰레기인가?"

"그 정도까지는 아니야. 왓슨, 적이 무엇을 알고 무엇을 모르는지 정도는 이것으로 알 수 있어. 이 서류의 대부분은 내가 건네주었는데, 전혀 믿을 수 없는 물건이라는 점은 말할 필요도 없지. 내가 건네준 기뢰 설치도에 따라 솔렌트 해협을 항해하는 독일 순양함을 보는 것은 내 만년에 빛을 주지. 하지만 왓슨."

홈즈는 갑자기 하던 말을 멈추고 옛 친구의 어깨를 잡았다.

"아직 밝은 곳에서 자네의 얼굴을 보지 못했어. 못 본 지 오래되었으니 많이 변했겠지. 아니, 옛날 그대로가 아닌가!"

"나는 20년은 젊어진 느낌이야, 홈즈. 하리치까지 차로 오라는 자네 전보를 받았을 때처럼 기뻤던 적은 없었네. 하지만 홈즈, 자네도 거의 변한 게 없어. 그 우스꽝스러운 염소수염만 빼면 말이야."

"조국에 바치는 희생이지. 내일이면 이 수염도 나쁜 꿈으로 기억될 거야. 내일은 이발을 하고 겉모습을 약간 매만진 뒤 클래리지 호텔로 가겠어. 이 미국인의 일…… 아니, 그것이 아냐, 아무래도 내 영어의 샘은 영원히 흐려진 모양이야, 왓슨. 미국인으로 변장하기 전의 내 모습으로 돌아가 있을 거네." 홈즈는 드문드문 나 있는 수염을 매만지며 대답했다.

"그런데 홈즈, 자네 은퇴하지 않았나? 소문으로는 서식스 다운즈의 작은 농장에서 벌과 책에 싸여 은둔 생활을 한다고 들었어."

"맞아, 왓슨. 봐, 이거야말로 내 은둔 생활의 성과, 필생의 대작이지!"

홈즈는 테이블 위에 있는 책을 들어 제목을 소리 내어 읽었다.

"《양봉 실용 핸드북 및 여왕벌의 분봉에 대한 관찰》. 나 혼자서 쓴 책이야. 밤에는 사색하고 낮에는 바쁘게 일한 성과를 보게. 옛날 런던의 범죄 세계를 관찰했듯이 부지런히 일하는 작은 벌들을 관찰했어."

"그런데 어쩌다 옛날 일로 돌아오게 되었나?"

"아, 그것에 대해서는 나도 놀라고 있어. 외교부 장관 한 명의 부탁이라면 나도 거절했을 거야. 그런데 총리까지 나의 누추한 집에 직접 찾아오셨지 뭔가. 사실 말이지, 왓슨, 그 소파에 쓰러져 있는 신사는 우리보다 한 수 위인 인물이야. 아주 뛰어나. 당시 영국의 비밀 정보가 자꾸 외부로 유출되었는데, 왜 그런 상태가 되었는지 아무도 감을 잡지 못했지. 스파이 용의자도 알고 그중에는 잡은 사람도 있었지만, 아무래도 어딘가에 강력한 비밀 중추 세력이 있다는 증거가 있었어. 그 세력을 꼭 찾아내야 했지. 이 사건을 조사하라는 강력한 압력이 내게 내려왔어. 왓슨, 나도 2년이라는 시간을 소비했지만 그 과정에서 흥미진진한 일도 많았어. 우선 나의 순례는 시카고를 시발점으로 버팔로의 영국 비밀 조직을 졸업하고 스키바린에서 경찰을 괴롭혔는데,

그러다 폰 보르크 부하의 눈에 띄었어. 그가 나를 폰 보르크에게 적당한 인물이라고 추천했지. 얼마나 복잡한 임무였는지 짐작이 가나? 그렇게 해서 나는 폰 보르크의 신임을 얻었지만, 한편으로는 그의 여러가지 계획을 무산시켰고, 그의 밑에서 활동하던 최고 비밀 스파이 다섯 명을 감옥에 넣었어. 왓슨, 처음에는 일단 잘 지켜보다가 그들의 임무가 절정에 이르렀을 때 감옥에 넣는 거야. 아, 선생, 기분이 어떤가요?"

마지막 말은, 조용히 누운 채 숨을 헐떡이고 눈을 깜박이며 안간힘을 다해 홈즈의 말을 듣고 있던 폰 보르크에게 한 것이었다. 순간 그는 분노로 얼굴에 경련을 일으키며 홈즈에게 독일어로 욕설을 퍼부었다. 홈즈는 폰 보르크가 욕설을 퍼부어 대는 동안 상관하지 않고 서류를 조사했다.

"이 보답은 꼭 하겠다, 앨터몬트. 죽어도 이 원수는 갚겠다!" 그는 한마디 한마디 씹듯이 말했다.

"아주 오랜만에 듣는 소리군. 옛날부터 귀에 익은 말이네. 죽은 모리아티 교수도 나에게 그런 말을 했고, 세바스찬 모런 대령도 입버릇처럼 말했지. 그런데 나는 끝까지 살아남아 서식스 다운즈의 한적한 곳에서 벌을 기르고 있어." 홈즈가 말했다.

"죽일 놈! 너는 이중 스파이야!"

독일인은 묶인 몸을 억지로 움직이며 살기 가득한 눈으로 홈즈를 노려보았다.

"아니, 이중 스파이라니, 그런 뻔뻔한 일은 하지 않았소."

홈즈가 미소 지었다.

"지금 내 말에서도 알 수 있듯이, 시카고의 앨터몬트는 어디에도 존재하지 않소. 내가 그 이름을 이용했을 뿐, 그런 사람은 없소."

"그렇다면 너는 누구야?"

"내가 누구인지는 중요하지 않소. 그러나 폰 보르크, 흥미가 있는 것 같으니 가르쳐 주지. 내가 당신 가문 사람을 만난 것은 이번이 처음은 아니오. 나는 과거 독일에서 상당한 활동을 했으니까. 아마 내 이름도 알 거요."

"그럼 어디 한번 말해 봐." 독일인이 씁쓸하게 말했다.

"당신 조카 하인리히가 독일 칙사로 활동할 때 고인이 된 보헤미아 왕과 아이린 애들러 사이를 갈라놓은 사람이 바로 나였소. 당신 외삼촌인 폰 운트 추 그라펜스타인 백작의 목숨을 허무주의자 클로프만에게서 구한 것도 나였지. 그리고—"

폰 보르크는 놀라서 자세를 바로 했다.

"그렇다면 한 사람밖에 없어." 그가 큰 소리로 말했다.

"그대로요." 홈즈가 말했다.

폰 보르크가 신음 소리를 내며 소파에 쓰러졌다.

"정보의 대부분이 당신에게서 나왔단 말인가! 그런 것에 무슨 가치가 있지? 나는 무엇을 했단 말인가? 나는 이제 영원히 파멸이야!" 그가 외쳤다.

"믿을 수 없는 정보였소. 조금 체크해 볼 필요가 있었지만 당신에게는 그럴 시간이 없었지. 자, 왓슨, 서류는 정리되었네. 죄수를 호송하는 데 힘을 빌려 주면 지금이라도 런던으로 출발할 수 있어." 홈즈가 말했다.

잠시 후, 마지막 발버둥을 쳐 본 폰 보르크는 정원의 오솔길을 지나 작은 차의 조수석에 태워졌다. 귀중한 서류가 들어 있는 슈트케이스도 그와 함께 있었다.

　"셜록 홈즈, 이 일에 대해 자네 나라의 정부가 자네를 지지하고 있다면 훌륭한 전쟁의 이유가 된다는 것을 알겠지." 그가 말했다.
　"그러면 당신 나라의 정부와 이 스파이 활동을 뭐라고 할 것인가?"

슈트케이스를 톡톡 두드리며 홈즈가 말했다.

"당신은 개인이 아닌가? 첫째, 나를 체포할 영장도 없어. 이 행위 모두가 완전히 비합법적인 행위야!"

"완전히." 홈즈가 말했다.

"독일 제국 신민을 유괴한 거야!"

"거기다 그의 개인 문서를 훔쳤지."

"오호, 그러면 자신의 처지를 알고 있단 말이지. 자네와 여기 있는 일당은 내가 마을을 지날 때 도와달라고 소리라도 지른다면……."

"그런 어리석은 행동이 수가 모자라는 마을 여관의 이름을 하나 늘리는 짓이야. 그곳 간판엔 '목매단 프러시아인'이라고 쓰여 있겠지. 영국인들은 참을성이 강한 국민이지만, 지금은 조금 흥분한 상태니 자극하지 않는 게 현명해. 조용히 있는 게 상책이라는 걸 잊지 마시오. 폰 보르크, 우리와 순순히 스코틀랜드 야드로 갑시다. 그곳에서 당신 친구 폰 헤를링 남작을 부르면 될 것 아니오. 그가 대사관 수행원으로서 당신을 위해 준비한 자리가 아직 남아 있는지 조사해 보면 좋을 거요. 왓슨, 자네가 옛날처럼 도와주면 런던도 그렇게 멀게 느껴지지 않겠군. 이 테라스에 함께 서게. 조용히 이야기하는 것도 마지막일 수 있으니."

두 친구는 여러 가지 일을 회상하면서 몇 분 동안 이야기를 나누었다. 그동안 붙잡힌 남자는 결박을 풀려고 헛된 몸부림을 계속했다. 이윽고 차 있는 곳으로 왔을 때, 홈즈가 달빛에 빛나는 바다를 가리키며 감회가 깊은 듯 머리를 흔들었다.

"동풍이 부는군, 왓슨."

"그렇지 않아, 홈즈. 따뜻한 날씨야."

"나의 옛 친구 왓슨! 이 변화의 시대에도 자네는 여전하군. 그러나 분명히 동풍이 불고 있어. 아직까지 한 번도 영국을 강타한 적이 없는 바람이. 차갑고 괴로운 날씨가 되겠지. 그 때문에 많은 사람이 파멸할지도 몰라. 그러나 그것도 신의 뜻에 따라 부는 바람이지. 그리고 폭풍이 지나갔을 때, 빛나는 태양 속에는 더 맑고 기분 좋고 강한 나라가 남아 있을 게 틀림없어. 자, 왓슨, 차의 시동을 걸게. 출발해야 할 시간이야."

역주 —
〈마지막 인사〉 원고는 에이드리언 M. 코난 도일이 소장하고 있다.

**Sherlock
Holmes**

해설편

《셜록 홈즈의 마지막 인사》

《마지막 인사》는 홈즈의 네 번째 단편집으로 모두 8편이 수록되어 있다. 세 번째 단편집까지는 한 달에 한 편 씩 발표한 순서대로 수록 해서 단편집으로 출판했다. 네 번째 단편집의 특징은 각 편이 계속해서 매달 발표된 것이 아니고, 작품 배열도 발표 순서가 아니라는 점이다. 예외로 두 번째 단편집 《셜록 홈즈의 회상》(1894)에서 발표한 〈종이 상자〉가 단편집으로 나왔을 때 빠졌는데, 그 작품이 《마지막 인사》의 두 번째 이야기로 수록되었다. 〈종이 상자〉를 제외한 나머지 7편은 1908년부터 1917년까지 약 10년에 걸쳐 발표된 것이다. 다섯 번째 단편집 《셜록 홈즈의 사건》 12편도 4년의 공백 기간을 가진 후, 1921년부터 1927년까지 쓴 것이다. 이렇게 오랜 시간을 보내며 작품을 발표한 것은 코난 도일의 머리에서 새로운 트릭이나 아이디어가 고갈되었기 때문인지도 모른다. 사실 도일은 이 시기에 심령학 연구와 선교에 열중하고 있었다.

〈위스테리아 로지〉는 스콧 에클즈의 이상한 체험으로 이야기가 시작되어, 마치 공포 소설 같은 분위기로 독자를 이끌어 간다. 심하게 말라비틀어진, 언뜻 보기에는 흑인 갓난아이를 미라로 만든 것 같은 물체와 조각조각 뜯겨진 채 죽어 있는 흰 수탉이 나오며, 양동이에 가득 찬 붉은 피, 불에 타서 숯으로 변한 작은 뼛조각들 그리고 밤사이에 행방불명된 위스테리아 로지의 사람들과 살인 사건. 마치 스티븐 킹이나 딘 쿤츠의 공포 소설을 떠오르게 한다.

이 작품에서 이상한 점은 도망간 요리사가 두 번이나 위스테리아 로지를 찾아온 것이다. 물론 처음 왔을 때 월터스 경관을 보고 놀라서 목적을 이루지 못했다고 하면 할 말이 없다. 아마 위에서 말한 기분 나쁜 물건 가운데 필요한 것이 있어서 가지러 왔겠지만 그렇게 중요한 것이라면 사실은 사건이 있던 날 가져가는 게 자연스럽지 않을까?

월터스 경관의 증언을 통해 악마 같은 얼굴의 괴인을 등장시키는 효과를 노리고, 베인즈 경감에게 요리사를 체포하도록 만들기 위해 작가는 요리사를 두 번이나 무대에 등장시켰다고 보는 편이 좋을 것이다. 논리성을 희생하면서까지 극적 효과를 노렸다고 할까?

버넷 양이 탈출하는 과정도 조금 무리가 있다. 두 남자가 몸도 가누지 못하는 여자를 놓치다니. 그리고 베인즈 경감의 말을 들으면 역에 경찰이 대기하고 있었는데 왜 그들을 체포하지 않았을까?

특기할 만한 것은 베인즈 경감과 홈즈의 수사 대결이다. 베인즈 경감은 지금까지의 다른 경찰(레스트레이드, 그렉슨)과 달리 뛰어난 추리력을 갖고 있어 홈즈가 칭찬을 아끼지 않는다.

　"사건을 아주 치밀하고 조직적으로 잘 처리하는군요. 이런 말이 실례가
되는지 모르지만, 경감이라는 직책에 머물기에는 능력이 아깝습니다. 분
명 뛰어난 형사가 될 겁니다. 능력도 있고 직감도 뛰어나군요."

　아마 경찰 조직에도 드디어 재능 있는 인물이 나오기 시작한 것을
코난 도일이 염두에 두었는지도 모른다. 일부 셜로키언들이 홈즈의
아들이라고 주장하는 유능한 홉킨스 경감은 몇 년 후 〈금테 코안경〉
(1894), 〈블랙 피터〉(1895), 〈아베이 농장〉(1897)에 등장한다.

　〈종이 상자〉(사건 발생은 1889년이고 발표된 것은 1893년. 단편집으로 나
온 것이 1917년이다.)를 《셜록 홈즈의 회상》에 수록하지 않은 것은 잔혹
하고 불륜의 냄새가 난다는 비난을 받았기 때문이다. 사람의 귀를 잘
라 소포로 보내는 내용은 120년이 지난 지금 생각해도 끔찍하다. 그런

스코틀랜드 야드 1대 청사

데 도일은 《셜
록 홈즈의 회
상》을 발표할
때, 〈종이 상자〉
에서 잔혹하거
나 불륜과 관계
없는 부분을
〈입원 환자〉에

추가했다. 그래서 〈입원 환자〉에서도 〈종이 상자〉와 똑같은 장면이 나온다.

그렇다면 도일은 왜 《마지막 인사》에 〈종이 상자〉를 넣었을까? 가장 먼저 생각할 수 있는 것은 원고의 양을 늘릴 필요가 있었기 때문이다. 《마

1890년에 완공된 신 런던 경찰청

지막 인사》의 작품은 모두 7편밖에 되지 않고, 2부 구성으로 발표한 〈위스테리아 로지〉와 〈레드 서클〉을 고려해도 원고의 양이 다른 단편집의 4분의 3밖에 되지 않는다.

마틴 파이도는 《셜록 홈즈의 세계(The World of Sherlock Holmes)》에서 〈종이 상자〉가 이 단편집에 수록된 이유를 다음과 같이 말한다.

전쟁이 가져다준 도덕의 해이도 역할을 한 듯하다. 1890년대 초, 도일은 아이린 애들러와 보헤미아 왕의 스캔들이 비난받을 것이라고는 생각하지는 않았다. 릴리 랭트리가 왕세자의 정부가 되었다고 사회적 추방을 당하지 않았고, 왕세자가 파리의 창녀와 친구의 부인들을 난잡하게 쫓아다닌 것에 대해서도 대중은 말없이 감탄했다. 귀족과 왕족은 방탕한 생활을 할 수 있었고, 그것이 증인석이나 스캔들 잡지에서 밝혀지는 일도

없었다. 하지만 커싱 자매처럼 중하층 사람들은 그런 일을 해서는 안 됐다. 동생의 남편에게 언니가 욕정을 품고, 일부러 부부간에 쐐기를 박아 결혼을 망치는 일이나, 부부간의 불행이 음주, 간통, 살인을 일으키는 것 말이다. 그래서 도일은 전통적인 가정의 정당성에 질문을 던진 것이다.

〈종이 상자〉에서 홈즈는 그 문제에 대해 감동적인 말을 한다.

"이걸 보고 무얼 느꼈나, 왓슨? 불행과 살인과 공포의 반복을 통해 도대체 무얼 얻는단 말인가? 뭔가 시사하는 바가 있는 것 같군. 그렇지 않다면 우주는 우연의 지배를 받고 있다는 건데……. 그건 아닐 걸세. 어떤 의미냐고? 인간의 이성으로는 해결할 수 없는 영원불변의 커다란 문제가 있다는 걸 이 사건은 말하고 있지."

1890년대 초, 주정뱅이 선원과 부인의 추잡한 부정행위에 대해 심각한 질문을 하는 것은 부적절했다. 일반 서민의 애욕은 비열함 그 자체였기 때문이다. 토머스 하디는 《무명의 주드(Jude the Obscure)》가 불러온 비판의 폭풍 때문에 소설을 쓰지 않았다. 그러나 도덕의 풍조가 바뀌고 D. H. 로렌스(《채털리 부인의 연인(Lady Chatterley's Lover)》의 작가)가 토머스 하디도 상상하지 못할 작품을 쓰고, 도일이 이혼법에 도전하기 시작했을 때, 도일은 〈종이 상자〉를 다시 발표하기로 한 것이다.

1888년 12월, 화가 빈센트 반 고흐가 자신의 왼쪽 귀를 잘라 라셀이라는 성경에 나오는 이름을 가진 아를의 매춘부에게 보낸 사건이 있었다. 그 이유는 고흐와 그의 손님이었던 폴 고갱 사이에 불화를 일으킨 여자로 그녀를 비난했기 때문이라고 한다. 마찬가지로 짐 브라우너도 귀를 잘라 성경에 나오는 사라(Sarah)라는 이름을 가진 부도덕한 여자에게 보낸다. (사라는 성경에서 아브라함의 아내로 이삭의 어머니.) 도일은 이 사건에서 힌트를 얻었을 가능성이 있다.

이 작품에서 고든 장군이나 헨리 워드 비처의 초상화는 어떤 의미일까? 단순히 홈즈의 독심술 같은 추리력만 보이려는 에피소드는 아니다. 이 두 사람은 모두 섹스 스캔들로 유명하다. 자세한 것은 지면상 여기에 밝힐 수 없지만 이 두 초상화야말로 에드거 앨런 포의 《도둑맞은 편지》와 같은 의미를 갖고 있다. (도일도 이 장면에서 포에 대해 언급하고 있다.) 독자들은 도일이 제시한 초상화를 보고도 도일이 말하고 싶은 진정한 뜻을 모르고 있다. 아마 도일은 이런 숨겨진 뜻을 갖고 독자에게 도전을 했는지도 모를 일이다.

〈레드 서클〉

홈즈는 이 사건을 이렇게 말한다. "이 사건은 공부가 되지. 돈도 명예도 돌아올 것이 없지만, 꼭 해결해보고 싶네." 수수께끼에 싸인 하숙

핀커튼 탐정사를 만든 사실상 세계 최초의 사립탐정 앨런 핀커튼

인의 정체를 밝히기 위해 홈즈와 왓슨이 나선다. 불빛 신호로 의사소통을 하는 장면이 나오는데 과연 실용적일까 하는 의문이 든다. 한 번이라도 불빛의 명멸을 잘못 세면 어떻게 될까?

미국의 핀커튼 탐정사가 처음 소개되지만 탐정이 크게 활약하는 것은 아니다. 몇 년 후 《공포의 계곡》에서 나오는 버디 에드워즈도 핀커튼 탐정사의 탐정이다.

〈브루스 파팅턴 설계도〉

홈즈는 가끔 법에 위반되는 불법 행위를 한다. 영장도 없이 다른 사람의 집에 숨어들어가기도 하고, 범인을 경찰에 넘기지 않고 자신의 판단으로 놓아주기도 한다. 홈즈는 정전 60편 중 14편에서 범인을 경찰에 넘기지 않고 자신의 판단으로 놓아준다. 법조인들이 보면 홈즈의 이 같은 행동을 비난할지도 모르지만 독자들은 어떻게 생각할까? 불법 행위를 볼 수 있는 작품은 다음과 같다.

> 〈제2의 얼룩〉, 〈신랑의 정체〉, 〈블루 카번클〉, 〈너도밤나무 숲〉, 〈보스콤 계곡 미스터리〉, 〈해군 조약〉, 〈버릴 코로넷〉, 〈세 학생〉, 〈서식스의 뱀파이어〉, 〈아베이 농장〉, 〈악마의 발〉, 〈찰스 오거스터스 밀버튼〉, 〈프라이어리 스쿨〉, 〈세 박공의 집〉

〈아베이 농장〉에서 크로커 선장이 살인을 했음에도 불구하고, 홈즈는 도망을 묵인하는 듯한 말까지 하고 있다.

"정당방위라고 주장해도 당신의 행동이 합법적이라는 판단을 받을지 확실치가 않습니다. 어쨌든 이건 영국의 배심원들이 결정할 문제입니다. 그렇지만 나는 당신이 정말 딱하군요. 스물네 시간 안에 사라진다면 당신은 무사할 수 있을 겁니다."

그리고 잠시 후 이렇게 말한다.

"자, 우리는 법의 절차를 따릅시다. 크로커 선장, 당신은 피고인입니다. 왓슨, 자네는 영국 배심원이네. 자네만큼 적당한 사람도 없을 걸세. 나는 판사입니다. 자, 배심원 여러분, 모든 증언을 들었습니다. 이 피고인은 유죄입니까 무죄입니까?"
"무죄입니다, 재판장님." 내가 말했다.
"민중의 소리는 신의 소리입니다. 당신은 무죄입니다."

홈즈는 범인을 밝힐 뿐 아니라 때로는 이렇게 판사 역할까지 하고 있다. 사립 탐정인 그는 경찰로부터 공권력의 영향을 받을 걱정이 없다. "일하다 보면 한두 번쯤 범인이 저지른 범죄보다 내가 범인을 발견하는 게 더 큰 해악을 끼친다는 생각이 들 때가 있네. 이번에 조심성을 배운 것으로 됐네. 내 양심에 반하는 일을 하느니 차라리 영국 법을 어기겠네."라는 말에도 그의 자기 본위로 판단하는 자유로움이 나타나 있다. 〈블루 카번클〉의 '제임스 라이더'나 〈제2의 얼룩〉의 '힐다 부인'도 공식적으로는 벌을 받지 않았다. 제임스 라이더에 대해서는 "그는 다시는 나쁜 짓을 하지 않겠지. 혼이 났으니까. 지금 여기서 교도소로 보내면 그는 상습범이 되고 말아."라고 말한다. 그리고 힐다 부인은 고의로 큰 사건을 일으키려 했던 것도 아니고 서류가 무사히 발견되었기 때문에, 발표해서 생길 추문을 회피한 것은 당연한 조치다. 홈즈는 법을 뛰어넘으면서도 올바른 쪽을 생각한 것이다.

〈죽어 가는 탐정〉

처음 읽는 독자는 병든 홈즈를 보고 동정심과 안타까움을 느낄 것이다. 그리고 홈즈와 왓슨의 우정을 다시 한 번 확인하게 된다. 그러나 결말을 알고 난 뒤에 다시 읽어 보면 이만큼 웃음을 자아내는 작품을 보기 힘들다. 홈즈가 탐정을 직업으로 선택함으로써 연극계가 훌륭한 연기자를 놓쳤다는 말이 실감난다.

〈레이디 프랜시스 커팩스의 실종〉

프랑스 노동자로 변장한 홈즈가 몽페리에의 술집에서 나왔을 때, 그가 런던에 있을 거라고 생각했던 왓슨은 깜짝 놀란다.

사실 홈즈가 거기 있을 이유가 있었을까? 이 부분도 애매하다.

레이디 프랜시스 커팩스를 숨기는 트릭은 나중에 많은 추리 작가가 이용했지만, 홈즈 이전에도 비슷한 트릭을 이용한 작품이 있다. 빅토르 위고의 《레미제라블》, 알렉상드르 뒤마의 《몽테크리스토 백작》(1845)이 그것이다. 도일은 이 두 작품에서 힌트를 얻었을지도 모른다.

〈악마의 발〉

홈즈는 건강을 찾기 위해 전지 요양을 하지만, 그곳에서조차 기괴한 사건이 벌어진다. 그리고 이 작품에서도 홈즈는 범인을 동정한다.

범인은 자기 정원에만 있는 돌을 갖고 가서 유리창에 던질 필요가 있었을까? 홈즈에게 단서를 제공해 주기 위해? 아니면 흥분해서 앞뒤 가리지 않고 증거가 될 돌을 갖고 간 것일까?

〈마지막 인사〉

3인칭으로 쓰인 소설이다.(《셜록 홈즈 사건》에도 3인칭으로 서술된 〈마자랭의 보석〉이 나온다.) 첫 부분에 나오는 '세계 역사상 가장 무서웠던 8월, 그 8월 2일 밤 9시의 일이었다.'는 1914년 8월을 말한다. 코난 도일이 제1차 세계대전 중 독일에 대한 증오를 품고 이 작품을 쓴 것은 아들이 전쟁에서 전사했기 때문일 것이다. 제1차 세계대전은 독일이 1914년 8월 2일 러시아에, 3일 프랑스에 선전포고를 하고, 이에 영국이 4일에 대독 선전포고를 하면서 시작되었다.

도일은 이 작품을 마지막으로 홈즈 이야기를 쓰지 않으려고 했다. 그러나 이 작품에서 홈즈는 독자에게 마지막 인사를 하지 않는다. 홈즈는 나이가 들었지만 건강하고, 양봉과 독서를 하는 은거 생활을 하다가 국가의 부름을 받고 큰 역할을 맡은 것이다. 하지만 이 사건이 그의 공식적으로 발표된 마지막 사건은 틀림없다. 나중에 발표한 12편은 모두 이 사건 이전에 일어난 것이다.

〈마지막 인사〉에는 폰 보르크의 집에서 가정부로 일하는 늙은 마사 부인이 등장한다. 마사는 홈즈의 협력자다. 문득 마사가 허드슨 부인이 아닐까 하는 생각이 든다. 1881년 《주홍색 연구》에서 홈즈와 왓슨이 만나서 베이커가 221B 번지에서 공동 생활한 이후, 은퇴 후에도 홈즈가 허드슨 부인과 같이 생활했을 가능성은 있다.

그러나 마사가 허드슨 부인이라는 이론에는 몇 가지 모순이 있다. 허드슨 부인은 홈즈보다 나이가 많기 때문에, '마지막 인사' 사건 당시 젊게 보아도 60세, 실제로는 7, 80세 가까운 할머니다. 나이로 보면 폰 보르크의 가정부는 홈즈에게 협력하는 것도 힘들지 않았을까?

또 왓슨이 허드슨 부인(마사)과 만난 것은 〈기어 다니는 사람〉 이후 12년 만인데, 왓슨과 허드슨 부인(마사)이 서로 처음 만난 듯한 행동을 한 것은 왜일까? 홈즈가 앨터몬트라고 했듯이 허드슨 부인도 마사로 이름을 바꾼 것일까? 그러나 폰 보르크 체포 후에도 홈즈가 마사라고 부른 것을 보면 본명이 틀림없다. 그러면 마사는 누구일까? 홈즈는 여성을 좋아하지도 믿지도 않았지만(《죽어 가는 탐정》) 허드슨 부인은 예외였다. 그렇다면 허드슨 부인처럼 믿을 수 있고, 허드슨 부인보다 나이가 젊은 여성은? 마사야말로 허드슨 부인의 동생일 가능성이 크다.

코난 도일(Sir Arthur Conan Doyle)과 추리문학

셜록 홈즈가 등장하는 문학사적 배경

1. 19세기 말의 영국 문단

한 작가나 작품을 연구하고 감상하기 위해서는 그 작가나 작품이 탄생한 시대적 배경을 이해하는 것이 불가결한 요소다. 시대적 상황을 무시하고 한 작가나 작품에 접근하는 것은 마치 물을 모르면서 고기를 잡으러 가는 것과 비슷하다. 아서 코난 도일(Sir Arthur Conan Doyle, 1859~1930)이 활동했던 시대를 분석해 보면 우리는 몇 가지 매우 중요한 단서를 발견할 수 있다. 추리 소설이 19세기 중엽에 발생하여 19세기 말 윌키 콜린스와 코난 도일의 등장으로 전성기를 맞는 것 같더니 이 붐은 시들지 않고 1910년대와 1920년대의 또 다른 붐을 조성하고, 아직도 미국과 영국의 대중적인 읽을거리로 자리 잡고 있다. 우리가 새삼 코난 도일을 소개하고 독자들에게 다시 한 번 읽기를 권하는 이유도 여기에 있다. 코난 도일을 다시 읽어 보면 19세기 말 영

국을 중심으로 한 서구의 독자들이 추리 소설에 매료된 경위를 짚어 볼 수 있을 뿐만 아니라, 대중 문학과 소위 전통 문학과의 관계를 원천적으로 탐색해 보는 기회가 될 수 있다고 생각한다. 우리 주변에서는 아직도 추리 소설을 마치 읽어서는 안 될 독서물 정도로 폄하하는 태도가 짙게 깔려 있다.

우선 도일이 살던 시대는 영국의 제국주의가 팽창 일로를 걸으며 내부적으로나 외부적으로 여러 가지 심각한 문제에 부닥치고 있던 시기였다. 이는 대영 제국이 1840~1850년대의 전성기를 지나서 이미 쇠퇴의 분수령을 넘어서는 시기라고 진단할 수 있다. 찰스 다윈(Charles Darwin)의 진화론과 지그문트 프로이트(Sigmund Freud)의 정신분석학 등 새로운 과학 이론이 진지하고 엄숙한 전통적 기독교 가치관을 흔들어 놓기 시작했고, 정치적으로는 아일랜드의 독립 문제와 여성의 참정권 문제로 해질 날이 없던 대영 제국에 바람 잘 날이 없었다.

선거권의 확장으로 힘을 얻은 대중민주주의는 영국식 자유주의의 역할을 축소시키면서 조지 버나드 쇼(George Bernard Shaw)나 웰스(H. G. Wells) 같은 진보적인 작가들로 하여금 사회주의로 관심을 돌리게 했으며, 토머스 하디(Thomas Hardy)의 소설과 시 그리고 하우스먼(A. E. Housman)의 시에는 세기말의 비관주의가 나타나게 되었다. 이에 대한 대응으로서의 그들은 극기주의를 표방하고 나섰다. 월터 페이터(Walter Pater)의 산문이나 오스카 와일드(Oscar Wilde)의 소설에는 무너져 가는 시대의 가치관에 대응해서 순간의 아름다움을 향유하는 미학적 쾌락주의와 멋과 퇴폐성을 추구하는 탐미주의가 담겨 있다. 영국의 제국주의에도 세기말의 충격이 안팎으로 다가오고 있는 시기였다.

이들 작가들이 새로운 상황에 대한 처방으로 주창한 생각들은 평범한 중산층 독자들이 지니고 있던 문학관에 커다란 충격을 주었다. 마침내 독자들은 그동안 존경하고 따르던 작가들을 떠나 평이하고 재미있는 글을 원하는 경향을 보이기 시작한다. 다시 말해, 작가들은 독자로부터 유리된 것이다. 이러한 경향은 영국에만 있었던 것이 아니고, 프랑스에서는 보헤미안(Bohemian)의 생활방식이 도입되어 예술가는 사회를 거부하며 또한 사회에 의해서 배척당하는 존재라는 생각이 팽배하게 되었다. 서구의 제국주의가 전성기에서 이념적으로나 현실적으로 이제 새로운 시대로의 이전이 시작되는 터에 작가들은 전통적 기독교의 가르침에서 해결책을 찾을 수 없었다. 그들은 불교나 이슬람 등 다른 종교에서 그리고 새로운 이론을 제시하는 과학에서, 나아가서는 비합리적인 고딕 전통(Gothic tradition)의 재생(再生)에서 해결책을 찾으려 했다.

이러한 작가의 예는 얼마든지 있는데, 참고로 오스카 와일드나 초기의 예이츠(W. B. Yeats), 조지프 콘래드(Joseph Conrad), 웰스(H. G. Wells), 스티븐슨(Robert Louis Stevenson) 그리고 코난 도일이 그러했고, 〈드라큘라(Dracula)〉의 작가 브램 스토커(Bram Stoker)가 그러했다. 이들 작가는 범죄, 혼돈, 방탕, 퇴행, 동물성, 공포를 주제나 기법으로 동원한 작품을 생산했다. 이들의 이러한 움직임이 다른 의미로 보면 후일 20세기의 문을 여는 모더니즘의 토양을 마련하게 된다. 또한 작가가 사회적 문제에 의도적이고 의식적인 해결사로서의 의식을 갖고 자신의 사상과 자신의 세계로 몰입해 가는 것을 우리는 현대성을 띤 작가의 모습이라고 기록하게 된다. 독자를 위한 작가에서 작가 자신의 철학과 이데올로기를 위한 작가로 변신하는 것이며, 이는 다시 말해서 자신의 세계와 자기만의 목소리를 지닌 작가로 변신하기 시작한 것이다.

그래서 작가들은 이제 두 갈래의 갈림길로 갈라진다. 한 길은 대중 독자의 관심을 끌기 위한 필사적인 노력의 대행자가 되는 길이고, 다른 한 길은 내 갈 길을 가련다는 식의 작가가 되는 것이다. 전자는 독자들의 불안을 달래 주고 휴식을 주기 위해서 로맨스 전통에서 영웅을 찾아내려고 했는데 이 부류에 속하는 작가로 《보물섬》과 《지킬 박사와 하이드 씨》를 쓴 스티븐슨 그리고 우리가 잘 아는 《셜록 홈즈의 모험》을 연작으로 발표한 코난 도일, 그리고 공상과학 소설의 작가 H. G. 웰스 등이 속한다. 후자 그룹의 작가들은 소설을 단순한 독자를 위한 읽을거리로 보지 않고 소설을 통해서 인생의 문제를 해결이라도 할 태세로 소설을 썼다. 그러한 소설에는 철학과 사상이 뒤범벅되어 있고 실험 정신이 가득 차 있다. 의미심장하고 내용이 어려운 소설이 등장하게 된 것이다. 세기 후반의 《로드 짐》의 작가 콘래드, 《테스》의 작가 토머스 하디, 제임스 조이스, 예이츠 등의 작가들이 이 부류에 해당된다. 여기에서 문학은 대중 문학(Popular literature)과 주류 문학(Main stream literature)으로 갈라서는 분기점을 맞게 된다. 불안한 독자 대중을 상대로 한 작가들의 다른 태도와 흔들리고 기울어지고 있는 시대적 상황에 대한 시각의 차이로 인해서 작가들은 각각 제 갈 길을 찾아 나서는 것이다.

이러한 현상을 크게 보면 제국주의 쇠퇴기에 접어든 영국이 겪어야 할 필연적인 현상이기도 하지만, 다른 한편에서 보면 재미와 단순한 읽을거리를 원하는 독자층이 등장했다는 피할 수 없는 상황의 변화 때문이기도 하다. 영국에는 1870년에 제정된 교육법으로 새로이 글을 읽을 수 있는 서민 대중이 등장한다. 이들은 종래의 중산층 독자와는 달리 선정적(sensational)이고 저속한 대중 소설을 애호하는 경향을 띠기 시작했다. 이들이 출판 시장의 주요 고객으로 등장함으로써 전통적 가치에 집착해 있던 작가들은 개인적으로 더욱 갈등을 일으키는 존재가 되었고, 사회적으로 더욱 고립되었다. 이러한 경향에 대한 대응으로서 청소년 독자층을 위해 건전한 잡지를 표방하고 〈소년의 잡지〉가 1879년 출간되었다. 이 잡지의 주된 이야기는 제국주의적 모험담이었고, 이 잡지에 기고한 주요 작가는 킹스톤, 헨티, 그리고 코난 도일이었다. 자극적이고 재미있는 글을 요구하는 대중과 무너져 가는 제국의 나아갈 길을 모색해야 하는 두 가지 과업을 함께 떠맡은 것이 바로 19세기 말 그리고 20세기 초의 작가들의 모습이다.

2. 셜록 홈즈(Sherlock Holmes)는 누구인가?

영국이 낳은 세계적인 문호 셰익스피어가 그려 낸 햄릿이나 맥베스, 다니엘 디포의 로빈슨 크루소처럼 작중 인물이 마치 실존 인물처럼 기억되는 경우가 많다. 그것은 작품이 그만큼 독자들에게 깊은 감동과 많은 교훈을 주었거나 독자들의 문학적 상상력을 자극했기 때문이다. 그러한 관점에서 코난 도일의 셜록 홈즈는 둘째가라면 서러울 정도로 독자들이 기억하는 작중 인물이다. 작가 도일은 몰라도 홈즈를 알고 있는 경우가 허다하며, 도일의 탄생일은 몰라도 '셜록 홈즈 탄생 100주년 기념행사'는 거창하게 치러졌다. 도일은 원래 안과의사였으나 의사라는 직업과 수입에 만족하지 못했다. 그는 추리 소설을 쓰기로 작정하고 그 당시 이미 상당한 독자들의 관심을 끌고 있는 에드가 앨런 포의 단편이나 에밀 가보리오의 작품(《M.Lecoq》) 등 많은 추리 소설을 읽고 이 작품들이 지닌 문제점을 지적했다. 《회상과 모험(Memories and Adventures)》에서 도일은 당시의 추리 소설의 문제점을 이렇게 지적하고 있다.

"내가 추리 소설을 읽었을 때, 아마 1886년쯤, 나는 크게 충격을 받았다. 왜냐하면 추리작가들이 미스터리의 해결책으로 우연의 일치와 같은 방법을 사용하고 있었기 때문이다. 이것은 작품을 읽는 독자와 공정한 게임이 될 수 없다. 탐정이 성공적으로 문제를 해결하기 위해서는 자신이 설정한 어떤 방책에 의존해야 하는데 실제로 일어나지도 않는 갑작스러운 상황 변화를 도입하고 있다."

이러한 도일의 지적에서 볼 수 있듯이, 그는 이미 추리 소설의 본질과 추리작가가 해야 할 일을 정확히 파악하고서 추리 소설을 쓴 작가라고 할 수 있다. 《주홍색 연구(A Study in Scarlet)》를 1887년에 발표해 성공하게 된 것이 우연이 아님은 그가 작품 안에 설정한 주인공, 인물 묘사, 주제, 기법 등이 19세기 소설의 핵심을 꿰뚫고 있었고, 이를 그의 작품에서 충분히 살려 냈기 때문이다.

그가 주인공으로 삼은 모델은 학식이 있는 지성인(An academic intellectual)이었다. 사태를 분석하고 추리하는 능력을 갖춘 인물을 찾았기 때문이다. 다시 말해, 합리성을 지니고 분석적인 태도를 갖춘 새로운 과학적 사고에 익숙한 인물인 것이다. 이는 19세기 과학이 새로운 이슈로 떠오르는 시대에 알맞은 주인공임에 틀림없다. 이러한 탐정이 주인공으로 활약하는 작품이 과학적인 사고와 행동을 선호하던 당시 영국의 화이트칼라 직업을 가진 독자들에게 환영받은 것은 당연한 일이다. 도일은 빈틈없는 작품의 구성에다 의외성(Unexpectedness)의 결말을 내리면서도 논리적으로 명쾌하게 설명함으로써 논리적 사고와 과학적 분석을 선망하는 당시 독자들의 관심을 한껏 충족시킨 것이다.

도일의 홈즈 이야기를 분석해 보면, 세 부분으로 정리된다. 첫째 관계와 관련성, 둘째 조사와 추적, 셋째 해결이 그것이다. 이는 어떤 사건에서도 예외가 될 수 없는 3가지 기본적인 추리의 과정을 제시한 것으로 볼 수 있다.

홈즈의 추리는 상상을 바탕으로 하는 듯하지만, 실은 범죄와 관련된 자료의 분석과 현장의 증거와 범죄의 과정 등을 철저히 설명하는 현실적이고 과학적인 수사를 바탕으로 하고 있다. 추리 소설이 오래된 서구의 로맨스(romance)의 전통을 이어받고 있으면서도 19세기의 과학정신을 받아들임으로써 단순한 범죄 기록물이나 범죄 이야기에서 벗어나 새로운 장르로 탄생한 것이다.

홈즈와 같은 인물은 19세기 말의 상황에서는 어떻게 받아들여졌을까? 영국인들은 전통적으로 영웅 숭배(Hero worship) 사상을 가지고 있다. 홈즈는 모든 문제를 스스로 조사하고 분석하고 결론을 맺으면서도 마침내 그 책임까지 스스로 지는 인물이다. 합리주의 원리를 기본으로 하고 있는 판단력과 몰인정하리만큼 날카로운 분석력은 낭만적인 허구를 떨치고 마침내 믿을 수 있는 영웅으로 자리매김하게 한다. 그는 범죄의 해결에는 프로 정신을 지닌 전문가적인 현대인의 모습을 보여 주고 있다. 다시 말해, '현대적 의미의 영웅이 어떤 모습을 띠고 있을까?'에 대한 모델을 제시하고 있는 것이다. 그는 개인의 권위를 주장하면서도 언제나 폭넓은 경험을 수용하고 이를 바탕으로 판단한다. 직관과 통찰력으로 문제를 해결하는 듯하면서도 실은 날카로운 경험론적인 분석과 객관적 논리에 바탕을 둔 추리를 수행한다.

이러한 관점에서 보면 도일의 걸작 《셜록 홈즈의 모험》은 영국의 정신적 전통을 이어받으면서 영문학이 19세기 말에 처한 상황에서 가장 영국적으로 대응한 문학 장르의 하나가 된다고 평가할 수 있다.

유명우
(호남대 영문학과 교수 · 한국추리작가협회 부회장)

셜록 홈즈와 가짜 셜록 홈즈

　실존하지 않는 소설 속의 인물이면서도 너무나 유명해진 나머지 마치 실제로 존재했던 것처럼 여겨지거나 어떤 분야의 대명사가 되는 경우가 종종 있다. 예를 들어 현실을 무시한 몽상가는 '돈키호테', 이중적인 성격을 가진 사람은 '지킬 박사와 하이드 씨'에 비유되는 것처럼 셜록 홈즈는 탐정의 대명사가 되어 묵직한 무게를 느끼게 한다.

　홈즈는 이렇게 전설적인 존재가 된 나머지 코난 도일의 창조물에만 머물러 있지 않고, 수많은 작가를 통해 셀 수 없을 만큼의 재창조가 이루어졌다. 장단편을 통틀어 60여 편의 오리지널 홈즈 시리즈를 남긴 도일은 '홈즈'라는 이름에 특별한 조치를 취하지 않았던 탓에 지금까지 수천 편(계속 늘어나고 있으므로 정확한 숫자는 확인할 수 없지만, 1997년의 자료에 의하면 장단편을 통틀어 약 7,000편 이상이라고 한다.)의 '가짜' 홈즈 시리즈가 쏟아져 나오게 되었다.

열성적인 셜로키언들로서는 홈즈 시리즈가 불과 장편 네 권과 단편집 다섯 권에 그쳤다는 것이 못내 아쉬울 것이다. (수십 권의 숫자를 가볍게 넘어서는 현대 작가들의 작품과 비교해 보면 더욱 그럴 수밖에 없다.) 그 아쉬움에 의해 등장한 것이 수많은 '가짜' 홈즈 작품이다. 이들 '가짜' 작품들은 미스터리의 완성보다도 홈즈라는 인물과 그 시대의 분위기를 즐기기 위한 것이다. 독자의 요구는 홈즈 이야기의 무엇에 매력을 느끼고 있는가에 따라 달라진다. 정전 그대로의 문체로 새로운 작품을 읽고 싶은 사람, 정전에서는 볼 수 없었던 숨어 있는 비밀을 읽고 싶은 사람, 홈즈만 등장하면 충분한 사람, 왓슨이나 레스트레이드 경감 등을 주인공으로 삼아 읽고 싶은 사람 등 수많은 요구가 있었고, 또한 홈즈라는 인물을 멋지게 부활시키려는 욕심을 가진 작가들이 집필에 착수하기도 했다.

정통 셜로키언들은 홈즈의 모습을 정확히 그려 주는 것을 가장 바라고 있다. 홈즈 이야기의 매력은 바로 셜록 홈즈라는 인물에 있다고 여기기 때문이다. 홈즈의 모습이 원래와 크게 동떨어져 딴사람을 만들어 바꾸거나 왓슨과의 관계를 다르게 묘사할 경우 비난을 받기도 한다. 홈즈가 무뚝뚝한 태도로 왓슨을 대하기는 하지만 그를 결코 무시하는 것은 아니며, 하대(下待)하는 것도 아니고 결코 친밀함이 없는 것도 아니다.

특정 작가가 창조해 낸 주인공을 다른 작가가 차용해 작품을 쓰는 것은 크게 두 가지 패턴으로 분류하는데, 하나는 패러디(parody), 다른 하나는 패스티쉬(pastiche)다. 다소 생소하게 들릴지도 모르지만, 국내에서도 90년대 후반부터 인터넷이 보편화되면서 여러 가지 새로운 용어들에 익숙해졌는데, '패러디'도 그중 하나다. 패러디란 원래 작품을 약간 비꼬거나 희화(戱畵)하는 것으로, 간단히 말하자면 코미디에 가깝게 만든 것이다. 한편 패스티쉬는 오리지널 홈즈 시리즈, 즉 정전(正典: canon)을 모방해 가능한 한 원래의 분위기를 살리는 것이다.

패러디는 보통 이름을 알아볼 수 있을 정도로 약간 뒤튼 다음 작가가 마음대로 변형하는 경우가 대부분인데, 홈즈의 패러디 작품은 일찌감치 등장했다. 영국 태생의 미국 작가이며 도일의 친구이기도 한 로버트 바(Robert Barr)는 루크 샤프(Luke Sharp)라는 필명으로 홈즈의 이름을 절묘하게 바꾼 《셜로 콤즈의 모험(The Detective Stories Gone Wrong: The Adventures of Sherlaw Kombs)》(후에 《패그램의 수수께끼(The Great Pegram Mystery)》로 게재)을 1892년 발표했다. '진짜' 홈즈가 등장하는 첫 작품 《주홍색 연구》가 1887년에 나왔고, 첫 번째 단편 〈보헤미아의 스캔들〉이 발표된 것이 1891년이니, 대단히 빠른 등장인 셈이다.

괴도(怪盜) 뤼팽으로 유명한 프랑스 작가 모리스 르블랑도 1908년 단편 〈한발 늦은 홈록 시어즈(Holmlock Shears Arrive Trop Tard)〉(나중에 힐록 숌즈 (Herlock Sholm's)로 이름을 바꿈)에서 홈즈임이 틀림없어 보이는 영국의 명탐정을 등장시켰다. 이 작품에서는 당초 유능한 인물이라고 추어올려 놓았다가 뤼팽과의 대결에서는 골탕을 먹는 것으로 묘사했기 때문에 많은 홈즈 팬의 항의를 받았다. 그런 탓인지 《아르센 뤼팽 대 힐록 숌즈 (Arsene Lupin Contre Herlock Sholmes)》 중에서 셜록 홈즈를 따로 언급한 뒤 힐록 숌즈라는 인물을 등장시킨다.

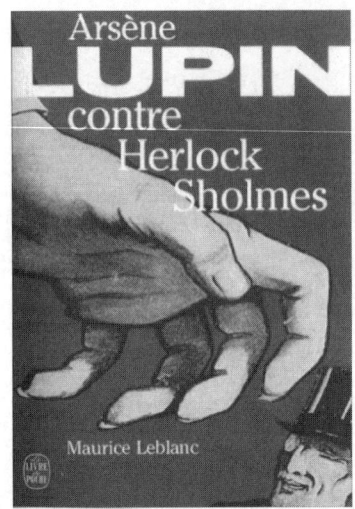

《아르센 뤼팽 대 헐록 숌즈》 표지

배트맨의 악당 조커와 맞선 홈즈, 《The Joker Comic》, 1976

그러나 르블랑은 라이벌 의식 탓인지 아니면 프랑스인 기질 탓인지 모르겠지만 홈즈를 바보로 만드는데 그치지 않고 훗날 《기암성(L' Aiguille Creuse)》에서는 뤼팽의 약혼녀인 레이몽드까지 총으로 쏘아 죽이는 잔인한 인물로 만들어 놓았다. 게다가 자신은 첫 번째 뤼팽 시리즈(홈즈가 등장한 지 20년 후 발표했다)를 쓸 때까지만 해도 코난 도일을 전혀 모르고 있었다는 믿을 수 없는 이야기를 해 홈즈 팬들의 원성을 샀다.

현대 미국 작가인 로버트 L. 피쉬도 홈즈 패러디의 금자탑이라고 불리는 《슈록 홈즈(Schlock Homes)》시리즈를 발표했다. 슈록 홈즈가 사는 곳은 베이글(Bagel:둥근 빵으로 베이커(Baker)가 빵 굽는 사람이라는 것을 변형) 거리이며, 동료의 이름은 와트니(Watney) 박사다.

사실 패러디에서 셔로 콤즈, 허록 숌즈, 샘록 존즈 등으로 이름만을 변형하는 정도는 비교적 온건한 편에 속한다. '홈즈는 여자였다', '홈즈와 왓슨은 호모였다' 등의 괴상한 개인사(個人史)가 있는가 하면 영국의 전설적 살인마 잭(Jack the Ripper), 드라큘라, 지킬 박사와 대결하는 작품도 있으며, 심지어는 챌린저 교수(도일의 《잃어버린 세계(The Lost World)》의 주인공)와 함께 화성인과 사투를 벌이기까지 한다. 악마 같은 인물인 모리아티가 히틀러라는 가명으로 독일에 숨어들었다는 주장도 있으며, 렉스 스타우트(Rex Stout)는 왓슨이 남장을 한 여자였다고 주장하고 있다. 아시아의 추리 소설 왕국 일본의 작가들도 이에 빠지지 않는데, 하숙집 주인이 아이린 애들러였다는 억지스러운 작품(《홈즈의 비밀》, 아오키 마사유키(靑木正之))이 있는가 하면, 홈즈가 죽은 것으로 되어 있던 동안 가명으로 일본을 방문해 사건을 해결한다는 그럴듯한 작품(《호크씨 타향의 모험》, 카노 이치로(加納一朗))도 있다.

한편 패스티쉬의 등장은 윌리엄 베어링 굴드(William S. Baring-Gould)의 노력에 힘입은 바 크다. 홈즈에 대해서 집중적으로 연구했던 베어링 굴드는 《셜록 홈즈의 전기(Sherlock Holmes Biography)》를 집필했는데, 어떤 이유로 홈즈가 명예 작위를 거부했는지, 어떻게 해서 살인마 잭(Jack the Ripper)을 체포하게 되었는지, 어떤 상황에서 그가 버나드 쇼(Bernard Shaw)에게 화를 내게 되었는지에 관해 코난 도일이 수수께끼로 남겨 놓은 채 알려 주지 않았던 여러 가지 일들에 관해서 나름대로 밝혀 놓았을 뿐만 아니라, 도일이 생각도 하지 않았을 듯한 일까지 상세하게 설명해 놓았다.

베어링 굴드에 의한 홈즈의 일대기를 요약하자면 다음과 같다.

설록 홈즈는 요크셔 지방에서 1854년 1월 6일에 태어났으며, 그의 아버지는 17세기의 교리학자인 윌리엄 셜록에 대한 존경심으로 셜록이란 이름을 선택했고, 존경하는 작가인 월터 스콧 경의 이름을 주고 싶었기 때문에 그의 이름은 윌리엄 셜록 스콧 홈즈가 되었다. 그런데 신고를 할 당시 착오가 있었고, 당시의 기록은 그대로 법적인 이름이 되고 말았다. 젊었을 때의 홈즈는 여행을 즐겼으며, 또 새들을 잡아 박제하는 일에 몰두하면서 학교 가는 일을 되도록 피하며 지냈다. 그렇다고 해서 그가 옥스퍼드를 드나드는 데에 지장을 받았던 것은 아니었다. 여러 가지 직업을 전전했는데, 미국에서 순회 공연한 셰익스피어 극단의 배우로도 있었고, 화학자이기도 했고, 유랑극단의 음악가로도 활동했다. 그러다가 그는 왓슨과 더불어 베이커 가 221B 번지에 정착하게 된다.

베어링 굴드에 의해 차근차근 정리된 전기에 따르면, 홈즈는 대영박물관의 도서관에서 한차례 카를 마르크스(Karl Marx)를 만났으며, 에드워드 7세(Edward VII)를 손님으로 받은 일이 있었으며, 또 길을 가다가 마주쳤던 루이스 캐럴(Lewis Carroll:《이상한 나라의 앨리스》의 작가)의 오른손에 묻은 산(酸)에 대해서 추리를 펼친 일이 있었다고 한다. 그가 가장 좋아하는 여가 활동은 사진을 찍는 일이었고, 또 그는 티베트의 달라이 라마(Dalai-Lama)의 초대를 받은 일도 있었다. 무시무시한 설인(雪人)들에 대한 비밀을 파헤치는 일 때문이었다. 그곳에서 홈즈는 불교와 내적 명상을 배울 수 있었다.

왓슨은 1926년에 세상을 떠났지만, 홈즈는 103세까지 살다가 죽었는데, 그가 발견해 낸 신비로운 로열 젤리 덕분이었다고 한다. 그가 세상을 뜬 해는 1957년으로, 제2차 세계대전 동안 그는 세상에 알려지지 않은 아주 중요한 역할을 해냈던 것으로 전해진다. 그러나 거대한 체구의 탐정 네로 울프(Nero Wolfe)의 작가 렉스 스타우트는 작품에서 은근히 울프가 홈즈의 아들임을 암시하는데 (믿기 어렵게도 아이린 애들러와의 사이에서 태어난 아들이라고 한다!), 일반 독자로서는 황당하게 느껴질 수도 있다.

패스티쉬 작품들은 정전에 등장하는 인물들을 거의 그대로 묘사한다는 것이 조건이다.

어컴 하우스(Arkham House) 출판사의 설립자이자 소설가이며 도일의 숭배자인 오거스트 덜레스(August Derleth)는 런던 7B 프레이드(Praed) 거리의 솔라 폰즈(Solar Pons)와 린든 파커 박사(Dr. Lyndon Parker)를 내세운 패스티쉬 작품 《검은 수선화의 모험(The Adventure of the Black Narcissus)》을 1929년 발표했는데, 탐정의 이름은 틀리지만 오리지널 홈즈 시리즈에 근접한 작품으로 평가받고 있다. 덜레스가 설립한 어컴 하우스의 자(子)회사의 이름은 마이크로프트&모런(Mycroft & Moran) 출판사인데, 홈즈 시리즈를 읽은 사람이라면 누구나 알 수 있는 이름일 것이다.

줄리안 시먼즈(Julian Symons)는 독특한 단편집 《위대한 탐정들(The Great Detectives)》에서 홈즈의 은퇴 후 생활을 묘사했는데, 홈즈에게 사건을 의뢰한 사람은 '맨틀 아니면 메이플(Mantle or Maple)' 양이라는 처녀였다. (시먼즈는 그 처녀가 '미스 마플'임을 은근히 암시하고 있다.)

근래 발표된 독특한 작품을 하나 꼽자면 흥행 대성공을 거둔 영화

의뢰인과 상담 중인 홈즈, 줄리안 시먼즈의 《위대한 탐정들》 중에서. 톰 애덤즈 그림

《셜록 홈즈와 타이타닉의 비극》 표지

'타이타닉'이 개봉되기 1년 전인 1996년 윌리엄 세일(Willam Seil)이 발표한 《셜록 홈즈와 타이타닉의 비극 (Sherlock Holmes and the Titanic Tragedy)》이 있다. 제목에서 알 수 있듯 타이타닉 호 침몰의 비화와 홈즈의 활약을 묘사한 작품으로, 실종된 영국의 비밀정보부원과 잠수함에 얽힌 국가기밀을 둘러싸고 사건이 벌어진다. 타이타닉의 침몰이 러시아의 음모였다는 설정이 흥미롭다.

영국의 여류 작가 준 톰슨(June Thomson)은 1992년《셜록 홈즈의 비밀 파일(The Secret Files of Sherlock Holmes)》를 발표한 이래 최근 가장 활발한 활동을 벌이고 있는 홈즈 패스티쉬 작가다.

패러디나 패스티쉬는 추리 소설에만 그치는 것이 아니다. 홈즈는 거의 역사적인 실존 인물과 같은 존재로서 SF작가인 폴 앤더슨(Poul Anderson)의《타임 패트롤(Time Patrol)》시리즈에도 등장한다. 미래의 범죄자들이 과거로 여행하면서 지나간 역사를 망쳐 놓기라도 한다면 미래인들이 속하고 있는 현재에 크나큰 재앙을 불러일으킬 위험이 있기 때문에 미래인들은 도망자들을 색출해 내기 위해 시공간을 순환할 수 있는 특별 수사대를 갖추고 있었다. 특별 수사요원들은 변장을 한 신분으로 각 시대에 속해 활동하고 있었다. 1894년의 런던에 거주하고 있었던 수사요원들은 당시로서는 도저히 알 수 없었던 신비한 독약이 든 상자에 대한 사건을 해결하기 위해 미래로부터 두 명의 특별 수사요원에게 요청을 구하게 된다. 사무국장은 미래에서 온 손님들에게 자신의 사무실에서 사건에 대한 설명을 해주었다.

Holmes and Watson in space. An illustration from *The Science Fictional Sherlock Holmes*, published in America in 1960

우주의 홈즈와 왓슨(The Science Fictional Sherlock Holmes), 1960,

"비밀리에 일을 진행시켜야 하기 때문에 실로 골치 아픈 일이기는 하지만 말이야. 생각 같아선 사립탐정을 고용하고 싶지만, 그럴 만한 자격이 있는 유일한 인물은 너무나도 유능한 탓에 비밀이 발각될 위험이 있었네. 그 탐정은 불가능한 것들을 모두 소거해 버린 후 남은 가능성은 그것이 아무리 있을 법하지 않은 일이라도 진상이어야 한다는 수사 원칙에 입각해서 활동한다고 들었네. 따라서 시간 여행조차도 그에게는 완전히 불가능한 일은 아닐 가능성이 있었네."

《타임 패트롤》 김상훈 옮김, 시공사.)

내용 중 그의 이름은 밝혀지지 않지만 그의 능력이나 용모만으로도 바로 홈즈임을 알 수 있다.

오페라 〈셜록 홈즈의 유령〉 포스터

홈즈는 오페라에 등장하기도 했다. 도일이 홈즈 시리즈에 싫증을 느낀 나머지 1893년 단편 〈마지막 사건〉에서 홈즈가 폭포에 떨어져 죽은 것으로 연재를 중단한다. 그러자 이듬해인 1894년 작곡가인 리처드 모튼과 H. C. 배리는 〈셜록 홈즈의 유령(The Ghost of Sherlock Holmes)〉이라는 오페라를 제작하여 죽은 홈즈를 유령으로 만들어 출연시킨 것이다.

이런 패러디나 패스티쉬가 모두

환영받은 것은 아니다. 작품성이 떨어지는 작품들이 도태되는 것은 당연한 일이겠지만, 코난 도일의 아들 에이드리언 도일(Adrian Doyle)은 엘러리 퀸(Ellery Queen)이 엮은 패러디 작품집 《셜록 홈즈의 재난(The Misadventures of Sherlock Holmes)》에 대해서 심각하게 항의해 결국 판매 금지에까지 이르렀다.

《셜록 홈즈의 재난》 표지

에이드리언 도일은 미스터리 작가 존 딕슨 카와 함께 패스티쉬 작품을 모은 《셜록 홈즈의 공적》을 편찬하기도 했기 때문에 아쉬운 일이다. 이런 사태를 걱정한 애거사 크리스티나 엘리스 피터즈 등 일부 현대 유명 작가들은 누구도 자신의 등장인물들을 사용할 수 없도록 법적인 조치를 취해 놓았다.

또한 《추리 소설 쓰는 법(Writing Crime Fiction)》의 저자 H. R. F. 키팅(H.R.F.Keating)은 홈즈 시리즈를 그만 쓰라고 경고하고 있다. 첫 번째는 앞에서 설명한 것처럼 너무 많

《셜록 홈즈의 공적》 표지

은 작품이 나와 있기 때문이며, 두 번째로는 위대한 코넌 도일의 작품이 빚어내는 분위기를 다른 사람이 터득한다는 것은 아주 어려운 일이고, 그의 작품만큼이나 생생한 작품을 창작한다는 것이 우선 불가능하기 때문이라고 한다.

한국에는 '가짜' 홈즈 작품들의 숫자가 손을 꼽을 정도로밖에 소개되지 않았다. 《뤼팽》 시리즈, 몇 개의 단편, 베어링 굴드의 《홈즈 전기》, 그리고 교양과학 서적인 《셜록 홈즈의 과학 미스터리》 등에 불과해 더 많은 소개를 할 수 없다는 것이 아쉽다.

애지중지 키워 놓은 작품들을 생전 본 적도 없는 엉뚱한 사람들이 재창조한다는 것은 작가에게 무척 불쾌한 경험일지도 모른다. 그러나 팬 픽션이나 패러디 작품이 나온다는 것은 작품이나 등장인물이 매력 있다는 반증인 만큼 위안을 삼을 수도 있지 않을까. 앞으로 멋있는 패러디, 패스티쉬 작품이 국내에도 소개되기를 바란다.

박광규
(추리평론가)

셜록 홈즈 잡학

▶ 담배

홈즈 전집을 모두 읽어 보면 홈즈의 일상생활을 알 수 있다.

홈즈가 담배를 피우는 묘사는 46편에 나오고, 담배를 피운다고 추측되는 묘사가 있는 것이 4편(《머스그레브 가의 의식》, 〈얼룩 끈〉, 〈보스콤 계곡 미스터리〉, 〈여섯 개의 나폴레옹〉)이나 있어 상당히 많은 수의 작품에서 담배를 피운다. 홈즈는 분명히 상습적인 흡연자인데 그의 흡연은 재미있는 특징을 갖고 있다. 홈즈는 파이프, 시가, 시가렛 이 세 종류를 즐긴다. 파이프는 정신을 집중할 때, 시가는 비교적 휴식을 취할 때, 시가렛은 외출할 때 피운다.

"파이프 담배 세 대를 피울 시간은 걸려야 할 것 같아. 50분 정도는 말을 걸지 말게."

홈즈와 파이프 흡연과의 관계는 〈붉은 머리 연맹〉 중 그의 대사에 잘 나타나 있다. 의뢰인 제이베스 윌슨이 가자 홈즈는 담배를 피우면서 말없이 생각에 잠긴 채 사건의 개략을 알게 된다.

〈입술이 비뚤어진 남자〉에서는 밤을 새우며 1온스(약 28그램)의 독한 섀그 담배를 피우고, 추리에 몰두해 진상에 도달한다. 《배스커빌가의 개》에서도 집으로 돌아온 왓슨이 화재라고 착각할 정도로 연기가 가득 찬 방에서 하루 종일 명상에 잠겨 있다. 이처럼 홈즈의 파이프 흡연은 단순한 기호에 머무르지 않고, 두뇌 활동을 자극하는 역할을 하는 듯하다. 왓슨은 홈즈가 생각을 하기 시작할 때 즐겨 사용하는 사기(크레이) 파이프를 '언제나 의논 상대가 되는 담뱃재투성이의 사기 파이프'로 묘사하고 있다.

▶ 홈즈 우표

홈즈가 나오는 우표는 5개국에서 발행되었다.

1973년 니카라과 : 국제경찰 50주년 기념

1979년 산마리노 : 추리 소설

1980년 코모로 제도 : 도일 사망 후 50년

1984년 터크스 앤 카이코스 제도 : 도일 탄생 125년

1987년 잉글랜드 : 홈즈 탄생 100주년 기념 우표첩

홈즈 우표가 가장 먼저 나온 것은 니카라과다. 국제경찰 창립 50주년에 추리 소설의 명탐정을 연결시킨 우표로 12매 세트 가운데 홈즈 우표가 최고의 액면가다. 다른 명탐정들은 도로시 세이여즈의 피터

윔지 경, 레이몬드 챈들러의 필립 마로, 다실 해밋의 샘 스페이드, E.S. 가드너의 페리 메이슨, 렉스 스타우트의 네로 울프, 에드가 앨런 포의 오귀스트 뒤팽, 엘러리 퀸의 엘러리 퀸, G.K. 체스터턴의 브라운 신부, 얼 데 비거스의 찰리 찬, 조르주 심농의 메그레 경감, 애거사 크리스티의 푸아로였다. 정말 홈즈 팬만이 아니라 추리 소설 팬이라면 꼭 갖고 싶은 우표 세트다.

1979년에는 이탈리아의 작은 독립국 산마리노가 추리 소설 세트 5매를 발행했다. 이 나라는 수집가용 테마 우표를 발행하는 것으로 유명하다. 5명의 멤버는 메그레, 메이슨, 울프, 퀸으로 물론 최고 액면가는 홈즈다. 도일이 사망한 후 50년이 되는 1980년에는 모잠비크 해협에 있는 코모로 제도에서 도일과 홈즈의 얼굴이 동시에 나오고 《배스커빌 가의 개》의 배경이 아래에 보인다.

터크스 앤 카이코스 제도는 카리브 해에 있는 영국의 신탁통치 영(領)이다. 여기에서 발행된 도일 탄생 125년 우표는 5매 세트로 스토리의 한 장면을 디자인한 우표 4매와 도일의 초상에 홈즈와 왓슨이 있는 소형 시트로 구성되어 있다. 그림은 〈제2의 얼룩〉, 〈마지막 사건〉, 〈빈집의 모험〉, 〈그리스어 통역사〉이다. 추리 소설로서 평가가 높은 작품들이 아닌 게 조금 의외다.

1987년 홈즈의 조국 영국에서 발행된 홈즈 탄생 100주년 기념 우표첩은 18펜스 5매, 13펜스 1매로 1파운드에 판매되었다. 《주홍색 연구》와 《배스커빌 가의 개》를 기본으로 디자인한 것이다.

이 밖에도 1984년에 이스터 행사를 디즈니 캐릭터로 만든 우표 중에 홈즈로 분장한 구피가 등장하는 것도 있지만 엄밀히 홈즈 우표라고 하기는 어렵다.

▶ 화폐

영국의 대표적인 화폐 단위는 파운드. 그 이름의 유래는 '무게 1파운드는 은에 상당하는 것'이라고 한다. 빅토리아 왕조의 화폐 단위는 이 파운드를 시작으로 아주 복잡하다.

1파운드는 20실링, 1실링은 12펜스, 21실링을 1기니, 5실링을 1크라운, 2실링 6펜스를 반 크라운이라고 한다. 또 1파운드와 같은 가치가 있는 소블린 금화가 있어서 외국인들이 돈 계산을 하려면 머리가 복잡해진다. 그러나 1971년 2월에 1파운드를 100펜스로 히는 10진법으로 바뀌었다.

영국의 화폐, 특히 그 릴리프의 특징으로서 초상의 방향을 들 수 있다. 영국에서는 국가 원수가 바뀔 때마다 화폐에 사용되는 초상의 방향을 바꾸게 되어 있다. 이 때문에 오른쪽을 향한 빅토리아 여왕 다음의 에드워드 7세는 왼쪽을 향하고, 조지 5세는 오른쪽을 향하고 있다. 치세가 짧았던 에드워드 8세 시대에는 왕의 초상이 있는 화폐는 발행하지 않고 조지 5세 시대의 화폐가 유통되었다. 다음 조지 6세는 오른쪽, 엘리자베스 2세는 왼쪽이다. 또 영국 본토의 화폐에는 나라명을 넣지 않은 것도 커다란 특징이다.

영국 화폐에 사용되는 초상은 언제나 국가 원수의 초상인데, 예외로서 17세기에 크롬웰과 20세기의 대정치가 처칠 수상의 것이 있다. 처칠 수상의 초상이 있는 5실링 크라운 경화는 1965년 10월에 처칠을 추도하기 위해 발행된 것으로, 앞면은 엘리자베스 2세다. 이 화폐가 나올 때까지 국가 원수와 평민의 얼굴이 앞뒤로 사용된 적은 없었다.

옛 전통을 중시하고 과거의 것을 중시하기로 유명한 영국에서는 놀랍게도 엘리자베스 2세 여왕의 화폐와 함께 빅토리아 여왕, 에드워드 7세, 조지 5세, 조지 6세 시대의 화폐가 지금도 유통되고 있다. 만약 영국 여행을 하게 되면 홈즈나 도일이 썼던 경화를 만날지도 모른다.

▶ 마차

홈즈 스토리에는 마차가 많이 나온다. 19세기 중반까지 교통의 중심 수단이었던 마차는 1825년 철도가 등장하자 근거리와 시내 교통에만 사용되었다. 영업용 마차로는 말 한 마리가 끄는 이륜 2인승 핸섬(Hansom Cab)과 말 한 마리가 끄는 사륜 4인승 그로울러(growler) 두 종류가 있다.

핸섬은 '런던의 곤돌라'로 불릴 정도로 아름답고 로맨틱했다. 1834년 J. A 핸섬이 이 마차를 고안했을 때에는 마부석이 지붕 위에 있어 외견상 볼품이 없었다. 그러다가 J. 채프먼이 1839년에 이것을 전형적인 모델로 개조했는데, 마부는 객실 뒤쪽의 한 단 높은 곳에 앉아 실크 모자를 쓰고 고삐를 잡았다.

그로울러가 런던에 나타난 것은 1830년 중반으로 1881년 당시 런던의 마차 대수는 9,700대이고 하루 평균 이용 승객은 8만 명, 1인당 요금 18펜스, 마찬 한 대의 하루 수입은 약 12실링이었다고 한다.

합승마차(옴니버스)는 런던에 1829년에 등장했는데 말 두 마리가 끌었다. 이 마차는 실내에 12명, 지붕 위에 10명 모두 22명을 태우고 달

죄수 호송마차 블랙마리아

렸다. 1881년에는 1,620대가 운행되었고 운행 시작 시간은 7시 30분에서 8시, 마지막 마차는 밤 11시 30분, 하루 승객은 14만 8천명, 일인당 운임은 2.5펜스였다.

　일반인이 사용한 자가용 마차는 한 마리가 끄는 사륜 4인승 박스형 브로엄(brougham)과 두 마리가 끄는 가죽 포장을 한 사륜 랜도(landau), 한 마리가 끄는 2인승 사륜 빅토리아 등이 있다. 가장 작은 말 한 마리가 끄는 이륜마차 기그(gig)를 보유하는 데도 말, 마부, 마구간, 사료 등이 필요해 지금의 고급 자가용을 운행하는 것처럼 상류층만 보유할 수 있었다. 물론 임대해 주는 마차도 있었다. 참고로 말 한 마리가 끄는 이륜마차 도그 카트는 뒤에 개를 운반할 수 있는 상자가 있어 이런 이름이 붙었다. 도그 카트는 《배스커빌 가의 개》, 〈글로리아 스콧〉, 〈악마의 발〉에 등장한다.

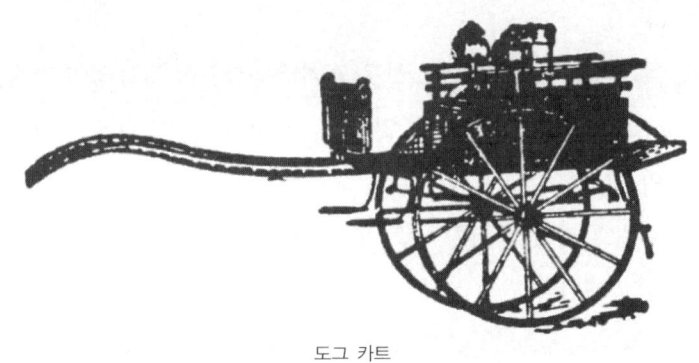

도그 카트

▶ 무술

〈빈집의 모험〉에서 홈즈는 왓슨에게 말한다.

"나는 일본의 무술 바리츠를 조금 할 수 있어서 그전에도 여러 번 유용하게 사용한 적이 있었지."

역자는 무술에도 관심이 많아 바리츠라는 일본 무술에 대해 알려고 많은 무술 관계 서적을 찾았지만 기록을 잘 남겨 놓는 일본 사람들 책에도 그런 무술은 존재하지 않았다.

그렇다면 다음과 같이 추리할 수 있다.

1. 홈즈가 왓슨에게 거짓말을 했을까? 이런 가능성은 없다고 본다.

홈즈가 3년 만에 나타나 이런 거짓말을 할 이유가 없다.

2. 홈즈가 일본 무술을 누군가에게 배웠지만 그 정확한 명칭을 알지 못하고 사용했을까? 홈즈 같은 기억력의 천재가 이런 실수를 할 리가 없다.

3. 왓슨이 집필할 때 실수로 잘못 표기했을까? 이 가능성이 가장 높다. 유술(柔術)을 일본식으로 읽으면 'Ju-Jutsu'가 되므로 바리츠(Baritsu)와 비슷한 어미로 끝난다.

이 의문은 윌리엄 베어링 굴드의 주석을 보고 이해가 되었다. 참고로 다음을 소개한다.

랄프 저드슨은 논문 〈바리츠의 미스터리—셜록 홈즈의 특기에 대한 설명〉에서 〈피어슨 매거진〉 1899년 3, 4월 호에 E.W. 바턴 라이트의 〈새로운 호신술〉이 게재되어 있는 것을 지적했다. 라이트는 이 기사에서 "내가 바티즈(Bartisu)라고 이름을 붙인 것은 '바턴(Barton)에서 이름을 딴 것'이며 새로운 호신술을 포함한 많은 호신술을 말한다."라고 쓰고 있다. 이것에 대해 저드슨은 다음과 같이 말한다. "바튼 라이트가 일본 유술 몇 가지를 유럽인의 복장과 필요에 따라 도입해 그것을 바티즈라고 한 것은 이미 확립된 선례에 따른 것이다. 이 무술의 일본 사범은 그들의 유파를 만들어, 무술에 자신의 이름을 붙여 '○○류'라고 부르고 있다. 왓슨은 1899년의 〈피어슨 매거진〉에 실린 바턴라이트의 기사를 읽었음이 틀림없다. 그때 바티즈라는 말이 그의 머리에 새겨졌을 것이다. 그리고 1903년 《홈즈의 귀환》을 집필할 때, 깜빡하고 모리아티를 쓰러뜨린 일본의 무술 이름을 유술이라 쓰지 않고 바리츠라고 쓴 것이다. 홈즈는 이 일본 무술을 1891년에 습득했다. 이 기술은 상대의 어떠한 공격에 대해서도 재빨리 반격할 수 있게 되기 위해 배우기 시작해서 대개 7년 정도 걸리기 때문에, 홈즈가 이 무술을 배우기 시작한 것은 1883년이나 1884년일 것으로 추정된다."

홈즈는 그 무술을 언제, 누구에게 배웠을까? 저드슨이 말한 1883년이나 1884년일까? 마스터하는 데 7년이 걸린다는 것은 정확할까? 이것은 배우는 사람의 능력과 얼마나 열심히 수련을 하느냐에 따라 달라진다.

그렇다면 그가 무술을 언제 배웠는지 가설을 세우고 홈즈 식으로 소거해 나가며 추리해 보자.

첫째, 소년 시절의 홈즈는 시골에서 자랐다.(《그리스어 통역사》에서 확인할 수 있다) 그래서 바리츠를 배울 기회가 없었다고 본다.

둘째, 홈즈는 〈글로리아 스콧〉에서 학생 시대를 돌아보며, 펜싱과 권투를 제외하면 스포츠에는 흥미가 없다고 했다. 바리츠를 배웠다면 이 말을 했을 것이다.

셋째, 탐정을 시작하고 왓슨을 만나기까지의 시기에 연습했다면 당연히 왓슨이 알았을 것이다. 호기심 많은 왓슨이 놓칠 리 없다. 그러나 왓슨은 한마디도 하지 않았다. 저드슨이 말한 1883년이나 1884년은 이 시기에 해당하므로 그의 의견에 동의할 수 없다.

넷째, 왓슨과 동거 후 무술을 배웠다. 아마 이 시기에 홈즈는 시간이 많았고 탐정에게 필수사항인 호신술을 배웠을 것이다.

하지만 누구에게서? 당시 영국에 체류했던 무술을 하는 일본인이 틀림없을 것이다.

홈즈 스토리와는 전혀 별개의 이야기지만 위의 예와 비슷한 무술에 관한 미스터리가 우리나라에도 하나 있다.

《무예도보통지(武藝圖譜通志)》는 국가적으로 조선 무술을 강화하기 위해 일본, 중국 무술을 참고로 해서 새롭게 작성한 실천적인 무술 지도서다. 조선 정조의 명으로 1598년에 간행되어 개정을 더해 1790년에 완성되었다. 이것은 도술(刀術)은 일본에서 배운 것이 명기되어 있으나 전반적으로는 척계광의 《기효신서(紀効新書)》의 영향이 크다. 그러나 실질적으로는 상당히 독자적인 관점에서 연구하고 그를 위해 독특한 무술 체계가 되어 있다. 조선 시대의 무술 사료로서, 동시에 아시아 무술 교류의 사료로서 매우 커다란 가치가 있다.

《주해 무예도보통지》(임동규(林東圭) 지음, 학민사)의 왜검을 보면 "군교(軍校) 김체건(金體乾)은 잘 달리며 무예에 민첩하고 절묘하였다. 숙종조에 일찍이 사신을 수행하여 일본에 들어가 검보(劍譜)를 얻어 기예를 배워 왔다. 상(임금)께서 불러 시험해 본즉, 김체건은 칼을 떨치며 매달려 도는 것 같고 발뒤꿈치를 들고 엄지발가락으로 걸었다. 왜검에는 네 가지가 있는데, 토유류(土由流), 운광류(運光流), 천유류(千柳流), 유피류(柳彼流)가 그것이다. 유(流)라는 것은 요시츠네(義經)의 유파 신도류(神道流)나 노부츠나(信綱)의 유파 신가게류(新陰流)라고 칭하는 종류를 가리킨다. 김체건이 그 술법을 전하였는데, 지금은 오직 운광류만이 행해지고, 중간에 그 기법이 실전 되었다." 라고 적혀 있다.

여기에 몇 가지 문제점이 있다. 왜검에는 네 가지가 있다고 했는데 모두 일본의 고유 검술에는 없는 유파다. 즉, 일본 검술사에는 나오지 않는 이름이다.

어떻게 된 것일까? 일본 검술사에 없는 유파를 김체건이 그 술법을 전했다고 한다. 일본과 우리는 같은 한자 문화권이기 때문에 한자가 틀릴 리는 없을 것이다. 아니면 일본의 한자 발음을 우리식 한자로 썼을까?

토유류는 토다류(戶田流)를 잘못 표기했을지도 모른다. 《무예도보통지》에는 독특한 필법이 보인다. 토전(土田)을 토유(土由)로 잘못 썼을 수도 있다.

운광류(運光流)가 일본의 무주심류(無住心流)에서 나온 운홍류(雲弘流 일본식 발음은 모두 운코류うんこうりゅう)라고 볼 수 있지만 연대도 틀리고, 내용 목록도 일치하지 않는다.

유피류(柳彼流)는 류카류(りゅうかりゅう)로 읽을 수 있는데 비슷한 유파는 유강류(柳剛流りゅうごうりゅう)가 있지만 기법 그림 설명을 보면 유사점이 없다. 야규류(柳生流)를 잘못 쓴 것은 아닌가 하는 생각이 들기도 한다.

이렇게 일본에 존재하지 않는 검법을 김체건은 있다고 한 것이다. 김체건이 거짓말을 한 것일까? 아니면 일본에서 문서로 기록해 오지 않고 들은 대로 비슷하게 표기한 것이 아닐까? 《무예도보통지》의 다른 부분은 모르겠지만 이 부분만은 도저히 이해가 가지 않는다.

▶ **지문과 사체**
홈즈 스토리 60편 중 지문에 대해 나오는 작품이 7편 있다. 《네 사람의 서명〉, 〈레드 서클〉, 〈세 박공의 집〉, 〈세 학생〉, 〈종이 상자〉, 〈입술이 비뚤어진 남자〉, 〈노우드의 건축업자〉가 그것인데 그중에서도 지문이 가장 중요하게 취급된 것은 〈노우드의 건축업자〉다.

이야기 후반부에서 하얀 벽의 핏자국 엄지손가락 지문에 대해서 레스트레이드 경감이 "경찰은 어제 결론을 내렸는데 역시 우리가 내린 결정이 옳았습니다. 이번에는 당신보다 경찰이 한발 앞섰다는 것을 인정하시지요, 홈즈 씨."라며 자신의 수사 방법이 옳았다는 듯이 말하는 것도 지문을 중요한 증거로 취급하고 있기 때문이다. 이 사건이 일어난 것은 1894년 8월경이지만 런던 경찰청이 프랜시스 골턴(1823~1911)이 고안한 방법으로 지문을 이용한 인물 확인 방법을 채용한 것은 이 사건보다 나중인 1901년이기 때문에, 스코틀랜드 야드는 이 방법을 채용하기 이전부터 지문을 증거로서 다룬 것을 알 수 있다.

그런데 이 작품에는 의문점이 있다. 홈즈가 의뢰인 맥팔레인의 무죄를 증명하기 위해서는 올데이커가 죽지 않았다는 것, 또는 현장에서 발견된 사체가 올데이커가 아니라는 것을 증명할 필요가 있다. 이 두 가지 중에 나중 방법이 간단하고 확실하다. 발견된 사체가 올데이커인지를 조사하면 되니까. 그런데 홈즈는 사체에 대해 다음과 같이 말한다.

"그나저나 나무 더미 속에 바지와 함께 태운 물체는 뭡니까? 개인가요? 토끼였나요? 뭐였죠? 말씀을 안 하는군요? 이런, 친절하게 말해 주면 좋으련만. 뭐, 그럼, 전 토끼였다고 생각하겠습니다. 토끼 두 마리 정도면 현장에 있던 핏자국으로도 충분할 테고 타고 남아 숯이 될 만하지요."

개나 토끼의 사체를 사람의 사체로 잘못 볼 수 있을까? 그런 일은 절대로 없다. 토끼나 개는 골격과 크기가 사람과 다르다. 혹시 홈즈가 해부학 지식이 전혀 없었을까? 젊었을 때, 해부실에서 하루를 보낸 일도 있었다고 했다. 홈즈는 보통 사람 이상으로 사람의 골격과 근육의 배치에 대한 지식을 갖고 있을 것이다.

이 작품에서는 홈즈가 정말 사체를 보았는지 어떤지 애매하게 되어 있다. 하지만 유일하고 최대의 단서를 조사하지 않을 홈즈가 아니기 때문에 사체는 조사했다고 보아야 할 것이다. 문제는 그것이 인간의 사체였냐 하는 것이다. 상식적인 인간 레스트레이드를 필두로 경찰이나 검시관도 사체를 보았다고 추정할 때, 그것이 홈즈가 말한 개나 토끼였다면 그들도 맥팔레인을 체포하는 것보다도 올데이커의 행방을 먼저 찾아야 했을 것이다. 따라서 그들이 올데이커에게 매수당하지 않은 이상, 발견된 사체가 인간의 것이 아니라고 말하는 홈즈의 설명은 납득이 가지 않는다.

그러면 사체가 인간이었다고 가정해 보자. 그렇다면 인체의 표본을 이용하거나, 사체를 입수해야 한다. 이 방법도 어려울 뿐만 아니라 당시의 의학법으로도 사람의 뼈로 성별, 나이를 알 수 있었다는 것을 고려하면 올데이커가 자신과 비슷한 체격, 나이가 일치하는 남자를 대신 죽였을 가능성이 높다.

그렇다면 홈즈는 왜 올데이커의 범죄를 알면서도 이것을 지나쳤을까?

여기서 생각할 수 있는 것이 탐정과 범죄자의 이중인격, 홈즈는 모리아티라는 설이다. 왓슨은 홈즈의 이야기로만 모리아티의 존재를 알고 있다는 것이 이 설에 상당한 설득력을 더해 주고 있다. 즉 모리아티는 실재하지 않고, 홈즈가 조사의 실패를 변명하기 위해 만들어 낸 가공의 인물이거나 홈즈와 모리아티가 동일 인물이라는 것. 이렇게 기발한 착상을 하는 사람들이 많은 모양이다.

퇴직한 물감 장수(Retired Colourman, The) - 8권
프라이어리 스쿨(Priory School, The) - 6권
해군 조약(Naval Treaty, The 회상) - 5권

| 참고 도서 |

- Through The Magic Door(1908) by Arthur Conan Doyle
- The Private Life of Sherlock Holmes(1933) by Vincent Starrett(1886–1974)
- Memories and Adventures by Sir Arthur Conan Doyle
- 221b: Studies in Sherlock Holmes(1940) edited by Vincent Starrett
- The Misadventures of Sherlock Holmes(1944) edited by Ellery Queen
- Naked Is the Best Disguise(1974) by Samuel Rosenberg
- Conan Doyle—A Biographical Solution(1977) by Ronald Pearsall
- Sherlock Holmes in London(1989) by Charles Viney
- Encyclopedia Sherlockiana(1994) by Matthew Bunson
- Holmes and Watson—A Study in Friendship(1995) by June Thomson
- The World of Sherlock Holmes(1998) by Martin Fido